UN SOUTIEN POUR RYLEIGH

LE REFUGE, TOME 7

SUSAN STOKER

Copyright © 2025 par Susan Stoker

Traduit de l'anglais (U.S.) par Greta O'Keefe et Valentin Translation

Titre original : *Deserving Ryleigh (The Refuge, book 7)*

Correction de la version originale par Kelli Collins

Couverture par AURA Design Group

Fabriqué aux USA

DU MÊME AUTEUR

Sauvetage à Eagle Point

Un sauveteur pour Lilly

Un sauveteur pour Elsie

Un sauveteur pour Bristol

Un sauveteur pour Caryn

Un sauveteur pour Finley

Un sauveteur pour Heather

Un sauveteur pour Khloe

Silverstone

Pour la confiance de Skylar

Pour la confiance de Taylor

Pour la confiance de Molly

Pour la confiance de Cassidy

Delta Force Deux

Un refuge pour Gillian

Un refuge pour Kinley

Un refuge pour Aspen

Un refuge pour Jayme

Un refuge pour Riley

Un refuge pour Devyn

Un refuge pour Ember

Un refuge pour Sierra

Hawaï : Soldats d'élite

Un paradis pour Élodie

Un paradis pour Lexie

Un paradis pour Kenna

Un paradis pour Monica

Un paradis pour Carly

Un paradis pour Ashlyn

Un paradis pour Jodelle

Mercenaires Rebelles

Un Défenseur pour Allye

Un Défenseur pour Chloé

Un Défenseur pour Morgan

Un Défenseur pour Harlow

Un Défenseur pour Everly

Un Défenseur pour Zara

Un Défenseur pour Raven

Ace Sécurité

Au Secours de Grace

Au Secours d'Alexis

Au Secours de Bailey

Au Secours de Felicity

Au Secours de Sarah

Forces Très Spéciales Series

Un Protecteur Pour Caroline

Un Protecteur Pour Alabama

Un Protecteur Pour Fiona

Un Mari Pour Caroline

Un Protecteur Pour Summer

Un Protecteur Pour Cheyenne

Un Protecteur Pour Jessyka

Un Protecteur Pour Julie

Un Protecteur Pour Melody

Un Protecteur pour l'avenir

Un Protecteur Pour Les Enfants de Alabama

Un Protecteur Pour Kiera

Un Protecteur Pour Dakota

Forces Très Spéciales : L'Héritage

Un Sanctuaire pour Caite

Un Sanctuaire pour Brenae

Un Sanctuaire pour Sidney

Un Sanctuaire pour Piper

Un Sanctuaire pour Zoey

Un Sanctuaire pour Avery

Un Sanctuaire pour Kalee

Un Sanctuaire pour Jane

Delta Force Heroes Series

Un héros pour Rayne

Un héros pour Emily

Un héros pour Harley

Un mari pour Emily

Un héros pour Kassie

Un héros pour Bryn

Un héros pour Casey

Un héros pour Wendy

Un héros pour Mary

Un héros pour Macie

Un héros pour Sadie

Un héros pour Annie

Autre

Un moment suspendu : Recueil de nouvelles

AUDIO

Un paradis pour Élodie

1

— N'est-ce pas excitant ? lança Alaska à Ry, tout sourire, juste avant de traverser la pièce pour aller parler à Henley.

Ry sourit à son amie en opinant du chef, mais, dès que cette dernière eut le dos tourné, son sourire s'évanouit. Elle n'était pas d'humeur à célébrer la naissance imminente du bébé de Henley et Tonka.

Tout le monde était rassemblé dans le pavillon du Refuge. Robert et Luna avaient préparé un énorme gâteau pour cette baby shower improvisée. Une atmosphère festive régnait, mêlée à une pointe d'impatience. Cela marquait le début d'une série de naissances, avec Reese qui attendait son tour le mois suivant, suivie par Lara quelques mois plus tard, et Maisy venant tout juste d'apprendre sa grossesse. Sans oublier que Cora et Pipe allaient devenir une famille d'accueil pour un enfant qui arriverait la semaine prochaine.

C'était une période joyeuse au Refuge... pour tous, à l'exception de Ry.

Elle n'aurait pas dû se trouver ici. Hélas, c'était déjà trop tard. Elle aurait dû quitter cet endroit depuis longtemps.

Mais d'abord, Jasna avait disparu... puis Reese avait été enlevée. Et elle n'aurait pas pu se regarder dans un miroir si elle n'avait pas tout fait pour aider à sauver Lara. Cependant, celui qui avait véritablement causé sa perte n'était autre que Stone. Elle avait été déterminée à faire tout son possible pour le retrouver, utilisant finalement un ordinateur qui n'était pas sécurisé.

Ses intentions, les plus nobles du monde, n'avaient aucune importance... pas pour un homme comme son père.

Elle soupira.

— Malheureuse comme tu es, tu ferais mieux de partir, Ryleigh.

Ry se raidit. Elle n'eut pas besoin de tourner la tête pour voir qui l'avait approchée. Seule une personne utilisait son nom de naissance. Elle s'était présentée sous le nom de « Ryan » jusqu'à ce qu'elle admette aux propriétaires du Refuge qu'elle avait menti sur son identité et sur la raison de sa présence ici. Désormais, elle se faisait appeler Ry, un nom qu'elle préférait à celui de Ryan.

Toutefois, Spencer « Tiny » Denny persistait à l'appeler « Ryleigh ».

Outre l'utilisation de son prénom, elle aurait reconnu la voix de Tiny n'importe où. Cette voix grave et vibrante lui parcourait l'échine et lui donnait des frissons. Autrefois, elle avait rêvé de partager une aventure avec lui. Hélas, cette occasion s'était envolée dès qu'elle avait avoué avoir menti, non seulement à Tiny, mais à *tout le monde* au Refuge. Ses raisons étaient justifiables, néanmoins, elle savait que cet homme ne lui pardonnerait jamais.

Après tout... c'est ce qu'il lui avait dit.

Tous les autres paraissaient indifférents à ses actions. Celles-ci ne pouvaient pas nuire au Refuge ou à ses résidents... pour l'instant. Elle avait mis tout son cœur pour contribuer lorsque cela était possible. Pourtant, Ry avait l'impression que, même si elle avait empêché ce lieu d'être réduit en cendres, Tiny ne lui pardonnerait pas.

Elle ne ressentait pas réellement de rancune à son égard. Ce qu'elle avait fait ici n'était que la partie émergée de l'iceberg. Si Tiny ou les autres propriétaires de cette retraite de renommée mondiale découvraient qui elle était *vraiment*, ce dont elle était capable, ce qu'elle avait opéré... elle serait expulsée si vite qu'elle n'aurait pas le temps de cligner des yeux.

Tiny savait qu'elle cachait bien plus de choses qu'elle n'en avait dévoilé, Ry le sentait. C'était sans doute en partie pour cela qu'il se montrait aussi abrupt envers elle.

— Tu m'as entendu ? demanda-t-il.

Ry opina du chef.

— Soit tu arrêtes d'avoir l'air de préférer nettoyer le box de Melba et tu souris, soit tu t'en vas, lui intima-t-il.

Elle prit une longue respiration. Bien qu'elle ne soit pas très à l'aise avec Tiny, il avait raison. Elle s'efforça de se détendre et parvint même à sourire à Alaska, qui les observait, Tiny et elle, d'un air inquiet, de l'autre côté de la pièce.

Ry jeta un coup d'œil vers Tiny et le scruta pendant un long moment. Bien qu'elle soit plus petite que lui de quelques centimètres, elle n'était pas particulièrement petite. Du haut de son mètre quatre-vingt, il dégageait une assurance qui dominait la pièce. Il était notoire que les filles et les autres le comparaient au charismatique Jake Ryan du film *Seize bougies pour Sam*. Ry, pour sa part, ne lui trouvait pas de ressemblance avec cet acteur. Il était clairement plus attirant. Elle mourait d'envie de savoir ce qu'elle ressentirait en passant sa main sur la barbe qui recouvrait sa mâchoire et ses joues.

Ses iris étaient d'un bleu turquoise éclatant, ses cheveux

longs et ses sourcils toujours froncés. Un sillon qui, ces derniers temps, semblait se creuser. À cause d'*elle*.

Bien qu'il fût grand et impressionnant, Ry se sentait étrangement en sécurité en sa présence. Cette contradiction semblait dénuée de sens. Il ne l'aimait même pas, mais elle savait qu'il n'hésiterait pas à la protéger au cas où les choses tourneraient mal. Tout simplement parce que les autres la considéraient comme leur amie.

Il se distinguait par sa loyauté et son travail acharné, et était également très observateur. De l'extérieur, il aurait pu passer pour un individu décontracté et doux, un gros nounours, sauf que Ry connaissait la vérité. Elle vivait dans son chalet depuis quelques mois maintenant, et à la seconde où il franchissait sa porte à la fin de chaque journée, le masque qu'il portait pour le reste du monde disparaissait, révélant son véritable moi.

Un homme au cœur de pierre, froid, impitoyable, méfiant.

Et Ry était sans conteste la plus idiote sur Terre, car elle l'appréciait davantage maintenant qu'elle avait découvert la véritable nature de l'homme derrière l'armure. Certes, il savait se montrer cruel et Ry avait reçu son venin à plusieurs reprises depuis qu'elle avait avoué avoir menti à tout le monde. En revanche, elle l'avait aussi vu en action. Grâce à son expérience en tant que membre des Navy SEAL, il possédait les compétences nécessaires pour agir efficacement sous pression. D'instinct, il savait comment agir dans l'instant présent. Il n'hésitait jamais à s'engager dans n'importe quelle situation, pour autant que cela garantisse la sécurité de ses proches.

Ry ne se permettait que rarement de rêver à son avenir, car elle était convaincue que sa vie sur Terre serait écourtée si son père en décidait ainsi. Mais quand elle s'autorisait à rêver, Tiny était à ses côtés. Ils collaboraient, combattaient les criminels et contribuaient ainsi à rendre leur région du monde plus sûre et plus prospère.

Mais ce n'était qu'une *utopie*. Vu le regard foudroyant que Tiny lui lançait à cet instant, il était clair qu'il ne ressentirait jamais autre chose que de la méfiance à son égard.

Rester, c'était comme se faire poignarder dans le flanc, encore et encore, et elle en redemandait. Pourtant, elle ne pouvait pas s'échapper. Pas maintenant. Pas quand elle était persuadée que son père l'avait enfin retrouvée.

Après toutes les précautions qu'elle avait prises. Après tous les sacrifices qu'elle avait faits... une simple erreur avait suffi pour qu'il la retrouve. Cependant, elle n'éprouvait aucun remords d'avoir utilisé l'ordinateur de Brick cette fois-là. Comme les autres, elle voulait à tout prix retrouver Stone, Owl et Lara. L'utilisation de l'ordinateur non sécurisé pour effectuer quelques recherches avait permis à son vieux père de suivre ses traces dans le cyberespace... ce qui leur avait aussi permis de retrouver leurs amis.

— Qu'est-ce qui t'arrive aujourd'hui ? demanda Tiny d'un ton bourru.

Ry déglutit avec difficulté.

— Je ne vois pas de quoi tu parles, mentit-elle.

Tiny s'esclaffa.

— Mais bien sûr. Je ne sais pas pourquoi je m'attendais à ce que tu dises la vérité.

Elle grimaça et se tourna vers lui, soudainement épuisée. Épuisée de mentir aux gens qui comptaient le plus pour elle. Épuisée de devoir faire attention avec l'homme assis près d'elle. Tout simplement... épuisée.

— Tu veux savoir ce qui m'arrive aujourd'hui ? déclara-t-elle à voix basse.

— Oui, Ryleigh, je veux savoir, répondit Tiny en la fixant droit dans les yeux.

— Je suis terrifiée. Chaque seconde que je reste ici augmente le risque pour ceux que j'ai appris à connaître et à aimer. Mais je ne peux pas partir, car si je m'en vais, personne ne sera là pour vous protéger. J'ai menti à tout le monde. J'ai menti pour avoir ce travail, mais tu sais quoi ? Je suis prête à le refaire si l'occasion se présente. Parce que je me *plais* ici. Je suis heureuse pour Henley et Tonka. J'aime ces chèvres têtues qui essaient de manger mon tee-shirt dès que je vais dans la grange. J'aime discuter avec Jasna de ses journées à l'école. Travailler avec Carly et Jess était une bouffée d'air durant mes matinées avant de devoir quitter mon travail de femme de ménage. J'ai hâte de découvrir l'impact de l'hélicoptère sur l'évolution de cet endroit. Le Refuge est un endroit remarquable, imprégné de sérénité, de tranquillité et idéal pour la guérison. Il apporte tant de bien-être aux individus qui y séjournent. Et je sais que, si je reste, cette harmonie pourrait être pertur-bée. Par contre, si je pars, il sera *assurément* anéanti. Je suis désolée d'avoir menti. À toi, aux filles, à tes amis. Je suis désolée que tu sois coincé avec moi dans ton chalet alors que tu me détestes. Et je suis *vraiment* désolée que tu sois si malheureux en ma compagnie. Mais je vais arranger ça, d'une façon ou d'une autre. Ensuite, je m'en irai et tu ne me verras plus jamais. Comme tu as raison de dire que je suis déprimante, je vais regagner le chalet. Dis aux autres ce que tu veux pour justifier mon départ. Je m'en moque. Plus rien n'a d'importance.

Sur ce, elle tourna les talons et se dirigea vers la porte, les yeux rougis de larmes. Elle aurait peut-être dû se retenir, mais elle n'avait pas menti. Elle éprouvait une profonde peur et une grande tristesse à l'idée que sa présence puisse représenter une menace pour les seules personnes qui l'avaient traitée comme si elle n'était pas un monstre.

Après avoir parcouru seulement quelques mètres vers la forêt et le chalet de Tiny, une main se posa sur son coude et la força à se retourner.

Ry agit spontanément. En songeant à son père – et à ce qu'il lui ferait quand il aurait enfin décidé de récupérer ce qu'elle lui avait pris –, elle se jeta sur le côté et atterrit brutalement sur sa hanche. Elle profita de son élan au sol pour rouler loin de cette source de danger.

— Bordel, Ryleigh ! C'est moi. Ça va ?

Une fois de plus, elle reconnut instantanément la voix. Tiny l'avait suivie.

Bien sûr. Il adorait avoir le dernier mot.

Déstabilisée, Ry se leva en vitesse et se confronta à son ennemi.

— C'était quoi ça ? interrogea-t-il.

— J'ignorais que tu me suivais. Tu m'as fait peur, c'est tout, se justifia-t-elle en relevant le menton.

— Tu penses vraiment que je te ferais du mal ? demanda Tiny, la voix grave et rauque.

Ry était perplexe face à cette interrogation. Croyait-elle qu'il serait capable de la blesser *physiquement* ? Non, pas vraiment. N'empêche qu'il la blessait *autrement*. Chaque fois qu'il la dévisageait d'un air sombre. Chaque fois qu'il refusait de lui adresser la parole quand ils étaient seuls dans son chalet. Et chaque fois qu'il daignait ouvrir la bouche et que son mépris pour elle se manifestait clairement, il la blessait.

— Nom d'un chien ! s'exclama Tiny en s'éloignant, une main dans les cheveux.

Lorsqu'il lui fit à nouveau face, Ry lut la détermination dans son regard.

— Il faut qu'on parle, ajouta-t-il.

— Non, cingla-t-elle sans hésiter. Ce n'est pas nécessaire.

— Tu crois franchement que je vais te laisser t'en tirer comme ça après ce que tu viens de me déballer ?

Ry soupira. Elle était tellement épuisée. Et les choses allaient devenir de plus en plus difficiles. Elle n'avait pas tenu sa langue comme d'habitude. Elle en avait trop dit à Tiny.

— Tu aurais dû m'en parler quand je t'ai révélé mon identité et admis que j'avais obtenu ce poste grâce à des mensonges. Malheureusement, tu n'as pas voulu entendre ce que j'avais à dire à ce moment-là, et je ne me sens pas particulièrement disposée à m'expliquer maintenant. Sache que, si c'était possible, je partirais volontiers. Tu retrouverais ton chalet pour toi tout seul, tu n'aurais plus à me voir tous les jours et tu ne ressentirais plus le besoin de me surveiller pour t'assurer que je ne fais rien qui pourrait nuire au Refuge. Je peux te confirmer une chose, Tiny : je ne ferais jamais *rien* qui mettrait délibérément cet endroit en danger. Pas après avoir travaillé si dur pour l'aider à prospérer. Mais il y a des gens qui rêveraient de le voir disparaître, non pas parce qu'il est nuisible, mais parce qu'il est cher à mes yeux. Et c'est pour ça que je ne peux pas partir. Parce que j'ai merdé. Mais je vais arranger ça. Je ne sais pas comment, mais je vais y arriver. Tu veux connaître tous mes secrets ? C'est dommage. J'aurais pu te les dire avant... mais maintenant ? Non. C'est trop tard. Sache que je vais tout faire pour que le Refuge soit plus fort que jamais. Pour tous les bébés qui vont naître l'an prochain, pour toi et tes amis qui avez servi notre pays avec courage et sans hésitation, et pour chaque personne qui a besoin de cet endroit pour guérir.

— Ryleigh, commença Tiny.

Or, Ryleigh en avait terminé.

Elle tourna le dos au seul homme capable de la détruire

d'un seul regard et se dirigea vers son chalet. Si elle l'avait pu, elle serait partie loin. Mais elle avait quitté son appartement de Los Alamos après la disparition de Stone pour faciliter le partage des découvertes qu'elle faisait. La petite chambre d'amis du chalet de Tiny était sa maison temporaire. Même si elle était reconnaissante d'avoir un toit au-dessus de sa tête, chaque seconde passée avec Tiny était une torture. Parce qu'il la détestait. Il l'avait dit clairement.

Heureusement, il ne la suivit pas jusqu'au chalet. Ry entra et visa sa chambre. Elle s'allongea sur le lit et se recroquevilla sur le côté. Les yeux fermés, elle essaya de réfléchir, d'élaborer une stratégie. Toutefois, même si elle avait désespérément besoin d'un plan, elle ne pensait qu'à la confusion et à l'inquiétude dans les yeux de Tiny après qu'elle avait partagé trop d'informations, comme une idiote.

Jamais auparavant Ry n'avait remarqué une telle expression sur le visage de Tiny à son égard. D'habitude, il l'observait avec méfiance et mépris.

Déconcertée et fatiguée par le stress qu'elle avait subi, Ry s'endormit d'un sommeil agité. Un sommeil perturbé par le visage de son père, qui riait comme un fou, et par Tiny, qui secouait la tête en disant à ses amis : « Je vous avais dit qu'elle avait des problèmes. »

2

———————

Tiny regarda Ryleigh disparaître dans les arbres, en direction de son chalet. Il était dérouté. Ce qu'elle avait dit... Tout ce qu'il croyait savoir à propos de cette femme avait volé en éclats.

Il serait le premier à admettre qu'il avait été dur avec elle. Il n'était pas désolé pour autant. Elle leur avait menti à maintes reprises. De plus, il était évident qu'avec ses compétences en informatique, elle aurait pu facilement voler le Refuge. L'idée qu'il puisse arriver quoi que ce soit à cet endroit glaçait le sang de Tiny.

Il était incapable d'envisager de vivre ailleurs qu'ici, dans les montagnes du Nouveau-Mexique. Si ce lieu venait à fermer, il n'avait nulle part où aller, il ignorait ce qu'il ferait. Le Refuge l'avait sauvé ; il était très reconnaissant envers Tex de l'avoir mis en contact avec Brick et le reste de l'équipe, ainsi qu'envers tous ses amis d'avoir décidé de créer cette retraite unique.

Après des années de rétablissement et de tranquillité nécessaires pour ce qu'il avait contribué à édifier de ses propres mains, Ryleigh éveillait en lui des émotions qu'il croyait enfouies.

Elle l'exaspérait, le frustrait... et pourtant une partie de lui, enfouie au plus profond de son être, s'inquiétait pour elle.

Il se *détestait* quand il lui hurlait dessus. Il remarquait bien qu'elle reculait devant lui et qu'elle semblait se renfermer sur elle-même. Pourtant, il ne pouvait s'empêcher de crier. Il était tellement *en colère* qu'elle les ait tous dupés, et il ne lui faisait tout simplement pas confiance. Peu de personnes dans sa vie avaient sa confiance; or la seule chose qu'il ne pouvait tolérer était le mensonge. Malheureusement, Ryleigh avait menti comme une arracheuse de dents dès qu'elle avait posé le pied au Refuge.

Néanmoins, il commençait à se rendre compte que, *peut-être*, elle avait eu de bonnes raisons de mentir.

Comme quelques-uns de ses amis le lui avaient suggéré, mais il avait refusé de les écouter.

Elle avait exprimé plusieurs points ce soir, des sujets qui nécessitaient réflexion et divulgation auprès de ses amis et les copropriétaires du Refuge. Cependant, ce qui l'inquiétait le plus, c'était qu'elle avait peur. En vérité, elle était *terrifiée*. De quoi, il ne le savait pas, il n'empêche que cela ne lui plaisait pas. Pas du tout.

Tiny tourna les talons et retourna dans le pavillon, où il prit rapidement conscience qu'il n'était pas d'humeur à socialiser. Il trouva Tonka, isolé du reste des convives, en train d'observer sa femme avec un petit sourire.

Son ami se tourna vers lui alors qu'il s'approchait.

— Tu pars ? demanda Tonka, sans préambule.

— Si ça ne te dérange pas, répondit Tiny en haussant les épaules.

Les lèvres de Tonka frémirent.

— Je crois être le mieux placé pour comprendre quand quelqu'un a besoin d'être seul.

Tiny s'esclaffa, puis se rembrunit.

— Les changements qui se sont opérés en toi sont franchement étonnants. L'homme que j'ai connu à notre arrivée n'aurait pas supporté d'être entouré d'autant de personnes aussi longtemps que ce soir. Il aurait surtout détesté être l'objet de l'attention comme tu l'es actuellement.

Tonka haussa les épaules.

— Ça ne m'enchante pas, mais j'aime Henley. Et voir combien elle est heureuse, comme elle s'épanouit auprès de ses amis... Après ça, ce que je veux n'a plus aucune importance.

— Ça ne t'inquiète pas ? Combien ta vie a changé à cause d'une femme ? interrogea Tiny, manifestement intéressé par la réponse de son ami.

— Non. Je vais te dire quelque chose... je ne vivais pas du tout avant que Henley n'entre dans ma vie. J'étais prisonnier du passé, avec ce qui m'était arrivé. Je laissais mon passé dicter le cours de ma vie, plutôt que de faire face à mon histoire et d'avancer. Grâce à elle, j'ai appris que la vie ne s'arrête pas lorsque les choses ne se passent pas comme prévu. Il faut soit trouver un moyen de surmonter ce que la vie nous réserve, soit cesser de vivre.

— On croirait entendre un psy, dit Tiny avec sarcasme.

— Peut-être, peut-être pas. Et je me fiche que tu critiques le métier de ma femme. J'ai beaucoup appris de Henley. Ce n'est pas comme si sa vie n'avait été que bonheur et prospérité. Elle a su triompher des horreurs qu'elle a vécues, pourquoi pas moi ? Steel me manquera toujours. Il y aura toujours un vide dans mon cœur pour mon chien, mais la vie continue. Et, pour répondre à ta question... je n'aimerais jamais me retrouver au centre de l'attention, mais pour

Henley, je ferais n'importe quoi. Il en va de même pour notre futur enfant et pour Jasna. Ils sont tout pour moi.

Tiny était heureux pour Tonka, vraiment. Même s'il ne comprenait pas ce genre de dévouement. Cela exigeait de la confiance, et il était incapable de faire confiance à une partenaire de cette façon. Pas une fois de plus. Il avait trop souffert.

— Je vois. Bref, j'y vais.

— J'ai vu Ry partir il y a un instant. J'imagine qu'elle ne va pas planifier la chute du Refuge si tu la quittes des yeux pendant deux minutes, déclara Tonka d'un air pince-sans-rire.

— Maintenant que Stone est de retour et qu'elle n'a plus personne à sauver... je n'en serais pas si sûr, répliqua Tiny.

— Les filles l'aiment. Elles seront tristes si elle part.

Tiny haussa les épaules.

— Elles s'en remettront. Elles ont leurs maris. Et tous ces bébés qui vont bientôt naître.

Tiny ne savait plus où se mettre face au regard de Tonka, mais il tint bon et garda ses yeux rivés sur ceux de son ami pendant un long moment.

— Je pense que de nous tous, c'est toi qui es le plus... brisé, déclara finalement Tonka.

Il n'avait pas tort.

— Ça va, mentit Tiny.

— Et elle a besoin d'un ami, insista Tonka.

Tiny en avait assez. Il ne voulait plus entendre Tonka défendre cette femme en qui il n'avait aucune confiance. Il avait été témoin de ce qu'elle était capable de faire avec son ordinateur. Elle était dix fois plus mortelle qu'un terroriste armé d'un lance-roquettes. Il était persuadé qu'elle pouvait détruire un pays du bout des doigts sur un clavier. Si tout le monde voulait faire l'autruche et refuser de voir combien Ryleigh pouvait être dangereuse pour le Refuge, c'était leur problème. Il ne se laisserait pas berner aussi facilement. C'est pourquoi il avait décidé de la surveiller de près.

— Eh bien, ce ne sera pas moi, assura Tiny. Félicitations pour le bébé. Henley rentre à l'hôpital dans quelques jours pour être déclenchée, c'est ça ?

— Oui. Vendredi.

Tiny acquiesça, puis posa sa main sur l'épaule de son ami et la serra en signe de soutien avant de tourner les talons et de se diriger vers la porte. En regardant sa montre, il vit que Ryleigh était partie depuis quinze minutes. Son pouls s'emballa. En quinze minutes à peine, elle avait le pouvoir de causer des dégâts considérables.

Il détestait se sentir ainsi, mais c'était plus fort que lui.

Tandis qu'il traversait la forêt en direction de son chalet, il réprima la culpabilité qui le rongeait pour avoir envisagé le pire à propos de son invitée. Il se remémora délibérément certains des mensonges qu'elle avait proférés depuis son arrivée au Refuge.

Elle avait incité Alexis à démissionner afin d'obtenir son poste de femme de ménage. Elle avait donné un faux nom et menti sur son passé. Son expérience.

Et puis il y avait eu les mensonges par omission. Il était reconnaissant qu'elle ait pu aider Jasna et Reese. Cependant, il ne pouvait s'empêcher de penser que, si elle avait avoué plus tôt son identité et ses capacités, ils auraient été retrouvés plus rapidement.

Elle n'avait dit la vérité que lorsqu'elle n'avait plus eu le choix. Alors qu'ils cherchaient désespérément Owl, Stone et Lara.

Même s'il essayait de se rappeler toutes les fois où Ryleigh leur avait menti, à lui et à ses amis, il ne pouvait s'empêcher de se souvenir de ces deux mots qui lui avaient échappé une demi-heure plus tôt.

— *Je suis terrifiée.*

Elle n'avait pas menti sur *ce* point.

Tiny avait vu son expression quand elle l'avait dit. Sa terreur était manifeste dans son regard. Il ne savait pas exactement de qui ou de quoi elle avait peur. Toutefois, elle avait dit qu'elle voulait partir, mais qu'elle ne le pouvait pas. Il ne comprenait pas ce que cela signifiait... cependant, l'idée de son absence le dérangeait d'une manière qu'il n'avouerait jamais à personne.

Elle avait aussi évoqué la protection du Refuge, et elle craignait que sa présence ne menace l'endroit. Ça ne tenait pas debout. Et Tiny n'aimait pas être dans l'ignorance, ne pas savoir quelle menace pouvait les guetter ni d'*où* elle venait.

Il avait besoin de plus d'informations, et le seul moyen de les obtenir était de parler à Ryleigh.

Déterminé à lui faire cracher le morceau – qu'elle le veuille ou non –, Tiny s'empressa de retourner au chalet.

À son arrivée, les lumières étaient éteintes et Ryleigh brillait par son absence.

L'espace d'un instant, son cœur s'arrêta de battre : Ryleigh était-elle partie finalement ? Elle n'avait été hors de sa vue qu'un court laps de temps, toutefois, il était possible qu'elle se soit enfuie. Il se rua vers la chambre où elle logeait et, sans prendre la peine de frapper, ouvrit la porte.

Ses muscles se relâchèrent quand il aperçut Ryleigh allongée sur le lit. Elle était toujours là. Tiny ne voulait même pas se demander pourquoi il était si soulagé... mais il fronça les sourcils en continuant à fixer la femme qui avait bouleversé son existence.

Elle était couchée sur le côté, face à la porte, les genoux

relevés vers sa poitrine, recroquevillée en une petite boule. Elle semblait... fragile. Ses iris marron acajou étaient fermés, cachant ses yeux à sa vue. Ses cheveux noirs et raides retombaient sur sa joue, les pointes sur l'oreiller sous sa tête.

Il la regarda longuement, et remarqua qu'elle avait perdu du poids au cours des derniers mois. Il n'accordait que peu d'importance à ce qu'elle mangeait et quand, mais alors il ressentit un profond sentiment de culpabilité, car il savait que, lorsqu'ils partageaient un repas, celui-ci se déroulait dans le silence le plus complet, généralement sous le regard noir de Tiny, qui lui reprochait sa présence. Ryleigh quittait toujours la table en vitesse.

Quel connard il avait été ! Il le reconnaissait. Sauf qu'il ne savait pas comment faire autrement. Ryleigh le mettait mal à l'aise et le rendait nerveux à la fois. Les autres ne l'admettaient peut-être pas, mais cette femme était une menace. Il n'avait fait que tenter de garder un œil sur elle, pour s'assurer qu'elle ne fasse rien qui puisse nuire à son lieu de vie, son sanctuaire.

Et pourtant...

Il s'appuya lourdement contre le cadre de la porte alors qu'il se rendait compte que, même si elle essayait de faire quoi que ce soit pour nuire au Refuge... il n'aurait pas la moindre idée de comment le réparer. Il ne comprenait pas les ordinateurs comme elle. Lorsqu'elle codait et que ses doigts volaient sur un clavier, lui, il ignorait ce qu'il avait sous les yeux.

Il l'avait surveillée alors qu'elle utilisait son savoir et ses relations sur le dark web pour tenter de localiser Stone. Et ce qu'elle avait fait... c'était du génie. Cette femme était plus intelligente que toutes les personnes qu'il avait rencontrées.

Il ne faisait pas le poids face à elle et ce n'était même pas drôle.

Son aveu de ce soir avait également prouvé qu'il s'était laissé bercer par des illusions – il ne la retenait pas de force pour la surveiller. Elle était ici par *choix*, elle avait choisi de rester au Refuge. De plus, elle avait *choisi* de loger dans son chalet, même s'il la traitait comme une véritable merde.

C'est comme si elle s'était imposé cette pénitence.

Tiny avait remarqué qu'elle tressaillait chaque fois qu'il lui adressait des paroles sévères. Pour éviter toute dispute, elle passait la plupart de son temps dans sa chambre. Et pourtant, cela ne l'avait pas incité à adopter un ton plus doux à son égard... et cela n'avait pas incité Ryleigh à accepter les propositions de ses amis de loger dans leurs chalets.

Tiny éprouva pour la première fois de la culpabilité de l'avoir traitée de la sorte depuis qu'elle avait avoué ne pas être celle qu'ils pensaient. Cependant, cela ne se traduisait pas par une *confiance* soudaine. Il reconnaissait seulement avoir été un pauvre type.

À la voir ainsi, vulnérable et manifestement stressée, si l'on se fiait à son langage corporel pendant son sommeil, Tiny soupira. C'était *sa faute. Il lui avait fait comprendre qu'elle n'était pas la bienvenue et qu'elle n'était certainement pas en sécurité, après l'avoir vue se jeter au sol ce soir.*

Et pourtant... elle n'était toujours pas partie.

S'il avait été à sa place, il serait parti dès le retour de Stone au Refuge. Mais elle était là.

Tiny comprima ses lèvres en se rappelant ses paroles précédentes, comme quoi il était trop tard pour partir. Il aurait voulu la réveiller, la pousser à lui dire ce qui se tramait, ce qu'elle leur cachait, à lui et aux autres.

Même si elle gardait encore trop de secrets, Tiny n'était

pas aussi en colère que deux heures auparavant. Il avait compris qu'elle cherchait à les défendre. De quoi ou de qui, il l'ignorait, mais il le découvrirait.

Il tira la porte de la chambre de Ryleigh, la laissant entrouverte afin de pouvoir l'entendre, au cas où elle aurait besoin de lui – ce qui était ridicule, puisqu'elle ne l'avait pas encore appelé à l'aide depuis son arrivée, mais tout de même – et se rendit dans le séjour. Il se servit un grand verre d'eau, s'installa sur le canapé et s'assit, le regard perdu dans le vide, tout en essayant de réfléchir à la suite des événements.

Ryleigh avait peur de quelque chose, elle ne se sentait pas en mesure de partir, même s'il était évident qu'elle le voulait, et ce qui l'effrayait impliquait le Refuge.

Tiny frissonna d'effroi, sentant une menace imminente. Quelque chose se préparait. Quelque chose d'énorme, si cela terrifiait un génie de l'informatique comme Ryleigh. Il ne savait pas quoi, ni qui, ni quand, il semblait toutefois évident que la clé qui permettrait au Refuge de sortir indemne de tout ça était la femme qui dormait dans la chambre voisine.

Tiny s'était engagé dans la marine pour protéger et servir. Il avait adoré son rôle de SEAL. Il n'avait pas beaucoup protégé ou servi Ryleigh... mais dès le lendemain, cela allait changer. Il ne lui faisait peut-être pas confiance, néanmoins, il reconnaissait qu'elle ne les avait jamais blessés, ses amis ou lui. Au contraire, elle avait fait tout ce qui était en son pouvoir pour les aider.

Il la ménagerait, ferait de son mieux pour qu'elle se confie à lui. Une fois qu'il connaîtrait la menace, il pourrait y pallier. Ensuite, Ryleigh pourrait partir. Retrouver sa vie. Et il pourrait faire de même.

Maintenant que Tiny avait vu la peur dans ses yeux, il

avait du mal à maintenir l'animosité qu'il ressentait depuis si longtemps à l'égard de son invitée. Elle ne simulait pas cette émotion. Il en aurait parié son insigne de SEAL. Quel était le dicton ? On n'attire pas des mouches avec du vinaigre. À partir de demain, il ferait son possible pour aider Ryleigh à endosser son fardeau, quel qu'il fût.

Finalement, il se sentit mieux que ces derniers mois, même s'il ne comprenait pas vraiment pourquoi – au-delà du fait qu'il admettait à contrecœur que c'était de plus en plus difficile d'être brusque avec son invitée, sans compter les révélations de ce soir. Tiny termina son verre d'eau et se leva. Il apporta le verre vide à l'évier de la cuisine et se dirigea vers sa chambre.

Demain. Un nouveau jour, un nouveau projet.

Tiny ne faillirait pas. Ce choix n'était pas envisageable. Pas quand les poils de sa nuque se dressaient. Il n'avait jamais ignoré ce sentiment lors de ses missions en tant que SEAL, et il ne l'ignorerait pas maintenant. Si Ryleigh était la clé de la sécurité du Refuge, il ferait le nécessaire pour qu'elle se confie à lui.

3

_____

Ry était de plus en plus mal à l'aise. Depuis deux jours, Tiny était... différent. Et cela la faisait paniquer. Le lendemain de la baby shower de Henley, elle était entrée dans le salon du chalet et il lui avait dit « bonjour »... comme s'il n'avait pas passé les derniers mois à grommeler et à lui faire des reproches au début de chaque journée.

Puis il lui avait tendu une tasse remplie de café, préparé exactement comme elle l'aimait. Il n'avait _jamais_ fait cela auparavant. Elle s'était toujours occupée de son propre café chaque matin. Elle avait examiné la boisson, se demandant s'il l'avait empoisonnée, et il avait éclaté de rire. _De rire._ Il lui avait ensuite dit, comme s'il avait lu dans ses pensées, qu'il n'avait rien mis dedans, à part le sucre et la crème qu'elle aimait, normalement.

Tout était devenu encore plus étrange à partir de là. Il ne lui avait pas lancé un seul regard noir, n'avait pas insisté pour qu'elle lui dise exactement ce qu'elle faisait en ligne, et s'était abstenu de toute remarque acerbe sur le dark web qu'elle contactait parfois lorsqu'elle avait besoin d'informations.

Il ne se comportait pas comme le Tiny qu'elle avait appris à connaître ces derniers mois, et elle ne savait pas pourquoi. Ce qui la perturbait énormément.

Tiny n'était pas une personne tendre. Il disait les choses telles qu'il les percevait, sans détour. Lorsque quelque chose l'énervait, il ne tournait pas autour du pot. Il exécrait les mensonges – ce qui, elle le comprenait, expliquait pourquoi il la détestait. Pourtant, il semblait ignorer les contrevérités qu'elle avait proférées depuis son arrivée au Refuge. Elle savait qu'elle se trompait, puisqu'il lui avait répété à maintes reprises qu'il ne lui faisait pas *du tout* confiance.

Toutefois, ces deux derniers jours, il avait fait preuve d'une retenue inhabituelle à son égard. Il ne l'avait pas surveillée pendant qu'elle naviguait sur Internet, alors qu'elle tentait de découvrir ce que son père préparait. Il ne l'avait pas interrogée sur ses déplacements quotidiens, avec qui elle allait passer du temps. C'était comme si quelque chose s'était produit le soir de la baby shower, sauf qu'elle en ignorait la cause.

Certes, elle avait dévoilé des informations qu'elle aurait préféré taire, mais après lui avoir fait comprendre qu'elle ne partagerait plus aucun de ses secrets, il n'avait pas insisté pour en savoir davantage. Il n'avait pas demandé pourquoi elle ne pouvait pas partir – ou pire, il n'avait pas insisté pour qu'elle s'en aille, puisque Stone était de retour au Refuge, sain et sauf.

C'était étrange. Et honnêtement, ça ne plaisait pas à la jeune femme. Elle attendait le retour de bâton.

Avec un peu chance, ça n'aurait pas lieu aujourd'hui, car tout le monde se retrouvait à l'hôpital. Henley allait être déclenchée, et personne ne voulait manquer la naissance de leur bébé, à Tonka et elle. Ils avaient choisi de ne pas connaître le sexe de l'enfant, alors tout le monde semblait deux fois plus excité.

Bien entendu, Ry n'avait pas pu résister. Elle avait piraté la base de données de l'hôpital et trouvé les échographies, elle connaissait donc le sexe de l'enfant. Cependant, elle n'allait pas dévoiler ce secret, ce n'était pas à elle de le faire. Son besoin d'information, de ne pas être surprise, était un gros défaut. Ry le savait, malgré tout, elle ne pouvait pas s'empêcher de chercher des informations qui étaient à portée de main pour elle. Cela faisait d'elle une horrible personne, mais son père lui avait caché tant de choses qu'elle se sentait obligée d'enquêter pour en savoir plus. C'était son seul moyen de se protéger.

Elle était assise à l'arrière du Rubicon de Brick, entre Cora et Lara. Alaska était sur le siège passager à l'avant. Les autres se rendaient à l'hôpital ou y étaient déjà.

— Tonka et Henley ont déjà choisi des prénoms ? demanda Lara en passant sans y penser sa main sur son ventre arrondi.

— Je crois, mais ils n'en ont parlé à personne, répondit Alaska en haussant les épaules.

— C'est une fille, je le sens ! s'exclama Cora avec joie.

— Non, c'est un garçon, c'est sûr, réfuta Lara. Elle le porte bas.

— La position du ventre n'a rien à voir avec le sexe du bébé, répliqua Cora avec dédain.

— Bien sûr que si ! Je l'ai lu sur Internet !

— Hier, j'ai lu un article sur une femme qui a été kidnappée par Bigfoot et qui a porté son enfant... ça veut dire que c'est vrai, non ? rétorqua Cora.

Tout le monde rit.

— OK, bien vu. C'est juste que... je veux qu'ils aient un garçon, affirma Lara.

— Pourquoi ?

— Je ne sais pas. Ce serait génial un garçon. Il pourrait suivre Tonka partout, l'aider à nourrir les animaux et tout ça.

— Parce qu'une fille ne pourrait pas le faire ? grogna Cora.

Ry se mordit la lèvre pour retenir le sourire qui pointait au coin de ses lèvres. C'était amusant de voir les deux meilleures amies ensemble. Elles se disputaient comme des sœurs, mais l'amour qu'elles se portaient était indéniable. Cora s'était donné tant de mal pour retrouver Lara après sa disparition, ce que Ry ne comprenait pas. Dans le fond, elle l'entendait, toutefois, elle n'avait jamais connu ce genre de relation avec qui que ce soit... de sa famille ou non.

Lara soupira d'un air dramatique.

— Tu as raison. C'est sexiste. Et maintenant que j'y pense... voir Tonka, main dans la main, avec une autre fille, comme il est avec Jasna – et ses chiens Wally et Beauty –, ce serait tout aussi génial.

Ry aperçut Brick sourire pendant qu'il conduisait, il ne fit néanmoins pas d'interruption dans leur conversation. Peu de temps après, ils arrivèrent au petit hôpital de Los Alamos. Ry savait d'après les discussions au Refuge que Tonka avait souhaité que Henley accouche à Albuquerque, car l'hôpital était plus grand, en revanche, la future maman avait refusé et insisté pour accoucher « à la maison ».

Brick s'arrêta devant l'entrée de l'hôpital pour laisser sortir les filles avant d'aller se garer. Ry passa les portes avec ses amies et se dirigea vers la salle d'attente au bout du couloir. Ce ne fut pas compliqué de retrouver les autres, car le rire de Reese résonnait à leur droite.

Dès leur entrée dans la pièce, une cacophonie de voix s'éleva, semblant émaner de chaque recoin. Bien qu'elle fût habituée à l'*exubérance* de la bande du Refuge, cela la surprenait encore parfois. Ryleigh avait grandi dans un foyer extrêmement calme. On attendait d'elle qu'elle le soit aussi. Sa mère avait essayé de l'encourager à rire davantage, à sortir et à jouer, mais c'était son père qui dirigeait la maison et il préférait qu'elle reste assise derrière un clavier et qu'elle apprenne tout ce qu'il avait à lui enseigner.

Ry fut submergée par la tristesse en repensant à sa mère, alors elle détourna volontairement ses pensées vers les personnes autour d'elle.

— On n'a rien raté, si ? interrogea Alaska à la volée.

Maisy gloussa.

— Non, mais vous l'avez échappé belle.

— Je sais. Le dernier client avait une centaine de questions à poser. Ensuite, j'ai dû m'assurer que Robert, Jess et Hudson maîtrisaient bien la situation.

Il était rare que tous les propriétaires du Refuge partent en même temps, mais, étant donné l'importance de l'événement, personne n'avait voulu manquer l'occasion. Ry s'était sentie mal à l'aise à l'idée de s'absenter, d'autant plus que son père rôdait, sans doute en train de tout observer et de préparer ses plans. Elle n'avait pas su comment s'éclipser sans avoir à donner une raison.

Le moment où elle devrait annoncer, non seulement à Tiny, mais à *tout le monde*, ce qu'elle soupçonnait d'arriver bientôt, se rapprochait à grands pas... pourtant, elle continuait d'espérer et de prier pour se tromper.

— Ça va ?

Ces deux mots, venus de sa droite, la firent sursauter.

— Waouh, doucement.

Ry leva les yeux vers Tiny et se sentit rougir. Elle ignorait comment elle avait pu ne pas remarquer qu'il s'approchait d'elle. Il avait l'air en forme aujourd'hui. Il portait un jean délavé et une chemise à carreaux qui semblait taillée sur mesure pour ses bras et son torse. Et il sentait très bon, comme d'habitude. Selon elle, c'était le parfum de son savon, puisque Tiny n'avait pas l'air du genre à s'asperger d'eau de Cologne.

Il arqua un sourcil et Ry se rendit compte qu'elle le fixait du regard plutôt que de répondre à sa question.

— Oh, oui, ça va. Henley va bien ?

Tiny ne répondit pas sur-le-champ et se contenta de l'observer. Ry n'était pas très à l'aise à l'idée d'être l'objet d'un tel examen. Tout au long de sa vie, elle avait fait son possible pour rester dans l'ombre, tant dans ses interactions sociales qu'en ligne. Mais cet homme la *remarquait*. Elle avait l'impression de ne pas pouvoir lui cacher quoi que ce soit, surtout depuis qu'ils partageaient un toit.

— Elle va bien, finit-il par répondre. Tonka est venu nous apporter des nouvelles quand il le pouvait. La dernière fois, elle était complètement dilatée et prête à pousser.

C'était quelque peu étrange de discuter du processus d'accouchement avec Tiny, mais il ne semblait pas du tout gêné de parler de la dilatation et de ce que cela impliquait. Elle aurait dû s'y attendre, car il restait généralement impassible.

— Tant mieux, déclara Ry au bout d'un moment.

Elle était gênée et mal à l'aise en sa présence. Elle l'avait toujours été, car elle n'était que trop consciente de l'attirance qu'elle éprouvait pour lui. Cependant, après avoir avoué qu'elle ne s'appelait pas vraiment Ryan et qu'elle avait menti pour se faire embaucher au Refuge, les quelques regards réprobateurs qu'il lui avait lancés avaient totalement disparu.

Ce qui la ramenait aux deux derniers jours. Dorénavant, lorsqu'il la regardait, il semblait essayer de lire dans ses pensées, à saisir ce qui la motivait. Et, malgré sa nervosité, elle ne pouvait nier que l'attirance qu'elle avait ressentie pour lui au cours de ses premiers mois au Refuge était en train de renaître.

Ry en était effrayée. Parce que Tiny ne l'aimait pas ainsi. S'il venait à adopter une approche plus douce envers elle, ou pire encore, s'il essayait d'être gentil avec elle ou –, ne parlons pas de malheur – de la séduire pour une raison inconnue, il y avait de fortes chances qu'elle se laisse prendre au piège.

Tiny continua à la scruter, et elle eut l'impression qu'ils étaient les deux seules personnes au monde à ce moment-là. Ry était prête à se noyer dans ses iris turquoise et il lui fallut tout son sang-froid pour ne pas se pencher vers lui. Elle n'entendait plus les conversations animées de leurs amis dans la petite salle. Elle était hypnotisée par le magnétisme de cet homme qui se tenait près d'elle. S'était-il rapproché ? Ry inspira et son parfum envahit ses sens.

Il était clair qu'il s'était approché.

— Tu connais le sexe du bébé, pas vrai ? demanda-t-il, la voix basse, à brûle-pourpoint.

Ry déglutit avec difficulté et envisagea d'esquiver, mais elle lui avait déjà assez menti. La jeune femme se contenta d'opiner du chef.

Au lieu de crisper la mâchoire et de darder sur elle le regard désapprobateur qu'il lui lançait habituellement lorsqu'il comprenait qu'elle s'était servie de ses compétences informatiques pour découvrir quelque chose qu'elle n'aurait pas dû, Tiny sourit.

Ry se demanda si elle n'avait pas glissé dans une réalité alternative.

— Je me suis dit que tu le savais, parce que chaque fois

qu'il était question de savoir s'ils allaient avoir un garçon ou une fille, tu n'as jamais donné ton avis.

Prendre conscience que Tiny lui accordait *beaucoup* plus d'attention qu'elle ne le pensait aurait dû l'alarmer. Elle aurait dû avoir envie d'attraper son ordinateur bien-aimé et de quitter le Nouveau-Mexique. Mais au lieu de cela, elle se sentit... protégée. Savoir qu'il était là, qu'il veillait sur elle, fit jaillir un désir qu'elle pensait avoir repoussé dans les recoins de son être.

Elle désirait la même chose que ses amis.

Chaque fois que Brick se mettait en quatre pour prendre des nouvelles d'Alaska lorsqu'elle travaillait à l'accueil, ce désir s'exacerbait. Quand Tonka se précipitait vers la voiture de Henley alors qu'elle rentrait au Refuge après sa garde à la clinique psychiatrique en ville... quand Spike laissait Reese lui réciter ce qu'elle avait appris dans un espagnol approximatif... quand Pipe appelait Cora « chérie » avec son accent anglais si sexy... quand Owl se postait derrière Lara, les mains posées sur son ventre arrondi, comme s'il pouvait les protéger tous les deux par ce simple contact... quand Stone regardait Maisy comme si elle était le centre de son monde...

Ry aspirait profondément à ce qu'ils avaient.

Ce n'était pas de la jalousie en soi. Elle était heureuse que ses amies aient des partenaires qui les aimaient visiblement. Elle souhaitait simplement vivre la même chose. Elle avait été seule pendant des années, à faire de son mieux pour garder deux longueurs d'avance sur son père, qui se servait d'elle pour ses propres projets abjects depuis sa naissance.

Il avait fallu beaucoup de temps à Ry pour comprendre que son père ne l'aimait pas, qu'il ne l'avait *jamais* aimée. Pour lui, elle n'était qu'un instrument pour atteindre ses objectifs, celle sur qui il pourrait rejeter tout ce qu'il avait fait, s'il fallait en arriver là.

Elle avait trente et un ans et ne s'était jamais sentie désirée ou aimée... jusqu'à son arrivée au Refuge.

Elle avait effectué des recherches en ligne sur cette retraite et avait aimé ce qu'elle avait vu. Mieux encore, elle était loin des sentiers battus. Son père ne se serait jamais attendu à ce qu'elle se cache dans un tel endroit. Elle n'avait pas besoin du salaire de femme de ménage, mais elle pouvait se terrer ici tout en continuant à distribuer autant que possible l'argent que son père avait accumulé au fil des ans.

Il n'était pas aussi facile qu'on pourrait le croire de dépenser trente millions de dollars. Elle devait être discrète et se méfier de l'endroit où elle cachait l'argent, jusqu'à ce qu'elle puisse tout donner. Chaque nouveau compte bancaire que sa fille créait augmentait les chances pour son père de la localiser. Cependant, si elle déposait trop d'argent sur un seul compte, des questions seraient soulevées et il faudrait affronter les répercussions fiscales.

Ry sentit un contact sur son bras, et une fois de plus, elle sursauta. Tiny se tenait encore plus près d'elle, son corps empêchant Ry de voir le reste de la pièce. Il la regardait fixement. Ses doigts couraient le long de son bras. Il s'était tu jusqu'à présent, tandis que Ry se perdait dans ses réflexions.

— Tu as tant de choses en tête, murmura-t-il d'un air songeur.

OK, ce Tiny presque gentil faisait *totalement* flipper Ry. Elle était habituée à ses critiques acerbes, à ses attaques de remords et de honte pour qui elle était, ce qu'elle faisait.

— Je m'inquiète pour Henley, répondit-elle.

— Un jour, tu te sentiras assez en confiance pour ne plus me cacher la vérité, la rassura-t-il.

Puis, il rompit le contact et s'éloigna.

Alors qu'il s'apprêtait à tourner les talons, Ry s'empressa d'ajouter :

— Ce n'était pas un mensonge.

Tiny plissa légèrement les yeux.

— Tu es sûre ?

Elle acquiesça.

— Je m'inquiète *sincèrement* pour Henley. Tonka serait anéanti s'il lui arrivait quelque chose. Je sais qu'ils veulent tous les deux de ce bébé, mais pas au prix de sa santé à elle. Je me demandais ce que ça fait d'être aimée comme ça. D'avoir cette assurance qu'une personne se battra pour nous défendre.

Aussitôt prononcées, Ry regretta ses paroles. Elle aurait dû laisser Tiny s'éloigner. Il croyait qu'elle lui avait menti une fois de plus, et elle aurait dû l'ignorer.

— Tu n'as jamais connu ça ? Même quand tu étais enfant ? s'enquit Tiny.

Ry aurait adoré rire de sa question et mentir en affirmant qu'elle avait connu ça.

Mais elle se força à maintenir son regard et secoua la tête en haussant les épaules.

— Je suis désolé. Mon enfance n'était pas idyllique, mais ma mère a fait de son mieux. Elle m'aimait. En revanche, mon frère, qui était mon meilleur ami, partageait tout avec moi. Il a toujours assuré mes arrières, et moi les siens. Il aurait fait n'importe quoi pour me protéger, tout comme je l'aurais fait pour lui. Bref, je suis désolé que tu n'aies pas connu ça. Et... je voudrais m'excuser pour mon comportement.

Ry fut prise de vertiges. Qui *était* cet individu ? Ce n'était pas celui avec qui elle vivait depuis quelques mois. Celui qui la fusillait du regard tous les jours, qui ne manquait jamais une occasion de lui montrer qu'il ne lui faisait pas confiance, et qui n'hésitait pas à déverser sa colère verbale sur elle.

— Je n'accorde pas ma confiance facilement, déclara-t-il, avant de s'esclaffer. Enfin, c'est un euphémisme.

— J'avais remarqué, répondit Ry, sans rancune.

Les lèvres de Tiny tressaillirent.

— Je n'ai aucun doute là-dessus. Dans tous les cas, j'ai déversé mes frustrations sur toi. Tu m'as menti, tu nous as tous menti, et ça ne m'a pas plu. J'ai horreur des mensonges. Mais après notre discussion, il y a quelques jours, j'ai essayé de regarder ta situation d'un... point de vue plus objectif. J'ignore pourquoi tu as fait ce que tu as fait, ce que tu fuis manifestement, mais les mensonges que tu nous as racontés... n'étaient pas malveillants. Certes, tu as utilisé tes compétences pour trouver des informations que tu n'aurais pas dû chercher, mais tu les as aussi utilisées à bon escient. Alors... je suis désolé d'avoir été un crétin.

Ry leva une main et, avant de réfléchir à ce qu'elle faisait, enfonça son doigt dans le torse de Tiny. Avec force.

— Aïe ! C'était quoi, ça ? demanda-t-il en attrapant son doigt avant qu'elle ne puisse recommencer.

— J'essaie de déterminer si je suis en train de rêver, ou non, répondit Ry.

Tiny se mit à rire.

Incapable de faire autrement, elle le fixa, stupéfaite. En deux jours, il avait ri deux fois en sa présence. De quelque chose qu'*elle avait dit ? Elle était assurément en plein rêve.*

— Tu ne rêves pas. Je ne dis pas que je vais te faire confiance comme par magie ni à *quiconque* d'ailleurs. Seulement que... je te pardonne pour tes actions passées et je m'excuse d'avoir dit ou fait quoi que ce soit qui t'a donné l'impression que tu n'avais pas ta place ici, au Refuge. Parce que tu as ta place, plus que moi, la plupart du temps.

Les larmes menaçaient de couler, mais Ry les retint. Elle aimait ce semblant de famille qu'elle avait trouvé. Toutefois, elle ne pouvait pas rester. Pas après ce qu'elle avait fait. Pas avec son père à ses trousses, qui cherchait à la faire payer pour l'avoir doublé.

— C'est une fille !

Ry sursauta à nouveau, et cela ne lui échappa pas que Tiny la stabilisa avant de s'éloigner pour lui laisser un peu d'espace.

Après l'annonce de Tonka, des acclamations retentirent dans la salle d'attente. Une fois que tout le monde fut calmé, il reprit.

— Henley va bien. Ils s'occupent d'elle et, quand ils auront fini de peser et d'ausculter le bébé, vous pourrez venir la voir.

Tout le monde se mit à parler en même temps, pour apporter son soutien à Tonka et lui faire savoir que chacun attendrait son tour pour rencontrer sa nouvelle fille.

Tonka se tourna vers Jasna, qui était sous son bras, blottie contre lui.

— Tu veux leur dire le nom de ta petite sœur ?

Le visage de l'adolescente s'illumina et elle hocha la tête. Elle se tourna vers le groupe et annonça :

— Elizabeth Ryleigh Matlick !

Ry était bouche bée. Non. Ils n'avaient pas donné son prénom à leur fille. C'était impossible, pas après qu'elle leur ait menti à tous.

— Elizabeth, parce qu'on aime ce prénom. Et Ryleigh, pour des raisons évidentes.

Tonka croisa le regard de l'intéressée et ajouta :

— Parce que, sans toi, on aurait perdu Jas.

Cette fois, elle ne put retenir ses larmes. Ry ferma les yeux, alors qu'elle se sentait entourée par ses amis. Ils la réconfortèrent et la félicitèrent. L'ambiance était joyeuse, mais Ry ne pensait qu'à la générosité et à l'amour de ces gens.

Elle ne le méritait pas.

Sa présence les mettait tous en danger. Si seulement ils savaient...

Bien évidemment, ils n'en savaient *rien, car elle ne leur avait rien dit. Elle craignait que l'amitié qu'ils lui avaient témoignée se tarisse en un clin d'œil, et qu'une fois de plus, elle se retrouve seule. En fuite.*

Mais alors qu'elle se tenait là, au milieu de leurs amis, à se dire que Tonka et Henley avaient donné *son* prénom à leur bébé... elle prit conscience qu'elle avait mal jugé les hommes et les femmes du Refuge. S'ils connaissaient son histoire, ils ne lui tourneraient pas le dos. Ils feraient tout leur possible pour l'aider. Parce que c'était dans leur nature.

Tonka repartit avec Jasna afin qu'elle puisse voir sa mère et rencontrer sa petite sœur. Ils allaient passer un peu de temps ensemble avant les allées et venues de tous pour rencontrer la nouvelle venue dans la famille du Refuge.

Ils enlacèrent tous Ry en attendant avec impatience de pouvoir rencontrer la petite Elizabeth. Tiny ne s'approcha plus d'elle, mais chaque fois qu'elle regardait autour d'elle, Ry l'apercevait tout près. Au lieu d'avoir l'impression qu'il la surveillait parce qu'il ne lui faisait pas confiance, elle se sentit... rassurée. Le changement de comportement de Tiny lui donnait encore le tournis. Elle ne comprenait pas vraiment comment ni pourquoi il avait changé, néanmoins, elle ne pouvait nier qu'elle préférait de loin ce Tiny à celui qui était brusque et carrément méchant.

Ry laissa sa place aux autres pour qu'ils aillent rendre

visite à Henley. Elle se sentit soudain gênée à l'idée de voir son amie. Elle ignorait que Henley et Tonka avaient prévu de l'honorer ainsi. C'est pour cela qu'elle n'aimait pas les surprises. Elle ne savait pas comment réagir.

Enfin, ce fut son tour. À la surprise de Ry, Tiny l'escorta dans le couloir jusqu'à la chambre de Henley. Elle garda le silence, elle ne savait pas quoi lui dire. Heureusement, il ne semblait pas s'attendre à ce qu'elle dise *quoi que ce soit*. Il marcha à ses côtés, se plaçant derrière elle seulement lorsqu'ils croisaient quelqu'un dans le couloir. Même alors, sa présence rassurante derrière elle l'empêchait d'être sur ses gardes. Cela s'apparentait presque à un miracle, car, depuis dix ans, depuis le jour où elle avait fui la maison de son père, elle était restée constamment sur ses gardes.

Lorsqu'elle entra dans la chambre de Henley, la première chose qu'elle remarqua fut la fatigue sur le visage de son amie. Elle était heureuse, certes, mais aussi épuisée. Et ce n'était pas étonnant. Le travail avait duré des heures, elle avait enduré la douleur et l'excitation de l'accouchement et accueillait leurs amis depuis plus de deux heures maintenant.

La petite Elizabeth Ryleigh dormait profondément dans les bras de Henley. Tonka se tenait à côté du lit et observait sa femme et sa fille d'un air émerveillé.

— Salut, lança Ry.

Elle ne savait pas quoi ajouter.

— Viens ici, lui ordonna Henley en tendant sa main libre.

Ry avança et enlaça son amie.

— Assieds-toi, lui intima Henley, indiquant d'un geste une chaise située près du lit.

Ry s'assit docilement.

— Finn, je t'aime, mais peux-tu nous laisser un moment,

Ry et moi ? Emmène Jas manger un bout. Elle n'a pas mangé de la journée et son ventre gronde depuis une heure.

— Je ne veux rien rater, protesta Jasna.

— Chérie, tu ne vas rien rater. Elizabeth dort, et elle va rester endormie le temps que tu manges et que tu reviennes. Et je vais faire une sieste après le départ de Ry. Tu reviendras, tu m'embrasseras pour me souhaiter bonne nuit, puis tu retourneras au Refuge avec Finn parce que les chèvres sont probablement en train de manger le bois de leurs enclos, Melba est sûrement en train de meugler, et je suis certaine que tu manques énormément à Scarlet Pimpernickel. Sans oublier que Beauty et Wally vont devoir manger.

— D'accord. Mais empêche Elizabeth de faire des trucs mignons tant que je ne suis pas là ! l'informa Jasna.

Elle se pencha pour embrasser sa mère et se dirigea vers la porte.

— On revient vite. Ensuite, tu pourras dormir, lui dit Tonka avant de lui donner un long baiser sincère. Je t'aime tellement. Tu n'as pas idée du cadeau que tu m'as fait aujourd'hui.

Ry avait l'impression d'être la cinquième roue du carrosse, toutefois, elle ne bougea pas, comme si cela la rendait invisible.

— Allez-y, ordonna Henley. Oh, et ramène-moi un énorme paquet de Tater tots. Je suis *affamée*.

— Entendu, madame, s'esclaffa Tonka.

Aussitôt Tonka parti, Tiny s'approcha du lit et sourit à Henley.

— Félicitations, Hen.

— Merci, Tiny.

— Elle est magnifique, dit-il en montrant le bébé endormi.

— C'est un bébé, bien sûr qu'elle est magnifique. J'aimerais que tu nous accordes aussi un moment, à Ry et à moi.

Tiny opina.

— Bien sûr. Je suis dans le couloir si tu as besoin de quelque chose.

Henley leva les yeux au ciel.

— Je ne sais pas de quoi je pourrais avoir besoin, mais merci.

Ry croisa le regard de Tiny, et elle fut incapable de dire ce qu'elle y voyait. Elle se posait tant de questions; or, elle savait qu'elle ne les poserait jamais. Elle avait toujours l'impression d'être dans un autre univers. Elle s'était habituée au statu quo, à ce que Tiny la traite comme une espionne qui avait besoin d'une surveillance constante. Et maintenant, il était...

Elle ne savait pas ce qu'il *manigançait*.

Dès que Tiny eut disparu de la chambre, Henley s'affaissa sur ses oreillers.

— Tu es fatiguée, dit Ry. Je devrais peut-être m'éclipser moi aussi.

Cependant, Henley agrippa fermement le bras de la jeune femme.

— Non, s'il te plaît. Reste.

— Pourquoi ? lâcha Ry.

— Parce que tu es toujours d'une humeur égale. Tu as une aura qui me calme. J'adore nos amis, ils sont tous formidables. Mais tout cet enthousiasme peut être épuisant. Avec toi, je peux me détendre. Avec toi, je n'ai pas besoin de faire semblant.

Ry, estomaquée par les mots de son amie, secoua la tête, toujours effarée par ce que cette femme avait fait.

— Je n'arrive pas à croire que tu aies donné mon prénom à ta fille.

Henley sourit.

— Tu as sauvé Jasna, Ry. Ce que tu as fait... Je n'ai pas de mots. Je ne sais même pas *tout* ce que tu as fait, juste l'essentiel, mais quand même. Personne n'avait jamais rien fait de tel pour moi auparavant. Tu as risqué ta vie pour ma fille, et ça signifie quelque chose. Ça veut *tout dire*. Tu ne m'as pas laissé te remercier, pas vraiment, et je voulais m'assurer que tu saches combien tu es importante pour Tonka et moi. Et Jas. Sans toi, on...

Sa voix se brisa.

La poitrine de Ry se serra. Plus d'un an auparavant, elle n'avait même pas réfléchi à ce qu'elle faisait lorsqu'elle était partie à la recherche de Jasna. Elle avait juste agi. Elle avait fait ce qui était juste. Ce qu'elle devait faire pour expier tous les péchés de son passé.

— Tu veux bien me raconter l'histoire ? Toute l'histoire ? demanda Henley.

— Je ne sais pas...

— Je t'en supplie, la coupa Henley. J'ai besoin de savoir ce qui lui est arrivé. Ce qu'elle a vécu. Ce que tu as vu, ce que tu as fait. Comment tu l'as retrouvée. Je n'ai pas insisté jusqu'à présent, mais aujourd'hui, le jour de la naissance d'Elizabeth... je me rends compte que j'ai envie de savoir. Si Tonka sait, il ne me le dira jamais parce qu'il veut me protéger. Je ne *veux* pas être protégée. Pas quand il est question de Jasna. S'il te plaît, Ry. J'ai besoin de savoir.

Ry opina du chef. Elle comprenait ce besoin. Elle le ressentait tous les jours. S'il existait des informations, elle devait les trouver.

— D'abord, il faut que tu saches que... je savais que tu allais avoir une fille avant aujourd'hui, déclara la jeune femme.

Henley pouffa.

— Je ne suis pas étonnée.

— Tu n'es pas fâchée ?

— Non. Tu n'as pas révélé le secret. Tu n'as pas dit que tu savais. À personne. Je me fiche que tu aies piraté les dossiers de l'hôpital pour le savoir. Pas le moins du monde. Tout comme je me fiche que tu aies enfreint des lois pour retrouver Jas, ou Reese, ou pour faire tout ce que tu as fait. Tu es une bonne personne. Jusqu'à la moelle, Ry. Peu importe ce qui a eu lieu dans ton passé, ou comment tu es arrivée au Refuge, je ne croirai rien d'autre.

De nouveau, Ry fut bouleversée. Qu'avait-elle fait pour mériter le soutien et la loyauté de cette femme ? Elle avait retrouvé Jasna, certes, mais n'importe qui aurait fait ce qu'elle avait fait, s'il avait eu les compétences nécessaires.

Ry prit une profonde inspiration et commença son récit.

4

Tiny se tenait en silence à côté de la chambre d'hôpital, adossé au mur. Il voulait être à proximité au cas où Henley ou Ryleigh auraient besoin de quelque chose. Son but n'avait pas été d'écouter aux portes, mais à présent, il était incapable de s'éloigner, même si sa vie en dépendait.

Après avoir entendu Henley soutenir Ryleigh, il se sentait encore plus coupable qu'il ne l'était déjà. Elle n'avait pas l'air le moins du monde inquiète de ce que Ryleigh était capable de faire, en termes de piratage. Elle avait dit que Ryleigh était une bonne personne, jusqu'à la moelle...

Elle avait raison.

Cette information à l'esprit, Tiny ressentit le besoin d'entendre l'histoire de Ryleigh, comment elle avait retrouvé Jasna, tout autant que Henley. Il s'était joué l'événement encore et encore, et comme il n'était pas un génie de l'informatique, il n'arrivait pas à comprendre. Comment avait-elle découvert où était Jasna, qui l'avait enlevée ?

Il retint son souffle lorsque Ryleigh commença à parler.

— Comme tu le sais, on était dans ma voiture quand tu as appris que Jasna avait disparu, dit Ryleigh. Tu as cité le nom de Christian Dekker. Alors, après vous avoir déposés, toi et les autres, au Refuge, je suis retournée à mon appartement et j'ai aussitôt commencé à faire des recherches sur lui.

— Sur lui ? s'enquit Henley.

— Oui, j'ai piraté la base de données de la police pour vérifier s'il avait un casier judiciaire, pour commencer.

— Il était mineur, déclara Henley, l'air perplexe.

— Et ?

Le silence se fit un instant, puis Henley pouffa.

— Désolée, continue.

— Il y a eu quelques plaintes contre lui, mais rien qui justifiait une arrestation. Je ne devrais sûrement pas le dire, mais... ce que je fais n'est plus vraiment un secret. J'ai également lu *tes* rapports sur lui, ainsi que ceux de ton patron. J'ai lu tout ce que ses parents avaient dit lorsqu'ils étaient en thérapie. J'ai compris que tu avais de *très* bonnes raisons de t'inquiéter à son sujet. De penser qu'il pouvait être derrière la disparition de Jasna. Alors j'ai géolocalisé son téléphone. Et avant que tu ne poses la question, oui, j'ai pensé à appeler la police, mais ils ont besoin d'un motif raisonnable et d'un mandat de perquisition. Le temps qu'ils obtiennent tout ça, Jas aurait pu être blessée, ou pire. Alors j'ai fait ce que je fais le mieux, et je l'ai trouvé. J'ai découvert qu'il était dans cette cabane au milieu des bois. Et je suis allée vérifier par moi-même.

— Ry ! Ce n'était ni judicieux ni prudent ! s'exclama Henley.

Tiny approuvait. Il serra les poings et dut prendre sur lui pour ne pas faire irruption dans la chambre et... il ne savait pas trop quoi. Il n'en voulait pas à Ryleigh, en soi, mais il n'arrivait pas à croire qu'elle soit aussi stupide ! Prendre des risques aussi inconsidérés...

Ryleigh resta muette un long moment, et Tiny regrettait de ne pas voir son visage. Elle n'était pas douée pour cacher ses émotions, et s'il pouvait la voir, il aurait une meilleure idée de ce qu'elle pensait.

— Oh, Ry, lança finalement Henley, la voix empreinte d'émotions. Personne ne s'est jamais inquiété de ta sécurité avant ?

— Non, répondit Ryleigh, d'une voix neutre, factuelle.

Tiny prit une profonde inspiration et sa colère s'estompa pour laisser place à la tristesse. Il se sentait mal pour Ryleigh. De toute évidence, personne ne s'était jamais soucié d'elle. Ni sa famille, ni ses amis, ni personne d'autre. Son cœur se serra… d'autant plus après la façon dont il l'avait traitée.

— Bref, peu importe si c'était prudent ou pas, car s'il y avait la moindre chance qu'il ait enlevé Jasna, je devais le découvrir. La cabane avait l'air déserte, et elle était au milieu de nulle part. Il n'y avait aucun voisin qui aurait pu accourir si je criais à l'aide ou autre. Il y avait une voiture garée à l'extérieur, et la plaque d'immatriculation correspondait aux numéros que j'avais relevés dans les dossiers de Christian, donc je savais qu'il était là. Il n'y avait qu'une seule raison pour qu'il se trouve dans un tel endroit… et ce n'était pas une bonne raison. Je ne savais pas quoi faire, termina Ryleigh.

Sa voix tremblante donna une fois de plus à Tiny l'envie de faire irruption dans la chambre et de la réconforter.

— Je ne suis pas commando. Je suis une geek, douée avec mes doigts sur un clavier, mais pas avec mes poings pour me battre.

— Tu n'aimes pas les conflits, observa Henley.

Tiny cilla dans le couloir. C'était une affirmation simple,

mais maintenant qu'il y pensait, Henley avait tout à fait raison.

— Je déteste ça, confirma Ry. Durant mon enfance, je ne faisais rien de bien. On me criait dessus... souvent. On me disait que j'étais bête pour la moindre erreur. Et chaque fois que je faisais une de ces erreurs, on me punissait en me privant de nourriture, en m'enlevant mes appareils électroniques, en m'interdisant d'aller à l'école. Je devais refaire ce que j'avais raté jusqu'à ce que ce soit fait correctement.

— Comme quoi ? interrogea Henley.

Il y eut une brève pause.

— Une fois, après avoir piraté la base de données du Trésor public pour modifier les informations fiscales de mon père – je me suis trompée – les flics sont venus à la maison. Mon père m'a fait porter le chapeau, il a fulminé contre les « enfants de nos jours » et a laissé la police m'emmener au poste. J'ai vraiment cru qu'on allait me mettre en prison et j'étais terrifiée. Lorsqu'ils m'ont finalement ramenée chez moi, après avoir passé des heures à me parler de toutes les choses horribles qui pourraient m'arriver si jamais je refaisais quelque chose de ce genre, j'étais complètement bouleversée.

— Quel âge avais-tu ?

— Onze ans.

La mâchoire de Tiny se décrocha. Onze ans ? Elle avait piraté une base de données de l'État – sur ordre de son père, apparemment – à l'âge de onze ans ? Sérieusement ?

— C'est vraiment très jeune.

Le ton de Henley était égal, et Tiny ne put s'empêcher d'être en admiration face à ses compétences. C'était une psychologue talentueuse, et sa popularité au Refuge auprès des invités était compréhensible.

Ryleigh ne renchérit pas, toutefois, Tiny l'imaginait

parfaitement hausser les épaules suite au commentaire de Henley avant qu'elle ne continue.

— Revenons à nos moutons. Alors que j'étais au milieu des arbres, en train d'observer la cabane, à me demander si je devais appeler Tonka, ou peut-être Tiny, Christian est sorti de la maison. Tout seul.

Tiny ne put réprimer un sentiment de bien-être en apprenant qu'elle avait voulu l'appeler à l'aide. Ryleigh semblait si sûre d'elle. Si confiante. Néanmoins, de savoir qu'elle avait pensé à *lui* demander de l'aide au moment où il fallait passer à l'action, provoqua en lui une certaine satisfaction.

— Je l'ai regardé partir. J'avais très envie de savoir où il allait, mais je devais savoir si ton intuition – qu'il avait enlevé Jasna – était correcte. J'ai attendu qu'il soit parti, puis je me suis approchée prudemment de la maison et j'ai regardé par une fenêtre. Jas était là, endormie sur le sol. Enfin, j'ai pensé qu'elle n'était peut-être pas endormie. Elle ne bougeait pas. Je n'ai pas vu de sang ou quoi que ce soit d'autre, alors j'ai espéré que c'était bon signe. J'ai pris le temps de vérifier où se trouvait Christian sur mon téléphone – je m'étais envoyé un lien avant de quitter mon appartement, avec la géolocalisation de son téléphone portable. J'ai vu qu'il se dirigeait toujours vers la ville, et je me suis dit que j'avais assez de temps pour sortir Jas de cette cabane. Je suis entrée et j'ai réussi à la réveiller, suffisamment pour la soulever. Je l'ai emmenée dans ma voiture et j'ai quitté la cabane à tombeau ouvert. J'étais en route pour le Refuge, mais je me suis arrêtée avant d'y arriver. J'ai vérifié la position de Christian, et j'ai vu qu'il était au fast-food. Ce salaud avait kidnappé une jeune fille et s'offrait un *hamburger* ? Ça m'a dégoûtée. J'ai appelé les flics sur leur ligne dédiée aux renseignements et je leur ai dit où ils pouvaient le trouver. Je savais que la police le recherchait ; je les avais entendus parler sur une application de radio d'urgence que j'ai... et qui est tout à fait légale, soit dit en passant. Tout le monde peut la télécharger et écouter.

— Je ne te juge pas, Ry. Pas le moins du monde. Comment peux-tu penser ça après tout ce que tu as fait pour moi et pour ma famille ? s'étonna Henley.

— Je... je sais que ce que je fais n'est pas légal. Mais ça fait longtemps que je n'ai pas fait quelque chose qui pourrait blesser quelqu'un, reconnut Ryleigh, la voix basse.

Tiny y réfléchit un instant, et même s'il ne savait pas exactement ce qu'elle faisait sur son ordinateur, depuis qu'elle avait avoué qu'elle n'était pas celle que tout le monde pensait, elle s'était toujours rendue utile. Elle avait piraté des sites qu'elle n'aurait pas dus, certes, mais elle l'avait fait parce qu'elle essayait de retrouver Lara. Puis Stone.

— On a de la chance de t'avoir à nos côtés, la rassura Henley.

Il entendit renifler, puis Ryleigh reprit la parole.

— Bref, j'ai dit aux flics où se trouvait Christian, et où se situait la maison dans les bois, juste au cas où ils n'auraient pas réagi assez vite à mes informations pour l'attraper alors qu'il était encore à Los Alamos. J'ai repris la route pour ramener Jas au Refuge, mais je me suis rendu compte du nombre de questions qu'on allait me poser si je revenais. J'*aime* le Refuge. J'aime mon travail. Je savais que, si je rentrais avec Jasna, tout le monde s'interrogerait et je devrais partir. Et je sais que c'était vraiment égoïste de ma part, mais... j'ai décidé de la laisser dans l'un des bunkers, puis d'envoyer un message anonyme à Tonka pour lui dire où elle était, afin qu'il puisse aller la chercher.

— Ah, oui... les bunkers, souffla Henley.

Tiny pinça les lèvres. Il savait que Tonka avait parlé à sa

femme des bunkers cachés sur la propriété du Refuge. Il l'avait même emmenée dans celui où Jasna avait été mise en sécurité, afin qu'elle puisse le voir de ses propres yeux. Pour tourner la page. Alaska était également au courant de leur existence, car Brick l'avait cachée dans l'un d'eux avant de partir à la recherche de l'enfoiré qui avait encore essayé de la kidnapper. Les bunkers n'étaient plus aussi secrets qu'avant, c'était certain.

— Tu es au courant ? demanda Ryleigh. Ils ne sont pas connus de tous.

— Je suis au courant, confirma Henley. Mais je ne sais pas où ils sont tous localisés. Tu peux m'en dire plus ?

— Non, refusa Ryleigh avec une certaine fermeté. Ce n'est pas à moi de révéler ce secret. Désolée.

Ryleigh avait réussi à surprendre Tiny une fois de plus. Cette femme connaissait manifestement beaucoup d'informations sur de nombreux sujets, dont le Refuge, et sûrement sur les hommes qui en étaient les propriétaires. Toutefois, elle ne divulguait pas ces informations à tort et à travers, ce qui l'impressionnait. Il n'était toujours pas à l'aise avec le niveau de connaissances qu'elle possédait, et il se demandait ce qu'elle gardait d'autre en secret, néanmoins, il devait reconnaître qu'elle l'avait surpris en ne disant pas à Henley tout ce qu'elle savait sur les bunkers.

— D'accord. Donc, tu as ramené Jasna au Refuge ?

— Oui, elle n'avait pas l'air d'avoir du mal à respirer, et je n'ai trouvé aucune blessure. Selon moi, Tonka allait la trouver rapidement, alors je me suis dit que je pouvais la laisser seule pendant un petit moment. Je me suis assurée qu'elle était en sécurité et je suis retournée à ma voiture. En route pour Los Alamos, j'ai écouté ce qui se passait à la cabane sur la radio, puis j'ai envoyé un message à Tonka pour lui dire où il pouvait trouver Jasna.

— Et tu es rentrée chez toi, conclut Henley.

— Oui.

— Toute seule.

— Euh... oui ?

— Oh, Ry, répéta Henley d'une voix déchirée.

Tiny ressentait la même chose. Il savait ce que Ryleigh avait fait depuis un moment déjà, mais de l'entendre de sa bouche donnait une nouvelle dimension à l'histoire. Elle n'avait pas cherché d'approbation à ses actions. Elle n'avait pas voulu de remerciements ou de félicitations. Elle avait sauvé la vie de Jasna, l'avait dérobée sous le nez d'un tueur, puis était rentrée chez elle, seule, et avait gardé le silence sur toute cette affaire.

— Et Reese ?

— Quoi, Reese ? s'enquit Ryleigh.

— Tu l'as géolocalisée et tu as dit aux gars où elle était, puis tu as continué ta vie comme si de rien n'était ?

— Ce n'était pas grand-chose.

— Pas grand-chose ? Ry, c'est *énorme*. Tu lui as aussi sauvé la vie ! Qui d'autre as-tu sauvé au fil des ans et refusé de t'en attribuer le mérite ? Pour combien d'autres personnes as-tu été un ange gardien sans qu'elles le sachent ?

Tiny comprenait la perplexité de Henley. Il éprouvait la même chose. Il avait pensé le pire de Ryleigh, et il commençait à peine à prendre conscience comme sa vie avait été solitaire.

— Pas assez. J'ai fait de mauvaises choses. J'ai utilisé mes compétences pour détruire la vie de certaines personnes.

Tiny fronça les sourcils. La Ryleigh qu'il connaissait n'était pas une mauvaise personne. Mais d'un autre côté, il devenait de plus en plus évident qu'il ne connaissait pas vraiment Ryleigh.

— N'importe quoi ! s'exclama Henley avec passion.

— Si, c'est vrai, insista Ryleigh.

— Si c'est vrai, ce n'était pas *voulu*. Quelqu'un t'a forcé.

Tout à coup, cela fit tilt.

Elle avait dit avoir peur, devoir protéger le Refuge et tous ceux qui y vivaient, « réparer » des choses. Elle prétendait avoir fait des choses pour aider le Refuge à prospérer, et les « gens » qui aimeraient voir cet endroit partir en fumée parce qu'il comptait pour elle... tout cela avait un peu plus de sens à présent.

Quelqu'un détestait Ryleigh. Assez pour vouloir lui faire du mal... peut-être même à toute personne ou tout objet auquel elle s'intéressait.

Il se doutait depuis un moment qu'elle se cachait. Qu'elle fuyait ! Mais pour combien de temps, c'était un mystère ? Et vu ce qu'elle avait laissé échapper ces derniers jours... la personne ou l'entité dont elle se cachait l'avait sûrement retrouvée.

Elle avait protégé Jasna, et Reese, et s'était épuisée à essayer de retrouver Stone. Une immense pression devait peser sur les minces épaules de Ryleigh – et qu'avait fait Tiny ? Il avait aggravé la situation. Il l'avait battu froid, l'avait traitée comme une paria.

Et pourtant, elle était restée. Parce qu'elle continuait à les protéger. Eux tous.

Il se sentait minable.

La méfiance qu'il éprouvait à son égard n'avait pas disparu en apprenant ce qu'elle avait fait, toutefois, un large trou s'était assurément formé dans la carapace qu'il avait construite autour de son cœur.

— Qu-quoi ? Pourquoi dis-tu ça ? demanda Ryleigh.

— J'ai passé ma vie à étudier la psyché humaine, répondit Henley. Le comment et le pourquoi des actions des gens. Tu es une bonne personne, Ry. Ça se sent. Si tu as fait de mauvaises choses par le passé, ce n'est pas parce que tu es quelqu'un de mauvais – c'est parce que tu n'avais pas le choix. Je ne savais pas que c'était toi qui avais aidé Jas quand c'est arrivé, et je le regrette. Je ne t'aurais pas laissée toute seule dans ton appartement après cette épreuve. Je t'en veux un peu. Mais... je comprends. Tu as fait ce que tu pensais être juste. J'espère que tu comprends que tu fais partie de l'équipe maintenant. Du Refuge. Tu es notre amie. Et donner ton prénom à ma fille est la décision la plus réfléchie que j'ai prise de ma vie.

— Henley, protesta Ryleigh d'un ton larmoyant.

Tiny prit une profonde inspiration et se dégagea du mur contre lequel il s'était adossé. Il s'éloigna discrètement de la chambre d'hôpital, il avait besoin de prendre l'air. Il ne se sentait pas mal d'avoir écouté aux portes. La carapace de Ryleigh était plus épaisse que la sienne. *Pourquoi* avait-elle dû se protéger ? Cette idée faisait bouillir Tiny de colère. Cependant, il ne pouvait rien faire pour l'aider tant qu'elle ne s'ouvrirait pas à lui sur son passé.

Quelqu'un rôdait, la menaçait. Il en était certain. Et pas seulement *elle*, mais aussi le Refuge.

Elle l'avait dit elle-même, elle pensait ne pas *pouvoir* partir maintenant, car quiconque rôdait savait combien le Refuge comptait pour elle. Ce seul fait traduisait à Tiny qu'elle était quelqu'un de bien. N'importe qui d'autre aurait fui bien avant pour sauver sa peau. Mais pas Ryleigh.

Il se sentait horriblement mal de l'avoir traitée ainsi. Comme si elle était une criminelle. Quelqu'un qu'il fallait surveiller en permanence. Et depuis le début, elle n'avait eu que les meilleures intentions envers ses amis et son foyer.

Enfreignait-elle tout de même la loi en commettant ces actes en ligne ? Sans aucun doute, oui. Mais maintenant qu'il y réfléchissait, Tiny se demanda ce qu'elle avait fait d'autre pour aider le Refuge. Elle avait pour ainsi dire admis qu'il y avait autre chose l'autre soir, lorsqu'elle avait laissé échapper ces paroles qu'elle n'avait sûrement pas eu l'intention de dévoiler. Comme quoi elle n'avait pas travaillé si dur pour faire prospérer ce lieu et le voir en pâtir maintenant.

L'idée que Ryleigh puisse être un Robin des Bois des temps modernes le rendait encore plus honteux. Le Refuge n'avait pas besoin de charité, ils s'en sortaient très bien. Mais alors qu'il y pensait, Tiny dut admettre que l'année passée avait été leur meilleure année. Ils s'étaient agrandis, avaient acheté un hélicoptère, géraient plus d'affaires qu'ils ne pouvaient en supporter... Toutefois, il se demanda si c'était en partie grâce à Ryleigh et à ses compétences en informatique.

Les portes du petit hôpital s'ouvrirent automatiquement à l'approche de Tiny, ce qu'il ne remarqua pas, et il prit une grande inspiration dès qu'il fut à l'extérieur. Il se dirigea vers un banc situé dans un petit espace vert près de l'entrée et s'assit. Il se pencha et posa ses coudes sur ses genoux en regardant le sol.

Les pensées se bousculaient dans sa tête. Tout ce qu'il avait entendu Ryleigh dire à Henley, ce qui s'était passé au Refuge au cours des derniers mois, ce qu'il avait lui-même dit à Ryleigh, sachant que ça la blesserait.

Quel crétin il avait été. Il le reconnaissait. Mais Ryleigh lui avait tapé sur les nerfs avant même qu'ils ne découvrent qui elle était vraiment... et ça ne lui avait pas plu. Il s'était donc servi de ses aveux comme d'une excuse pour prendre ses distances. Pour renforcer la carapace autour de son cœur.

Aussi courageuse que fut Ryleigh – elle avait été prête à

affronter un tueur, pour l'amour de Dieu – elle était aussi imprudente à bien des égards. Et naïve...

Tiny avait bien remarqué qu'il lui plaisait. Les regards en coin, ses joues qui s'échauffaient quand il la surprenait en train de la fixer. Mais c'était *avant*.

Avant qu'elle avoue avoir menti à tout le monde.

Depuis, il n'y avait plus eu de regards. Plus de rougissement. Seulement une tonne d'expressions méfiantes, beaucoup de nervosité, et elle l'évitait autant que possible. Ce qui arrivait peu, étant donné qu'il la perdait rarement de vue. Mais elle n'était pas partie. Elle était restée pour faire tout ce qu'elle pouvait afin d'aider à retrouver Owl, Lara et Stone. Et lorsque Lara et Owl étaient revenus, elle avait continué à encaisser les coups de Tiny, car il n'y avait toujours aucune trace de Stone. Et elle avait travaillé sans relâche pour le retrouver.

Tiny se cala dans le fond du banc en bois et regarda dans le vide, se remémorant le passé. Une autre femme qui lui avait menti. Néanmoins, Sonja n'était pas du tout comme Ryleigh, dont les émotions se déchiffraient sur son visage. Non, Sonja était une actrice extraordinaire. Elle l'avait bien dupé. Il avait cru qu'ils étaient des âmes sœurs. Le jour où elle avait accepté sa demande en mariage avait été le plus beau jour de sa vie. Il n'avait pas le moindre doute sur l'amour qu'elle lui portait. Il était parti en mission, persuadé que sa fiancée l'attendait à la maison, aussi inquiète pour lui qu'il l'était pour elle.

La réalité ferait une excellente émission de « true crime ». Trahison, triangle amoureux, une fiancée qui détestait secrètement son futur mari et qui ne voulait pas devenir l'épouse d'un marine. Elle avait convaincu son amant que Tiny la violentait, qu'il ne la laisserait jamais le quitter. Elle avait prétendu avoir peur de lui… et que la seule façon d'être ensemble était de le tuer.

Et cet imbécile de gamin avait gobé ses mensonges sans broncher.

D'un autre côté, Tiny pensait qu'elle était une fiancée aimante qui semblait si heureuse de le revoir chaque fois qu'il revenait d'une mission dangereuse.

Son amant et elle étaient si bêtes que, même s'ils avaient réussi à le tuer pendant son sommeil, ils n'auraient pas pu s'en tirer. Les textos qu'ils s'envoyaient, les recherches qu'elle avait effectuées sur Internet, les factures des séjours à l'hôtel… ils se seraient fait prendre quelques jours après sa mort.

Sauf qu'ils n'avaient pas réussi à le tuer, à l'évidence. Sonja l'avait poignardé au niveau du thorax et – miracle – avait manqué tout organe vital, comme son cœur, qu'elle avait visé.

La bagarre qui avait suivi avait été rapide, brutale, et s'était terminée très vite. Tiny avait assommé sa fiancée d'un seul coup de poing, et il n'en avait pas fallu beaucoup plus pour maîtriser son amant, qui avait attendu à côté du lit pour l'aider à l'achever après qu'elle eut porté le premier coup.

Mais maintenant qu'il avait pris du temps et de la distance, et qu'il se permettait de réfléchir à ce qui s'était passé, Tiny se rendit compte qu'il était plus gêné de ne pas avoir su que sa fiancée le trompait et complotait sa mort, que blessé par sa trahison. Si elle avait rompu avec lui pour être avec cet homme, il n'aurait pas été enchanté, mais il l'aurait laissée partir. Il serait passé à autre chose assez rapidement.

Au lieu de cela, elle l'avait laissé dans l'incapacité d'accorder sa confiance. Il n'avait pas dormi à côté d'une femme depuis cette nuit-là. Il n'avait fait confiance à personne au point d'être à nouveau aussi vulnérable.

Ryleigh dormait chez lui, certes, mais toujours dans une autre pièce, et sa porte à lui était toujours fermée. Il avait toujours eu le sommeil léger, toutefois, c'était encore plus vrai aujourd'hui. Au moindre craquement de parquet, Tiny ouvrait les yeux et se ruait hors de sa chambre pour voir ce que faisait Ryleigh. Elle était toujours surprise par son apparition. Elle avait beau essayer d'être discrète, il l'entendait toujours.

Voilà ce que lui avait infligé Sonja, et il lui en voulait.

Son amant et elle étaient toujours derrière les barreaux, cependant ils n'y resteraient pas éternellement. Il s'était juré d'être présent à chacune de leurs audiences de libération conditionnelle, pour s'assurer qu'ils restent enfermés le plus longtemps possible. Mais maintenant qu'il était installé au Refuge... il s'apercevait que son besoin de vengeance s'était au moins tari.

De plus, il devait se concentrer sur quelque chose de plus important.

Ryleigh.

Lui faisait-il confiance ? Non, pas vraiment. Or, maintenant qu'il avait compris qu'il n'y avait pas que des intentions malhonnêtes derrière ses actions, Tiny ne se sentait plus aussi méfiant qu'avant.

— Tout va bien ? lui demanda Tonka qui marchait vers l'hôpital.

Il avait un sac à l'effigie d'un fast-food dans une main et tenait celle de Jasna de l'autre.

— Oui, répondit Tiny en se levant.

— Henley et Ry sont toujours en train de parler ?

Tiny acquiesça.

— Tu penses que je peux les interrompre sans

problème ? interrogea Tonka. J'aimerais qu'elle mange ses Tater tots pendant qu'ils sont encore à moitié chauds. Ensuite, je retournerai avec Jas au Refuge pour qu'on puisse s'occuper des animaux.

— Tu reviens ici après ?

Tiny connaissait déjà la réponse à sa question.

— Bien sûr.

— Moi aussi ? s'enquit Jasna. Je ne veux rien rater !

Tonka s'esclaffa.

— Tu ne vas rien rater, sauf des pleurs et du caca.

— Beurk ! Ne dis pas caca, se plaignit Jasna avec une grimace.

Tiny et Tonka rirent.

— Tu es capable de nettoyer une grange sans sourciller, mais parler de ta sœur qui fait caca te dégoûte ?

— Sérieux, arrête ! insista Jasna.

Le sourire de Tonka était si large que Tiny ne put s'empêcher de le regarder avec étonnement. Tonka avait toujours été le plus pudique. Mais depuis qu'il avait épousé Henley, il s'était ouvert. Pourtant, Tiny ne pensait pas avoir déjà vu son ami aussi... insouciant.

— OK. Allons voir ta mère et ta sœur. Ensuite, on ira à l'étable, pour nous assurer que tu es bien installée avec Alaska et Brick.

— Et tu feras d'autres photos pour moi afin que je puisse les montrer à mes amis à l'école la semaine prochaine, pas vrai ? demanda Jasna.

— Évidemment. Bon, allons donner ces Tater tots à ta maman.

Tiny suivit le duo à l'intérieur de l'hôpital, puis dans le couloir vers la chambre de Henley. Lorsqu'ils entrèrent, Ryleigh et Henley riaient de quelque chose.

— Oui ! Mes Tots ! se réjouit Henley en voyant son mari.

— Je t'échange Elizabeth contre un gros Tater tot, lui proposa Tonka avec un sourire.

— Marché conclu. Donne-moi ça !

Tout le monde éclata de rire.

Voir ce tout petit bébé dans les bras de Tonka fit bondir le cœur de Tiny. Ce n'était pas comme s'il avait souvent pensé à avoir des enfants. Il ne savait même pas s'il en voulait, mais voir son ami si épris, si heureux, l'attendrissait.

— Je vais y aller, les informa Ryleigh.

— D'accord. Merci pour cet échange. Tu as ta place ici, Ry. Qui d'autre apprendra à Elizabeth à devenir un génie de l'informatique comme toi ?

Ryleigh lui adressa un petit sourire, puis un signe de la main gêné – que Tiny trouva adorable – et se dirigea vers la porte.

Comme elle était arrivée à l'hôpital avec leurs amis, qui étaient déjà partis, Tiny s'empressa de les saluer et se dépêcha de rattraper Ryleigh.

— Tu es pressée ? lui demanda-t-il en arrivant à sa hauteur.

— Oh… tu n'étais pas obligé de partir parce que je m'en allais, précisa Ryleigh.

Tiny fronça les sourcils.

— Tu as besoin de quelqu'un pour te ramener, releva-t-il, même si elle était forcément au courant.

— J'allais réserver un Uber pour rentrer au Refuge.

— Certainement pas, refusa Tiny en secouant la tête.

Ryleigh fronça les sourcils à son tour.

— Je sais que tu ne me fais pas du tout confiance, mais je t'ai déjà dit que je ne quittais pas le Refuge tout de suite. Ne t'inquiète pas, je ne vais pas prendre un taxi pour me conduire à l'aéroport ou ailleurs.

Tiny soupira.

— Ce n'est pas ça qui m'inquiète. Mais on retourne au même endroit. Je peux te ramener.

— Tu n'es pas responsable de moi, répliqua la jeune femme.

— Et tu n'es pas responsable de tous ceux qui vivent et travaillent au Refuge ni de ce qui s'y passe non plus, rétorqua Tiny.

Ryleigh se figea au milieu du couloir et fixa son regard sur lui.

— Comment ?

— Tu m'as très bien entendue. Tu t'es démenée pour retrouver Stone, mais il est là maintenant. Tout va bien. Tu peux arrêter de t'inquiéter autant.

À sa grande surprise, Ryleigh se mit à rire. Toutefois, c'était dénué d'humour.

— Je vois, dit-elle avec cynisme, puis elle se dirigea à nouveau vers la sortie.

Tiny serra les dents. Il détestait qu'elle lui cache encore des choses.

— Je ne suis pas ton ennemi, lança-t-il en la suivant.

— J'ai failli y croire.

Dès qu'ils furent dehors, Tiny l'arrêta en lui attrapant le bras avec douceur. Elle tourna son regard étonné vers lui.

— Je me rends compte que j'ai été un con, et j'essaie de m'excuser. J'aimerais recommencer à zéro.

Ryleigh le fixa avec une expression qu'il ne put interpréter.

— Qu'on recommence à zéro ? Qu'on fasse table rase ? Appelle ça comme tu veux. Fini le temps où je te surveillais pendant que tu travaillais, où j'insistais pour savoir où tu allais, avec qui tu y allais et avec qui tu échangeais. Je veux qu'on reprenne au moment où tu as commencé à travailler au Refuge.

— Vraiment ? demanda-t-elle, sceptique.

— Oui.

— Pourquoi ?

— Parce que.

— Ce n'est pas une réponse, affirma Ryleigh, un sourcil arqué.

Tiny haussa les épaules.

Elle soupira et détourna le regard.

— D'accord.

Tiny eut l'impression d'avoir touché le gros lot. C'était un début.

Ils reprirent leur marche vers le parking.

— Tu es fatiguée ? demanda-t-il.

Il était surpris de voir combien il avait eu du mal à lâcher son bras.

— Épuisée.

— Pareil. Je me suis dit que je pourrais préparer des hamburgers pour le dîner, au lieu d'aller au pavillon. Ça te va ?

Ryleigh l'observa avec méfiance cette fois, puis elle approuva du chef.

Ils montèrent dans sa voiture et rentrèrent au Refuge en silence. C'était un silence agréable, toutefois, pas comme ceux empreints d'une tension sous-jacente qu'ils avaient subis au cours des derniers mois.

Tiny ne savait pas où ce nouveau départ les mènerait, néanmoins, il était déterminé à découvrir tous les secrets de Ryleigh. Non pas parce qu'il pensait qu'elle s'en servirait contre lui ou ses amis, mais parce qu'il avait le sentiment que s'il ne le faisait pas, elle disparaîtrait dans la nature... et si cela arrivait, personne ne la retrouverait jamais. Pas si elle ne voulait pas être retrouvée.

5

_____

Ry ressentait une pointe de suspicion à l'égard du revirement soudain de Tiny. Elle était ravie qu'il ne lui tourne pas autour constamment, mais elle était déterminée à découvrir ce qui l'avait fait changer d'avis.

Et maintenant qu'il était gentil avec elle, un autre problème était apparu... Elle aimait _beaucoup trop_ être en sa compagnie pour sa tranquillité d'esprit. Elle trouvait facile de détester un Tiny grincheux et méfiant, toutefois, impossible d'ignorer un Tiny gentil, respectueux et attentionné.

Plus elle côtoyait ce Tiny, plus elle _voulait_ rester avec lui... ce qui était loin d'être une bonne idée. Elle allait partir. Dès qu'elle aurait compris ce que son père manigançait, elle s'en irait. Elle avait déjà décidé de se rendre dans le nord-est, peut-être à Boston.

L'idée de quitter le Nouveau-Mexique et le Refuge était douloureuse pour elle, tant pour sa tête que pour son cœur. Néanmoins, c'était préférable, car elle s'était trop liée d'amitié avec les gens d'ici. Créer des liens signifiait qu'elle s'exposait à son père, qui pourrait alors les utiliser contre elle.

Jusqu'à présent, la seule preuve que son père l'avait localisée était un retrait de dix cents sur le compte bancaire du Refuge. Elle avait surveillé le compte pour être certaine que son père ne le viderait pas, puisqu'il en était capable. Pour Ryleigh, ce retrait de dix cents était un signe avant-coureur, une façon pour son père de se moquer d'elle. Cependant, plusieurs semaines s'étaient maintenant écoulées sans aucun autre événement notable.

Ry reconnaissait être paranoïaque, mais cette fois... il semblait qu'elle se trompait. C'était à la fois un soulagement et une déception, car cela voulait dire qu'elle *pourrait* quitter cet endroit, qu'elle le *devrait*, le plus rapidement possible. Si son père ne l'avait pas encore retrouvée, chaque jour qu'elle passait au Refuge était un jour de plus qui s'écoulait avant qu'il ne la retrouve.

Cependant, elle persistait à croire que son père cherchait à lui embrouiller l'esprit.

Il était fort probable que son père attende qu'elle parte, puisqu'il serait alors libre d'attaquer le Refuge exposé sans craindre qu'elle limite les dommages. Même si elle pouvait protéger le Refuge à distance, elle comprenait bien comment fonctionnait l'esprit de son père. Sa présence sur place afin de voir ce qui se passe lui conférait un avantage décisif. Les assauts de son père étaient parfois tellement subtils, ou semblaient si légitimes, que ses amis ne percevraient pas le problème avant qu'il ne soit trop tard.

Ry soupira. Elle était installée sur le petit porche du chalet de Tiny. Il était parti plus tôt pour une randonnée avec des invités du Refuge. Leur destination : Table Rock, puis ils continueraient pour une randonnée plus longue et plus difficile. Ce matin, il avait préparé un délicieux petit déjeuner – des œufs et des légumes – et il lui avait parlé de son programme de la journée, avant de lui dire qu'ils se verraient plus tard.

Puis Ry avait retenu son souffle quand il s'était approché et penché vers elle...

Pour embrasser le côté de sa tête, comme si c'était une habitude quotidienne depuis qu'elle avait emménagé dans son chalet.

Durant de longues minutes après son départ, elle était restée pétrifiée, confuse, dans la cuisine.

Depuis qu'il lui avait proposé de repartir à zéro, il ne cessait de la toucher. Il la frôlait quand ils se croisaient dans le couloir – son bras, son dos – et ce matin, il l'avait *embrassée*.

C'était un baiser amical, rien de gênant. Un baiser pourtant. Le plus effrayant, c'était que Ry avait eu envie de tourner légèrement la tête pour que les lèvres de Tiny touchent sa peau et pas seulement ses cheveux.

Elle commençait à éprouver des sentiments pour ce Tiny. Celui qu'elle avait rencontré à son arrivée au Refuge. Pas celui qui l'avait intimidée par sa rage, sa déception et son hostilité.

Sauf qu'elle ne pouvait *pas tomber amoureuse de lui. Elle s'en allait. Point final.*

Cette pensée en tête, Ry marcha vers le pavillon. Ce matin, elle avait déjà passé plusieurs heures en ligne, à chercher des preuves que son père l'avait finalement localisée. En vain. De plus, elle avait récemment fait don d'environ 200 000 dollars à diverses œuvres caritatives, une somme que son père aurait été prêt à lui faire payer de sa vie.

À présent, elle avait besoin d'une pause. Une visite à Robert et Luna, au pavillon, lui ferait du bien. En effet, le père et la fille avaient préparé les repas de Tonka, Henley et Jasna, afin qu'ils puissent profiter au maximum de leur nouvelle famille et parce qu'être parent était épuisant. Pourquoi ne pas proposer d'apporter le déjeuner à leur chalet, de sorte qu'elle puisse elle-même passer du temps avec la petite Elizabeth ?

Elle avait encore du mal à croire que Tonka et Henley avaient donné son prénom à leur fille. Personne n'avait jamais rien fait de tel auparavant. À vrai dire, elle n'avait jamais eu d'amis auparavant. Pas vraiment. Quitter le Nouveau-Mexique et ne pas pouvoir voir Elizabeth grandir serait l'épreuve la plus douloureuse de sa vie. Cependant, il était impensable pour elle de rester. Si elle restait ici, tout le monde serait en danger en permanence. Elle ignorait ce que son père ferait à quiconque l'avait aidée.

Certains pourraient penser que Ry en faisait des tonnes, s'interrogeraient sur les *véritables* capacités de son père. Mais elle, elle savait ce dont il était capable. Harold Lodge n'était pas du genre à laisser le passé derrière lui. Et ce n'était pas comme si elle lui avait volé quelques dollars lorsqu'elle était partie.

Un sourire se dessina sur son visage quand elle imagina la réaction de son père, prenant conscience de ce qui s'était produit. Sa fille, celle qu'il croyait avoir soigneusement formée à son métier, cette jeune femme qui ne se risquerait jamais à déroger aux règles par crainte de la sanction, s'était évaporée. Elle avait pris tout son argent, fruit d'activités malhonnêtes, avec elle. Cet argent provenait de diverses sources : des organisations, des institutions financières, des magnats, des sociétés, des municipalités, et même de redoutables cartels partout dans le monde.

Il n'abandonnerait jamais l'espoir de la retrouver, de récupérer l'argent qui lui était dû.

Ry savait qu'Harold Lodge avait sûrement détourné beaucoup plus d'argent depuis ce jour. Il n'en aurait pas souffert, il ne se serait pas retrouvé à la rue, à compter sur la gentillesse des autres. Au contraire, il aurait aussitôt entrepris de recouvrer sa richesse perdue. Mais il n'allait pas oublier ce qu'elle avait fait. Non, il allait vouloir se venger. C'est pourquoi Ry ne pouvait pas rester au Refuge.

Elle ouvrit la porte du pavillon et sourit à Alaska, qui se tenait derrière le comptoir de la réception. Quelques clients étaient installés confortablement dans les fauteuils en cuir du hall, mais ils ne lui prêtèrent plus attention une fois qu'ils eurent levé les yeux, curieux, pour savoir qui venait d'entrer.

— Salut, lança Alaska, d'un ton enjoué.

— Bonjour, répondit Ryleigh.

— Qu'est-ce qu'il y a ? Tout va bien ? s'enquit Alaska.

Ry lui sourit.

— Tout va bien, affirma-t-elle. Je venais voir si je pouvais embêter Robert et Luna quelques minutes.

Alaska se pencha en avant.

— Ils préparent des cookies ce matin. À mon avis, c'est pour ça qu'ils sont assis *ici* à lire, plutôt que dans leurs chalets, précisa-t-elle en désignant les invités dans l'immense hall d'entrée.

Ry s'esclaffa.

— Je comprends.

— Si tu parviens à amadouer Robert... tu veux bien m'en prendre deux ? Ils sont tellement bons quand ils sortent tout juste du four.

— Tu sais que Robert te donnerait tout ce que tu veux si tu y allais, déclara Ryleigh d'un air pince-sans-rire.

Alaska fronça le nez.

— Sûrement. Mais j'essaie de faire attention à ce que je mange.

— Pourquoi ?

— Parce que j'ai besoin de perdre quelques kilos, répondit Alaska, les sourcils froncés.

— Non, cingla Ry.

— Non ? Non, quoi ? s'enquit Alaska, déroutée.

— Tu es parfaite comme tu es. Et je sais que Brick dirait la même chose. Tu fais beaucoup d'exercice en allant et venant partout. Tu aides les clients, tu organises des randonnées, tu joues avec Jasna, tu promènes Mutt... tu es en *bonne santé*, Alaska. Si tu veux un cookie, manges-en un. La vie est une question d'équilibre.

— C'est... wouah.

— Les femmes sont très dures envers elles-mêmes et envers les autres femmes. On pinaille sur des détails insignifiants. On juge les autres avec dédain, sans rien connaître d'elles. On est prompts à excuser les hommes parce qu'ils sont séduisants, ou simplement parce que ce sont des hommes. Mais on est sévères envers les autres femmes. Ça me rend malade. Tu es magnifique, Alaska. Tu t'investis énormément pour t'assurer que ça tourne bien, tu es la personne vers qui tout le monde se tourne quand on a besoin d'aide.

— Ry, souffla Alaska, clignant furieusement pour empêcher ses larmes de couler.

— Tout ce que je dis, c'est qu'il ne faut pas croire que tu dois perdre du poids, parce que tu ne ressembles pas aux femmes des magazines. Même si tu pesais trois cents kilos, je serais toujours convaincue que tu es la plus belle personne que j'aie jamais connue, grâce à ton caractère et à ta bienveillance. Parce que tu n'as même pas sourcillé quand tu as appris que je t'ai menti, que j'ai magouillé pour trouver un travail ici. Tu as pris ma défense, tu m'as soutenue – et sache que j'ai remarqué chaque regard noir que tu as lancé à Tiny quand il était... eh bien... lui-même.

— Il était méchant, dit Alaska en reniflant.

Ry ne put s'empêcher de sourire.

— Il *protégeait* ce lieu, qu'il a construit avec les autres ; leur sang, leur transpiration, leurs larmes. Je ne lui en veux pas.

— Moi, si, insista Alaska, obstinée. Mais j'ai remarqué qu'il n'était plus aussi méchant ces derniers temps.

Pour une raison qu'elle ignorait, Ry rougit, puis haussa les épaules.

— Il a dit qu'il voulait repartir à zéro.

Alaska essuya ses larmes et sourit.

— Il était temps.

— Comment ça ?

— Il était temps qu'il se sorte la tête du cul et qu'il voie ce qu'il a sous les yeux. On était tous très enthousiastes quand il t'a installée dans son chalet. Même s'il se comportait comme un crétin, on pensait que ça lui ferait du bien, répondit Alaska, avant d'esquisser une grimace. Mais ensuite, il est devenu de plus en plus méchant envers toi, et on était tous *furieux*. Je suis soulagée qu'il ait enfin saisi la situation avant que les gars n'aient eu à s'en mêler.

— S'en mêler ? répéta Ry, étourdie.

Elle ignorait qu'Alaska et les autres pensaient cela.

— Oui, pour lui faire entendre raison, le menacer pour qu'il cesse de se comporter ainsi.

Ce fut au tour de Ry d'être en proie aux larmes.

— Oh, je ne voulais pas te contrarier.

— Ce n'est pas ça. C'est juste que... je n'ai jamais eu d'amis, avoua Ry, le regrettant aussitôt.

Qui reconnaîtrait une chose pareille ? C'était pathétique.

Alaska contourna le comptoir et enlaça Ry.

— Moi non plus, souffla-t-elle, avant de reculer.

Elle garda ses mains sur les épaules de Ry et croisa son regard.

— Quand j'ai été enlevée, j'étais en vacances en Russie. *Seule.* Parce que je n'avais personne pour m'accompagner. Au lycée, j'étais trop bizarre et trop pauvre pour que les autres filles m'acceptent. J'avoue que je n'ai pas vraiment cherché à tisser des liens d'amitié avec elles, car ma mère était trop instable. Bref, ça s'est poursuivi à l'âge adulte. Je changeais souvent de travail, donc c'était difficile de créer de véritables amitiés. C'est pourquoi emménager ici, au Refuge, est la meilleure chose qui me soit jamais arrivée.

Ry était à deux doigts d'approuver. Sauf qu'elle allait partir. Alors, elle se contenta d'un hochement de tête.

— Bon... les cookies. Tu vas voir si tu peux m'en piquer deux ? demanda Alaska.

Ry fut ravie que ce moment intense prenne fin.

— Avec plaisir.

— Merci.

Les deux femmes échangèrent un sourire prolongé. Puis Alaska enlaça Ry avant de se détacher et de se diriger vers son bureau.

— Il me reste encore quelques papiers à traiter, ensuite je raccroche pour la journée. Tous les nouveaux invités se sont enregistrés et j'ai répondu à toutes les questions par email. Il ne me reste plus qu'à mettre à jour l'agenda avec les nouvelles réservations.

Ry opina.

— Cool.

Alaska était une travailleuse acharnée et une experte dans son domaine. Elle se souciait du bonheur des invités et de la bonne gestion des opérations. Elle excellait en tant que réceptionniste et le Refuge avait de la chance de bénéficier des services de quelqu'un d'aussi qualifié et attentionné.

Ry tourna les talons vers la cuisine, mais n'eut pas le temps de faire deux pas que la porte du pavillon s'ouvrit. Elle leva le regard afin de savoir qui entrait et s'arrêta net en avisant Tonka. Il avait l'air effrayé.

— Qu'est-ce qui ne va pas ? demanda Alaska.

Elle aussi avait manifestement perçu sa détresse.

Ry ne bougea pas et écouta avec attention. Elle n'aimait pas que ses nouveaux amis soient contrariés, et c'était visiblement le cas de Tonka. Elle pensa aussitôt aux animaux dont il s'occupait. Quelque chose était-il arrivé à l'un d'entre eux ?

— Tu sais où est Brick ? demanda-t-il à Alaska.

— Il doit être au hangar, avec Stone et Owl, en train de discuter d'hélicoptères. Pourquoi ? Qu'est-ce qui se passe ?

— J'ai reçu un courrier de Tricare, je n'ai pas bien compris, mais quelque chose cloche. J'ai besoin de ses conseils.

Le sang de Ry se glaça. Elle ignorait pourquoi elle ressentait un tel malaise, pourtant, une brise glaciale lui parcourut l'échine en entendant les mots de Tonka.

— Je peux peut-être t'aider ? Que dit le courrier ? interrogea Alaska.

Ry s'approcha du comptoir, désireuse d'entendre la réponse de Tonka.

— Ils affirment qu'il y a un problème avec mon assurance et ils refusent de couvrir les frais liés à la naissance d'Elizabeth *et* au séjour hospitalier de Henley. Je ne comprends pas ce qui se passe. J'ai tenté de les joindre, mais, évidemment, il faut patienter trois heures pour avoir quelqu'un en ligne.

— Ne panique pas, lui conseilla Alaska avec fermeté. Je vais appeler Drake et lui dire de venir ici. Il saura quoi faire.

— Je peux voir le courrier ? demanda Ry, la main tendue.

Alaska et Tonka se tournèrent vers elle avec surprise, comme s'ils avaient oublié sa présence.

Tonka n'hésita pas une seconde et lui remit la lettre. Ry la lut en vitesse et se rendit compte que c'était une lettre type. Elle l'informait que ses prestations médicales étaient remises en question en raison d'« anomalies ».

Des anomalies. Mais bien sûr. Au fond, Ry savait que c'était l'œuvre de son père. C'est ainsi qu'il procédait. Il était fourbe, malhonnête. Il aimait s'en prendre aux autres, les blesser petit à petit jusqu'à ce qu'ils soient anéantis.

Elle avait souhaité minimiser l'importance des dix cents, mais son instinct ne l'avait pas trompée.

C'était lui. Il tâtait le terrain.

— Je peux arranger ça, assura-t-elle à Tonka, son esprit déjà tourné vers les tâches à accomplir et ses doigts impatients de se poser sur son clavier.

Le visage de Tonka se détendit, dissipant ainsi une grande partie de l'anxiété qui l'avait envahi.

— Vraiment ?

Ry acquiesça.

— Je ne suis pas sûr que Tricare accepte de te parler.

Ry arqua un sourcil et croisa le regard de Tonka.

— Je ne vais pas les appeler, commenta-t-elle.

Elle vit dans le regard de Tonka qu'il avait compris.

— Mais si ça te gêne, tu peux en parler à Brick. Il trouvera certainement une solution.

Ry en doutait, mais elle se devait de proposer son aide.

— Je te fais confiance.

Ry dut avaler sa salive pour éviter de fondre en larmes.

Tonka ignorait tout de ce que ces mots signifiaient pour elle. Il avait une idée de ses capacités, mais il ne savait pas tout, car elle ne s'était pas confiée sur son passé ni sur ses compétences. Cependant, il en savait assez pour comprendre qu'elle allait mettre à profit ses connaissances en informatique pour éclaircir le mystère entourant son assurance.

— Auras-tu besoin de mon numéro de sécurité sociale ? Et celui de Henley ?

La naïveté de Tonka était mignonne.

— Non.

— Mais tu en auras besoin pour...

— Je suis convaincue qu'elle saura les trouver, l'interrompit Alaska.

— Oh... oui. Bien sûr. Bon, eh bien... je retourne au chalet. Elizabeth est un peu grognon ce matin et Henley n'a pas beaucoup dormi cette nuit. Si tu as besoin de quoi que ce soit, n'hésite pas à passer me voir. D'accord ?

Ry était perplexe, qu'avait-elle fait pour mériter des amis pareils ? Franchement, elle ne les méritait *pas*. *Mais elle faisait de son mieux pour se racheter de ses erreurs passées.*

— *OK. Je passerai dès que j'aurai identifié le problème.*

— Merci, Ry. Sérieux. Je suis désolé d'avoir paniqué. Je... Je ne veux pas que Henley s'inquiète pour rien, et cela serait le cas certainement.

Ry acquiesça et ouvrit de grands yeux lorsque Tonka s'approcha et l'enlaça brièvement, mais avec fermeté. Puis il lança le menton pour la saluer et tourna les talons.

— Tonka vient de te saluer du menton ? s'étonna Alaska.

— Oui ? répondit Ry, un peu déboussolée.

— Et il t'a *serrée dans ses bras*. Depuis mon arrivée ici, c'est le jour et la nuit. Entre Henley et Jas, les animaux, et maintenant Elizabeth. Il a changé du tout au tout. Je suis tellement heureuse pour lui.

Ry acquiesça, mais son cerveau était déjà concentré sur

les étapes à suivre pour comprendre ce que son père avait fait et comment arranger ça.

— Bon, je vois bien que tu trépignes à l'idée de te mettre au travail. *Je* vais aller voir Robert et Luna et *te* prendre des cookies pour te les amener au chalet de Tiny, qu'en dis-tu ?

En temps normal, Ry aurait tué pour manger les cookies aux pépites de chocolat de Robert fraîchement sortis du four, mais rien que l'idée de manger lui donnait la nausée pour l'instant.

— Ne t'embête pas. Je dois trouver une solution. Je passerai en chercher plus tard.

— Tu as besoin d'aide ? proposa Alaska.

— Merci, mais ça ira, je gère.

Elle n'allait certainement pas mêler une personne de plus au bourbier qu'était sa vie.

— D'accord, mais si tu as besoin de quoi que ce soit, tu n'as qu'à crier.

— Entendu.

Ce qu'elle ne ferait pas. Alaska n'avait pas besoin de le savoir.

Machinalement, Ry se dirigea vers l'entrée du pavillon. Elle tenait toujours la lettre que Tonka avait reçue et la relut en allongeant le pas vers le chalet de Tiny.

Elle y entra et visa la table de la cuisine, où elle avait laissé son ordinateur portable. C'était son bébé, son bien le plus précieux. Sans lui, elle n'était rien. Une femme qui avait abandonné le lycée et qui n'avait que peu de compétences dans le monde réel. L'ordinateur la définissait. C'était *tout* ce qu'elle était.

Ry prit une profonde inspiration, ouvrit l'ordinateur et tapa son mot de passe. Avec facilité, elle entra plusieurs autres mots de passe pour accéder au dark web. Elle devait être très prudente, elle n'aimait pas pirater les bases de données gouvernementales. Au fil des ans, elles étaient devenues plus sophistiquées en matière de sécurité, et la dernière chose dont elle avait besoin était de se faire prendre.

Mais plus encore, elle était certaine que son père rôdait. Il avait tendu l'appât et elle y mordait, comme il l'avait deviné. Il était sûrement en train de jubiler et de rire, où qu'il fût à cet instant. Le seul point positif était qu'elle n'avait plus à essayer de cacher sa position. Son père savait où elle se trouvait, et il se moquait d'elle. Ce n'était que le début, ils le savaient tous les deux. Le jeu du chat et de la souris avait commencé.

Ry ne doutait pas que son père continuerait à s'en prendre au Refuge jusqu'à ce qu'elle cède et lui parle.

Les dents serrées, Ry se concentra sur l'écran devant elle. Il ne gagnerait pas. Maintenant que le Refuge était dans sa ligne de mire, il ne s'arrêterait jamais. Même si Ry partait, il continuerait ses jeux jusqu'à ce qu'il ait détruit la retraite TPST. Il n'éprouverait même pas une once de remords.

C'était à Ry de l'arrêter, une fois pour toutes. Elle devrait user de toutes ses compétences pour quadriller électroniquement le Refuge, protéger l'argent, les différents comptes et les traces numériques des employés qui y travaillaient.

Sauf qu'elle ne pouvait pas couvrir tout et tout le monde. Son père trouverait toujours un moyen de s'immiscer, de faire des dégâts.

Mal à l'aise à cause de ses actes, d'être une menace pour tout le monde, elle inspira profondément et se concentra sur la tâche à accomplir. Elle devait corriger les dossiers de Tonka – *tous* les dossiers. Les sécuriser. Et ceux de tous les autres aussi. Parce que, si son père s'en prenait à l'assurance maladie de Tonka, il s'en prendrait aussi aux comptes de retraite, aux avantages sociaux et même aux états de service de tous les gars.

Il était hors de question qu'elle le permette.

* * *

Trois heures plus tard, Ry s'enfonça dans son fauteuil avec un lourd soupir. Elle avait réussi. Elle avait trouvé ce que son père avait trafiqué dans les dossiers de Tonka et avait tout corrigé. La demande de remboursement pour la naissance d'Elizabeth était en cours... elle était même accélérée. Tonka devrait recevoir un avis indiquant que le paiement de l'assurance était en cours de traitement.

— Tiens.

Ry sursauta à tel point qu'elle aurait renversé le verre d'eau que Tiny venait de poser à côté de son coude s'il n'avait pas réagi aussi vite pour le dégager.

— Calme-toi, la rassura-t-il.

Ry cilla de confusion. Elle ne se souvenait même pas que Tiny était rentré. Elle ignorait depuis combien de temps il était là.

— Tu étais tellement concentrée que tu ne m'as même pas entendu entrer, dit-il, comme s'il lisait dans ses pensées.

— Oh, désolée.

— Ce n'est pas grave. Tonka a appelé Brick, qui m'a envoyé un message pendant ma randonnée. On est rentrés plus tôt parce que je voulais prendre de tes nouvelles. Ça va ?

Elle avait du mal à s'habituer à ce nouveau Tiny. Pendant si longtemps, elle n'avait eu droit qu'à des regards méprisants et méfiants lorsqu'elle était sur son ordinateur. Et des questions. Beaucoup de questions. Tiny voulait toujours savoir ce qu'elle faisait quand elle travaillait, cela l'empêchait de se concentrer. Mais aujourd'hui, il avait réussi non seulement à entrer dans le chalet sans qu'elle ne l'entende, mais aussi à vaquer à ses occupations dans la cuisine avant de lui apporter un verre. C'était déconcertant.

— Ryleigh ?

Entendre son prénom aurait dû lui rappeler d'horribles souvenirs. De son père qui la menaçait, qui lui criait dessus quand elle avait fait une bêtise. Mais au lieu de cela, venant de Tiny, c'était... agréable. Il était le seul à l'appeler Ryleigh, et elle se sentait spéciale.

— Oui, pardon. Ça va.

— Tu as trouvé la solution ?

— Oui, opina-t-elle.

— Génial. Tonka va être soulagé. Tu dois être affamée. Il est midi passé et je suppose que tu n'as pas fait de pause pour manger. Je nous ai préparé des sandwiches.

Ry cilla de nouveau devant l'assiette qui apparut soudain à côté du verre d'eau. C'était un sandwich à la dinde et au fromage. Avec de la moutarde, de la laitue et des tomates. Et beaucoup de fromage.

Exactement comme elle l'aimait.

Elle releva les yeux vers Tiny et lâcha :

— Je ne sais pas si j'apprécie ta version gentille.

À sa grande surprise, au lieu de s'agacer, il *sourit*.

— Tu t'y habitueras.

Toutefois, Ry n'en était pas certaine.

— Tu ne veux pas m'interroger sur ce que j'ai fait ? Comment j'ai corrigé les dossiers de Tonka ? Si ce que j'ai fait était illégal, et si ça pouvait porter préjudice au Refuge ?

Tiny la surprit en tournant sa chaise vers lui, comme si elle n'était qu'un poids plume, puis en posant ses mains sur les accoudoirs, de sorte qu'elle se retrouva coincée. Elle aurait dû se sentir encerclée, menacée ; mais enveloppée par le parfum masculin de Tiny, à quelques centimètres des muscles de ses bras qui ondulaient alors qu'il la surplombait, et son regard rivé sur sa mâchoire couverte de barbe, Ry dut se retenir de ne pas se jeter sur lui.

— Je t'ai *demandé* ce que tu avais fait... tu as dit que tu avais trouvé la solution. Je ne comprendrais pas si tu m'expliquais *comment* tu as fait, et je sais déjà que ce que tu as fait est illégal... et je m'en fous. Je sais également déjà que tu ne ferais rien qui puisse se retourner contre le Refuge.

Une nouvelle fois, Ry cilla. C'était un tel changement, comparé à son comportement durant ces derniers mois. Ça lui paraissait irréel.

— Écoute, j'ai été stupide. Je le sais et j'ai promis de m'améliorer. Est-ce que je suis à l'aise avec les choses que tu es capable de faire ? Pas vraiment. Mais depuis que tu es ici, tu n'as rien fait qui puisse nuire à nos affaires. Je pense que tu as sûrement fait beaucoup de choses qui ont *amélioré* la situation, pas empirée. Tu as retrouvé Jas et Reese et tu n'as demandé aucune reconnaissance. Tu t'es démenée pour retrouver Owl, Lara et Stone. Et Tonka m'a dit que tu n'as même pas hésité à te porter volontaire pour l'aider.

Tiny soupira, détourna brièvement le regard avant de le fixer à nouveau sur celui de Ryleigh.

— Tu veux savoir la *vraie* raison pour laquelle j'ai été si horrible avec toi, Ryleigh ?

Elle n'avait pas besoin de poser la question. Elle savait pourquoi. Parce qu'elle était une criminelle. Elle faisait des choses illégales qui pouvaient assurément nuire au Refuge si elles étaient découvertes. Et parce qu'elle avait menti à tout le monde.

Néanmoins, il l'époustoufla quand il reprit la parole.

— Parce que tu m'attirais comme pas possible et que la

dernière femme dont je pensais être amoureux a essayé de me tuer.

La jeune femme le regarda avec des yeux immenses, choquée par son attirance pour elle et littéralement *abasourdie* par le fait que quelqu'un ait essayé de le tuer.

Mais dès qu'il eut prononcé ces mots, la colère monta en elle, brûlante, vive.

— Comment s'appelait-elle ?

Au lieu de lui dire, Tiny esquissa un rictus.

— Non, tu peux oublier.

— Oublier quoi ? s'enquit Ry.

— Si je te dis son nom, tu la trouveras avec ton ordinateur et tu feras je ne sais quoi. Elle paie pour ses péchés, tu n'as pas besoin de te venger d'elle.

Mais bien sûr.

— Qu'est-ce qui s'est passé ?

— Pas maintenant. Un jour, je te raconterai toute cette histoire sordide, mais tu es restée si longtemps penchée sur cet ordinateur que tu dois avoir mal au dos et avoir faim. Et si tu mangeais, que tu te changeais, et qu'après avoir dit à Tonka qu'il est sorti d'affaires, on allait se promener ? On pourrait emmener Wally et Beauty avec nous. Pour qu'elles fassent un peu d'exercice. Tonka m'a dit que les deux chiens étaient collés à Elizabeth et qu'ils étaient ses nouveaux gardes du corps. Peut-être que Jas voudra venir aussi. Ça fera du bien à tout le monde de prendre l'air.

Ry n'avait pas envie de marcher. Elle n'était pas du genre à sortir prendre l'air. En grandissant, elle n'avait pas vraiment eu la chance de profiter de la nature, et puis elle aimait être sur son ordinateur, être une geek.

Ce qu'elle voulait *vraiment*, c'était retrouver la garce qui avait essayé de tuer Tiny et parer à ce que sa vie soit un enfer. Il ne faudrait pas grand-chose pour vider son compte en banque, la faire virer de son travail et s'assurer que toutes les personnes avec lesquelles elle entrerait en contact sachent qu'elle était une meurtrière.

— Je ne devrais probablement pas l'admettre, mais j'aime bien cette expression sanguinaire dans tes yeux, avoua Tiny.

Il posa une main sur sa joue pour lui relever la tête et qu'elle n'ait pas d'autre choix que de croiser son regard.

— Elle est en prison. Elle sera en conditionnelle dans un an ou deux. On pourra s'en occuper à ce moment-là. Pour l'instant, elle récolte ce qu'elle a semé. Tu n'as rien dit à propos de ce que je t'ai proposé, cependant.

La prison. Encore mieux. C'était la seule information dont Ry avait besoin pour retrouver cette salope. Elle pourrait chercher le nom de Tiny dans les bases de données et trouver où elle était enfermée.

— Ryleigh ? Tu m'écoutes ?

Elle cligna des yeux et se concentra. La main sur sa joue était calleuse et chaude, et elle dut se retenir de ne pas pencher la tête pour profiter de ce contact.

— Je t'écoute.

— Je n'ai pas ressenti d'attirance pour une femme depuis des années. Et quand j'ai pris conscience que tu n'étais pas celle qu'on pensait, j'ai vrillé. J'ai laissé mon amertume prendre le dessus sur mon bon sens. Tu ne mérites pas d'avoir été traitée ainsi, et j'arrête d'imaginer le pire. Ce que tu fais avec ton ordinateur est effrayant, mais depuis que tu es ici, tu nous as seulement protégés. On t'en est reconnaissants, mais tu n'as plus à nous protéger toute seule. Ouvre-toi à nous... à *moi*. Laisse-moi t'aider à surmonter ce qui t'effraie. Le Refuge nous appartient à tous. Tu n'as pas à assumer seule la responsabilité de cet endroit.

— Si, car c'est de me faute si la retraite est menacée, chuchota-t-elle.

Tiny secoua la tête avec vigueur. Il s'accroupit alors devant elle, et Ryleigh ne regardait plus vers le haut, mais vers le bas, entre ses jambes. Il avait posé ses mains sur ses cuisses, non pas de manière suggestive, mais pour la réconforter.

— Si je fais une erreur et que l'un des invités se blesse, personne ne m'en voudra, ils travailleront tous ensemble pour s'assurer que cette personne est soignée. Si Tonka fait une erreur, qu'il laisse une porte ouverte et que Melba s'échappe, on se mettra tous à l'œuvre pour la ramener à la maison. Si Savannah se trompe sur nos impôts, on s'efforcera de corriger la déclaration. On est une équipe au Refuge, Ryleigh, et tu en fais maintenant partie.

Elle voulait pleurer. Elle *voulait* faire partie de l'équipe Refuge, mais les flammes de l'enfer qu'elle pouvait abattre sur cet endroit n'étaient pas comparables à une vache qui s'échappe de son enclos ou une simple erreur sur les impôts. Sa présence pouvait littéralement blesser des gens. Elle ne doutait pas que son père ferait tout ce qu'il jugerait nécessaire pour reprendre son argent. Y compris tuer des personnes chères à Ryleigh, si c'était ce qu'il fallait pour qu'elle transfère l'argent sur son compte.

Sauf que ce n'était pas aussi facile. Plus maintenant.

— J'ai encore une question à te poser avant de te laisser manger et qu'on sorte prendre l'air, ajouta Tiny.

Ry retint son souffle en attendant d'entendre sa question.

— Avant... enfin... *avant*, je pensais que tu ressentais la même chose pour *moi*, que moi pour toi. Est-ce que j'ai tout gâché ? Est-ce que mon attitude pourrie envers toi a anéanti toute chance que j'aurais pu avoir d'être plus que ton ami ?

Ry crut qu'elle faisait une crise cardiaque. Elle était choquée qu'il lui demande de but en blanc ce qu'elle pensait de lui.

— Je suis vierge, lâcha-t-elle.

Mortifiée, la jeune femme ferma aussitôt les yeux. Elle avait sérieusement dit ça ?

— Ooook, observa Tiny. Tu penses que c'est important ?

Ry se força à ouvrir les yeux.

— Oui, non ? J'ai trente et un ans et je n'ai jamais fait l'amour. C'est *bizarre*. Je veux dire, je n'en ai pas honte. C'est juste que je n'ai jamais eu envie de le faire avec un homme.

— Le faire, répéta Tiny avec un petit rire.

Ry fronça les sourcils. Est-ce qu'il se moquait d'elle ?

— Ta virginité ne change rien à ce que je pense de toi. Tu es mystérieuse, super intelligente, sensible, désintéressée. Tu es aussi une geek, très pâle, car tu passes beaucoup trop de temps à l'intérieur, et à un moment au cours de ta vie, tu as appris qu'il vaut mieux mentir que dire la vérité. Rien de tout cela ne me rebute. J'admets que le mensonge est une chose difficile pour moi, avec mon passé, mais les mensonges que tu as racontés n'étaient pas malveillants, alors je peux passer outre... pour l'instant. Mais j'ai besoin que tu fasses le nécessaire pour essayer d'y mettre un frein. Tu n'as pas besoin de me mentir. Sois honnête sur tout. Si tu ne veux pas me dire quelque chose, dis-moi que tu as besoin de temps. Je te l'accorderai. Mais s'il te plaît, plus de mensonges.

Ry déglutit avec difficulté. Tiny était... incroyablement génial. Elle ne s'attendait pas à ça. Elle préférait presque ses regards noirs.

— Les hommes aiment les femmes qui ont de l'expérience, devina-t-elle.

— Non, pas du tout, contra Tiny. Les hommes aiment les

femmes à qui ils plaisent. Point final. L'expérience qu'elle a ou n'a pas n'est pas un facteur. Ce qui compte, c'est la connexion émotionnelle entre eux. Apprendre ce qu'ils aiment faire ensemble. Ta virginité n'a aucune incidence sur mes sentiments à ton égard, que ce soit dans un sens ou dans l'autre. Tu aurais pu vivre dans la rue et te prostituer, ou tu aurais pu être une nonne, je ressentirais toujours la même chose pour toi.

Ry eut du mal à déglutir.

— Tu n'as pas répondu à ma question, insista gentiment Tiny.

— Laquelle ?

— Est-ce que j'ai anéanti l'intérêt que tu pouvais me porter en étant un salaud autoritaire ?

Ry était à la croisée des chemins. Elle pouvait mentir et dire que c'était le cas. Elle était persuadée que Tiny ferait marche arrière. Il ne la mettrait pas à la porte, continuerait à être son ami, tout en gardant ses distances pendant qu'elle ferait de son mieux pour trouver une solution avec son père.

Ou bien elle pouvait prendre sur elle, trouver le courage de lui dire qu'elle était toujours aussi attirée par lui qu'elle l'avait été avant que sa véritable identité ne soit révélée. Elle ignorait ce que cela signifierait. Elle serait probablement obligée de partir, et elle souffrirait cent fois plus si elle s'engageait dans une relation avec lui.

Tiny resta accroupi devant elle tandis qu'elle réfléchissait à sa réponse. Il lui avait demandé de ne plus lui mentir. Suppliée.

— Non.

Ce n'était qu'un mot, mais le soulagement qu'elle vit dans la posture et l'expression de Tiny lui traduisit tout ce qu'elle avait besoin de savoir.

— Tant mieux. Je vais me racheter. Je vais faire de mon

mieux pour que tu me fasses confiance, pour que tu me dises ce qui te fait si peur, pour qu'on puisse y remédier. D'accord ?

Ce ne serait pas si facile, mais Ry hocha la tête.

— Mange, lui ordonna Tiny en se levant.

Ry cilla de surprise. Elle ne savait pas ce qu'elle attendait de lui, n'empêche qu'elle avait pensé qu'il l'embrasserait. Ou au moins qu'il la prendrait dans ses bras. Au lieu de cela, il lui donnait des ordres comme si elle avait dix ans.

Il s'esclaffa en la surplombant. De nouveau, comme s'il était capable de lire dans ses pensées, il se pencha et embrassa le sommet de sa tête. Puis il prit son ordinateur et la regarda, avant de demander :

— Je peux ?

Ry acquiesça.

Tiny ferma son ordinateur portable et le déplaça au centre de la table. Ensuite, il rapprocha l'assiette avec son sandwich et son verre d'eau.

— Et toi ? Tu n'as pas faim ?

— J'ai mangé mon sandwich pendant que tu travaillais. Ça va.

— Oh... d'accord.

Il lui sourit. Elle n'avait pas eu l'occasion de recevoir beaucoup de ses sourires, et Ry devait reconnaître qu'elle aimait ça. Beaucoup.

— Plus vite tu mangeras ce sandwich, plus vite tu pourras dévorer les cookies aux pépites de chocolat qu'Alaska m'a demandé de t'apporter.

— Des cookies ? répéta Ry en se redressant.

— Ouaip.

— Donne-les-moi, exigea-t-elle, la main tendue.

Tiny rit.

— Pas avant d'avoir mangé ton sandwich. Tu auras

besoin de plus que de sucre et de calories vides pour notre randonnée.

— Pas gentil, grommela Ry.

Toutefois, elle prit docilement le sandwich qu'il avait préparé. Même lorsque Tiny était en colère contre elle et la traitait comme de la merde, il avait toujours fourni un effort pour s'assurer qu'elle mangeait. Il n'avait jamais été égoïste au point de se faire à manger et de ne pas lui laisser une part.

Bien entendu, les repas silencieux étaient si gênants qu'elle abandonnait souvent son assiette pour se réfugier dans sa chambre, laissant derrière elle la moitié de sa portion.

Le sandwich était délicieux et il lui fit du bien. Ry n'avait pas conscience de sa faim avant de commencer à manger. Elle mangea et avala chaque bouchée avec de l'eau, puis sourit à Tiny lorsqu'il déposa deux cookies aux pépites de chocolat sur la table en guise de récompense. Ils étaient chauds et fondirent dans sa bouche.

Tiny débarrassa pendant qu'elle mangeait son dessert. Ensuite, Ry enfila une paire de bottes confortables et quelques couches pour leur randonnée.

6

Tiny était ravi et soulagé que les choses entre Ryleigh et lui soient de nouveau sur la bonne voie. Elle lui avait pardonné d'avoir été un salaud assez facilement... ce qui, honnêtement, ne le surprenait pas trop, vu la gentillesse dont elle faisait preuve. Il en avait eu la preuve pendant des mois, et il s'était entêté à penser au pire.

Elle avait toutefois prouvé à maintes reprises que tout ce qu'elle voulait, c'était aider. Même lorsqu'elle travaillait comme femme de ménage, elle faisait tout son possible pour aider les autres. Elle se portait sans cesse volontaire pour rester plus longtemps si nécessaire, et pour aider Jess et Carly après avoir terminé sa chambre si elles travaillaient encore. Même maintenant, il lui arrivait de suivre Joshua, le nouveau préposé à l'entretien, et de l'aider en cas de besoin.

À présent, toute l'animosité de Tiny s'était transformée en inquiétude. Ryleigh avait reconnu qu'elle avait peur, qu'elle devait protéger tout le monde au Refuge, mais elle ne voulait toujours pas lui dire pourquoi. Lorsqu'elle avait annoncé à Tonka que le problème avec Tricare était un simple malentendu –, Tiny avait le sentiment qu'elle minimisait *énormément* l'incident –, Ryleigh avait semblé extrê-mement mal à l'aise face à son effusion de gratitude.

Bien qu'elle n'ait pas dit un mot, Tiny soupçonnait forte-ment qu'elle pensait que c'était de sa faute à *elle* s'il y avait eu une erreur d'assurance. Ce qui était dingue... pas vrai ? Il ne voyait pas *pourquoi* ce serait sa faute. L'assurance gouver-nementale dont ils bénéficiaient tous grâce à leur service militaire était connue pour être défaillante, comme n'im-porte quelle compagnie d'assurance.

Mais depuis que Tonka avait attiré son attention sur le problème quelques jours auparavant, Ryleigh semblait... agitée. La première chose qu'elle faisait chaque matin était d'ouvrir son ordinateur portable, ses doigts volaient sur le clavier pour chercher Dieu sait quoi. Tiny ignorait quoi, mais il était évident qu'elle cherchait... quelque chose. Quelqu'un ? Il ne le savait pas, et elle n'en parlait pas.

C'était frustrant ; or, il savait mieux que quiconque qu'il ne pouvait pas la forcer à se confier à lui. Elle n'était pas du genre à se confier dans le meilleur des cas. Il avait été aussi choqué que Ryleigh lorsqu'elle lui avait avoué qu'elle était vierge. S'il ne l'avait pas autant surprise en lui avouant qu'elle l'attirait, elle n'aurait sûrement *jamais* partagé quelque chose d'aussi intime.

Tiny était secrètement soulagé de connaître cette infor-mation capitale. Cela traduisait quelque chose d'impor-tant : qu'il devait y aller en douceur. Il se fichait qu'elle n'ait jamais eu de relations sexuelles auparavant. Cela ne le rebutait pas... même s'il était *conscient* que prendre sa virginité s'accompagnait de certaines responsabilités. Mais pour l'instant, il était fier qu'elle sache ce qu'elle voulait : un attachement émotionnel à quelqu'un avant de se glisser sous ses draps. S'ils en arrivaient au point où elle voulait devenir intime avec lui, il s'assurerait qu'elle sache qu'il appréciait sa décision de le laisser être sa première fois.

En attendant, et jusqu'à ce qu'elle lui fasse suffisamment confiance pour parler de ses peurs, il en apprendrait le plus possible sur Ryleigh par l'observation. Il savait déjà combien elle n'aimait pas le grand air, et cela l'amusait. Cela ne la dérangeait pas de se promener sur le terrain du Refuge, mais aller dans les bois où il y avait –, sacrebleu ! – des punaises et des animaux sauvages, ce n'était pas son truc. C'était plutôt mignon. Il était clair qu'elle était plus à l'aise avec son ordinateur qu'avec n'importe quoi d'autre, et qu'elle avait manifestement grandi ainsi.

Aujourd'hui, Stone les emmenait, Ryleigh et lui, faire une virée dans l'hélicoptère que le Refuge avait acheté. L'ancien pilote du Night Stalker de l'armée voulait repérer les meilleurs itinéraires pour visiter la région, et il les avait invités tous les deux à l'accompagner.

— Je ne sais pas, dit Ryleigh.

Sa nervosité se sentait alors qu'ils marchaient en direction du nouveau hangar sur la propriété.

— Qu'est-ce qui ne va pas ? Stone est un pilote extraordinaire. Je lui fais plus confiance qu'aux pilotes de ligne.

— Ce n'est pas ça. Je sais qu'il est doué. J'ai vu son... euh...

Ryleigh se tut.

Tiny ne put s'empêcher de rire.

— Tu as vu son dossier ? devina-t-il.

— Oui, mais je n'ai pas fait exprès, s'empressa-t-elle d'ajouter. J'essayais d'obtenir des informations sur ses antécédents, afin de pouvoir le retrouver. Les infos sont apparues sur l'écran sans que je fasse quoi que ce soit.

Tiny rit de plus belle.

— Hmm, hmm. Elles sont apparues sur l'écran, hein ?

Elle lui jeta un regard en coin et parut se détendre quand elle comprit qu'il n'était pas en colère.

— Et le mien, alors ?

— Ton quoi ? s'enquit Ryleigh.

— Mon dossier. Il est apparu comme par magie sur ton écran lui aussi ?

Elle haussa les épaules.

Tiny frappa gentiment son épaule de la sienne.

— Ce n'est pas grave si tu l'as vu, ce n'est pas comme si j'avais fait quelque chose que tous les autres SEAL n'ont pas fait.

Ryleigh s'arrêta au milieu du sentier et le dévisagea.

— Tu as nagé sur cinq kilomètres dans l'océan, tout en portant ton coéquipier blessé et en te faisant tirer dessus depuis le rivage, avant d'éviter des terroristes qui vous cherchaient en bateau, pour arriver au point de rendez-vous, sans que tu saches si c'était toujours d'actualité ou non.

— Les SEAL ne s'abandonnent pas, justifia Tiny en haussant les épaules.

L'incident dont elle parlait avait été un véritable enfer. Il en faisait encore des cauchemars. Mais il avait sauvé son coéquipier, et pendant qu'ils étaient traqués, faisant diversion pour les terroristes, le reste de son équipe avait tué la cible qu'ils avaient été envoyés chercher et éliminer. Selon lui, c'était gagnant-gagnant.

Ryleigh secoua la tête et reprit sa route vers le hangar.

— Si tu le dis, marmonna-t-elle.

Tiny sourit.

De temps en temps, son bras frôlait celui de Ryleigh pendant qu'ils marchaient, et à chaque contact, un courant électrique parcourait son corps. C'était un peu déconcertant... mais aussi très excitant. Il n'imaginait même pas ce que lui procurerait un contact peau à peau avec elle. Ou être au plus profond de son corps. Il ne savait pas s'ils iraient aussi loin un jour, néanmoins, il pouvait en rêver.

— Bref, comme je le disais, ça va être amusant, lança-t-il. On va voir le Refuge depuis le ciel. Il y a tellement plus que la terre autour des chalets.

— Une terre remplie d'animaux sauvages, de falaises d'où on peut tomber et d'insectes. Beaucoup, beaucoup d'insectes.

Tiny esquissa un rictus.

— Tu sais, je me contentais très bien de voir ces choses depuis les caméras que vous avez installées sur toute la propriété. J'ai vu tous les cerfs, les écureuils et les coyotes que je n'ai jamais voulu voir sur mon écran d'ordinateur. Sans parler des renards, des ratons laveurs, des moutons, des cougars, et si j'avais su qu'il y avait des *ours* ici, je n'aurais jamais accepté ce travail.

— Pourquoi, alors ? Pourquoi as-tu accepté ce travail, je veux dire ?

Tiny n'avait pu s'empêcher de poser la question. Il ignorait si Ryleigh lui répondrait, elle était très douée pour éluder ses questions... mais à sa grande surprise, elle n'hésita pas une seconde.

— Je voulais sortir des sentiers battus. Le bruit de la ville m'épuisait. Et tous ces gens aussi. J'ai vu une annonce en ligne pour cet endroit, j'ai lu un commentaire d'une personne qui y avait séjourné et qui affirmait que ça avait changé sa vie. J'ai consulté le site web et j'ai été impressionnée par ce que j'ai vu. C'était sauvage, mais ça restait charmant et pittoresque, et vous faites énormément pour les gens. C'est ce qui m'a particulièrement plu.

Elle haussa les épaules et conclut :

— Et quand je suis venue la première fois, pour mon entretien, j'ai ressenti une certaine... *sécurité*.

Tiny approuva du chef.

— Je vois. J'ai ressenti la même chose quand je me suis retrouvé sur les lieux. Il n'y avait pas encore de chalet ou autre, mais je me suis senti apaisé comme nulle part ailleurs.

— Si on oublie les insectes, c'est parfait, plaisanta Ryleigh avec un sourire en coin.

Ils approchèrent du hangar. Stone avait laissé la porte ouverte et ils avaient vue sur l'hélicoptère à l'intérieur.

Sans réfléchir, Tiny prit la main de Ryleigh. Il ne savait pas trop pourquoi, seulement qu'il avait besoin de se sentir connecté à elle à ce moment-là. Apprendre qu'elle avait ressenti la même chose pour le Refuge que lui la première fois qu'elle avait mis les pieds sur la propriété, lui donnait envie d'être encore plus proche d'elle.

Ils entrèrent main dans la main dans le hangar, et dès que Tiny aperçut Stone, il sut que quelque chose n'allait pas.

— Mauvaise nouvelle. On ne peut pas voler aujourd'hui, leur annonça Stone.

Ryleigh lâcha sa main et Tiny la laissa faire.

— Pourquoi ? demanda-t-il.

— Le carburant qu'on avait commandé n'a pas été livré ce matin. Je ne sais pas trop pourquoi. J'ai appelé l'entreprise et ils m'ont dit qu'ils n'avaient aucune trace de notre commande, ce qui est archifaux parce que j'ai personnellement vérifié auprès d'eux la semaine dernière. On n'était pas sur leur tournée de livraison, ce qui est très bizarre. Peu importe, on a réglé le problème, mais ils ne peuvent pas venir avant quelques jours.

Tiny était déçu, car il avait hâte d'observer la propriété depuis les airs, toutefois, il comprenait que des pépins pouvaient survenir. Mais lorsqu'il se tourna vers Ryleigh, il se raidit. Elle fixait Stone avec insistance et avait l'air... coupable. C'était étrange.

— Quoi ? Qu'est-ce qui ne va pas ? interrogea-t-il à voix basse.

Elle se tourna lentement vers lui, puis cligna des yeux.

— Euh... rien.

Tiny pinça les lèvres. Ce n'était pas *rien*, à en croire sa réaction. Il la regarda prendre une grande inspiration et reprendre le contrôle de ses émotions.

— Peut-être qu'on peut faire ça la semaine prochaine, alors ? proposa-t-elle à Stone.

— C'est déjà reprogrammé, affirma-t-il avec un hochement de tête.

— Cool.

Le téléphone de Stone sonna. Il sourit d'un air désolé à Tiny et Ryleigh, et décrocha.

— Salut, *Stellina*, quoi de neuf ? Hein ? Fait chier. OK, je suis en route. Respire un bon coup, ça va aller. Il ne va rien leur arriver. Je sais... d'accord. J'arrive.

Stone raccrocha et n'attendit pas que Tiny l'interroge.

— C'était Maisy. Il y a un problème, Reese a des saignements. Elle pense que c'est le bébé. Spike est en route pour l'hôpital avec elle, et tout le monde veut y aller pour la soutenir.

— Que peut-on faire pour aider ? demanda Tiny.

— Vous pouvez fermer le hangar ? Tout est rangé, j'ai verrouillé l'hélicoptère quand j'ai compris qu'on ne pourrait pas voler.

— Entendu. Vas-y. Va voir Maisy. Elle n'a pas besoin d'être stressée aussi tôt dans sa grossesse.

— C'est ce que je n'arrête pas de lui dire, mais elle ne m'écoute pas, affirma Stone avec un sourire ironique, avant de se rembrunir. Merci, mon pote. On se voit plus tard ?

— Bien sûr, confirma Tiny.

Ryleigh et lui fermèrent l'immense porte du hangar, puis il prit à nouveau sa main dans la sienne et ils remontèrent le sentier vers les chalets, bien plus vite qu'en venant.

Ce n'est que sur le chemin de l'hôpital que Tiny se rendit compte qu'il n'avait pas insisté pour que Ryleigh s'explique suite à sa réaction quant à l'erreur de livraison de carburant. Mais ce n'était pas le moment. Elle s'inquiétait pour Reese, tout comme lui.

Il nota mentalement de lui poser la question plus tard. Il n'aimait pas qu'elle lui cache des choses, et même s'il ne pensait pas qu'elle lui mentirait, puisqu'il lui avait demandé de ne plus le faire, ne pas parler de quelque chose qui la dérangeait clairement était presque aussi grave.

Quelques heures plus tard, tout le monde était de retour au Refuge, à attendre des nouvelles de Reese et du bébé. Elle avait été transportée par avion à Albuquerque, dans leur centre de traumatologie de niveau I, afin qu'ils puissent mieux les soigner, le bébé et elle.

Le téléphone de Brick sonna, et tout le monde se tut.

— Brick. Salut... oui, d'accord... hmm, hmm... c'est bon à entendre. Je vais leur dire. Quand ? OK. On va attendre. Très bien. À plus.

— Alors ? C'était Spike ? Qu'est-ce qu'il a dit ? Comment va Reese ? Et le bébé ? bombarba Alaska à l'attention de son fiancé.

— Oui, c'était lui. Reese va bien. Elle a perdu beaucoup de sang, donc ils vont la garder à l'hôpital d'Albuquerque pendant quelques jours pour s'assurer qu'elle va vraiment bien.

— Oh, Dieu merci, souffla Lara.

Tiny aussi souffla de soulagement. Il n'avait aucune expérience des femmes enceintes et des choses qui pouvaient mal tourner, mais il était heureux que Reese aille bien.

— Et le bébé ? interrogea Henley, qui tenait son propre nouveau-né dans un porte-bébé contre sa poitrine.

— Prématuré, mais il respire.

Tout le monde hoqueta.

— Attends... elle a accouché ? s'enquit Cora.

— Apparemment, répondit Brick avec un rictus. Dylan John Fowler était en sous-poids, mais les docteurs pensent que ça ira. Il est en néo-natal, mais Spike a dit que c'était par précaution, pas parce qu'il y avait un problème majeur.

L'inquiétude qui régnait dans la pièce se dissipa. Personne ne s'attendait à ce que le deuxième bébé du Refuge naisse si peu de temps après le premier, toutefois, l'ambiance était tout aussi joyeuse que lorsque la petite fille de Henley était arrivée.

Tout le monde commença à parler d'avancer la baby shower prévue pour la semaine suivante, et à décider qui irait à Albuquerque pour voir Reese, Spike et Dylan en premier.

Tout le monde sauf Ryleigh. Quand Tiny se tourna vers elle, elle était plongée dans son téléphone et ses pouces couraient sur l'écran.

— Qu'est-ce que tu fais ? interrogea-t-il en se rapprochant d'elle.

Elle ne leva même pas les yeux.

— Je commande à manger pour Spike. Et des vêtements pour eux trois. Ils sont partis si vite qu'ils n'ont pas eu le temps de faire leurs valises. Quand Reese ira mieux, elle voudra des pyjamas tout doux. Et la nourriture de l'hôpital est dégueu. Reese sera sûrement trop épuisée pour manger maintenant, alors je m'assure qu'ils livrent de bons petits plats dans sa chambre pour plus tard.

Tiny se sentit de nouveau coupable de l'avoir traitée comme il l'avait fait, face à sa compassion.

— Et je m'assure qu'il n'y ait pas de problème avec leur assurance, marmonna Ryleigh entre ses dents.

Tiny sourit. Devait-il s'inquiéter des bases de données qu'elle piratait ? Probablement. Mais comme elle veillait sur l'un de ses meilleurs amis, toute inquiétude s'était envolée.

Le déjeuner fut dédié à la célébration. Même si les personnes fêtées se trouvaient à Albuquerque, cela n'enlevait rien au bonheur du moment. Tout le monde était excité par la naissance de Dylan et soulagé que Reese aille bien.

Tiny entendit Owl et Stone discuter du problème d'approvisionnement en carburant de l'hélicoptère, et du fait que cela pourrait être un énorme problème si, à l'avenir, quelqu'un avait besoin d'être évacué à cause d'une blessure ou d'un feu de forêt.

Il fallut un moment à Tiny pour se rendre compte que Ryleigh ne mangeait pas. Elle picorait la nourriture dans son assiette et la poussait sur le côté.

— Qu'est-ce qui ne va pas ? demanda-t-il si doucement que seule la jeune femme pouvait l'entendre.

Elle leva les yeux vers lui.

— Rien.

Tiny pinça les lèvres de frustration, se rappelant que la réticence de Ryleigh à lui parler n'était pas une surprise. Il avait été un salaud avec elle pendant longtemps. Ce n'était pas comme si elle allait s'ouvrir et lui révéler ses secrets les plus profonds et les plus sombres, juste parce qu'il s'était excusé. Il allait devoir lui prouver qu'elle pouvait lui faire confiance, qu'il ne redeviendrait pas le connard qu'il avait été jusqu'à présent.

Il ouvrit la bouche, dans le but de lui dire tout cela, quand du raffut se fit entendre à la réception.

Quelqu'un était arrivé après le début du déjeuner et Alaska était partie aider l'homme. Tout paraissait normal... or, le nouvel arrivant criait et agitait les bras en l'air.

Brick se mit en marche avant même que les autres ne le remarquent, néanmoins, Tiny et tous les autres gars s'empressèrent de se lever. Certains de leurs invités étaient instables en raison des traumatismes qu'ils avaient subis. Personne ne les jugeait pour cela, mais en même temps, il n'était pas acceptable que cette colère soit déversée sur Alaska, ou sur tout autre membre du personnel ou invité du Refuge.

— Je me fous de ce que dit votre ordinateur, j'ai une réservation ! s'écria l'homme, dont le visage devenait rouge. Vous voyez ? Elle est juste là ! C'est pour ça que j'ai imprimé ma confirmation, c'est toujours le bordel !

— Je suis navrée, monsieur, mais nous n'avons aucune trace du numéro de réservation dans notre système. Ça n'a pas dû aboutir de notre côté, dit Alaska d'une voix calme et neutre.

— Comment ça, ça n'a pas abouti, alors que j'ai un foutu numéro de réservation et un email me disant à partir de quelle heure je peux me présenter ?

L'homme avait raison, mais cela n'intéressait pas Tiny pour le moment. Il était plus préoccupé par l'air furieux de ce type. Alors que Brick contournait la réception pour se diriger vers Alaska, Pipe fut le premier à se présenter devant l'invité, et il n'y alla pas par quatre chemins. Il s'immisça dans l'espace personnel du nouveau venu, le forçant à reculer de quelques pas.

— On va trouver une solution, mais vous devez vous détendre, lui ordonna-t-il.

— Ne me dites pas...

L'homme tourna son regard vers Pipe et se tut aussitôt. Il pouvait être intimidant, tout en muscles et tatouages, et il utilisait les deux à son avantage à cet instant. L'homme en colère se ravisa quand il vit tous les autres propriétaires de Refuge converger vers lui.

Brick poussa gentiment Alaska derrière lui, toutefois, elle refusa de reculer complètement.

— M. Henderson a un numéro de réservation, mais je n'en ai aucune trace dans notre système, expliqua-t-elle à Brick inutilement. Je ne sais pas ce qui s'est passé.

— Est-ce qu'on a un chalet de disponible ?

Alaska se mordit la lèvre, puis fronça le nez.

— On est complet ce soir. Demain, le chalet quatre sera libre, à la suite d'une annulation, mais pas ce soir.

— Et le chalet pour les amis et la famille ? demanda Owl.

Alaska réfléchit un instant à sa proposition, puis écarta Brick afin de se remettre derrière l'ordinateur. Elle cliqua, puis tapa quelque chose, avant de hocher la tête.

— Ça devrait faire l'affaire, dit-elle.

Alaska se tourna vers l'invité et reprit le contrôle de la situation, comme si elle n'était pas entourée de six hommes très protecteurs.

— Monsieur, je ne sais pas comment cela a pu se produire. Le chalet que vous aviez réservé n'est pas disponible, et ce soir, tout est complet. Mais nous avons un chalet réservé aux amis et à la famille qui est libre. Il est plus petit que votre réservation initiale, mais vous pouvez y rester ce soir et, demain, vous pourrez vous installer dans le chalet quatre. Pour nous excuser du désagrément, nous vous offrirons cinquante pour cent de réduction sur votre séjour, si cela vous convient.

Tiny entendait bien la nervosité dans la voix d'Alaska, néanmoins, elle était toujours aussi professionnelle.

— Oui, ça me va. J'étais vraiment excité à l'idée de venir ici et je n'y croyais pas quand j'ai réussi à avoir une réservation aussi tardive. Je suis désolé si je... euh... si j'ai été méchant.

— Ce n'est rien, le rassura Alaska.

— Je peux voir l'email de confirmation ?

Tiny aperçut Ryleigh qui se tenait à sa droite. Il ignorait quand elle était apparue à ses côtés, mais il n'était pas particulièrement ravi qu'elle se soit mise à portée d'un homme potentiellement dangereux. Neuf fois sur dix, leurs invités étaient polis et calmes, cependant, un épisode de stress posttraumatique pouvait éclater à tout moment, et la dernière chose que Tiny et ses amis voulaient, c'était que quelqu'un soit blessé.

M. Henderson haussa les épaules et tendit le morceau de papier qu'il avait froissé dans son poing. Elle le prit, et Tiny lui saisit le coude afin de la décaler avec délicatesse sur le côté. Elle s'exécuta sans broncher, l'esprit occupé à examiner le morceau de papier.

Tiny entendit Alaska parler avec l'invité, et il remarqua vaguement que certains de ses amis retournaient aux tables du déjeuner et à la célébration improvisée de cette nouvelle naissance, mais son attention était rivée sur Ryleigh.

Elle fronça les sourcils en lisant l'email que M. Henderson avait reçu. De là où il se trouvait, il ne voyait rien d'anormal. Il y avait le logo du Refuge en haut et la signature semblait également authentique. Il ignorait comment un email de confirmation sans réservation avait pu être envoyé, toutefois, il savait que Ryleigh et Alaska seraient en mesure de trouver une solution.

Owl proposa à l'invité de lui montrer le chalet où il allait séjourner cette nuit, et dès que M. Henderson et lui s'éloignèrent du comptoir, Alaska reprit la parole.

— Je ne comprends pas ce qui s'est passé. Ça ne s'est jamais produit auparavant. C'est impossible qu'il ait reçu cette confirmation sans que le numéro soit généré par notre système. Et s'il avait un numéro de confirmation, il devrait figurer sur le planning !

— Calme-toi, Al, tout va bien, dit Brick.

— C'est un faux, intervint Ryleigh.

Sa voix n'était pas forte, elle se montrait prudente pour que les autres invités qui mangeaient à proximité ne l'entendent pas, mais elle avait l'air tout à fait confiante dans son analyse.

— Quoi ? Un *faux* ? Comment est-ce possible ? demanda Alaska, confuse.

— Regardez : l'adresse email est bonne, mais quand même usurpée. Vous voyez le « a » ? Il est différent de celui de notre police de caractères par défaut. Le nôtre, c'est un cercle avec un trait sur le côté droit. Celui-là, c'est un « a » cyrillique, expliqua Ryleigh en désignant l'adresse électronique.

— Ça fait une différence ? interrogea Brick.

— Bien entendu.

— Mais... pourquoi ? *Comment* ? demanda Alaska.

Tiny gardait son regard rivé sur Ryleigh. Elle savait de quoi il retournait, il en était certain.

Alaska prit le morceau de papier et l'observa.

— Wouah, c'est super bien fait. Le logo en haut, la mise en page, la signature... tout est exactement comme les emails qu'on envoie.

— Je suis persuadée que ça a été fait à dessein, affirma Ryleigh.

— Et M. Henderson a payé ce séjour ? Où est parti son argent ? s'enquit Brick.

La colère monta en Tiny lorsqu'il prit conscience que quelqu'un les volait. Quelqu'un avait usurpé leur email de confirmation et pris l'argent de leur invité. Non seulement le séjour de cet homme serait à leurs frais, mais ils allaient même le payer pour qu'il reste, puisqu'ils allaient lui rembourser la moitié de son séjour.

— Tiny ?

Il pivota et vit Luna derrière lui, l'air contrarié. Il ne l'avait même pas entendu s'approcher et s'en réprimanda intérieurement.

— Quelque chose ne va pas ? demanda-t-il.

— Papa est en train de piquer une crise... je crois... Tu peux venir lui parler en cuisine ?

Tiny acquiesça, et emboîta le pas de Brick qui se dirigeait lui aussi vers la cuisine où était Robert. Il ne savait pas ce qui se passait *maintenant*, mais ses tripes lui criaient que quelque chose n'allait pas du tout.

Lorsqu'ils entrèrent dans la cuisine, ils furent plongés dans le chaos. La livraison hebdomadaire de nourriture était manifestement arrivée pendant qu'ils mangeaient et réglaient le problème de la réservation, cependant, elle semblait deux fois plus importante que d'habitude. Il y avait des boîtes sur toutes les surfaces disponibles, et Robert vérifiait les articles en marmonnant des jurons.

— Qu'est-ce qui ne va pas ? demanda Brick, interrompant les divagations du chef.

— Rien ne va ! Ce n'est pas la bonne commande ! s'exclama Robert. J'ai commandé vingt douzaines d'œufs et on m'en a livré vingt. *Vingt* œufs, pas vingt douzaines. Il manque la farine. Je n'ai pas mes pépites de chocolat au lait, mais du chocolat pâtissier. Si je mets ça dans les cookies, vous allez vous révolter. Les asperges ont été remplacées par du céleri et les filets de poisson par des bâtonnets de poisson surgelés. Et ce n'est que le début de ce merdier ! On me fait une blague, c'est ça ? Ce n'est pas cool. Comment est-ce que je vais préparer mes repas de la semaine avec une commande pareille ?

Quelque chose n'allait pas – quelque chose de bien plus important qu'une simple commande de nourriture –, et ce sentiment continuait à faire se hérisser les poils sur la nuque de Tiny.

Brick avait l'air déconcerté. Luna était postée sur le côté, les mains crispées, à se demander comment apaiser son père en colère. C'est alors qu'un bruit fit faire volte-face à Tiny.

Ryleigh était là, les yeux écarquillés ; elle avait l'air complètement anéantie.

Sans réfléchir, il s'approcha d'elle comme il l'aurait fait avec un poulain craintif. Elle fixait du regard la nourriture éparpillée dans la cuisine, comme si elle allait la mordre.

— Ryleigh ? interrogea-t-il.

Il se positionna dans son champ de vision, pour effacer Robert.

Elle leva les yeux et Tiny manqua de tomber à genoux en voyant son expression. Elle semblait perdue. Et si triste qu'il en eut mal au cœur.

— Tout est de ma faute. Je savais que ça allait arriver, mais c'est... c'est une catastrophe.

— Ce n'est pas de ta faute, la rassura Tiny. C'est sûrement un nouvel employé qui s'est occupé de la commande de Robert et il s'est trompé.

Ryleigh secoua la tête.

— Non. Ce n'est pas ça. L'assurance de Tonka, la réservation, le carburant, la nourriture... c'est lui.

— Lui, qui ? demanda Tiny avec douceur.

Il aurait voulu la prendre dans ses bras, la réconforter, mais elle avait l'air d'être sur le point de se briser en mille morceaux s'il la touchait.

Le regard de la jeune femme s'éclaircit lentement... et Tiny vit la détermination transformer son visage.

— Il faut qu'on parle.

— D'accord, acquiesça-t-il sans hésiter, soulagé qu'elle se confie enfin à lui.

— Tout le monde doit être présent. Les propriétaires du Refuge, j'entends.

Tiny voulait insister pour qu'elle *lui* dise d'abord ce qui la tracassait. Mais si elle avait besoin que Brick et tous les autres soient là pour entendre ce qu'elle avait à dire, il n'allait pas s'y opposer.

— Très bien. Quand Spike reviendra d'Albuquerque avec Reese, on réunira tout le monde et...

Ryleigh secoua la tête.

— Non. Maintenant. *Tout de suite*, Tiny. Ça ne peut pas attendre.

— D'accord.

— De quoi allons-nous parler ? s'enquit Brick.

Ryleigh se tourna vers lui.

— Je sais ce qui se passe. Et malheureusement, ça ne va faire qu'empirer.

— Empirer ? répéta Brick, la mâchoire crispée.

Ryleigh opina du chef.

— Tu veux qu'on se retrouve dans la salle de réunion ? Je vais chercher les autres.

Tiny aurait voulu protester. Ryleigh n'avait pas beaucoup mangé avant qu'ils soient interrompus par l'invité en colère. Et elle était pâle. Mais Brick était déjà parti rassembler leurs amis.

Il posa une main dans le dos de Ryleigh et la guida hors de la cuisine. Robert marmonnait encore dans sa barbe.

Il vit les autres se lever et se diriger vers la salle de réunion, tandis qu'il suivait Ryleigh à l'intérieur. Elle ne s'assit pas à la grande table, et commença à faire les cent pas.

Tiny se laissa tomber sur une chaise, toutefois, il garda son regard rivé sur Ryleigh. Ça ne lui plaisait pas. Pas le moins du monde. Peu importe ce qui se passait, il avait l'impression qu'il ne pourrait pas arranger les choses facilement. Pas comme il l'avait fait lorsqu'il était encore dans l'armée. Ces événements ne pouvaient pas être résolus par une force brutale.

Ce que Ryleigh avait à dire n'allait plaire à personne. Cela ne faisait aucun doute dans son esprit.

7

Ry faisait les cent pas tandis que son cerveau tournait dans tous les sens et cherchait comment tout expliquer. Comment elle allait annoncer à ces hommes, qui s'étaient démenés pour faire du Refuge un succès, que tout ce pour quoi ils avaient travaillé allait probablement être détruit, petit à petit.

Avouer que son prénom n'était pas Ryan n'était *rien* comparé à ce qu'elle s'apprêtait à leur dire. Ils l'avaient acceptée, intégrée à la famille du Refuge. Et maintenant, elle devait leur dire qu'elle avait amené un ennemi jusqu'à leur porte.

Stone fut le dernier à entrer dans la pièce, et il referma la porte derrière lui. Le clic de la fermeture parut anormalement bruyant. Ry leva la tête et avisa six paires d'yeux braqués sur elle. Elle déglutit difficilement.

Stone se dirigea vers la table et prit place.

— Viens t'asseoir, lui proposa Brick.

Ry secoua la tête. Elle était incapable de s'asseoir. Elle avait l'impression d'être sur le point d'exploser.

— Ry, viens t'asseoir, répéta Brick avec fermeté.

Il pensait de toute évidence qu'elle allait lui obéir.

— Elle est très bien là où elle est, intervint Tiny. Respire, Ryleigh. Tout va bien. Tu es en sécurité. Personne ne va te faire du mal.

— Bien sûr qu'on ne va pas lui faire du mal, Tiny. Sérieux ? grogna Owl.

— Et elle ne pourrait pas être plus en sécurité qu'au Refuge, ajouta Pipe.

— Le Refuge n'est pas plus sûr que n'importe quel autre endroit dans le monde, contra Tonka à voix basse. Le Mal trouve toujours ses marques, même si quelqu'un se sent en sécurité.

Ry avait lu les rapports sur ce qui était arrivé à Tonka et à son partenaire, ainsi qu'à leurs chiens. Elle avait été consternée et horrifiée, et comprenait parfaitement la personnalité de Tonka. Elle n'était pas surprise qu'il comprenne qu'un soldat dur à cuire des forces spéciales n'en était pas moins vulnérable.

— Tout le monde se calme, ordonna Brick. Ry, peu importe ce que tu as à dire, ça ne changera pas notre avis sur toi. Mais si tu en sais plus, on a besoin de ces informations.

Ry acquiesça. Brick avait tort de penser que ce qu'elle s'apprêtait à leur annoncer n'allait pas changer les choses. Cela changerait *tout*. Ils pensaient savoir ce qu'elle était capable de faire, mais ils ne savaient rien. Ils ne voyaient que la partie émergée de l'iceberg.

Elle arrêta d'arpenter la pièce et fit face à la table.

— J'ai choisi le Refuge parce qu'il était loin des sentiers battus. J'ai effectué des recherches sur vous tous, et vous sembliez être des êtres humains corrects. Quand je suis arrivée, j'ai tout de suite vu que j'avais raison. Vous m'avez accueillie, vous m'avez fait aimer cet endroit, même si je ne suis pas une grande amatrice de plein air. Même lorsque j'ai avoué que j'avais menti sur mon identité et sur la façon dont j'avais obtenu ce travail, vous ne m'avez pas mise à la porte... alors vous ne saurez jamais, *jamais*, combien je suis désolée d'avoir amené le mal à votre porte.

— Quel mal ? interrogea Stone d'une voix neutre.

— Mon père.

Ces deux mots résonnèrent dans la pièce autour d'eux.

— À mon avis, il va nous falloir un peu de contexte, ma belle, lança Pipe. Reprends depuis le début.

Ry prit une profonde inspiration et essaya de remettre de l'ordre dans ses pensées. Elle ne remonterait pas trop loin, ils n'avaient pas besoin de savoir quel enfer elle avait vécu durant son enfance, mais elle devait leur fournir *quelques* informations afin qu'ils comprennent la menace qui planait sur le Refuge à présent. Pour s'assurer qu'ils sachent qu'elle ne sous-estimait pas le problème.

— Mon père est Harold Lodge.

Personne ne sembla reconnaître ce nom et Ry soupira mentalement. Elle avait espéré qu'ils le connaissaient, afin d'accélérer les choses.

— Ce nom est censé nous dire quelque chose ? s'enquit Stone.

— Il figure sur la liste des personnes recherchées par le FBI. Il a volé des millions de dollars. Et sa haine pour moi est encore plus forte que son amour pour l'argent. Rien ne lui ferait plus plaisir que de me voir morte.

Après avoir prononcé ces mots à voix haute pour la première fois, Ry vacilla.

Elle avait passé une grande partie de son enfance à essayer de lui faire plaisir, à essayer d'obtenir ne serait-ce qu'un morceau de son amour et de son affection. Sauf qu'il n'aimait que l'argent. Il n'en avait jamais assez. Ce n'est qu'après avoir échappé à son emprise qu'elle avait pris *conscience* qu'il la détestait. Il l'avait tolérée uniquement parce qu'elle était utile. Toutefois, admettre à voix haute que son propre père ne la supportait pas... ça faisait mal. Elle se retrouva propulsée à l'âge de huit ans, essayant par tous les moyens de lui plaire pour qu'il lui sourie au lieu de la réprimander.

— Respire, chérie.

Ry ne s'était même pas rendu compte qu'elle s'était affaissée contre le mur et qu'elle était en hyperventilation. Elle laissa Tiny la conduire jusqu'à une chaise. Quelques minutes auparavant, elle n'envisageait même pas de s'asseoir, mais à cet instant, elle était reconnaissante pour la chaise. Elle ne pensait pas être capable de se tenir sur ses jambes.

— Donc ton père est ce Harold Lodge, et il ne t'aime pas. Quel est le rapport avec le Refuge ? interrogea Tiny.

Il avait fait pivoter la chaise de la jeune femme et s'était accroupi à ses pieds, comme il l'avait fait l'autre jour dans le chalet.

Elle posa son regard sur les iris turquoise de Tiny pour se rassurer. C'était quelque chose de familier dans un monde qui venait soudain d'être plongé dans le chaos. Elle savait que ça allait arriver, qu'elle avait fait une bêtise et que son père l'avait retrouvée, cependant, elle ignorait que ses machinations seraient aussi sournoises.

— Quand j'ai quitté la maison, on... on n'était pas en bons termes. Je le détestais parce que c'était un vrai connard. Il volait l'argent des gens. Mon départ ne lui a pas plu. Il a juré de me le faire payer, à vrai dire.

— Quel âge avais-tu quand tu es partie ? demanda Owl.

Ry sursauta, tellement concentrée sur Tiny qu'elle avait presque oublié la présence des autres dans la pièce. Elle jeta un coup d'œil vers Owl, mais Tiny posa un doigt sous son menton et ramena doucement son regard vers le sien.

— Regarde-moi, chérie. Seulement moi. Quel âge avais-tu quand tu es partie ? répéta Tiny.

Cela ne posait aucun problème à Ry de le regarder, les faits étaient moins douloureux. Cet homme qui l'avait traitée avec dédain, qui l'avait intimidée, qui s'était méfié d'elle au point de lui confisquer son ordinateur la nuit pour qu'elle ne puisse pas se connecter en cachette et faire quelque chose de malveillant était maintenant sa planche de salut. Comme c'était étrange.

— Vingt-et-un ans.

Tiny parut surpris.

— Tu as quoi, trente-et-un ans maintenant ?

Elle opina du chef.

— Alors, ça fait dix ans qu'il te cherche ? C'est long.

Ry opina de nouveau.

— Et maintenant, il m'a retrouvée.

— Comment ?

— Comment quoi ?

— Comment t'a-t-il retrouvée ?

— J'ai merdé.

— J'en doute sérieusement, répliqua Tiny d'une voix douce.

— Si. Je me suis connectée à un appareil non sécurisé.

— Quand ? demanda Pipe.

— Quand on cherchait Owl, Stone et Lara. Brick voulait que je fasse ce que je fais de mieux. On était ici, dans cette pièce. Il m'a donné son ordinateur portable. Je savais que c'était une mauvaise idée. Je savais que, si j'ouvrais la moindre fenêtre, il pourrait me retrouver... mais tout le monde était tellement bouleversé et en colère... alors j'ai utilisé son ordinateur au lieu d'aller chercher le mien, qui avait une connexion sécurisée.

— Fait chier, jura Brick. Je ne t'ai pas *donné* mon ordinateur. Je te l'ai jeté au visage. Je t'ai hurlé dessus. Je t'ai traitée comme une merde avant que tu ne fasses ce que je t'avais demandé. *Putain !*

Ry ne savait pas quoi dire pour l'apaiser. Il n'avait pas tort. C'était exactement ce qu'il avait fait. Elle aurait tout de même pu insister pour utiliser son propre ordinateur portable. Mais elle avait cédé sous la force de son mécontentement. Il lui avait rappelé son père, lorsqu'il utilisait l'intimidation pour obtenir ce qu'il voulait.

Elle déglutit, refusant de tourner son regard vers Brick. C'était plus sûr de regarder Tiny.

— Désolé, mais je ne comprends toujours pas comment ça a permis à ton père de te retrouver, dit-il gentiment.

Son ton était si différent de celui de Brick. Cela donna le courage à Ryleigh de continuer.

— Il y a plusieurs couches de cryptage sur mon ordinateur. L'adresse IP ne peut pas être tracée, pas sans de sérieux efforts et compétences. Je fais rebondir les signaux sur des adresses IP dans tout le pays, et même à l'étranger.

— Et notre connexion ici n'est pas franchement sécurisée, ajouta Tiny, qui comprenait enfin.

Ry hocha la tête.

— Mais ça va plus loin que ça. Mon père m'a appris tout ce qu'il sait, alors il connaît ma façon de faire. Il sait me « reconnaître » en ligne. C'est difficile à expliquer, mais c'est comme une signature. Comment je procède dans mes recherches, les fautes d'orthographe que je fais, les sites dont je me sers... Il connaît mon empreinte numérique aussi bien qu'il connaît la sienne. Il a sûrement mis en place des alertes afin d'être averti lorsqu'un de mes procédés apparaît.

Ainsi, lorsque j'ai utilisé l'ordinateur de Brick, il a été alerté. Ça n'a pas dû être compliqué pour lui de remonter jusqu'au Refuge.

— C'était il y a des mois. Pourquoi cherche-t-il à s'en prendre à toi maintenant ? intervint Tonka.

Ry tourna la tête cette fois, cependant, elle sentit la main de Tiny sur sa cuisse, qui l'apaisait, qui lui donna le courage de répondre directement à Tonka.

— Il ne s'en prend pas à moi. Il s'en prend à *vous*, rectifia-t-elle presque tristement.

— Pourquoi ? insista Brick.

— Il a patienté des mois avant de passer à l'acte parce qu'il a analysé le Refuge. Il a appris tout ce qu'il pouvait. Il a probablement examiné les antécédents de chacun d'entre vous. Et de vos femmes. Et de toutes vos familles. Je ne serais pas surprise qu'il ait piraté les caméras de surveillance. Il sait maintenant combien je me plais ici – si ce n'était pas le cas, je ne serais pas restée aussi longtemps. Il sait que je me suis fait des amis. Alors, il va faire tout ce qui est en son pouvoir pour détruire ce que j'aime... juste parce qu'il en est capable.

— Ryleigh.

La jeune femme se tourna de nouveau vers Tiny.

— Il ne va rien détruire.

— Tu ne le connais pas. Le problème d'assurance de Tonka ? Le carburant ? La nourriture ? Cet homme en colère à la réception ? Ce n'est qu'un début. Il va continuer à perturber le Refuge. Créer des petits incidents qui pourraient être reprochés à des gens qui ne font pas leur travail correctement, ou des ennuis électroniques. Mais ce n'est pas ça le problème. Le problème, c'est lui.

— Maintenant que tu sais ce qu'il trafique, peux-tu l'arrêter ?

Ry hésita.

Tiny prit son silence pour de l'incertitude.

— Tu es un génie de l'informatique. Même Tex a reconnu que ce que tu sais faire est tout simplement génial, que tu es meilleure que lui. Si quelqu'un peut arrêter ton père, c'est bien toi.

La confiance qu'il avait en elle était incroyable. Toutefois, Ryleigh secoua lentement la tête.

— Je ne peux pas l'arrêter radicalement. Je peux pallier certaines choses, mais je ne peux pas contrôler tout le monde. Les ordinateurs sont utilisés par tous, partout. Je peux verrouiller les communications, ici au Refuge, mais je ne peux pas verrouiller l'épicerie, ni les gens qui livrent le carburant, ni les téléphones portables de chacun. Il trouvera toujours un moyen de nous atteindre.

— Qu'est-ce qu'on fait, alors ? s'enquit Pipe.

Ry ferma les yeux.

— J'aurais dû partir. Au moment où j'ai compris que j'avais foiré, j'aurais dû m'en aller. Le guider loin d'ici.

La main de Tiny se resserra sur sa cuisse.

— Non.

Il n'avait dit qu'un mot. Rien de plus.

Ry rouvrit les yeux et vit qu'il fixait sur elle un regard insistant.

— Si tu étais partie, est-ce qu'il nous aurait laissés tranquilles ? demanda-t-il.

Elle voulait mentir. Lui dire que, oui, si elle n'était pas là, son père serait parti à sa recherche, mais ce ne serait pas vrai. Et même si elle n'avait pas promis de ne plus lui mentir, il l'avait suppliée de ne pas le faire.

— Probablement pas, murmura-t-elle. C'est la seule piste qu'il ait eue en dix ans. Il n'aurait pas laissé le Refuge tranquille.

— Bien. Donc, on doit trouver une solution maintenant, affirma Stone.

Tout le monde réfléchit en silence.

— Je vais lui parler, trancha Ry, même si c'était la dernière chose qu'elle voulait faire.

— Pour lui dire quoi ? D'arrêter ? Je ne pense pas que ça va marcher, ironisa Owl.

Il n'avait pas tort.

— Ce que je ne comprends pas, c'est pourquoi il veut tant te retrouver, songea Brick. Il t'a retrouvée... et maintenant ? Il va te tourmenter jusqu'à ce que tu disparaisses à nouveau ? Ça n'a aucun sens.

Le moment était venu. Ry avait essayé d'évoquer le sujet depuis qu'elle avait commencé à s'ouvrir. Prenant une profonde inspiration, elle se tourna vers les autres. Elle fut étonnée qu'aucun d'entre eux ne la fusille du regard. Au contraire, ils affichaient tous une certaine forme d'inquiétude. Pour elle.

— J'ai quelque chose qu'il veut, avoua Ry.

— Quoi ? pressa Pipe.

— De l'argent. Quand je suis partie... j'ai vidé ses comptes. J'ai pris tout l'argent qu'il avait volé pendant des années. J'ai envoyé des tonnes de données au FBI et je leur ai donné toutes les informations dont ils avaient besoin pour le poursuivre en justice. Où il avait volé l'argent, quand et combien. Non seulement il veut se venger de moi pour ça, mais il veut aussi récupérer son argent.

— Combien ? sonda Brick.

C'était ce qu'elle redoutait. Ry croisa le regard de Brick et s'efforça de ne pas tressaillir lorsqu'elle répondit :

— Dix millions de dollars.

— Putain de merde !

— Bordel.

— Nom de Dieu !

Les exclamations fusèrent autour d'elle, mais Ry ne rompit pas le contact visuel avec Brick.

— Et j'imagine que tu ne peux pas les lui rendre pour qu'il nous lâche la grappe.

— Je ne peux pas les lui rendre parce que je ne les ai plus.

— Tu les as dépensés ?

Ry tressaillit à la question de Tonka. Il n'avait pas l'air en colère, mais elle se sentait quand même jugée.

— Les dix millions d'origine ? Oui. Et plus encore. Enfin, je ne les ai pas dépensés en tant que tel. Je les ai donnés.

— Attends une minute. Les dix millions *d'origine* ? Et tu les as *donnés* ? questionna Brick.

Ry opina.

— Ça fait une décennie que je suis partie, et depuis, cet argent volé a accumulé des intérêts... et j'ai peut-être fait des investissements judicieux.

— OK, alors combien avec les intérêts ?

Ry jeta un coup d'œil à Pipe.

— Trente.

— *Millions* ? clarifia-t-il.

— Hmm, hmm.

— Et tu as donné dix millions ? s'étonna Tonka.

— Oui, confirma Ry, haussant le menton de quelques centimètres. Plus de vingt, en fait.

Elle avait honte de son passé, des choses qu'elle avait faites, d'avoir arnaqué des gens. Mais elle avait travaillé dur pour expier ses péchés, pour rendre dix fois plus à ceux qu'elle avait volés.

— À qui ? demanda Owl.

— Des sociétés de protection des animaux, des centres

d'entraînement pour chiens militaires, GLAAD*, la Fondation américaine pour la prévention du suicide, les pompiers volontaires, les prisons, les organisations d'anciens combattants comme la Fondation Gary Sinise, les organisations de défense des droits des femmes, Make-A-Wish, des orphelinats, des hôpitaux, des foyers pour sans-abri, des centres pour toxicomanes, des centres de réinsertion, des organisations pour chevaux sauvages, la Croix-Rouge, des banques alimentaires, Médecins sans frontières, le fonds juridique de la NAACP, des organisations pour lutter contre la malnutrition, des clubs pour jeunes enfants, la recherche sur le cancer du sein, Toys for Tots, la maison Ronald McDonald, l'ACLU, la National Audubon Society, la Christopher & Dana Reeve Foundation, RAINN, les programmes 4 h... pour n'en citer que quelques-uns.

Ry ne cilla pas face à l'expression surprise d'Owl.

— Wouah.

Elle ignorait de qui ça venait, mais elle ne détourna pas son regard de celui d'Owl.

— OK. Très bien.

— Attends... As-tu donné de l'argent au Refuge ? demanda Brick.

Ry le regarda, sans répondre à sa question.

— Tu en as donné. Putain, Ry, ce n'est pas cool.

— Pourquoi pas ? Vous faites des choses incroyables ici. Vous avez aidé tant de gens.

Brick avait l'air troublé, et Ry avait l'impression qu'il voulait insister pour qu'elle reprenne l'argent qu'elle avait donné, mais c'était hors de question. Et elle ne dirait jamais *combien* elle avait donné. Le programme qui tournait sur son

---

* Association américaine veillant à dénoncer les discriminations et les attaques à l'encontre des personnes LGBT au sein des médias.

ordinateur et qui envoyait régulièrement de l'argent par le biais du bouton de donation qu'Alaska avait ajouté au site web continuerait à faire son travail jusqu'à ce que le compte d'où provenait l'argent soit à sec. Ce qui n'était pas prêt d'arriver. Et personne ne pouvait remonter jusqu'à elle avec cet argent. Elle s'en était assurée.

— Combien reste-t-il ? demanda Pipe.

— À peu près huit millions, répondit Ry.

Cela représentait encore beaucoup d'argent, et elle s'était démenée pour se débarrasser du plus qu'elle le pouvait. Mais chaque fois qu'elle en donnait, elle en gagnait davantage.

— OK, donc... ce Harold veut son argent, qu'il n'aura pas. Il fait de son mieux pour semer la pagaille au Refuge jusqu'à ce que Ry fasse quoi ? interrogea Stone.

— Il n'est pas question de moi. Enfin, si, mais non. À présent, son but est de détruire le Refuge. Pour se venger de vous parce que vous m'avez aidée, pour qu'il vous soit impossible de travailler avec les commerçants, ou même de fonctionner, expliqua Ry d'un air triste.

— Es-tu en mesure de le retrouver ? suggéra Tonka. S'il est recherché par le FBI, peux-tu le localiser et le dénoncer, afin qu'il nous fiche la paix ?

— Peut-être, devina Ry. Toutefois, j'en doute. Il est doué. Pas autant que moi, mais j'imagine qu'il surveille les lignes d'information et les emails du FBI. Si je leur dis où il est, il se sera enfui avant qu'ils arrivent.

— Même si on t'obtient un entretien en personne avec un agent du FBI ? demanda Brick.

— Tu peux faire ça ?

— On connaît des gens avec des relations qui peuvent s'arranger.

— Eh bien... je pense qu'on ne va pas refuser de l'aide si

on peut en avoir. Mais le FBI sait ce dont mon père est capable. Ses compétences. Si on *communique* avec quelqu'un, même si c'est en personne, il est possible qu'il sache qu'on prépare quelque chose.

— Il doit bien y avoir une solution, lança Owl. Je ne suis pas prêt à voir cet endroit sombrer.

— Un piège ? proposa Brick.

— Comme quoi ? intervint Tiny. Si Ryleigh doit se mettre en danger, c'est non.

— Non, je ne suggérerais jamais rien de tel, rétorqua Brick. Mais imaginons qu'elle lui dise par voie électronique qu'elle ne se cache plus ? Qu'elle a assez de fuir. Qu'elle veut lui rendre l'argent et en finir avec lui une fois pour toutes.

— Mais il ne reste que huit millions, souligna Ry.

— Est-ce qu'il le sait ? sonda Brick.

Elle secoua la tête.

— Non. J'ai caché l'argent. Il est enterré. C'est impossible qu'il le retrouve.

— D'accord, alors dis-lui que tu veux le lui rendre et que vous serez quittes. On trouvera un moyen de le piéger... comme lui dire qu'il doit se présenter dans une banque et apposer sa signature sur un document avant que le transfert ne soit effectué. On demandera au FBI d'intervenir lorsqu'il se présentera.

Ry retint son souffle. Elle n'était pas certaine que ça fonctionne. À vrai dire, elle était presque persuadée que ça ne marcherait pas – son père était encore plus paranoïaque qu'elle –, mais à ce stade, elle était prête à essayer presque n'importe quoi. Même parler à l'homme avec qui elle ne voulait plus jamais échanger.

— Qu'est-ce qui l'empêchera de s'en prendre à nous, de toute façon ? s'enquit Owl.

— Rien, répondit Brick en haussant les épaules. Mais

peut-être que le simple fait d'ouvrir une voie de communication détournera son attention de son plan de destruction, au moins un court moment. Ry, peux-tu verrouiller la connexion du Refuge ? La sécuriser ? Comme tu l'as dit, ça n'empêchera pas ton père de refaire ce qu'il a fait ce matin... accorder des réservations alors qu'il n'y a pas de chalets disponibles, trafiquer nos commandes... mais je vais contacter Tex pour qu'il nous mette en contact avec l'une de ses relations au FBI. J'utiliserai un téléphone jetable, pour que ton père ait plus de mal à me localiser et à savoir qui j'appelle.

— C'est possible, ce sera fait d'ici deux jours. En revanche, lorsque vous vous connecterez à Internet, les invités et vous y compris, il y aura plusieurs étapes, les prévint Ry.

— Ce n'est pas un problème. On dira aux invités que c'est pour leur propre sécurité. Si quelqu'un se plaint, l'autre solution sera de ne pas utiliser Internet pendant son séjour, affirma Brick, avant de continuer. Ry, que les choses soient claires. Ce n'est *pas* ta faute. C'est la faute de ton père. Un homme qui a volé des millions de dollars qui ne lui appartenaient pas. Et maintenant, il pique une crise parce qu'il ne peut pas les dépenser. C'est compris ?

Ry acquiesça, même si Brick se trompait complètement. *Elle avait pris la décision de venir ici. Elle n'aurait jamais dû rester aussi longtemps. Sauf que l'attrait de l'amitié qu'ils lui offraient si volontiers était trop tentant pour qu'elle le refuse. D'autant plus qu'elle n'avait jamais connu cela auparavant.*

Son père refuserait de prendre l'argent et de la laisser tranquille en échange. Il prendrait l'argent, certes, mais sa colère envers elle était trop profonde pour qu'il disparaisse. Il ferait le nécessaire pour en finir avec elle, parce qu'ils savaient tous les deux que Ry était la meilleure pirate informatique. Qu'elle pouvait tout lui voler une seconde fois.

Non, l'unique moyen de s'assurer qu'elle ne le duperait pas une deuxième fois était de se débarrasser d'elle une bonne fois pour toutes.

Elle n'en dirait rien aux hommes face à elle, car elle savait que cela les ferait sortir de leurs gonds. Ils fermeraient le Refuge en un tour de main. Ils annuleraient toutes les réservations. Ils en feraient une forteresse. Et ce n'était pas acceptable. Cela irait à l'encontre de tout ce que cet endroit représentait. La sérénité de la forêt, la fuite des maux du monde pour ceux qui en avaient désespérément besoin. La sécurité des lieux serait à jamais entachée, la réputation du Refuge ternie, et elle ne voulait pas en être la cause.

Ry ne voulait pas mourir, pas maintenant qu'elle avait enfin trouvé un endroit où elle se sentait à sa place. Pas après avoir trouvé des amis qui l'aimaient, *elle*, une pirate informatique et une geek. Pas quand les choses entre Tiny et elle commençaient enfin à se mettre en place. Elle ignorait comment cela évoluerait à l'avenir, mais elle voulait le découvrir.

— Très bien. Ry va tout sécuriser, mais chacun doit garder une trace écrite de ce qu'il fait. Appelez les fournisseurs et les gens avec qui vous travaillez habituellement, dites-leur que nous sommes victimes de pirates informatiques et qu'ils doivent vérifier les livraisons prochaines par téléphone, juste pour être sûrs. Restez vigilants. Comme l'a dit Ry, les choses pourraient devenir encore plus folles avant de se calmer. Entendu ?

Brick était un très bon leader. Ry comprenait pourquoi il avait reçu tant d'éloges lorsqu'il était un Navy SEAL.

— Je vais contacter Tex et voir ce qu'il peut faire pour nous aider depuis la côte est. En attendant, tant que ça ne te met pas en danger, Ry, vois si tu peux joindre ton père. Ouvre une voie de communication. Occupe-le jusqu'à ce qu'on puisse lui faire miroiter la carotte de l'argent. On veut l'attirer dans un piège, et ce n'est pas possible s'il refuse de te parler.

— C'est noté, acquiesça Ry.

La dernière chose qu'elle voulait était de contacter cet homme, mais elle s'y plierait si cela assurait la sécurité du Refuge et de tous ceux qui s'y trouvaient.

Elle se leva en même temps que les autres, et Tiny recula d'un pas, laissant à ses amis la possibilité de s'approcher de Ry. À la surprise de la jeune femme, tout le monde la serra dans ses bras. Fort. Ils lui dirent qu'ils étaient de son côté, qu'elle ne devait pas s'inquiéter et lui promirent qu'ils allaient trouver une solution ensemble.

Elle était bouleversée.

Elle ne s'était pas attendue à ce qu'ils lui crient dessus et la chassent de la propriété, or, elle ne pensait pas non plus qu'ils seraient à cent pour cent de son côté.

Brick fut le dernier à s'approcher. Tiny resta derrière Ry, en position de protection. Brick posa ses mains sur ses épaules et la regarda longuement dans les yeux. Puis il la choqua en s'excusant.

— Je suis désolé d'avoir été un abruti ce jour-là. J'étais inquiet pour mes amis et j'ignorais ce qu'il fallait faire pour les retrouver. Quand j'ai compris que tu pouvais les retrouver, je me suis impatienté. J'aurais dû me rendre compte que quelqu'un avec tes compétences voudrait utiliser son propre ordinateur.

Ry secoua la tête.

— Non, je comprends. J'aurais fait pareil.

— C'est faux, réfuta Brick avec un petit sourire. Tu te serais assurée que tout était sécurisé, puis tu aurais fait ce que tu avais à faire. Il t'aurait fallu cinq minutes, tout au plus, pour aller chercher ton ordinateur portable. Et en fin de compte, rien de ce qu'on a découvert n'a fait de différence. Lara était déjà en train de botter des culs et de s'imposer en s'enfuyant de l'île aux commandes de l'hélicoptère. Je veux juste que tu saches que tu es *irremplaçable*. Tu le resteras. Ce n'est pas parce que ton père est un salaud que tu es pareille.

Ry avait envie de pleurer. Il était si gentil. Elle n'était peut-être pas comme son père, mais elle n'était certainement pas innocente non plus. Le chemin qui les avait menés là où ils étaient aujourd'hui était long et tortueux, cependant, elle avait exécuté aveuglément ce qu'on lui demandait pendant des années, au lieu de faire ce qui était juste.

Il la serra dans ses bras, pendant de longues secondes, puis conclut :

— Alaska va vouloir que tu jettes un œil au système de réservation. Je pense qu'elle sait que la réservation était fausse, mais elle va penser qu'elle a mal agi avec M. Henderson. Si tu pouvais la rassurer, je t'en serais reconnaissant.

— Bien sûr, accepta aussitôt Ry. J'arrive tout de suite.

— Merci.

Brick prit son visage entre ses mains et l'attira doucement contre lui. Il embrassa le haut de son crâne avant de hocher la tête à l'attention de Tiny et de passer la porte.

Le petit grognement agacé émanant de Tiny surprit Ry, et lorsqu'elle se retourna pour lui faire face, elle avisa son expression irritée.

— Qu'est-ce qui ne va pas ? demanda-t-elle.

— Je n'aime pas ses lèvres sur toi, gronda-t-il.

Ry ne put s'en empêcher et éclata de rire. C'était plus un rire soulagé qu'un rire hilare, mais la réaction de Tiny était ridicule.

— Il est fou amoureux d'Alaska.

— Et ? rétorqua-t-il d'un air un peu agressif.

Elle posa une main sur son bras.

— Tu sais, je ne me souviens pas d'une seule fois où mon père m'a embrassée.

Ry ne savait pas d'où provenaient ces mots, elle savait juste qu'elle voulait rassurer Tiny.

— Il ne m'a jamais prise dans ses bras. Il ne m'a jamais fait de bisou magique. Même si je ne me suis jamais blessée, parce que je n'avais pas le droit de jouer dehors, et à *l'inté-rieur*, il me forçait à rester devant un ordinateur pour m'apprendre à naviguer dans les eaux troubles du dark web. Bref... ce que Brick vient de faire ? C'était agréable. Comme un baiser paternel. Je n'ai pas ressenti de désir, le genre qui te donne des picotements dans tout le corps, seulement du réconfort.

Elle se sentit aussitôt idiote après sa piètre explication. Et affirmer combien elle avait aimé le geste platonique de Brick n'était probablement pas la meilleure chose à dire alors que Tiny était en colère, pour une raison qu'elle ignorait.

Toutefois, à son grand soulagement, son expression se radoucit. Puis il l'attira près de lui. Ry ne montra aucune réticence. Il posa une main sur l'arrière de sa tête et l'invita à la reposer contre son épaule. Elle s'exécuta et prit une profonde inspiration. Le parfum de Tiny s'insinuait dans ses os – dans son esprit, même – et elle adorait ça.

— Des picotements dans tout le corps ? répéta-t-il au bout d'un moment. Tu en as déjà ressenti ?

Ry opina du chef sans réfléchir.

Elle sentit qu'on tirait sur ses cheveux, et comprit que Tiny avait empoigné ses longueurs et tirait sa tête en arrière afin de voir ses yeux.

— Quand ?

— Quand *tu* m'as embrassé la tête, chuchota-t-elle.

— Ah oui ? s'enquit-il avec un petit sourire. Comme ça ?

Il se pencha et pressa ses lèvres sur sa tête, comme il l'avait fait auparavant.

Un frisson parcourut tout le corps de Ry.

— Hmm, hmm.

— Ou peut-être comme ça ?

Il descendit sa bouche sur sa joue, puis son nez.

Ensuite, il effleura à peine ses lèvres des siennes.

Des picotements ? Non. Une décharge électrique. Elle regarda Tiny avec stupéfaction. Soudain, elle regretta profondément son manque d'expérience. Elle n'en avait pas honte, mais elle aurait aimé en savoir plus pour lui faire ressentir ne serait-ce qu'une *fraction* de ce qu'elle avait ressenti.

— On t'a déjà embrassée, Ryleigh ?

Elle n'entendit ni surprise ni moquerie dans sa question, aussi, secoua-t-elle légèrement la tête. Comme il ne bougeait pas, elle fronça les sourcils.

— C'est grave ?

— Non, pas du tout. D'un côté, je suis déçu, parce que ça veut dire que je ne peux pas t'embrasser comme je le voudrais maintenant. Cette pièce n'est pas assez privée et nos amis sont tous des petits fouineurs.

Ry était embrouillée.

— Tu as envie de m'embrasser ?

— Absolument. Et toi ? As-*tu* envie de m'embrasser.

— Oh, oui, souffla-t-elle.

— D'un autre côté, poursuivit Tiny, je ne peux m'empêcher de ressentir de la gratitude et du plaisir d'être le premier à te montrer à quoi ressemble un bon baiser : tu vibres de plaisir, tu en redemandes et tu oublies tout, sauf moi.

Ry sourit.

— Tu as l'air sûr de toi.

Il ne lui rendit pas son sourire et se contenta de la fixer d'un regard intense.

— Et les picotements ? Je n'y connais rien. Ce que j'ai ressenti lorsque j'ai posé mes lèvres sur les tiennes, c'était une bombe nucléaire. Je n'ai *jamais* ressenti une telle connexion avec une autre femme qu'à cet instant, rien qu'en te serrant dans mes bras.

Le sourire de Ry s'évanouit.

— Il y a encore quelques jours, tu me détestais, lui rappela-t-elle.

— Je ne t'ai jamais détesté, rétorqua Tiny. J'étais troublé. La connexion entre nous est intense, et quand j'ai découvert que tu avais menti, je suis retombé dans mon passé. Je n'arrêtais pas de penser à Sonja et à son piège. J'ai perdu confiance en moi, en mon sens de l'observation et en ma capacité à voir les gens tels qu'ils sont. Je t'ai imaginé comme une personne que tu n'étais pas. Mais j'ai repris mes esprits.

— Pourquoi ? Comment ?

— Tu veux vraiment savoir ?

Ry acquiesça.

— Le soir de la baby shower de Henley, je t'ai enfin entendue. Quand tu m'as dit que tu étais terrifiée, j'ai vu la peur dans tes yeux. Je n'ai pas compris, mais j'ai enfin pris le temps de te regarder à nouveau, de te regarder *vraiment*, et j'ai pris conscience que je m'étais trompé sur toi depuis le début. Après ça, je me suis rappelé ce que tu avais fait depuis ton arrivée ici. Pas une seule fois tu n'as fait quoi que ce soit qui pourrait blesser quelqu'un. Tout ce que tu entreprends, avec ton ordinateur ou non, c'est avec les meilleures intentions du monde. Mon passé a obscurci ma vision pendant un moment, mais maintenant je vois mieux que jamais. Je *te* vois, Ryleigh. Et j'aime ce que je vois.

Ry ferma les yeux. Elle se sentait vulnérable. Quelqu'un avait-il déjà pris la peine de la regarder ? Pas qu'elle s'en souvienne. Elle n'aimait pas vraiment que Tiny puisse lire ses émotions aussi facilement, néanmoins, c'était quelque peu réconfortant. Elle n'aurait plus à se cacher de lui, il pourrait la regarder et savoir ce qu'elle pensait, ce qu'elle ressentait.

Il lui donna raison lorsqu'il reprit la parole.

— Et même si j'apprécie que tu t'ouvres à moi et à mes amis, tu ne dis pas tout. Ça va plus loin que ton père et son besoin de retrouver son argent. Je me trompe ?

Ry voulait nier. Elle voulait esquiver sa question. Or, elle se sentait trop à vif, trop exposée. Elle ouvrit les yeux et secoua légèrement la tête.

— Bien. On en reparlera plus tard... si tu es d'accord. Mais je dois te dire une chose, et j'ai besoin que tu m'écoutes.

Il attendit qu'elle acquiesce avant de poursuivre.

— À aucun moment, tu ne devras te mettre en danger pour attraper ton père. C'est clair ? Mes amis et moi avons tous vécu nos propres enfers. Ce n'est pas quelqu'un qui cherche à s'en prendre au Refuge qui va nous faire tomber. Hors de question. On va surmonter cette dernière tempête d'une manière ou d'une autre, mais pas à tes dépens.

Une larme s'échappa de son œil et Tiny la choqua à nouveau : il embrassa sa larme pour l'effacer.

— Dis-moi que tu comprends et que tu es d'accord, ordonna-t-il.

— D'accord.

— Dis-le, Ryleigh. Je veux l'entendre. Je t'ai demandé de ne pas me mentir, et si je te laisse être ambiguë, tu diras que ce n'était pas un mensonge quand tu agiras dangereusement... comme te présenter en tant qu'appât.

Elle ne put réprimer son sourire. Le sens de l'observation de Tiny ne lui avait pas fait défaut, après tout.

— Je comprends et je suis d'accord.

— Merci.

Pourtant... elle ne put s'empêcher de réfléchir à ce qu'il venait de dire. Cette histoire d'appât...

Ce n'était pas une mauvaise idée.

Oui, son père voulait récupérer son argent, mais il la voulait aussi, *elle*.

Elle savait déjà que le plan approximatif de Brick ne fonctionnerait jamais. Avec son ordinateur portable, il lui suffirait de quelques minutes pour transférer l'argent sur un compte sécurisé pour son père, ce que ce dernier savait. Il n'aurait pas besoin d'aller à la banque ni de signer quoi que ce soit. Mais surtout, son père était bien trop paranoïaque pour entrer dans une banque sans imaginer que les forces de l'ordre seraient là à l'attendre.

Toutefois, il voulait *absolument* mettre la main sur elle. Pour qu'elle paie son départ. Pour avoir osé le voler. Elle avait vu les commentaires qu'il avait laissés sur le dark web, là où elle les verrait. Il voulait la tuer. C'était le seul moyen de mettre fin à la menace qui pesait sur son mode de vie.

Si elle pouvait l'attirer quelque part en utilisant non pas de l'argent, mais *elle-même* comme appât, et faire en sorte que les autorités l'attrapent, le monde serait plus sûr.

— Allez, je vois que tu te tortures l'esprit avec je ne sais quoi. Alaska a besoin que tu la rassures et tu dois manger quelque chose. Ensuite, on retournera au chalet pour que tu puisses commencer à sécuriser ce que tu peux. D'accord ?

— D'accord.

Elle était plus que d'accord. Surtout avec le retour au chalet. Ry avait toujours été introvertie. Et même si elle aimait aider le Refuge et appréciait sincèrement les gens qui y vivaient et y travaillaient, elle était toujours reconnaissante d'avoir du temps pour elle.

Tiny la conduisit hors de la salle de réunion. Ry ne s'était pas sentie aussi légère depuis très longtemps. La menace de son père était toujours aussi dangereuse, néanmoins, elle s'était ouverte aux garçons et ils ne l'avaient pas rejetée. Ils ne l'avaient pas regardée avec dégoût ni avec mépris d'avoir apporté une menace au Refuge. Elle ferait le nécessaire pour arranger les choses.

Il y avait tellement de raisons d'être heureux en ce moment : les naissances récentes, les bébés de Lara et de Maisy qui arriveraient bientôt, l'enfant adoptif de Cora et de Pipe, l'hélicoptère, tout le monde étaient en bonne santé et amoureux...

Oui, le Refuge était un lieu de bonheur. Il ne méritait pas qu'un nuage de malheur plane au-dessus de lui. Elle allait tout arranger. Après le déjeuner.

8

Une semaine plus tard, Tiny était plus qu'agacé. Il s'efforçait de dissimuler sa frustration à Ryleigh, qui était déjà fortement préoccupée.

Les événements ne faisaient qu'empirer au Refuge, cependant, aucune autorité n'y aurait vu une quelconque intention malveillante. Néanmoins, Tiny et les autres savaient bien que quelqu'un était derrière tout ça.

Des balles de foin moisies furent livrées, une pluie de commentaires négatifs déferla sur Tnternet, les règlements aux fournisseurs n'avaient pas été honorés, et les déchets ne furent pas ramassés, car le service avait été brutalement interrompu sans explication. Chacun savait que c'était l'œuvre de Harold Lodge, mais il était impossible de le prouver, car il avait soigneusement effacé toutes traces numériques de son passage.

Or, l'incident le plus inquiétant se produisit ce matin-là.

Des agents du SWAT avaient encerclé les lieux, investi le pavillon et exigé que tout le monde mette les mains en l'air.

Le Refuge avait été victime d'une fausse alerte malveillante. On aurait signalé à l'équipe de Los Alamos la présence d'un tireur potentiellement dangereux sur place, menaçant ainsi les personnes présentes.

C'était effrayant, et quelques invités avaient eu des flashbacks assez graves qu'il fallait traiter avec délicatesse. Mais le pire était l'abattement sur le visage de Ryleigh. Ils l'avaient tous vu, comment elle se sentait coupable à chaque petite chose qui arrivait.

Tiny l'avait toutefois vue se tuer à la tâche la semaine écoulée. Elle passait chaque minute disponible – quand il n'insistait pas pour qu'elle fasse une pause pour aller se promener ou manger quelque chose – sur son ordinateur portable, les sourcils froncés, à se démener pour tempérer ce que son père avait mis en place. Elle avait empêché beaucoup d'actions, mais il avait quand même réussi à contourner certains des obstacles que sa fille avait mis en place et à semer la pagaille au Refuge.

Ce dernier coup était allé trop loin. L'appel à la police n'avait pas pu être retracé, bien entendu, mais Ryleigh venait de passer l'heure à échanger avec les inspecteurs de la police locale, expliquant qui, selon elle, était à l'origine de l'appel bidon concernant le tireur, et pourquoi. Elle était restée vague à propos de l'argent, toutefois, n'avait pas hésité à admettre qui était son père et pourquoi il était recherché par le FBI.

À présent, elle était assise sur le canapé, à fixer dans le vide, l'expression dévastée, ce qui poussa Tiny à prendre une décision.

— Lève-toi. On sort.

— Quoi ? s'étonna-t-elle, les sourcils froncés.

— Tu viens de passer une semaine, enfermée dans ce chalet, plusieurs heures par jour. On a tous les deux besoin d'air frais.

— Je n'aime pas l'air frais.

Tiny ne put s'empêcher de s'esclaffer.

— Je sais, mais tu en as quand même besoin.

Elle se leva néanmoins sans protester et Tiny prit conscience qu'elle était *vraiment* au bout du rouleau.

— Je reviens tout de suite, dit-il.

— Où est-ce que tu vas ?

— Je vais chercher quelque chose dans le pavillon pendant que tu te changes. Mets des chaussures de randonnée et plusieurs couches, Ryleigh.

Elle soupira.

— On va loin ?

— Aussi loin que nécessaire, répondit-il.

Elle fronça les sourcils une nouvelle fois, mais ne renchérit pas et remonta le couloir vers sa chambre.

Il trouva rapidement ce dont il avait besoin dans le pavillon. Robert fut ravi de l'aider. Avant de retourner à son chalet, Tiny prit une dernière chose dans la cuisine.

Le sac à dos était prêt quand Ryleigh sortit de sa chambre. Il la jaugea de la tête aux pieds et hocha la tête en signe d'approbation. Elle avait enfilé un pantalon cargo, un tee-shirt sous un sweat et elle avait une casquette à la main. Il attrapa sa parka imperméable et l'aida à l'enfiler. Elle ne tarderait pas à l'enlever, car il faisait assurément bon dehors, néanmoins, il préférait qu'elle l'ait et qu'elle n'en ait pas besoin, plutôt qu'elle en ait besoin plus tard et qu'elle ne l'ait pas apportée.

Tiny ferma le chalet à clé et ils se mirent en route pour Table Rock. Quand bien même ils ne s'y arrêteraient pas. Il avait une autre destination en tête. Cela prendrait deux heures en tout et pour tout, et les invités allaient rarement aussi loin.

Ils marchèrent en silence jusqu'à Table Rock, qu'ils

passèrent. Une fine pellicule de sueur recouvrait le visage de Ryleigh et ses joues étaient rosées.

— Tu ne m'emmènes pas dans les bois pour te débarrasser de mon corps j'espère ? demanda-t-elle.

Il ne savait pas si elle blaguait ou non.

Il arqua un sourcil et elle marmonna :

— C'était une blague, Tiny.

— Tu sais que je ne te ferai jamais de mal, n'est-ce pas ? répliqua-t-il.

— Je ne te comprends pas, dit-elle après un silence. Tu n'es plus le même que lorsqu'on s'est rencontrés.

— Quand j'ai accepté de travailler au Refuge, j'étais aigri et je détestais les gens, expliqua-t-il.

Il ne parlait jamais de cette époque. Mais il voulait que Ryleigh l'entende. Il voulait le partager avec elle.

— Après la tentative de meurtre de Sonja, je ne faisais plus confiance à personne. Ni à mes coéquipiers, ni à mon commandant, ni aux civils avec lesquels nous étions en contact. J'étais paranoïaque et ça affectait ma capacité à travailler. J'étais un enfoiré avec *tout le monde*. J'avais du mal à aller à l'épicerie parce que je pensais que quelqu'un allait franchir les portes avec un AK-47 et essayer de tous nous tuer. Alors en arrivant ici, j'étais persuadé que le Refuge n'aurait aucun succès, que tout allait partir en vrille. Qui viendrait au milieu de nulle part au Nouveau-Mexique ? Beaucoup pensent que l'état appartient au Mexique, le pays. Et pour moi, réunir des gens qui souffrent de TPST, c'était une mauvaise idée. Mais j'ai quand même signé, parce que j'avais besoin de changer de vie. Et il s'est passé quelque chose d'étonnant lorsque j'ai rencontré Brick, Tonka, Spike, Pipe, Owl et Stone... J'ai vu six personnes qui luttaient exactement comme moi. Les circonstances étaient très différentes, mais le défi était le même. Et curieusement, être entouré d'autres personnes capables d'admettre qu'elles étaient tout aussi mal en point, c'était stimulant. Aucun d'entre eux ne cachait ses démons. Ce qui me permettait d'affronter plus facilement les miens. Et passer du temps, ici, dans les bois... c'était agréable. Les arbres m'ont apaisé. L'air frais m'a insufflé une nouvelle vie. Dis comme ça, c'est un peu ridicule, mais cet endroit est magique. Pendant la construction des chalets et la préparation de l'ouverture du Refuge, j'ai réfléchi de plus en plus à ce qui s'était passé avec Sonja. Je me suis rendu compte que ce n'était pas sa tentative de meurtre qui m'avait autant foutu en l'air. C'est le fait d'avoir cru qu'elle était faite pour moi. Je l'aimais. J'aurais fait n'importe quoi pour elle, je lui aurais décroché la lune. Et quand j'étais en mission, je comptais les jours jusqu'à nos retrouvailles. J'étais un sacré bon SEAL, prudent, mais efficace dans mon travail. Et je faisais ça pour *elle*. Je pensais qu'on allait se marier, fonder une famille, vivre heureux pour toujours. Sa trahison m'a totalement pris de court. Certes, le coup de couteau dans la poitrine m'a fait mal. Mais de savoir qu'elle s'était débarrassée de l'amour que je lui portais m'a fait encore plus mal.

— Je suis désolée, souffla Ryleigh.

— J'ai mis du temps à me lier aux autres. Je m'attendais à ce qu'ils me trahissent comme l'avait fait Sonja. Je les ai tenus à distance pendant une éternité, mais j'ai fini par lâcher avant eux. Ils m'ont prouvé jour après jour qu'ils me soutenaient. C'est moi qui ai eu l'idée d'installer les bunkers, reconnut Tiny. Je voulais un endroit où on pourrait se réfugier, se protéger.

— Se protéger de quoi ?

— De tout. Des invités qui pètent un plomb, des inconnus avec des armes, des élans sauvages, des tempêtes... de la vie.

— Il y a des élans au Nouveau-Mexique ? s'enquit Ryleigh.

Pour une raison inconnue, Tiny trouva sa question hilarante. Après tout ce qu'il venait de lui dire, elle voulait savoir s'il y avait des élans dans les bois.

— Sérieusement ? demanda-t-il.

— Oui ! Un élan, c'est énorme. Il pourrait me piétiner la tête en une fraction de seconde ! s'exclama-t-elle. Je savais déjà qu'il y a des ours, des coyotes et d'autres animaux sauvages dangereux, mais des élans ? Non. Je ne peux pas. Ils vont aussi m'attaquer.

Tiny sourit, puis pouffa, avant d'éclater de rire, plié en deux. Cette femme était terrifiée par les élans et ça le faisait rire. Une fois calmé, il se releva et se retrouva face à une Ryleigh, les mains sur les hanches et le regard noir.

— Tu es trop drôle, précisa-t-il.

— Ce n'était pas le but, rétorqua-t-elle avec une moue.

— Je sais, et c'est pour *ça* que c'était amusant.

Alors, il la prit par le bras et l'attira contre lui. Elle s'affala contre lui.

— Je te protégerai des élans enragés.

— J'espère bien. J'attends de toi que tu te sacrifies et que ça me laisse le temps de m'enfuir si on en voit un, exigea la jeune femme.

— Marché conclu.

C'est alors qu'elle le surprit en posant sa main sur son visage. Elle caressa sa joue avec son pouce avant de plonger ses doigts dans ses cheveux sur le côté de sa tête.

— C'était une idiote, chuchota Ryleigh. Sonja. Si j'avais eu quelqu'un qui me portait ne serait-ce que la *moitié* de l'amour que tu lui portais... j'aurais tout fait pour nourrir cet amour. Pour le protéger. Quand personne ne s'est jamais soucié de savoir si tu dormais bien, si tu mangeais assez, si tu étais victime de harcèlement à l'école... crois-moi, tu le chéris d'autant plus.

Le cœur de Tiny se brisa pour elle. Il était incapable d'imaginer qu'on ne puisse *pas* aimer Ryleigh. Pour la énième fois, il aurait aimé passer dix minutes dans une pièce, seul avec son père.

— Bon... alors... il y a *vraiment* des élans dans ces bois ? demanda Ryleigh d'une voix normale, reculant d'un pas.

Tiny résista contre l'envie de la ramener contre lui. Il avait eu une raison de s'ouvrir à elle pendant qu'ils marchaient. Il voulait être un livre ouvert. Elle devenait si importante pour lui. Cela lui faisait peur, mais pour la première fois depuis la trahison de Sonja, il voulait une relation avec une femme. Plus qu'une amitié ou une simple relation sexuelle sans attaches.

— On a recensé qu'une douzaine d'observations d'élans au cours de la dernière décennie, la rassura-t-il en posant une main dans le bas de son dos, l'encourageant à reprendre leur marche. Ils ont besoin d'un climat frais, près des ruisseaux et des rivières.

— Il fait plus frais ici, dans les montagnes, ajouta Ryleigh. Et il y a des ruisseaux et des rivières sur la propriété du Refuge.

Tiny sourit. Il ne lui avait pas précisé que les observations avaient surtout eu lieu dans le centre-nord de l'État... là où ils se trouvaient.

— Depuis que je suis ici, je n'en ai jamais vu.

— Génial, maintenant tu es censé en voir un, soupira Ryleigh.

Mon Dieu, elle était adorable. Même quand elle n'essayait pas de l'être. Ils marchèrent encore quarante-cinq minutes avant d'atteindre l'endroit que Tiny voulait lui montrer. Il y avait beaucoup de belles vues dans la région.

Comme Table Rock. Mais il avait découvert cette zone quelques années auparavant, alors qu'il avait besoin de s'éloigner un moment de l'agitation du Refuge.

Il s'éloigna du sentier et, n'entendant pas Ryleigh le suivre, se retourna.

Elle se tenait toujours sur le sentier, hésitante.

Il revint à son niveau.

— Qu'est-ce qui ne va pas ?

— On ne devrait pas s'écarter du chemin, répondit-il, les sourcils légèrement froncés.

— Il ne va rien se passer.

— Et si on se perd ?

— On ne va pas se perdre. Je sais où on est et où on va, affirma Tiny.

Elle était toujours réticente.

— Je vais dire quelque chose qui va te paraître ironique sortant de ma bouche, mais, fais-moi confiance Ryleigh. On ne va pas se perdre dans les bois. En plus, dans mon sac, j'ai une boussole, un téléphone satellite, une pierre à fusil, une couverture de survie, un kit de premiers secours et même une petite tente.

— Ah bon ? s'étonna la jeune femme. Pourquoi ?

— Parce que ce n'est pas très malin de partir en randonnée dans les bois sans rien de tout ça. Mais on n'en aura pas besoin. Je t'emmène dans un endroit que j'aime.

Ryleigh prit une profonde inspiration, puis hocha la tête.

— D'accord.

La confiance qu'elle lui accordait comptait beaucoup. Surtout après la façon dont il l'avait traitée. Comme si elle était l'ennemie. Il n'aurait pas pu se tromper davantage. Cette femme avait vécu l'enfer aux mains de la seule personne en qui elle aurait dû avoir confiance, et était malgré tout devenue une personne compatissante et gentille. La plupart des gens qu'il connaissait avaient vécu bien moins d'épreuves. Il lui avait fait du tort, et il voulait désespérément se racheter.

Tiny lui tendit spontanément la main. À sa grande surprise, elle n'hésita pas à la prendre volontiers. Ayant l'impression d'avoir franchi un obstacle majeur, Tiny pivota et marcha à travers les arbres. Il leur fallut une dizaine de minutes pour arriver à leur destination, mais lorsqu'ils y parvinrent, la réaction de la jeune femme fut à la hauteur de ses espérances.

Ryleigh hoqueta et lâcha sa main en s'avançant, les yeux écarquillés d'émerveillement.

— Tiny, c'est... Bordel, c'est magnifique !

En effet.

Ils se tenaient au bord d'une étendue rocailleuse. Il ignorait pourquoi il y avait autant de rochers à cet endroit, mais des dizaines d'entre eux avaient la taille d'un SUV ou d'un autobus. Usés par le temps, ils étaient lisses. Tout autour, des arbres s'élevaient vers le ciel. C'était comme si les rochers avaient été lâchés d'une certaine hauteur, éparpillés uniquement dans cette zone. Tiny n'avait jamais vu d'autres rochers aussi gros dans toutes ses explorations de la vaste propriété du Refuge. Il avait été tout aussi impressionné que Ryleigh lorsqu'il était tombé dessus pour la première fois.

— Tu veux voir quelque chose de cool ? proposa-t-il.

Ryleigh se tourna vers lui.

— *Ça, c'est pas cool ?* rétorqua-t-elle *avec un sourire en désignant les rochers.*

— De plus cool, alors, rectifia-t-il en tendant à nouveau sa main vers la sienne.

Elle la prit avec aise et cela le bouleversa. Il la conduisit vers la droite de l'étendue. Ils durent enjamber des troncs tombés et escalader de petits rochers, mais cela en valait la peine. Il n'en doutait pas.

Ils contournèrent un rocher particulièrement gros, et au moment où Ryleigh inspira avec force, Tiny comprit qu'elle avait vu ce qu'il voulait lui montrer.

— Oh, mon Dieu. C'est... un *escalier* ?

— Oui.

— Qu'est-ce que... comment... ?

Une fois de plus, elle se retrouva pantoise, comme lui lorsqu'il l'avait vu pour la première fois.

— Viens, dit Tiny en l'entraînant vers les marches brutes qui avaient été taillées dans la roche de *nombreuses* années auparavant.

Il n'avait aucune idée de l'âge de ces rochers ni de la date à laquelle quelqu'un avait sculpté les marches, mais cela devait remonter à des centaines d'années. Peut-être à l'époque où les autochtones vivaient ici. Il y avait des habitations dans les falaises de la région. Il avait visité le monument national Bandelier, avec ses pétroglyphes et ses maisons sculptées dans les falaises de tuf. Il voulait penser que certains de ces peuples ancestraux, appelés Pueblos, s'étaient peut-être aussi étendus dans cette région.

Tiny guida Ryleigh sur les marches, lentement, pour qu'elle ne tombe pas. Lorsqu'ils arrivèrent au sommet du rocher étonnamment plat, il lui lâcha la main et la regarda observer autour d'elle comme si elle était en transe. Les arbres étaient denses, mais selon lui, les gens qui étaient jadis venus ici avaient probablement pu voir à des kilomètres à la ronde. Il y avait un renfoncement dans la roche, sûrement creusé lui aussi, qui était noirci en permanence par ce que Tiny ne pouvait que supposer être de la suie.

— Wouah, lança Ryleigh en se tournant vers lui. C'est incroyable !

— Oui, acquiesça-t-il. Je n'y connais pas grand-chose, mais je pense que c'était une sorte de poste de guet. On pouvait allumer un feu ici.

Il désigna le creux dans la roche.

— Peut-être pour avertir le peuple d'un danger ou de la présence de gibier dans la zone. Je parie qu'il y a d'autres miradors cachés dans la forêt, et que les autochtones envoyaient des messages depuis ces hauteurs, avant que les arbres ne deviennent si grands.

— On se sent tellement petit, chuchota-t-elle. Comme si nos problèmes étaient futiles face à toute cette histoire.

— Ce n'est jamais futile. Allez, asseyons-nous, suggéra Tiny en posant son sac à dos.

Il l'ouvrit et sortit la couverture de survie. Elle n'était pas des plus douces, malgré cela, les vestes nouées autour de leurs tailles pourraient leur servir de couche supplémentaire.

Ryleigh l'observa tandis qu'il leur aménageait un petit espace, puis elle accepta sa main tendue et s'assit. Il rouvrit ensuite son sac et commença à en retirer des objets.

— Nom d'un chien, Tiny, je n'arrive pas à croire tout ce que tu as là-dedans, lança Ryleigh avec un petit rire.

Il continuait de placer un objet après l'autre sur la couverture.

Il avait des sandwiches, des chips, des bouteilles d'eau et même un sachet de cookies aux pépites de chocolat très convoités de Robert. Ils étaient en miettes, mais Tiny ne doutait pas qu'ils seraient tout aussi bons.

D'un geste théâtral, il extirpa un dernier objet en souriant.

Ryleigh esquissa un rictus.

— Un gâteau en forme de sapin de Noël ? s'étonna-t-elle.

— Ouaip.

— Est-ce que j'ose te demander ce que tu as fait pour que Robert te donne un de ces trucs de sa réserve secrète ?

— Non, répondit Tiny d'un air taquin.

En réalité, il n'avait rien eu à promettre. Robert avait offert l'une de ses douceurs préférées sans rien demander, selon lui, quelqu'un d'aussi spécial que Ryleigh le méritait. Tiny n'avait pu qu'approuver.

— Je peux te dire quelque chose ? demanda Ryleigh.

— Tu peux me dire tout ce que tu veux, acquiesça Tiny sans hésiter.

Elle regarda autour d'elle, comme pour voir si quelqu'un les écoutait en cachette. C'était adorable. Puis elle chuchota :

— Je déteste ça.

Tiny éclata de rire.

— Sérieux, c'est immonde. J'ai l'impression d'avoir la bouche gluante après. Et c'est trop sucré. Je ressens toujours le besoin de manger des aliments sains après ça, pour absorber le sucre qui coule dans mes veines.

— Mais tu as toujours l'air excitée quand on t'en donne un, observa Tiny.

— Oui, parce que je sais que Robert les adore, et que s'il veut m'en donner un, c'est parce qu'il m'aime beaucoup.

Le sourire de Tiny s'effaça. Il n'aimait pas que cette femme pense qu'elle devait manger quelque chose qu'elle détestait pour être aimée.

— Il ne s'offusquera pas si tu ne les aimes pas, dit-il.

Ryleigh haussa légèrement les épaules.

— Vraiment, insista Tiny.

— Ce n'est rien. Ce n'est pas comme s'il m'en donnait des tonnes. C'est le moins que je puisse faire, en échange de tout ce qu'il fait pour le Refuge.

Ryleigh aussi se démenait pour que le Refuge prospère.

C'était comme si elle avait un intérêt personnel dans le succès ou l'échec de la retraite, mais en réalité, elle n'était ni gagnante ni perdante si le Refuge prospérait. Elle voulait simplement que tout aille pour le mieux parce qu'elle aimait les gens qui y vivaient et y travaillaient.

Tiny fouilla dans son sac et en sortit la dernière chose qu'il y avait rangée avant leur départ.

Ryleigh écarquilla les yeux.

— Est-ce que c'est... de la gnôle ? interrogea-t-il.

— En effet.

— Mais je croyais que l'alcool était interdit au Refuge ?

— C'est vrai, convint Tiny en dévissant la bouteille. Mais de temps en temps, c'est sympa de boire un petit coup.

Il lui tendit la bouteille.

Ryleigh la fixa un instant, puis releva son regard vers Tiny.

— Je n'en ai jamais bu.

— Ça va te plaire, lui assura-t-il.

— J'ai entendu dire que c'était fort.

— Ça l'est. Tu vas la sentir en seulement quelques gorgées.

— Je ne suis pas sûre que me saouler, assise sur un énorme rocher au milieu des bois et avec une longue marche pour rentrer à la maison, soit la meilleure des idées.

— Tu ne vas pas être ivre... bois juste ce qu'il faut pour te sentir bien.

Elle hésita encore.

— Fais-moi confiance, la persuada Tiny.

Pour sa plus grande joie, Ryleigh s'empara de la bouteille et en renifla le contenu avec méfiance. L'odeur âcre lui fit plisser le nez. Puis elle sentit à nouveau et sourit.

— C'est de la pastèque ? devina-t-elle.

— Oui. C'est sucré, mais pas trop. C'est très bon servi

avec des glaçons, mais on devra s'en contenter tel quel pour aujourd'hui.

Avec prudence, la jeune femme but une gorgée et grimaça lorsque le liquide glissa dans sa gorge. Toutefois, après avoir avalé l'alcool puissant, elle se lécha les lèvres et son sourire s'élargit.

— L'arrière-goût ressemble à celui d'un bonbon à la pastèque.

— Ça te plaît ?

— Je crois.

— Bois une autre gorgée, lui ordonna Tiny.

Elle s'exécuta. Ensuite, elle lui rendit la bouteille et Tiny avala une gorgée plus importante. Il sentit l'alcool brûler dans sa gorge, et une chaleur plus subtile suivit dans son sillage. Ils s'échangèrent la bouteille plusieurs fois avant que Tiny ne la rebouche et la remette dans son sac. Son intention était de détendre Ryleigh, pas de la saouler à mort.

— Ce n'est pas ça qui va me faire aimer la nature, dit-elle au bout d'un moment.

Tiny rit.

— Je m'en doutais. Mais tu dois reconnaître que cet endroit est chouette.

— Carrément, approuva-t-elle sans aucune hésitation. Mais ce serait plus sympa si c'était juste devant notre chalet et qu'on n'ait pas à marcher des kilomètres et des kilomètres pendant des heures et des heures pour arriver là.

Tiny rit de nouveau.

— Mais ce ne serait pas aussi paisible qu'ici. Il y aurait des gens qui y grimperaient toute la journée. Quelqu'un tomberait sûrement du sommet et on devrait le secourir. Un enfoiré se faufilerait jusqu'ici, au milieu de la nuit, et ferait des graffitis un peu partout.

— C'est une vision cynique, mais tu as sûrement raison, concéda Ryleigh.

Ils partagèrent un silence agréable pendant une minute ou deux, puis Tiny se secoua mentalement et entoura Ryleigh d'un bras, l'attirant contre lui. Elle se rapprocha assez facilement et posa sa tête sur son épaule, tandis qu'il la serrait contre lui.

— J'ai l'impression de ne rien savoir de toi, dit Ryleigh après ce moment de silence. Je veux dire, tu m'as parlé de cette garce de Sonja, et tu m'as dit que tu étais un SEAL, mais c'est tout.

Tiny n'avait aucun problème à s'ouvrir à cette femme. Tant bien que mal, après tout le temps qu'ils avaient passé ensemble, malgré la résistance de Tiny pendant si longtemps, elle s'était glissée sous son bouclier.

— J'ai eu une enfance plutôt agréable. Je t'ai parlé de mon frère. C'était mon meilleur ami. Mon roc. On pensait que nos vies étaient normales. Mais à l'âge de douze ans, je me suis rendu compte que ma vie n'était *pas* normale. Nos parents se disputaient. Souvent. Je pensais que les parents de tout le monde étaient comme ça. Un soir, alors que j'étais chez un ami, sa mère a fait tomber la cocotte dans laquelle se trouvait le dîner, et elle a volé en éclats. Il y avait de la nourriture et des tessons de poterie partout. De la soupe sur tous les placards et dans tous les recoins de la cuisine. Je me suis figé, sachant ce qui allait se passer ensuite. Son père allait se lever de table et se mettre à hurler sur sa mère. Il allait la prendre par le bras et la frapper jusqu'à ce qu'elle le supplie d'arrêter. Mais au lieu de ça, il a *ri*. Il s'est levé de table, mais seulement pour attraper sa femme par la taille et l'asseoir sur le comptoir, afin qu'elle ne marche pas sur les tessons et donc qu'elle ne se blesse pas. Et ils ont ri. Très fort. Lorsqu'ils se sont enfin arrêtés, le père de mon ami a nettoyé la cuisine, avec notre aide, pendant que sa mère commandait un plat à emporter. J'avais normalisé les cris et les disputes de mes parents. C'était comme ça, ou du moins c'est ce que je pensais. Cette soirée chez mon ami m'a ouvert les yeux. Et m'a dérouté. À partir de ce jour, j'ai détesté rester à la maison et je me suis inscrit à tous les sports et à toutes les associations possibles. Athlétisme, natation, tennis, orchestre, théâtre... j'ai tout fait. Tout simplement pour ne pas avoir à rentrer chez moi après l'école. Je passais moins de temps avec mon frère, mais il comprenait mieux que quiconque. Et je pense que ma mère savait ce que je faisais, en restant volontairement loin de chez nous parce que je ne voulais pas les entendre se disputer. Elle m'aimait, elle me le disait tout le temps... pourtant, elle refusait de le quitter. Il ne voulait pas partir non plus. Ensemble, ils étaient dysfonctionnels. Et ma mère rendait coup pour coup. C'était une relation abusive, dans les deux sens. À l'époque, je ne comprenais pas comment c'était possible, et c'est toujours le cas aujourd'hui.

— Comment est leur relation maintenant ? interrogea Ryleigh.

Elle avait enroulé son bras autour de la taille de Tiny pendant qu'il parlait, et pour lui c'était... parfait.

— Elle est morte. Un soir, ils se sont disputés pour la énième fois et mon père l'a poussée. Très fort. Elle a trébuché et s'est cogné la tête sur le coin de la cheminée en pierre en tombant. Mon père a pensé qu'elle faisait semblant d'être plus blessée qu'elle ne l'était, et il a quitté la maison, dégoûté. Quand il est revenu quelques heures plus tard... elle s'était vidée de son sang.

Ryleigh haleta.

— Oh, mon Dieu, Tiny... C'est affreux.

— C'est bizarre, parce que je pense qu'ils s'aimaient

vraiment, à leur manière. Seulement, ils n'étaient pas bien ensemble. Mon père est en prison. En raison des antécédents de maltraitance, le juge lui a infligé la peine la plus sévère possible. Vingt ans.

Ryleigh serra plus fort sa taille et se blottit contre Tiny. Toutefois, elle ne lui servit pas les banalités compatissantes ou compréhensives. Elle se contenta de rester assise à ses côtés et de le soutenir en silence, ce dont Tiny fut reconnaissant.

— J'avais déjà quitté le nid. J'étais déjà un SEAL. Je pense que leur relation explique en partie pourquoi je suis tombé amoureux de Sonja si vite et si intensément. Je refusais d'être comme mes parents, je m'étais juré de chérir toutes les femmes avec lesquelles je finirais par me retrouver. C'est pourquoi j'ai eu si mal quand elle m'a trahi.

— Salope, marmonna Ryleigh dans son souffle.

Tiny sourit en entendant la haine qu'elle vouait à son ex.

— Et ton frère ? Où est-il ? Vous vous parlez encore ?

— Il est mort.

Ryleigh haleta de nouveau.

Tiny regretta d'avoir été aussi direct, mais parler de son frère était douloureux, encore aujourd'hui.

— C'était un Marine. Sacrément bon. Il a été gravement blessé alors que j'étais en mission. Le temps que je l'apprenne et que je revienne aux États-Unis, il était déjà mort.

— Je suis vraiment désolée, dit Ryleigh.

— Il me manque, reconnut Tiny. Il était la seule famille qu'il me restait.

— Non. Maintenant, le Refuge est ta famille.

Elle avait raison, bien sûr. La douleur causée par la perte de son frère serait toujours présente, néanmoins, le temps avait atténué l'agonie. Et ses frères du Refuge y étaient pour beaucoup.

Ils restèrent assis en silence pendant un long moment. Les oiseaux gazouillaient autour d'eux, une douce brise soufflait.

— Ma mère aimait mon père. Il ne la maltraitait pas physiquement, mais il était méchant. Tellement méchant.

La voix de Ryleigh était basse, comme si elle avait peur de parler trop fort de son passé.

Le bras de Tiny se resserra autour de ses épaules. Il avait tellement voulu qu'elle s'ouvre à lui. Depuis qu'elle leur avait raconté une partie de son histoire, aux autres et à lui, il savait que son histoire était beaucoup plus profonde que cela.

Il l'avait fatiguée en l'amenant ici, l'avait abreuvée d'alcool pour l'aider à se détendre, et il ne s'en sentait pas du tout coupable. De toutes les personnes qu'il avait rencontrées, Ryleigh était celle qui avait le plus besoin de parler à quelqu'un. De se débarrasser des démons qui la rongeaient et la poussaient à vouloir aider les autres.

Il était content qu'elle parle, toutefois, il se préparait à ce qu'il allait entendre. Son passé n'était pas joyeux, mais il avait l'impression que le sien était dix fois pire.

Il n'avait pas tort.

9

———————

Ry se sentait bien. L'alcool était délicieux, surtout après les premières gorgées. Le goût acidulé de la pastèque pétillait sur sa langue et, si elle s'écoutait, elle aurait terminé la bouteille.

Sauf que Tiny l'avait rangée. Il l'avait seulement laissée boire de petites gorgées, puis l'avait remise dans son sac avant même que la bouteille ne soit à moitié vide. Elle avait l'impression d'être sur un nuage, comme si tous ses soucis s'étaient envolés dans la brise autour d'elle. Elle savait que ce n'était pas vrai. Son père était toujours en liberté, à se démener pour détruire sa vie et la seule bonne chose qui lui était arrivée... Le Refuge.

Mais pour l'instant, elle se sentait très bien. C'était encore mieux avec le bras de Tiny autour de ses épaules. Elle préférait de loin ce gentil Tiny à l'homme qui la foudroyait du regard et l'intimidait avec ses mots durs.

Le récit de son enfance, et d'apprendre que son père avait tué sa mère – accidentellement, mais tout de même –, l'avait choquée. Elle ne se sentait plus aussi seule. Elle ne parlait jamais de son enfance. Mais ici, seule en présence de

Tiny dans cet environnement calme, elle se sentait suffisamment en sécurité pour parler.

— Ton père était méchant ? demanda Tiny.

Ry reprit ses esprits. Elle avait commencé à raconter son histoire, puis s'était tue, perdue dans ses souvenirs.

— Oui, répondit-elle. Je ne me souviens pas vraiment de ma mère, seulement qu'elle sentait très bon. Et qu'elle faisait les meilleurs câlins. Elle m'encourageait à sortir et à jouer dehors, mais mon père refusait. Puis un jour, elle est partie. Mon père m'a dit qu'elle ne voulait plus de nous. Que je posais trop de problèmes.

— Quel âge avais-tu ?

— Cinq ou six ans, peut-être, devina Ryleigh.

— Tu as déjà essayé de la retrouver ?

— Bien sûr. Ce n'était pas compliqué. Elle est morte. Crise cardiaque.

— Je suis désolé.

Ryleigh haussa les épaules.

— Je m'étais imaginé qu'elle reviendrait un jour. Qu'elle s'excuserait, qu'elle me supplierait de la pardonner. Elle m'aurait dit qu'elle n'avait pas voulu partir, qu'elle n'avait pas eu le choix. On se serait enlacées et on aurait vécu heureuses jusqu'à la fin des temps. Mais à l'évidence, ce n'est pas arrivé. Je suis *persuadée* que mon père l'a forcée à partir. Sauf que je n'en ai aucune preuve. Je n'ai trouvé aucun document de divorce, et elle ne s'est jamais remariée. Elle est morte à New York, et on était dans le Montana. Elle s'est enfuie... mais elle m'a abandonnée. Elle connaissait la personnalité de mon père et elle m'a laissée avec lui. Ça, je ne peux pas lui pardonner. Mon père était... déséquilibré. Il a commencé à me former quand j'apprenais encore à lire. Il m'a appris ce qu'était le dark web et comment y naviguer. Quand je faisais des bêtises, comme quelque chose qui pouvait remonter jusqu'à moi, il me punissait. Il m'enfermait dans un placard, il frappait mes doigts avec une règle jusqu'à ce qu'ils saignent, il me privait de nourriture... il a tout fait. Il me disait que c'était pour mon bien. Mais ses hurlements étaient pires que les châtiments physiques. Il me disait que j'étais une bonne à rien, que je ne valais pas l'argent qu'il dépensait pour s'occuper de moi., que j'étais bête et qu'il n'arrivait pas à croire qu'il perdait son temps à essayer de m'enseigner quoi que ce soit.

Ry prit une profonde inspiration. Maintenant qu'elle avait commencé à parler, elle n'avait qu'une idée en tête : tout déballer le plus vite possible. Expliquer à Tiny les maux de son enfance était cathartique. Il était solide comme un roc à côté d'elle et ne l'interrompit pas.

— Quand j'étais en CE2, il m'a désinscrite de l'école pour « m'éduquer à la maison ». Ça ne m'a pas dérangé, car je ne m'intégrais pas à l'école. J'étais l'enfant bizarre. Celle que les autres harcelaient. J'étais une geek, même à ce jeune âge. Je ne voulais pas jouer à la poupée ou regarder des dessins animés. Tout ce que je faisais pendant mon temps libre, c'était fixer un écran d'ordinateur et essayer de trouver des moyens de pirater des sites web. J'ai un frère. Il a dix ou douze ans de plus que moi. Honnêtement, je ne suis pas sûre de son âge, ni même de sa date d'anniversaire. C'était le premier prodige de mon père. D'après ce que j'ai compris, il était doué. Vraiment doué. Mais il s'est enfui de la maison à l'adolescence. Il en avait assez des conneries de mon père. Je suppose que celui-ci m'a vue comme une nouvelle chance de former une complice.

— Wouah, et tu sais où il est aujourd'hui ? interrogea Tiny.

— Aucune idée. Franchement, je suis super jalouse qu'il ait réussi à s'enfuir... et un peu en colère qu'il m'ait abandonnée... comme ma mère l'a fait. Je n'ai pas essayé de le retrouver et il n'a pas essayé non plus de son côté. Il ne fait plus partie de mon monde. Bref, mon père se vantait en permanence de l'argent qu'il volait. Il se moquait du désespoir des gens à qui il l'avait pris. Il volait *tout le monde*. Les organisations à but non lucratif, les grandes entreprises, toute société ou organisation disposant d'un compte en banque important était une proie facile. Mais ce qu'il préférait, c'était voler les particuliers. Il se délectait de savoir qu'ils n'avaient pas les ressources nécessaires pour essayer de récupérer leur argent. Les gens n'appelaient jamais la police, ils ne cherchaient même pas à prendre un avocat pour lutter contre le vol. Ça peut paraître insensé, mais en réalité, un compte qui ne contient que quelques milliers de dollars au départ appartient souvent à des personnes qui n'ont pas les moyens de se battre en justice contre qui que ce soit. Et même si c'était le cas, ils n'auraient pas su à qui s'en prendre, puisque mon père était doué. De plus, du point de vue de la banque, les retraits ressemblaient exactement aux habitudes de dépenses du client.

En ligne, c'était un fantôme. Il était capable de pirater des comptes bancaires et de voler de l'argent sans qu'aucune alerte ne soit déclenchée. Parfois, il vidait tout le compte, et d'autres fois, il ne prenait que dix ou vingt dollars à la fois. Ces petites sommes ne manquent à personne, car presque personne ne vérifie son compte tous les jours. Il a également conçu un programme qui prélève de l'argent sur des comptes aléatoires toutes les minutes. Ainsi, il se faisait des milliers de dollars en une journée. Il trouvait ça hilarant.

Et il m'a appris tout ce qu'il sait. À treize ans, j'étais aussi douée que lui pour naviguer sur le dark web. Pour voler de l'argent. Mais je *détestais* ça. Je ne pouvais pas m'empêcher de penser à ce que ces gens devaient ressentir lorsqu'ils comprenaient que leurs comptes avaient été piratés. Bien entendu, ceux qui avaient été prélevés ici et là n'étaient pas fortement impactés, si ce n'est que les gens se sont sentis violés ou gênés. Mais ceux qui ont *tout* perdu ? Ont-ils dû se passer de médicaments indispensables ? Avons-nous pris l'argent de leur loyer ? Leurs enfants ont-ils dû abandonner la danse classique ou le football parce qu'ils n'avaient pas les moyens de payer les cours ? Et puis toutes ces organisations à but non lucratif... de bonnes organisations qui effectuent des recherches importantes et qui aident des milliers, voire des millions de personnes. Et il les volait. Il m'obligeait, *moi*, à les voler.

— Alors un jour, j'ai dit à mon père que je voulais arrêter.

Les souvenirs de cette journée étaient si terribles que Ry n'arrivait plus à respirer. C'était comme si elle se retrouvait à ce moment-là, quand elle avait dit à son père qu'elle en avait assez.

Elle se sentit bouger, toutefois, elle n'arrivait toujours pas à respirer.

— Je suis là, Ryleigh. Tu es en sécurité. Respire. Voilà, continue. Concentre-toi sur les bruits autour de toi, ce que tu sens. Les oiseaux, le vent. Ma main dans ton dos, très bien. Je suis sûr que tu sens encore le goût de la pastèque sur ta langue. Tu es au Refuge. Avec moi. Tout va bien.

Lentement, elle assimila les mots de Tiny. Il avait plaqué son visage contre son cou et il l'avait déplacée afin qu'elle soit à califourchon sur ses genoux. Elle se blottit contre lui et fit ce qu'il lui ordonnait, se concentrant sur ses cinq sens. Très vite, elle retrouva une respiration normale.

— C'est bien, la félicita-t-il.

Cette phrase s'ancra dans l'esprit de Ryleigh. L'approbation de Tiny était comme une pommade qui effaçait et guérissait les blessures infligées par les vociférations de son père qu'elle avait entendues toute sa vie.

— Il ne l'a pas bien pris, continua-t-elle.

Elle avait besoin de tout déballer, d'en finir. Ry avait le sentiment qu'après ça, elle ne parlerait plus jamais de l'enfer qu'elle avait vécu. Cependant, comme Tiny l'avait dit, elle était en sécurité. Ici. Avec lui.

— Il m'a ri au nez et m'a dit que je n'avais pas le choix. Que si j'arrêtais, il détruirait ma vie. Il connaissait des gens mauvais, du dark web. Il m'a dit qu'il demanderait à l'un d'entre eux de m'enlever et de me prostituer, que personne ne me retrouverait et que je passerai le restant de mes jours les cuisses écartées pour toutes les personnes qui voudrait bien dépenser de l'argent pour moi. Et je l'ai cru.

— Quel âge avais-tu ?

— Quatorze ans. Et pour prouver qu'il avait raison, un homme est venu chez nous le lendemain. Il puait, avait des dents pourries, et il m'a fichu une peur bleue. Il s'est assis à côté de moi sur le canapé et... et il m'a touchée.

— Enfoiré, jura Tiny.

Sa colère donna à Ry la force de continuer.

— Il a glissé sa main sous mon tee-shirt, puis il m'a plaquée sur le canapé et a ri pendant que je criais et me débattais. Il s'est arrêté, mais j'ai dû m'asseoir à côté de lui au déjeuner, comme si c'était un ami de la famille. J'ai cru que j'allais vomir. Mon père lui a donné de l'argent et j'ai pensé que c'était conclu. Que j'allais devoir partir avec lui et que toutes les menaces de mon père allaient se réaliser. Mais le type est parti, et juste après, mon père m'a fait asseoir devant l'ordinateur et m'a dit que je ferais mieux d'ajouter dix mille dollars à son compte bancaire avant la fin de la journée. Sinon, il rappellerait l'homme et le laisserait m'emmener.

Alors, c'est ce que j'ai fait. Ce jour-là, j'ai volé encore plus d'argent que je n'en avais jamais volé. Idem le lendemain, et le surlendemain. Sauf qu'à partir de ce moment, j'ai passé toutes mes journées à planifier. Je ne pouvais pas lutter physiquement contre mon père. Et je savais que s'il soupçonnait que j'agissais dans le but de l'empêcher de gagner de l'argent, il ramènerait un de ces hommes effrayants en un clin d'œil.

Chaque jour était un cauchemar. Je devais rester devant l'ordinateur pendant des heures. Les jours et les années se sont écoulés si lentement. Mais... j'ai appris de plus en plus. Je me suis améliorée pour rester sous le radar. Mon père était impressionné. Sauf que ce qu'il ne voyait pas, c'est que je devenais meilleure que *lui*. Il m'avait appris tout ce qu'il savait sur le piratage illégal, et ce que *lui ne savait pas, je l'ai appris par moi-même.*

Je suis restée trop longtemps, je le sais, mais l'idée de partir seule me terrifiait. Parce que je savais qu'à la seconde où je partirais, il ferait tout pour retrouver son emprise sur moi. Alors j'ai fait semblant d'être intimidée. Je faisais ce qu'il demandait sans poser de questions, et il s'est délecté de son pouvoir sur moi, de ce qu'il volait. Il en était arrivé à un point où il me laissait faire tout le travail. Il restait assis et comptait son argent numérique.

J'ai planifié pendant des années. J'ai alimenté son compte. J'ai fait croire qu'il y avait plus d'argent qu'il n'en avait en réalité... parce que pendant quelques années, je l'ai en fait volé, *lui.* Je transférais l'argent qu'il avait pris à d'autres et le plaçais sur divers comptes aux États-Unis et dans le monde entier. Lorsque je suis partie à vingt-et-un ans, il était ruiné. J'avais tout pris. Je lui ai laissé vingt dollars. C'est tout.

— Tu as bien fait.

Ry cilla de surprise et leva son regard vers Tiny.

— Tu m'as entendue ? Je suis restée jusqu'à vingt-et-un ans, j'étais assez vieille pour être plus avisée. Et je volais de l'argent *tout le temps*. Des millions de dollars.

— Je t'ai entendue. Et tu étais peut-être assez vieille pour être plus avisée, mais ton père t'avait isolée. Tu ne connaissais rien du monde extérieur. Il t'avait menacée, tu étais devenue dépendante de lui. Eh oui, tu volais de l'argent, mais tu n'y prenais aucun plaisir.

Ry ne put s'empêcher de renâcler.

— Je m'imagine déjà la scène. Je suis innocente, votre honneur, parce que je ne prenais aucun plaisir à voler l'argent des gens. Oui, je m'en suis servi pour me payer un logement, me remplir la panse et voyager dans tout le pays. Mais ce n'est pas grave parce que je n'aimais pas ça.

— Écoute-moi, dit Tiny en prenant son visage entre ses mains.

Elle n'eut d'autre choix que de croiser son regard.

Ry fut stupéfaite de ne voir aucun jugement dans ses yeux. La voleuse qu'elle était ne l'épouvantait pas. Une sacrée bonne voleuse, au passage. Néanmoins, elle ne voyait que de la compassion.

— Je te vois, Ryleigh. Je sais qui tu es.

— Une voleuse, marmonna-t-elle d'un air abattu.

— Une femme qui se lance seule à la poursuite d'un tueur en série pour sauver une enfant. Qui a donné des millions de dollars à des organisations qui aident les moins fortunés. Le genre de personne qui commande à manger pour ses amis qui sont à l'hôpital, parce qu'elle est trop loin pour se rendre elle-même au restaurant. Tu as nettoyé le chalet de Reese et Spike sans demander de l'aide, pour qu'ils puissent rentrer chez eux, dans une maison propre. Tu as fini de peindre la chambre de Dylan, encore une fois sans demander d'aide. Tu as laissé trois maudites chèvres grignoter tes vêtements parce que tu as trop de cœur pour les repousser.

Ton père a essayé de te modeler à sa façon, mais il a échoué, Ryleigh. Il s'est complètement raté. Parce que tu ne lui ressembles pas. *Pas du tout.*

— À mon avis, le tribunal ne se rangerait pas de ton côté, dit-elle, dépitée.

À sa grande surprise, Tiny rit.

— Dis-moi. Ça fait dix ans que tu n'as pas vu ton père. As-tu volé de l'argent à qui que ce soit pendant ce temps ?

Ry écarquilla les yeux.

— Non, certainement pas.

— Voilà. Et est-ce qu'il y a des *preuves* que tu as pris cet argent avant de t'enfuir ?

Ry réfléchit un instant, puis elle secoua la tête.

— Non. Je me suis bien débrouillée. Je n'ai laissé aucune trace.

— Alors pourquoi penses-tu que quelqu'un sera capable de trouver assez de preuves pour t'accuser de quoi que ce soit ? Tu as appris à la dure, Ryleigh. Comme nous tous. J'ai fait des choses dont je ne suis pas fier. Des choses que j'aimerais pouvoir effacer. Mais tu sais comment j'expie ces péchés ? En étant ici. En offrant aux gens un lieu où ils peuvent se retrouver pour quelques jours. Le Refuge est ma façon de rendre la pareille. La tienne, c'est l'argent que tu donnes. Tu aurais pu donner l'argent que tu as pris à ton père, puis arrêter. Vivre sur les millions d'intérêts que tu en as tirés.

— Cet argent aussi est sale, protesta Ry. Certes, je ne l'ai pas volé, mais les sommes se sont accumulées grâce à l'argent que mon père et moi avons volé à la base. Et je ne peux pas trop en donner d'un coup, ou ça soulèvera des interrogations. Donc ça continue à s'accroître. J'aimerais le donner plus vite.

Tiny s'esclaffa.

— Et ça te frustre, devina-t-il.

— Oui, avoua Ry.

— On va trouver une solution. Donne jusqu'au dernier centime si c'est ce que tu veux. Afin de vivre libre.

Ry le dévisageait… c'est alors qu'elle comprit l'intimité de leur position. À califourchon sur ses genoux, Tiny l'avait plaquée contre lui. Toutes les parties de leurs corps étaient en contact. Elle sentait sa longueur entre ses propres jambes. Malgré cela, elle n'était pas gênée, pas du tout.

La vérité, c'est qu'elle était encore vierge à cause de cet homme terrifiant au début de son adolescence, et des menaces de son père. Ils l'avaient dissuadée de coucher avec un homme pour le restant de ses jours.

Mais avec Tiny, dans cette position ? Elle se sentait en sécurité. Elle lui avait confié ses secrets les plus profonds et il n'avait pas bronché. Il ne lui avait pas dit qu'elle était une criminelle. Il l'avait *défendue*. C'était bouleversant. Au fond, Ry n'était pas sûre d'être le genre de personne qu'il avait décrite, mais pour la première fois, elle avait senti une étincelle d'espoir naître en elle. Peut-être n'était-elle pas si épouvantable que cela, après tout. Elle avait fait tout son possible pour expier ses fautes passées, et celles de son père aussi. Elle ne savait pas si elle pourrait un jour faire table rase de son passé, mais peut-être, juste peut-être, qu'elle était trop dure avec elle-même.

— Ry ? À quoi penses-tu ? demanda Tiny.

— À cause de moi, le Refuge est en difficulté, et je me sens mal.

— Non, ce n'est pas de ta faute, corrigea Tiny. C'est celle de ton enfoiré de père.

Cette remarque arracha un petit sourire à Ry.

— C'est ça. Je ne sais pas quand ni comment cela va se terminer, mais je veux en finir avec lui. Pour de bon. Il n'aurait jamais cessé de me chercher. D'une certaine manière, je suis contente qu'il m'ait retrouvée. Je veux vivre, Tiny. Je veux avoir des amis. Être normale. Enfin, aussi normale qu'une hackeuse intello peut l'être. Et ça ne peut pas arriver avec mon père en liberté.

— Qu'est-ce que tu sous-entends ? interrogea Tiny, le regard plissé.

Ry savait qu'il était intelligent.

— Ça ne cessera pas sans affrontement.

— Non, refusa-t-il en secouant la tête.

— Si.

— Non, répéta Tiny, avec plus de fermeté. Si tu es en train de dire que tu veux l'inviter au Refuge pour discuter avec lui, c'est hors de question.

— J'avais juré de ne plus jamais le revoir, mais ouvrir une voie de communication, comme l'a suggéré Brick, ne suffira pas. Ce n'est pas suffisant pour savoir ce qu'il veut. Je dois savoir comment faire pour qu'il déguerpisse, qu'il me laisse tranquille, qu'il lâche le Refuge. Et si ça se traduit par une rencontre en personne, je veux bien m'y soustraire.

— *Et je ne vais pas te laisser te sacrifier. On est dans le même bateau, Ryleigh. Toi, moi, et tous les autres au Refuge. On ne va pas t'abandonner à ton sort. Tu es l'une des nôtres.*

Ces paroles étaient si agréables. Ry ferma les yeux et laissa la chaleur se répandre en elle.

— Regarde-moi, Ryleigh.

Elle ouvrit les yeux et croisa son regard.

— C'est toi l'experte dans cette situation. J'aimerais vraiment pouvoir t'aider, mais personne n'est aussi douée que toi. Ton père sait déjà où tu es, alors je ne pense pas qu'il y ait de mal à savoir ce qu'il veut. Quel est son objectif final ? Mais, quelle que soit la ligne de communication que tu ouvres avec lui, je veux qu'elle passe par moi.

— Comment ça ?

— Il va dire des saloperies. Il va essayer de t'énerver en t'insultant comme il le faisait quand tu étais jeune. Et je ne tolérerai pas que tu doives endurer ça. Il t'a fait assez de mal. Laisse-*moi* filtrer ce qu'il dit. Je te promets de te transmettre tout ce qui n'est pas agressif.

Ry n'hésita pas une seconde.

— D'accord.

Tiny arqua un sourcil étonné.

— D'accord ? Tu as accepté très vite, ce qui me fait penser que tu as quelque chose en tête.

Ry secoua la tête.

— Non. Je n'ai pas *envie* de lui parler, de recevoir son venin. Je l'ai vécu assez longtemps. Je suis d'accord pour que tu lises ses messages en premier... tant que tu peux le supporter. Il va dire des choses affreuses, c'est certain. Je ne veux pas que ça *te* perturbe non plus.

— Je pourrai gérer si ça nous permet de savoir comment faire pour le faire tomber. Et je dois te dire que ta confiance fait de moi un homme plus humble.

— Je fais ça pour moi. Je suis égoïste, là, avoua Ry.

— Tant mieux. Tu penses beaucoup trop aux autres et je n'ai jamais l'esprit tranquille.

Ry sourit.

— Merci de m'avoir amenée ici et de m'avoir fait boire pour me forcer à parler.

Tiny piqua un fard. Il venait de *rougir*.

— Tu l'as deviné ?

La jeune femme rit.

— Ce n'était pas sorcier. Mais ça ne me dérange pas. La dose de courage alcoolisée était nécessaire. Merci de m'avoir arrêtée avant que je ne boive trop.

— Je t'en prie. Je me suis peut-être mal comporté avec toi jusqu'à récemment, mais je te promets que je suis une personne différente à présent. Et maintenant que je connais ton passé, je me sens mal chaque fois que je me souviens de toutes les fois où tu as tressailli quand j'ai haussé la voix.

— Ce n'est pas grave.

— Si. Mais je te jure que c'est terminé.

Ry soupira et s'affaissa contre lui, posant sa tête sur son épaule. Il la serra plus fort contre son torse et elle se sentit en sécurité comme jamais.

— Est-ce qu'on peut rester ici pour toujours ? marmonna-t-elle dans son cou. Pas de pères. Pas d'ordinateurs. Rien ne mal tourner.

Elle sentit plus qu'elle n'entendit Tiny rire.

— Je suis un bon cuisinier, mais je pense que, comme tu n'es pas une fille de plein air, tu ne vas pas aimer faire caca dans un trou et t'essuyer avec des feuilles.

Ry fronça le nez et se redressa.

— Je rejoins Jasna sur ce point... est-ce qu'on peut éviter de parler de caca ? C'est dégoûtant.

— Ça fait partie de la vie, répliqua Tiny avec un rictus.

— Je sais, mais quand même. Beurk.

— C'est noté. Je ne parlerai plus de caca.

— Tu l'as encore dit. Arrête.

Cette fois, Tiny éclata de rire.

— Désolé.

Ry le fixa un long moment, puis elle se pencha lentement en avant et pressa ses lèvres contre les siennes. Elle n'aurait pas pu s'en empêcher, même si quelqu'un avait pointé une arme sur elle. Tiny était tout ce dont elle avait toujours rêvé.

Il resserra la prise de ses bras alors qu'elle rompait le baiser. Elle l'observa un moment, soudain timide. S'y était-elle mal prise ? Elle n'avait jamais embrassé personne. Elle ne savait pas comment s'y prendre exactement.

— Pourquoi as-tu fait ça ?

— Euh... hésita Ry, sachant que ses joues étaient cramoisies.

— Parce que si tu voulais me remercier de t'avoir écouté, je te dirais que c'était avec plaisir et qu'on peut retourner au Refuge. Mais si c'est parce que tu ressens quelque chose pour moi, quelque chose de plus que de la gratitude, j'ai besoin de le savoir pour pouvoir t'embrasser à mon tour comme j'en rêve depuis bien trop longtemps.

Le cœur de la jeune femme martelait dans sa poitrine. Elle n'aurait pas été surprise qu'il l'entende.

— Je *suis* reconnaissante que tu te sois montré si compréhensif et que tu n'aies porté aucun jugement. Mais ce n'est pas pour ça que je t'ai embrassé.

Tiny bougea sous elle, et Ry aurait pu jurer que son sexe avait durci. Or, elle était trop nerveuse pour bouger et le découvrir par elle-même.

— Pourquoi, Ryleigh ? J'ai besoin de t'entendre le dire. Je dois m'assurer qu'on est sur la même longueur d'onde. Que tu veux la même chose que moi, insista Tiny avec douceur.

— Parce que je n'ai jamais embrassé personne avant. Je n'en ai jamais eu envie. Mais avec toi, j'en ai envie. Je veux découvrir tout ce que j'ai manqué à cause de mon passé. Parce que j'avais trop peur.

— Tu n'as pas à avoir peur de moi, lui assura Tiny. Je ne ferai jamais rien qui puisse te blesser. Tout ce que je ferai, c'est te faire du bien.

Ry hocha la tête.

Tiny sourit.

— Tu n'as jamais embrassé *personne* ?

— C'est pathétique, hein ? Trente-et-un ans, vierge, et n'a jamais connu de premier baiser.

— Je suis tellement honoré. Je vais être ton premier, Ryleigh. Dans tous les domaines.

— D'accord. Mais si je m'y prends mal, ne me crie pas dessus, s'il te plaît.

— Jamais. Et tu ne feras rien de mal. Je te le promets. Embrasse-moi, Ryleigh. Fais-le. Prends ce que tu veux.

Et sur ces mots, Ry s'exécuta. Elle se pencha en avant et posa à nouveau ses lèvres sur celles de Tiny. Sauf que cette fois, il ne resta pas passif. Il sortit sa langue et lécha ses lèvres, la surprenant tellement qu'elle haleta. Elle n'était pas idiote, elle savait ce qu'était un baiser avec la langue. Elle avait toujours pensé que c'était un peu dégoûtant.

C'était tout *sauf* dégoûtant.

Il avait un goût de pastèque et elle avait hâte d'en goûter davantage. D'instinct, Ry inclina la tête sur le côté et s'ouvrit à lui. La langue de Tiny ne pénétra pas dans sa bouche, il lécha et mordilla ses lèvres, ce qui rendit Ry folle. Il incita sa langue à suivre la sienne, et l'instant d'après, elle était dans sa bouche. Un gémissement émana de la gorge de Tiny, puis Ry sentit une main à l'arrière de sa tête tandis qu'il mêlait sa langue à la sienne.

Elle recula, mais il la suivit. Le baiser fut long, torride et fit jaillir des ondes électriques dans les bras et entre les jambes de la jeune femme. Ry se mut contre lui, sentant qu'elle voulait... non, qu'elle eût *besoin* d'être plus proche. Ses mamelons durcirent et elle regretta toutes ses couches. Elle avait envie de les sentir contre son torse, peau contre peau.

Cette pensée était si charnelle qu'elle haleta à nouveau et arracha sa bouche de la sienne. La main de Tiny était toujours à l'arrière de sa tête, mais il ne la força pas à rester immobile. Elle haletait en le regardant, surprise de constater qu'il était tout aussi essoufflé.

— Est-ce que c'était bien ? interrogea-t-elle.

— Bien ? C'était... bouleversant, souffla Tiny.

Ry se détendit. Elle avait tellement redouté ce moment, être intime avec quelqu'un, qu'elle avait fait tout son possible pour garder ses distances avec les hommes pendant toute sa vie d'adulte. Néanmoins, les baisers... elle aimait ça. Beaucoup. Au moins avec Tiny.

— Et *toi*, tu as trouvé ça bien ? demanda-t-il.

Ry se rendit alors compte que Tiny était tout aussi incertain qu'elle. Cela le rendait plus humain. Ils étaient égaux. Dans l'esprit de Ry, il avait été cet homme truculent pendant si longtemps. Mais aujourd'hui, après qu'il se soit ouvert à elle et qu'elle ait fait de même, elle avait l'impression qu'ils étaient sur un pied d'égalité.

— Une fille n'aurait pas pu espérer un meilleur premier baiser, répondit-il sincèrement.

Elle le sentit se détendre sous elle. En effet, il avait été aussi nerveux qu'elle. Et cela le rendait d'autant plus attachant. Ry soupira et s'affaissa contre Tiny. Ce moment était parfait. Il n'insista pas pour l'embrasser davantage, il était simplement aussi ravi qu'elle de vivre cet instant.

Plusieurs minutes s'écoulèrent, puis il soupira et annonça :

— On devrait rentrer.

— Oui, convint Ry, se redressant. Merci de m'avoir amenée ici.

— Même si c'était... à l'extérieur ? demanda-t-il avec un sourire en coin.

Elle leva les yeux au ciel.

— Oui. Je ne dis pas qu'une nouvelle randonnée me ravit, mais quand on aura trouvé une solution... j'aimerais bien revenir ici.

— Entendu. Je pense que c'est ma nouvelle adresse préférée au Refuge.

— Je ne peux m'empêcher de me demander qui d'autre était assis là, où nous sommes. Était-ce un guerrier seul qui scrutait les terres autour de lui à la recherche de menaces ? Un couple qui s'embrassait comme nous ? Un homme ou une femme âgé pratiquant une sorte de cérémonie ?

— Sûrement tout ce que tu viens de dire.

— Sûrement.

Elle soupira, puis s'efforça de quitter les genoux de Tiny. Il l'aida à se relever, puis rangea ce qu'ils n'avaient pas mangé – le gâteau en forme de sapin de Noël compris –, ainsi que la couverture.

— Tu ne diras pas à Robert que je n'aime pas son gâteau préféré, n'est-ce pas ? s'enquit Ry.

— Jamais de la vie. Sans compter que ça en fait plus pour moi.

Ry éclata de rire.

— Tu aimes ça ?

— Ouaip.

— Ce n'est pas bon pour toi. En tant qu'ancien SEAL, tu devrais le savoir.

— Je le sais. Je ne dis pas que j'en mangerais une boîte au dîner tous les soirs, mais de temps en temps, ça fait plaisir.

— Si tu le dis.

Il lui sourit, puis prit sa main et la guida vers les marches. Ils s'arrêtèrent tous les deux avant de descendre, admirant la vue une dernière fois. C'est alors que Ry pensa à quelque chose.

— Oh, attends ! On peut prendre une photo ?

— Tout ce que tu veux.

Sentant la sincérité de sa réponse au plus profond d'elle, Ry sourit et sortit son téléphone. Il n'y avait pas de réseau dans les bois, mais elle n'en avait pas besoin pour prendre une photo. Elle brandit l'appareil et attendit que Tiny pose sa joue contre la sienne. Elle fit pivoter sa tête pour le regarder sans baisser le bras et sourit juste avant que Tiny ne l'embrasse. Elle prit la photo au milieu de leur baiser.

— Va te poster là où on était. Je vais te prendre en photo, lui dit-il.

Elle lui tendit son téléphone et alla se placer là où il l'avait suggéré. Dix minutes et presque vingt photos plus tard – elle seule sur le rocher, puis Tiny seul, puis ensemble –, Tiny la conduisit finalement en bas des escaliers. Il passa en premier, « au cas où elle perdrait l'équilibre et tomberait »... pour qu'il puisse la rattraper.

Il était doux et attentionné, et Ry avait du mal à croire que leur relation avait changé en si peu de temps. Elle prit conscience que cela s'était produit lorsqu'elle s'était ouverte. Ses mensonges et ses subterfuges avaient été l'une des principales raisons pour lesquelles il avait gardé ses distances avec elle, et pourquoi il s'était montré si méfiant. En connaissant mieux son passé, elle comprenait ce qui le faisait tiquer et pourquoi il l'avait traitée comme il l'avait fait.

Et être honnête, c'était tellement mieux que de garder des secrets. Elle avait passé toute sa vie dans l'obscurité, à se cacher des autres, à se faufiler partout. C'était incroyable de savoir que quelqu'un, que *Tiny*, connaissait tous ses secrets maintenant. Et qu'il ne lui en voulait pas. Elle ressentait une confiance qu'elle n'avait jamais connue auparavant.

Alors qu'ils retournaient au Refuge pour vérifier que son père n'avait pas fait d'autres folies pendant les quelques heures de leur absence, Ry se promit d'être toujours aussi honnête qu'elle le pourrait avec Tiny. Même si cela la mettait mal à l'aise, elle ne se cacherait plus. D'elle-même, de son père, de ses amis, des autres. Elle était Ry, et pour la première fois de sa vie, elle se sentait acceptée en tant que femme.

10

———————

— Tu as l'air... je ne sais pas... différente, dit Reese.

Ry était dans le chalet de Cora avec toutes les autres femmes. Reese donnait le sein à Dylan et Lara portait la petite de Henley.

— C'est mal ? s'enquit Ry.

— Non ! Pas du tout. C'est bien, génial même. C'est juste que... tu as l'air plus sûre de toi.

Ry lui sourit. Elle aimait qu'elle la voie ainsi. Depuis sa randonnée avec Tiny et leur baiser, elle avait décidé d'être aussi honnête que possible avec tout le monde. Au lieu d'essayer de plaire à chacun en acceptant tout ce qu'on lui proposait, elle ne faisait que ce qu'elle voulait faire.

Comme lorsque Robert lui avait proposé un gâteau en forme de sapin de Noël ce matin-là, elle l'avait poliment refusé. Auparavant, elle aurait accepté et l'aurait mangé, afin que Robert ne se sente pas rejeté. Ou lorsque Cora lui avait demandé si elle voulait l'accompagner à l'épicerie de Los Alamos tôt un matin. Au lieu d'accepter et de bouleverser son emploi du temps – Ry consacrait désormais ses matinées à ses recherches sur le dark web, tout ce que son père aurait pu mettre en place la veille pour nuire au Refuge –, elle avait dit à Cora qu'elle avait du travail.

Pour la plupart des gens, c'était sûrement futile, mais le fait de dire non, de ne pas faire quelque chose de peur de ne pas être aimée lui procurait un sentiment de liberté.

— Je ne dirais pas que je suis plus sûre de moi, reconnut Ry. J'en suis seulement arrivée à un point où j'ai compris qu'ici, au Refuge, avec vous, je peux être moi-même.

Tout le monde acquiesça avec enthousiasme.

— Évidemment que tu peux être toi-même !

— Tu as bien fait !

— Allez, Ry !

— Génial !

Leur approbation était agréable.

— D'ailleurs, merci pour tout ce que tu as commandé pour Spike et moi pendant notre séjour à l'hôpital, renchérit Reese.

— Il n'y a pas de quoi. Comment te sens-tu ? demanda Ry, qui en avait assez de parler d'elle-même.

C'était une chose de tourner la page, d'être soi-même, c'en était une autre d'en parler avec ses amies. Elle n'avait pas changé *à ce point*. Il ne lui serait jamais facile de parler d'elle. Elle était donc plus que prête à changer de sujet, à dévier l'attention sur quelqu'un d'autre.

— Fatiguée, répondit Reese avec un sourire en coin. Dylan n'est pas vraiment le meilleur dormeur, et dès qu'il bouge, je me réveille en panique, avec la peur qu'il se soit passé quelque chose.

— Mais les docteurs ont dit qu'il allait bien, non ? demanda Alaska.

— Oui. Pour un bébé né avec quelques semaines d'avance, il se porte très bien. Il a eu quelques problèmes de reflux, mais dans l'ensemble, oui, il est en bonne santé.

— Il est adorable, intervint Cora, le regard rivé sur le nourrisson dans les bras de leur amie.

— Je n'arrive pas à croire qu'Elizabeth et lui ont le même âge, dit Lara, le sourire aux lèvres pendant qu'elle berçait la fille de Henley.

— C'est encore trop tôt pour les mettre en couple ? s'enquit Maisy. Vous voyez, comme une promesse de dot.

Elles éclatèrent toutes de rire.

— Une promesse de dot ? Tu lis trop de romances historiques, ma vieille, la taquina Alaska.

— Rien ne me ferait plus plaisir que de voir mon fils épouser ta fille, déclara Reese à Henley en souriant. Mais bien sûr, c'est lui qui décidera. Il préférera peut-être les garçons. Ou peut-être voudra-t-il rester célibataire. Ou peut-être qu'il sera un génie de l'informatique comme Ry et qu'il partira à Washington D.C. afin de diriger le monde.

Ry rougit. Autrefois, elle aurait protesté et affirmé qu'elle n'était pas un génie, loin de là. Or, il était vrai qu'elle était très douée.

Une sonnerie retentit dans la petite pièce, et chacune consulta son téléphone pour voir si c'était le sien, rendant la situation presque comique. C'était Cora qui avait reçu un message.

Ry la regardait quand elle le lut et elle comprit sur-le-champ que quelque chose n'allait pas.

— Cora ? interrogea-t-elle. Qu'est-ce qu'il y a ?

Son amie releva la tête, les larmes aux yeux.

— Quoi ? Est-ce que Pipe va bien ? demanda Alaska.

Elles fronçaient toutes les sourcils à présent, inquiètes pour leur amie.

— Il va bien. Mais c'est la deuxième fois qu'on nous annonce qu'on va devenir famille d'accueil avant que ce soit annulé à la dernière minute. Je sais que ce sont des choses qui arrivent et qu'il vaut mieux que l'enfant reste avec des proches plutôt que de le retirer de son environnement familier, mais cette fois-ci, on était certains que les démarches iraient jusqu'au bout.

Un sentiment d'inquiétude envahit Ry. Cora avait sûrement vu juste... toutefois, elle ne pouvait s'empêcher de se demander si ce n'était pas autre chose. *Quelqu'un* manipulait le système.

Sans un mot, elle se leva et s'approcha de son sac qu'elle avait laissé près de la porte. Elle ne se déplaçait plus sans son ordinateur portable. Son père avait attaqué le Refuge trop souvent pour qu'elle se sente à l'aise loin de l'appareil.

Elle le posa sur la table derrière le canapé avec un peu trop de force, et sentit plus qu'elle ne vit les visages de ses amies se tourner vers elle.

— Ry ? s'enquit Maisy.

Ry ne répondit pas, elle était trop contrariée. Plus elle y pensait, plus elle savait que c'était l'œuvre de son père. C'était *impossible* autrement. Une fois de plus, son enfoiré de père faisait tout pour prouver qu'il était plus puissant qu'elle. Sauf que ce n'était pas du pouvoir qu'il montrait, c'était du mal à l'état pur. Qui s'en prenait à des *enfants en famille d'accueil* ? Son père de merde, voilà qui. Il se moquait de tout et de *tout le monde*. Personne n'était plus insensible que lui.

Elle lui avait envoyé des messages sur le dark web, mais il n'avait pas répondu. Pas encore. Mais peut-être que son dernier coup d'éclat était une réponse en soi. Il n'en avait rien à faire de ce qu'elle avait à dire, mais ça ne durerait pas longtemps.

Cela faisait des années qu'elle n'avait pas volé d'argent à qui que ce soit. Le jour où elle avait fui la maison de son père, en fait. Eh bien... le temps était peut-être venu.

À présent, elle comprenait que personne ne pouvait raisonner son père. Après tout, comment raisonner un psychopathe ?

— Ry ? répéta Maisy.

Elle l'ignora à nouveau. Ses doigts volaient déjà sur le clavier. Elle se connecta à Internet avec sa connexion sécurisée. Elle devait pirater la base de données des services sociaux de Los Alamos et s'assurer que la demande de Cora et Pipe était toujours effective. Son père avait pu la modifier. Pour les faire passer pour des candidats peu recommandables.

On tira une chaise à côté de la sienne et cela la força à lever les yeux. Cora s'assit. Elle étudiait Ry avec attention, les sourcils froncés.

— Tu penses que c'est lui ? interrogea-t-elle.

Ry n'eut pas besoin de lui demander à qui elle faisait référence.

— Oui, confirma-t-elle.

Lorsque Tiny lui avait demandé si les hommes pouvaient partager avec leurs femmes le problème avec son père, elle avait accepté. Elle avait été soulagée de ne pas avoir à affronter elle-même ses amies et à leur dire l'enfer qu'avait été son enfance et quel monstre était son géniteur. Le lendemain, elles s'étaient toutes croisées à un moment ou à un autre et elles avaient toutes apporté soutien et réconfort à Ry, qui en avait bien besoin. Elles lui avaient assuré qu'elles ne lui reprochaient rien et lui avaient proposé leur aide. C'était incroyable... et libérateur. Grâce à cela, Ry était persuadée d'être à sa place.

— Est-ce que c'est mal si je suis soulagée ? sonda Cora.

Ry fronça les sourcils.

— Tu es soulagée ?

Cora opina du chef.

— Oui, je commençais à me dire que personne ne me voit comme un bon modèle, qu'un élément dans notre dossier, à Pipe et moi, les poussait à penser que nous ne serions pas de bons parents.

— C'est complètement *faux*, répondit Lara avec passion.

Ry enviait l'amitié fusionnelle entre ces deux femmes.

— Pipe et toi, vous serez les *meilleurs* parents. N'importe quel enfant aurait de la chance d'être placé avec vous.

Cora lui sourit.

— Merci, mais je pense que ton avis est orienté.

— Non, intervint Henley. Tu es d'une grande aide avec Elizabeth. L'autre jour, quand tu es venue à la maison, elle n'arrêtait pas de pleurer et j'étais au bout du rouleau. Tu n'as rien dit. Tu l'as prise et tu es sortie. Tu as compris que j'avais besoin d'un moment à moi, et tu n'as pas hésité à me le donner.

— Certains verraient ça comme un kidnapping, plaisanta Cora.

Elles rirent toutes.

— Pas moi, insista Henley. Et avec Jas, je n'en parle pas. Elle me donne du fil à retordre, mais tu ne te lasses jamais de ses questions, de ses bavardages constants sur tout et n'importe quoi. Même moi, je suis incapable de jouer au morpion pendant des heures. Mais pas toi. Tu resterais assise avec elle pendant des jours si c'était ce qu'elle voulait.

Henley n'avait pas tort. Ry aussi avait remarqué la patience dont faisait preuve Cora avec la jeune adolescente. Elle pinça les lèvres et retourna à son ordinateur. Elle allait trouver pourquoi Pipe et elle s'étaient vu refuser le statut de famille d'accueil, ou peu importe comment ça s'appelait, à la dernière minute. Encore une fois.

Elle comprit rapidement pourquoi la dernière proposition était tombée à l'eau. Son père n'essayait même plus d'être discret. Les services sociaux avaient reçu un email qui les accablait et les dénigrait, affirmant que Pipe avait été violent envers une ancienne petite amie au Royaume-Uni. Il contenait un rapport de police indiquant que Pipe avait battu et étranglé cette femme jusqu'à ce qu'elle perde connaissance. Ry n'avait jamais vu de rapport de police britannique, mais même *elle* voyait bien qu'il était bidon. Ça ressemblait à un formulaire qu'un enfant de dix ans avait créé sur son ordinateur.

Pour contrecarrer les dommages causés par son père, Ry créa son propre email, une réplique parfaite de l'adresse d'un commissariat de police de Washington D.C. – où Cora vivait auparavant –, informant les services sociaux que le rapport qu'ils avaient reçu était un faux et qu'aucune des allégations concernant Bryson Clark n'était vraie. L'email précisait qu'un ex-petit ami de Cora tentait de saboter sa demande en portant de fausses accusations contre son mari et elle.

Cora remarqua le rictus satisfait de Ry et demanda :

— Tu as trouvé quelque chose ?

— Oui, mais c'est réglé.

— C'est *réglé* ?

— Hmm, hmm.

— Qu'est-ce que tu as fait ? interrogea Cora.

— Tu n'as pas envie de savoir.

— Si. Je n'aurais pas posé la question si je ne voulais rien savoir, rétorqua-t-elle.

Sa réplique fit rire Ry, sans qu'elle ne sache pourquoi. Cora n'avait pas peur de dire ce qu'elle pensait.

— Quelle tranche d'âge vous intéresse, Pipe et toi ?

— Pourquoi ? Je croyais que tu allais me dire ce que tu avais trouvé, et comment tu as réglé le problème, dit Cora, au lieu de répondre à sa question.

— Vous êtes opposés à un adolescent, sur le point de sortir du système ? Seize, dix-sept ans ? Ou est-ce que vous préférez un enfant qui a sept, huit, neuf ans, dans cette tranche d'âge ? demanda Ry en croisant le regard de Cora.

— On s'en moque. Ce dont on ne veut pas, c'est d'un bébé, ou d'un enfant de moins de... disons, trois ans. Ils sont placés plus facilement.

— Et vous ne voulez qu'un enfant ? Ou bien vous acceptez d'en accueillir plus qu'un à la fois ?

— Tu veux bien me dire le fond de ta pensée, exigea Cora, visiblement exaspérée.

Ry était bien consciente que Cora et elle avaient l'attention de tout le monde dans la pièce. Ce qui mettait habituellement Ry très mal à l'aise. Toutefois, elle avait relevé autre chose pendant qu'elle consultait les dossiers des services sociaux. Quelque chose d'important.

— Il y a une famille. Leurs parents ont été tués dans un conflit lié à la drogue. L'aînée est une fille de dix-sept ans. Le plus jeune a quatre ans. Ils n'ont pas de parents prêts à les prendre en charge, ce qui n'est pas surprenant, puisqu'ils sont quatre. L'aînée a arrêté l'école et tente d'obtenir la tutelle de ses frères et sœurs, mais c'est mal parti, car elle n'arrive pas à trouver un emploi. Rien qui puisse subvenir aux besoins d'une famille de quatre personnes. Ils étaient présents lorsque leurs parents ont été abattus, donc la violence dont ils ont été témoins les a traumatisés. Les services sociaux ont réussi à trouver des familles d'accueil pour les enfants de quatre et huit ans, mais ceux de treize et dix-sept ans n'ont suscité aucun intérêt. Ils ne veulent pas être séparés, ce qui complique les choses.

— Je vois, commença Cora avant que Ry ne puisse continuer. Vous savez toutes que nous avons agrandi notre chalet afin d'accueillir plus d'un enfant à la fois. On a beaucoup de place, maintenant qu'on a quatre chambres.

— Tu devrais en parler à Pipe, suggéra Alaska.

— Ce n'est pas nécessaire, contra Cora. On a déjà beaucoup parlé de l'accueil, quels enfants on voudrait accueillir, et on a décidé d'accueillir quiconque aurait besoin de nous. Ce qui est clairement le cas de ces enfants.

— Ils ont besoin du Refuge, ajouta Henley en reniflant.

— Tu ferais un travail merveilleux avec eux, déclara Maisy à l'attention de Cora.

— Et je suis sûre que je peux trouver un travail à l'aînée, souligna Alaska.

Ry sourit. Le plan de son père pour saboter les plans d'accueil de Cora et Pipe avait peut-être fonctionné à court terme, mais finalement, il leur avait rendu service. Elle avait un bon pressentiment à ce sujet.

— Je ne manipulerai pas les dossiers en vous approuvant d'emblée, prévint Ry. Mais je peux mettre une note indiquant que Pipe et toi êtes très intéressés par l'accueil de toute la famille, afin qu'ils restent ensemble. Vous devrez quand même passer un autre entretien, rencontrer les enfants et obtenir leur accord.

— Je sais comment ça marche, et ça me va. Je préfère procéder ainsi, que les enfants *veuillent* venir chez nous, plutôt que tu approuves la demande en cachette, répondit Cora.

L'excitation se lisait clairement sur son visage. C'était ce qu'elle voulait. Ces enfants ne le savaient pas, mais leur vie était sur le point de changer, et en bien.

— Comment s'appellent-ils ? demanda Cora.

Ry reporta son regard sur l'écran.

— L'aînée s'appelle Joyce, ensuite il y a Kason, puis Shannon et Max.

— Deux filles, deux garçons, souffla Cora.

— C'est ça.

— Il n'y a aucun doute, on veut les accueillir.

— Tant mieux, parce que c'est bouclé. Avec un peu de chance, on vous appellera bientôt.

— Ry, l'affaire n'est pas encore conclue, l'avertit Alaska.

— Ah bon ? s'enquit Ry, avec un sourire satisfait.

— Je vois. C'est vendu, conclut Alaska. Tu fais peur parfois, tu sais ?

Ry ressentit une certaine fierté.

— Je ne fais pas peur. Je suis efficace, rectifia-t-elle.

Elles éclatèrent toutes de rire. Ainsi, l'ambiance dans la pièce passa de l'inquiétude à la joie. C'était incroyable d'en être à l'origine.

Soudain, Ry vit ses compétences sous un autre œil. Elle en avait toujours eu un peu honte, sachant que le piratage informatique était généralement une mauvaise chose, qu'elle devait cacher. Mais elle n'était pas une mauvaise *personne*. Certes, pirater un site web du gouvernement n'était pas vraiment une bonne chose, n'empêche que son père avait dépassé les bornes, et Ry était obligée... non, *honorée* d'aider son amie.

De plus, elle avait été honnête avec Cora. Elle n'approuverait pas la demande en cachette. Elle ne garantirait pas non plus que Pipe et elle soient automatiquement acceptés. Ils devraient encore passer par les étapes pour accueillir la famille. Mais était-ce vraiment mal, ce que Ry avait fait ? Alors que personne d'autre n'avait manifesté d'intérêt pour accueillir les quatre enfants ensemble ? Pas à ses yeux.

Elle repensa à son idée première concernant son père. Elle devait trouver un moyen de le faire parler. Si elle n'y parvenait pas, le harcèlement ne cesserait jamais. La frustration et l'inquiétude se répandraient parmi le Refuge et ses amis.

Ce qu'elle fit ensuite était facile. Presque *trop* facile. Les choses que son père lui avait apprises, les choses qu'elle n'avait pas faites depuis le jour où elle avait fui sa maison, lui revinrent machinalement.

Pirater son compte bancaire fut un jeu d'enfant. Tout comme transférer dix mille dollars. Ce n'était pas une somme énorme, mais ce serait suffisant pour attirer son attention. Elle lui avait demandé d'arrêter de passer par le dark web. Supplié, même. Elle avait essayé d'ouvrir une voie de communication, et il avait ignoré ses tentatives de raisonnement et refusé de parler.

Très bien. Dans son monde, c'était *l'argent* qui parlait. Alors, elle lui « parlerait » d'une manière qu'il ne pouvait ignorer.

Elle appuya sur la touche « Entrée » plus fort qu'elle ne le voulait, et voir son argent – l'argent qu'il avait volé à quelqu'un d'autre – être transféré sur le compte bancaire de Padres Unidos lui procura une sensation incroyable. C'était un programme local qui aidait les pères à s'impliquer davantage, à s'engager et à se responsabiliser. Son propre père détesterait cela, et c'était tout à fait approprié, puisqu'il était, aux yeux de Ry, le pire père du monde. Il aurait pu bénéficier d'un programme comme Padres Unidos, sans aucun doute.

— C'était quoi, ça ? demanda Maisy.

— Quoi ? s'enquit Ry, d'un air innocent.

— Ce que tu viens de faire.

— Je n'ai rien fait.

— Hmm.

Maisy avait l'air sceptique.

Ry soupira.

— OK, écoutez. Je dois mettre un terme à tout ça. Mon père se moque de vous tous. Il est en colère contre *moi*, et ce n'est pas juste que vous soyez pris entre deux feux. Il *faut* que cela s'arrête.

Elle avait murmuré cette dernière phrase et se rendit compte qu'elle était au bord des larmes.

Cora ferma son ordinateur portable, puis prit la main de Ry et la tira de sa chaise. Elle la guida vers le canapé et s'assit, attirant Ry avec elle. Maisy prit également place près de Ry, qui se retrouva prise en sandwich entre ses deux amies.

— Ça va s'arrêter, lui assura Cora.

— On n'en sait rien, chuchota Ry.

— Quand j'étais dans cette cave, intervint Lara, j'ai cru que c'était fini. Que j'allais mourir là-bas, que personne ne me retrouverait jamais. Mais j'avais tort. Cora m'a trouvée. Elle m'a sortie de là... grâce à *ton* aide.

— Et quand j'étais dans cette voiture en route pour le Mexique, j'étais persuadée que ça allait mal se terminer, renchérit Reese. Même quand je suis tombée dans la rivière, j'ai cru que j'étais fichue. Mais Gus était là. L'homme que j'aimais, depuis une éternité, et soudain, on était en sécurité sur la rive.

— Pareil pour moi. Quand on m'a poussée dans ce wagon en Russie ? J'ai cru que j'allais y passer, ajouta Alaska.

— Et j'étais certaine que Jack allait me détester pour toujours, quand il a retrouvé la mémoire, souffla Maisy.

— Ce qu'on veut dire, c'est qu'on a toutes survécu à nos pires épreuves. Et tu y survivras aussi. Un jour, ce sera *fini*, affirma Cora. Ça va s'arranger. D'une manière ou d'une autre.

— Et si tu penses que Tiny va laisser quoi que ce soit

t'arriver, ou au Refuge, tu te trompes, dit Henley. Cet homme craque totalement pour toi, depuis des mois.

— Hmm, je pense qu'on ne parle pas du même Tiny, protesta Ry.

Néanmoins, au fond, un éclair d'espoir la traversa.

— Si, insista Henley. Écoute, je comprends. La vie a été une épreuve pour lui. Mais même quand il... surprotégeait le Refuge, il ne pouvait pas cacher son inquiétude envers toi. Et ces derniers temps, après avoir pris connaissance de ton passé ? Son inquiétude s'est décuplée.

Ry ne pouvait pas le nier.

— Il n'est pas fait pour moi, lâcha Ry, admettant à voix haute ce qu'elle pensait depuis un moment.

— Oh que si !

— Tu te trompes.

— Tu te moques de moi ?

Les protestations immédiates de ses amies lui firent un bien fou.

— Je n'y connais rien en relations amoureuses. J'ai passé toute ma vie à être « la fille bizarre ». La paria. L'introvertie. Je n'ai jamais eu de petit ami. Le sexe me rend nerveuse et je viens de connaître mon premier baiser... à *trente-et-un ans*. C'est ridicule et pathétique.

— Mesdames, je gère, annonça Alaska en se levant pour s'approcher du canapé.

Elle s'agenouilla devant Ry et posa ses mains sur ses mollets.

— Je sais ce que c'est que d'être une paria. Je n'avais pas beaucoup d'amis, je passais mon temps à observer les autres. Et voilà ma vie aujourd'hui. Je suis avec un homme que j'ai aimé toute ma vie. Fiancée. Je vis une vie que je n'aurais jamais pu imaginer. Tiny est fait pour toi, Ry. En fait, je suis prête à parier qu'il pense que *tu* n'es pas faite pour lui. Tu es un putain de génie ! Tu pourrais probablement détruire les programmes nucléaires de la Russie, de la Chine et de la Corée du Nord en tapant sur ton clavier. Et si tu n'as jamais connu de relation auparavant ? Si j'interprète bien ce que tu as dit, tu viens d'échanger ton premier baiser avec Tiny. Je parie qu'il est ravi, excité et très fier d'avoir été ton premier. C'était horrible ?

— Notre baiser ? Non ! s'exclama Ry. C'était... merveilleux. J'ai toujours pensé que toucher la langue de quelqu'un avec la mienne serait dégoûtant, mais pas du tout.

Le sourire d'Alaska était large.

— Mon conseil ? Suis le mouvement. Continue dans ta lancée. Ouvre-toi à Tiny, il a besoin de cette honnêteté, sûrement plus que n'importe lequel de nos gars. Dis-lui ce que tu penses, ce que tu ressens. Si quelque chose te rend nerveuse, dis-le-lui. Il te traitera bien, Ry. Je n'en doute pas.

— Et il ressemble à ce foutu Jake Ryan. C'était mon premier crush, avoua Reese.

— Je ne trouve pas qu'il lui ressemble, dit Ry, jetant un coup d'œil à Reese.

— Quoi ? Sérieux ? s'offusqua Lara.

— Sérieux.

— Il faut que tu regardes *Seize bougies pour Sam*. Et après ça, je te défie de me dire que Tiny ne lui ressemble pas, ordonna Reese.

— Le film n'a pas bien vieilli, il est assez misogyne, mais... à la fin... quand il dit « Oui, toi », je fonds chaque fois, se pâma Maisy.

Alaska serra légèrement les jambes de Ry.

— Dans un an, on sera là, Lara avec son bébé, Maisy avec le sien, Elizabeth et Dylan marcheront et feront des bêtises, et nous, on se rappellera cette folie, mais que tout s'est bien terminé.

— Tu me le promets ? murmura Ry.

Elle le voulait, vraiment. Si elle pouvait avancer le temps et faire en sorte que tout ça soit terminé, elle le ferait. Tout de suite.

— Je te le promets, confirma Alaska.

Dylan commença alors à s'agiter et, entendant les pleurs de l'autre bébé, Elizabeth se joignit à lui.

— Je pense que c'est le moment de partir, dit Henley d'un air pince-sans-rire.

— Idem, approuva Reese.

Cora aida Reese à se lever, car elle se remettait encore de son accouchement, et l'accompagna jusqu'à la porte, son bras sous celui de son amie. Henley se dirigea vers la sortie, Alaska sur ses talons.

Ry embrassa tout le monde et marcha vers le pavillon. Elle n'était pas encore prête à retourner au chalet. Même si elle était introvertie, elle n'avait pas envie d'être seule pour l'instant. Tiny aidait Tonka avec les animaux dans la grange, alors elle se dirigea vers la buanderie. Carly, Jess et Joshua y seraient probablement en train de plier des serviettes et des draps.

Elle n'aurait jamais pensé finir au Refuge. Vivre et travailler au milieu des bois, à des kilomètres et des kilomètres de toute grande ville ? Certainement pas. Néanmoins, décider de se terrer ici pour quelques mois avait été la meilleure décision qu'elle ait jamais prise. C'était maintenant sa maison. Et Ry ferait le nécessaire pour la protéger... ainsi que les gens qui y vivaient et y travaillaient.

11

——————

— Euh, Tiny ?

— Oui ?

Il se tourna vers Ryleigh, assise à côté de lui sur le
canapé. Elle tapait à toute vitesse sur son clavier, comme
d'habitude. Cela faisait plusieurs heures qu'elle n'était pas
dans son assiette.

Un peu plus tôt dans l'après-midi, Jasna était rentrée au
Refuge, en larmes. Elle avait découvert que ses notes étaient
toutes des D ou des F. Ce qui n'était pas logique, car c'était
une très bonne élève.

Ryleigh avait failli perdre la tête, mais Henley était restée
calme. Elle avait dit à Ryleigh, de façon très claire, qu'*elle*
allait s'occuper de ce problème. Selon elle, les professeurs
de Jasna se rendraient compte que le bulletin était erroné.

Mais tout le monde savait que c'était encore une fois le
père de Ryleigh qui leur causait des ennuis. S'en prendre à une
enfant était inacceptable. Pourquoi Tiny avait-il pensé que cet
homme aurait une once de compassion ou d'empathie, et qu'il
n'entraînerait pas un enfant dans ses combines ? Il l'ignorait.

Même s'il avait été plus facile d'arranger cette situation, comparée aux autres problèmes provoqués par Harold Lodge, c'était un coup dur pour Ryleigh. Tiny était vert de *rage*. Il était capable de tuer un terroriste qui avait l'intention de leur faire du mal, à lui ou aux membres de son équipe, de traquer une cible importante, et l'éliminer sans le moindre remords. Mais il était impuissant face à quelqu'un qui se cachait derrière un clavier, armé d'outils électroniques.

Ryleigh continuait à faire de son mieux pour atténuer les dégâts causés par son père, toutefois, ils étaient tous sur les dents, à s'interroger sur la prochaine attaque.

— Tu m'as dit que, si j'avais des nouvelles de mon père, je devrais t'en informer. Eh bien... il vient de m'envoyer un message.

— Quoi ?

Tiny posa son téléphone et manqua de sauter sur Ryleigh. Elle lui tendit son ordinateur sans hésiter.

Le message sur l'écran n'était pas dans une fenêtre de chat normale. Ce qui ressemblait à une rangée de code HTML défilait lentement, et il fallut un moment à Tiny pour repérer le message du père de Ryleigh.

Sale garce joue pas avec moi. tu vas me les rendre. tout, sinon...

— Rendre quoi ? interrogea Tiny.

— Euh... il se peut que je lui aie volé dix mille dollars, sur son compte bancaire, aujourd'hui, répondit Ryleigh.

— *Quoi* ? Pourquoi ?

— Il m'a rendue folle ! Il a saboté la demande de Cora et Pipe pour devenir famille d'accueil. Et comme il ne répondait pas à mes messages, j'ai décidé de lui parler dans une langue qu'il ne peut pas ignorer.

Tiny gardait son regard rivé sur l'écran, où d'autres mots apparurent.

Ce que j'ai fait, ce n'est rien comparé à ce qui va arriver.

Comment un père pouvait-il parler ainsi à son enfant ?

— Comment je réponds ? Je tape ? demanda-t-il.

— Hmm, hmm. Mais... qu'est-ce que tu vas lui dire ?

Vous êtes un lâche, Lodge. Une merde. Arrêtez de vous défouler sur des innocents.

Ah, le grand méchant seal ! profite de sa chatte, je suis sûr qu'elle est bien serrée, ma fille est une pute coincée.

Tiny grinça des dents. Il était doublement ravi que Ryleigh l'ait laissé filtrer les messages, comme il lui avait demandé. Elle n'avait pas besoin de voir ce vitriol.

J'aurais dû la vendre quand j'en ai eu l'occasion.

Laissez-la tranquille. Vous avez assez foutu sa vie en l'air. Nous allons vous retrouver, et vous passerez le reste de votre vie pathétique derrière les barreaux.

Ah ! non et non.

Soyez un homme, un vrai, et assumez vos péchés.

Tiny savait que c'était vain, mais il avait voulu le provoquer, voir s'il pouvait le pousser à faire ce qui était juste.

Un vrai homme comme toi et tes copains ? OK, tu vas adorer. Les étincelles vont jaillir, ça va être génial.

Un frisson parcourut l'échine de Tiny. Il ignorait ce qu'Harold sous-entendait, toutefois, il savait que ça n'augurait rien de bon.

Dis à ma fille chérie de me rendre mon argent, tout mon argent, et tout s'arrêtera. Sinon on verra qui gagnera à la fin.

Tiny commença à taper une réponse, mais soudain l'écran devint noir. Surpris, il leva les doigts des touches.

— Quoi ? Qu'est-ce qui se passe ? demanda Ryleigh, alertée.

— Je ne sais pas. Tout est devenu noir.

Ryleigh jura et prit l'ordinateur portable des mains de Tiny. Elle poussa un soupir de soulagement lorsque les mots recommencèrent à défiler sur l'écran.

— Il a effacé la conversation. Et je ne peux pas le tracer parce qu'il a fait rebondir sa connexion sur trop de serveurs. Qu'est-ce qu'il a dit ?

Tiny soupira.

— Il veut que tu lui rendes son argent. Tout son argent.

— Même s'il se noyait et que l'argent l'empêchait de sombrer, je ne lui donnerais pas un rond, gronda Ryleigh.

— Viens là, dit-il, ne lui laissant pas le temps de répondre avant de l'attirer contre lui.

Il enfouit son nez dans ses cheveux, essayant de maîtriser ses émotions. La méchanceté de son père ne l'avait pas surprise, elle lui avait décrit à quel genre d'homme ils avaient affaire... et pourtant, il était toujours troublé par la facilité avec laquelle il avait parlé de vendre sa propre fille.

À son grand soulagement, Ryleigh se blottit aussitôt contre lui. Elle l'entoura de ses bras et appuya sa joue sur son épaule.

— Tu as déjà vu le film *Seize bougies pour Sam* ? demanda-t-elle de but en blanc.

Tiny réprima un grognement.

— Laisse-moi deviner, les filles t'ont parlé de Jake Ryan.

Ryleigh rit et ce son descendit droit jusqu'à son entrejambe.

— Oui, mais déjà avant aujourd'hui, j'avais entendu des gens dire que tu lui ressembles.

— C'est faux, insista-t-il.

Néanmoins, il devait admettre qu'il y avait une légère ressemblance. D'une part, il n'arrivait pas à croire qu'il avait cette conversation, mais d'autre part, il était plus qu'heureux de ne pas être en train d'essayer d'apaiser Ryleigh après qu'elle ait été forcée de lire toutes les conneries que son père avait eu le culot de lui dire.

— Est-ce qu'on peut le regarder ?

— *Seize bougies pour Sam* ?

— Non, *Alien*. Mais oui ! *Seize bougies pour Sam.*

— Si j'arrive à le trouver sur l'une des applications de streaming.

— Oh, il y est. J'ai déjà regardé, déclara Ryleigh.

Tiny entendit la pointe d'humour dans sa voix.

— Évidemment. Qu'est-ce que tu aurais fait si j'avais refusé ?

— Je l'aurais regardé avec une des filles. Reese, peut-être, elle a l'air de l'adorer.

Tiny attrapa la télécommande.

— Certainement pas. On va le regarder.

Ryleigh rit de nouveau. Il aimait la voir ainsi : détendue, heureuse.

Elle lui précisa sur quelle application il se trouvait, puis, quelques minutes plus tard, le générique de début commençait à défiler. Ryleigh leva les yeux vers lui.

— Tiny ?

— Oui ?

— Je suis désolée que tu aies dû parler à mon père. Je suis sûre que ce n'était pas agréable. Et il a probablement dit des choses affreuses. Mais je vais l'arrêter. Même si ça doit me coûter la vie.

— *On* va l'arrêter. Et ça ne va pas te coûter la vie. Je ne le permettrai pas. Pas quand ça commence juste.

— De quoi tu parles ?

— De nous.

Elle cilla, avant de lui adresser le plus beau sourire qu'il ait jamais vu. Elle reposa sa tête sur son épaule et le serra avec force dans ses bras. Tiny embrassa sa tête et se détendit contre les coussins. Ryleigh s'était glissée sous son bouclier aussi facilement qu'elle s'était infiltrée dans des bases de données top secrètes. Mais il n'était pas désolé. Il en avait assez de se méfier de tout et de tous. Il voulait la même chose que ses amis.

Et il savait au fond de lui que Ryleigh était sa chance. Sa chance de faire confiance à nouveau. D'aimer.

* * *

Tiny pensait que Ryleigh s'endormirait à la moitié du film des années 80, mais il s'était trompé. Elle resta éveillée et commenta tout le film. Elle roulait des yeux de dégoût devant les représentations discriminatoires flagrantes des Asiatiques, et la façon dont le supposé « héros » laissa une femme ivre – avec qui il sortait – entre les mains de quelqu'un d'autre, lui donnant carte blanche pour coucher avec elle, même si elle était incapable d'y consentir.

Mais à la fin, lorsque Jake Ryan s'était présenté à l'église où la sœur de Samantha se mariait et avait répondu à sa question innocente « Qui, moi ? » par « Oui, toi », Tiny entendit quand même Ryleigh soupirer.

Le baiser au-dessus du gâteau d'anniversaire à la toute fin était vraiment kitch, mais il comprenait que cela plaise aux adolescents... et apparemment à Ryleigh.

Une fois le film terminé, elle leva son regard vers lui, sans rien dire.

— Alors ? interrogea-t-il.

— Alors, quoi ?

— Est-ce qu'il me ressemble ? Le personnage ?

Ryleigh l'observa un long moment avant de hausser les épaules.

— Il y a un air, mais honnêtement, tu es beaucoup plus...

Tiny retenait presque son souffle en attendant ce qu'elle allait dire.

— Sauvage. Moins minet. Plus authentique.

Il expira. Ça lui convenait.

— Qu'est-ce que tu veux regarder ensuite ? *Rose bonbon* ? *Un monde pour nous* ? *Breakfast Club* ?

Ryleigh pouffa.

— Que dirais-tu de *Piège en haute mer* ?

Tiny grogna.

— Quoi ? C'est viril. Et il y a des Navy SEAL, protesta Ryleigh.

— C'est affreux.

Elle esquissa une moue.

— Je l'aime bien. Je t'imagine bien dans le rôle principal. Le dur à cuire, qui fait exploser des micro-ondes, qui ne tremble pas même si on l'a enfermé dans un congélateur, qui se préoccupe de ce subalterne qui essaie juste de faire son travail, et qui jure de se venger quand son ami le général se fait tuer.

— Le commandant, rectifia Tiny.

— C'est pareil.

Ça lui plaisait que Ryleigh le décrive ainsi.

— D'accord.

Cette fois, Ryleigh s'endormit à la moitié du film. Au lieu de la réveiller et de l'envoyer au lit, Tiny changea de position sur le canapé. Il s'allongea dans le sens de la longueur, une Ryleigh dans les bras de Morphée sur lui. Il posa une main sur le bas de son dos et l'autre sous sa tête, pour faire office d'oreiller.

C'était bon. *Remarquablement* bon. Il n'avait pas dormi dans le même lit... enfin, canapé... qu'une femme depuis sa relation avec Sonja. Il n'en avait pas été capable, mentalement.

Et pourtant, avec Ryleigh, il ne ressentait pas un iota de doute ou d'inquiétude. Même si elle lui avait menti, même s'il avait passé des mois à essayer de la détester. Il avait l'impression que depuis le moment où il l'avait rencontrée, plus d'un an auparavant, ils avaient travaillé pour en arriver là.

Tiny était-il soudain un homme différent ? Un homme qui faisait confiance à tout le monde et à tout ce qu'ils disaient ? Non. Bien sûr que non. Mais il faisait confiance à cette femme. Elle aurait dû être une épave, compte tenu de ses antécédents. Au lieu de cela, elle était compatissante et gentille. Elle se pliait en quatre pour aider les autres de toutes les manières possibles. Tiny comprenait que c'était une tentative d'expier ce qu'elle considérait comme ses péchés, mais selon lui, ce n'était pas ses péchés. C'était ceux de son salaud de père.

Elle n'allait pas le poignarder en plein torse au beau milieu de la nuit, et encore moins s'enfuir pour retourner vivre une vie de criminelle auprès de son père.

Elle s'éclipserait plutôt discrètement, elle s'évanouirait dans la nature.

Tiny était parfaitement à l'abri d'une attaque violente de la part de Ryleigh. Mais il n'était pas à l'abri d'une atteinte à son cœur. Il n'était pas à l'abri de tomber amoureux d'elle.

Bordel. L'*amour...*

C'est ça. Il était fichu.

Il allait devoir y aller en douceur. Pour leur bien à tous les deux. Lui prouver que son comportement passé appartient au passé, qu'elle pouvait lui faire confiance sans réserve. Plus important encore, lui prouver qu'il lui faisait tout autant confiance.

Sur cette pensée, Tiny ferma les yeux, une légèreté qu'il

n'avait pas ressentie depuis des années s'installant en lui. Il avait consulté des thérapeutes, parlé de ses problèmes de confiance, des choses qu'il avait vues et faites en tant que SEAL, et pourtant, il ne s'était jamais senti différent par la suite. Il était resté le même type dérangé qu'avant la thérapie. Toutefois, aujourd'hui, il sentait un changement en lui. Comme s'il s'était enfin débarrassé de l'amertume et de la colère qu'il avait gardées si longtemps en lui.

Pour une fois, le sommeil vint rapidement. Un sommeil profond et réparateur. Ryleigh dans ses bras, contre son cœur, était ce dont il avait besoin depuis des années. Maintenant qu'elle était là, il ne laisserait personne, y compris son enfoiré de père, lui prendre ce qu'il avait attendu toute sa vie.

12

―――――

Ry fut choquée de se réveiller dans les bras de Tiny ce matin-là. Consciente de ce que son ex avait fait, et du fait qu'il n'avait pas partagé son lit avec une femme depuis, elle avait pensé qu'il l'aurait réveillée et obligée à aller dans sa chambre.

Au lieu de cela, il était resté sur le canapé et l'avait serrée dans ses bras toute la nuit. Et c'était incroyable. Mieux que tout ce qu'elle aurait pu imaginer. Comme elle n'avait jamais dormi avec un homme ni avec une femme d'ailleurs, elle s'attendait à ce que ce soit inconfortable. Mais elle ne s'était pas réveillée une seule fois pendant la nuit, comme à l'accoutumée.

Et lorsqu'il avait enfin ouvert les yeux, elle s'était attendue à ce qu'*il* soit contrarié d'avoir dormi dans les bras l'un de l'autre, mais Tiny avait simplement embrassé son front, marmonné qu'il avait sûrement mauvaise haleine, et s'était dégagé pour se diriger vers sa chambre.

Elle avait fait de même, et lorsqu'ils s'étaient retrouvés dans la cuisine après la douche, les choses avaient été meilleures que d'habitude entre eux. Ry ignorait ce qui s'était passé la veille, mais Tiny semblait encore plus différent qu'il ne l'avait été ces derniers temps – et ce n'était pas peu dire. Toute la matinée, il avait été beaucoup plus affectueux. Il la touchait souvent… une main le long de son bras, dans son dos, il s'était assis plus près d'elle pendant qu'ils prenaient leur petit déjeuner. Et elle ne pouvait pas dire qu'elle détestait ça.

Tiny avait prévu d'aller au pavillon pour sa réunion hebdomadaire avec les propriétaires du Refuge, et elle allait faire ses recherches habituelles sur le dark web, afin de trouver d'autres manigances de son père. Ils avaient prévu de se retrouver plus tard pour déjeuner au pavillon.

Ils avaient débarrassé la vaisselle du petit déjeuner et Ry s'apprêtait à se remettre à table pour travailler quand Tiny l'arrêta. Il l'attira dans ses bras et elle leva les yeux vers lui, surprise. Elle posa ses mains sur son torse et dut se forcer à ne pas le caresser. Plus elle passait du temps avec cet homme, plus elle s'interrogeait sur le sexe. C'était un sentiment surprenant, car elle ne s'en était jamais préoccupée auparavant. Elle ne s'était jamais autorisée à y penser. Toutefois, maintenant que Tiny ne la regardait plus avec méfiance, et après le baiser extraordinaire qu'ils avaient partagé, elle n'arrivait plus à penser à autre chose.

— Est-ce que je peux parler aux gars de ton père ? De ce qui s'est passé hier, de l'argent que tu as volé sur son compte et de sa prise de contact ?

Ry hocha aussitôt la tête.

— Oui.

— Ça ne te fait pas bizarre de prendre son argent ?

— Si. C'est du vol, même s'il l'a lui-même volé à quelqu'un d'autre avant tout. Je ne veux pas que les gens pensent que je ferai ça. Voler leur argent, je veux dire.

— Personne ne pense ça, la rassura-t-il.

Ry n'en était pas si sûre, néanmoins, Tiny connaissait les autres mieux qu'elle. D'ailleurs, n'avait-elle pas décidé qu'elle ne se cacherait plus ? Elle avait fait ce qu'elle pensait être nécessaire parce que son père ignorait ses messages et parce qu'il avait touché au dossier de Cora et Pipe. Trafiquer l'assurance de Tonka était déjà assez grave. La veille, il s'était attaqué à un aspect encore plus privé. Et après avoir été mise au courant du problème avec les notes de Jasna, Ry se sentait encore *moins* coupable d'avoir pris l'argent.

— D'accord, finit-elle par dire.

— Il intensifie ses attaques, ajouta Tiny.

Ry le savait déjà.

— Oui.

— On doit passer à la vitesse supérieure. Voir si on peut le localiser. Le dénoncer. Je peux en parler à Tex ?

— C'est déjà fait, avoua Ry avec une légère grimace.

— Ah oui ?

— Oui. Il est très doué, et je me suis dit qu'il avait peut-être trouvé à un moyen de le localiser, une idée à laquelle je n'aurais pas pensé.

— Et il a trouvé ?

— Non.

Tiny s'esclaffa.

— Quoi ? C'est drôle ?

— Un peu.

— Pourquoi ? interrogea Ry.

— Parce que tu pensais que Tex pourrait savoir quelque chose que tu ignores. Chérie, tu es beaucoup plus douée que lui. Il l'a reconnu lui-même.

— C'est faux, répliqua Ry, sentant ses joues s'échauffer.

— J'ai l'impression qu'il aimerait faire appel à tes lumières pendant... oh, au moins quatre jours. Et même ça ne suffirait pas. Si tu veux du travail, je suis certain que Tex t'embaucherait. N'importe qui le ferait. Tu serais une employée en or pour une organisation qui essaie de sécuriser ses accès afin que les hackeurs ne puissent pas les pirater.

Ry cilla de surprise.

— Tu n'y avais jamais pensé, pas vrai ? Utiliser tes connaissances pour *empêcher* les gens comme toi de pirater les autres.

— Non.

— Tu penses en être capable ? Sécuriser un système afin que les hackeurs ne le piratent pas ? Genre, banques ou sites gouvernementaux ?

— Sûrement. Enfin, je pourrais les sécuriser, de sorte que *je* ne puisse pas les pirater.

Tiny s'esclaffa à nouveau.

— Ce qui veut dire que 99,9 % des hackeurs ne pourraient pas pirater le système. On en parlera plus tard.

— Je n'ai pas besoin d'un diplôme pour ça ?

— Aucune idée. Mais je suppose qu'une fois qu'un PDG aura conscience de ce que tu es capable de faire, il ou elle n'aura que faire d'un bout de papier. Merci de me laisser en parler aux gars. On va trouver une solution. Je ne laisserai pas ton père continuer à te harceler, d'une manière ou d'une autre. Tu veux bien me promettre une chose ?

— Ça dépend, répondit Ry.

— Ne pas accepter sans connaître la demande, bien vu. Ne t'enfuis pas.

Ry fronça les sourcils, confuse.

— On sait tous les deux que ça va devenir intense. Ton père ne va pas abandonner. Mais je ne veux pas que tu t'en ailles en pensant que cela arrangera la situation. Ce n'est pas le cas. Je veux que tu me promettes que tu ne t'enfuiras pas au milieu de la nuit. Je ne te retrouverais jamais... mais je passerais le reste de ma vie à chercher.

— Tiny, souffla Ry.

— Tu as dormi dans mes bras cette nuit, et je n'ai pas ressenti une once d'hésitation, de doute, d'inquiétude. Je veux plus de nuits comme celle-là. Je veux tout vivre avec toi. Et si tu t'en vas...

Tiny se tut.

— Je ne partirai pas, lui assura Ry, hébétée. Plus maintenant. Maintenant que mon père est lancé, c'est impossible que je parte.

— Merci. Je ne pensais pas que tu partirais, mais je voulais m'en assurer. J'aimerais t'embrasser encore une fois. Je peux ?

Ry approuva du chef.

Tiny baissa la tête et lui offrit un doux baiser. Une caresse de ses lèvres contre les siennes. C'était... agréable. Il releva la tête, la regarda un instant, comme s'il voulait s'assurer qu'elle allait bien. Puis il l'embrassa à nouveau. Avec plus de force, plus de passion.

Il releva la tête une deuxième fois et ils haletaient tous les deux. Les doigts de Ry étaient enfoncés dans le torse de Tiny, et une de ses jambes s'était détachée du sol pour se frotter contre l'extérieur de sa cuisse.

C'était bien *elle* ? Ce n'était pas son genre. Elle n'était pas aussi... excitée. Elle ne l'avait jamais été.

Tiny esquissa un rictus.

— Ça t'a plu.

— Sans blague.

— À moi aussi. Si tu veux... et sans aucune pression... peut-être qu'on pourrait essayer de dormir dans un lit ce soir. Le canapé, c'est sympa, mais pas des plus confortable. Je pense qu'on serait plus à l'aise dans mon lit. Mais encore une fois, c'est à toi de voir. Et quand je dis dormir, c'est *dormir*. Rien de plus. Pour l'instant.

— Même si j'en ai envie ?

Ry ne savait pas d'où sortaient ces mots. Ni qui elle était devenue.

— Je refuse d'aller trop vite avec toi, Ryleigh. C'est nouveau pour toi, et franchement, pour moi aussi. J'aimerais prendre le temps de m'habituer à la situation. À nous. Pas à pas.

Dis comme ça, comment pouvait-elle refuser ? À dire vrai, elle ne pouvait pas.

— D'accord.

— OK.

Tiny l'embrassa sur le front, puis recula, à contrecœur.

— Si je ne pars pas maintenant, je vais être en retard et les gars vont m'emmerder, précisa-t-il avec un sourire en coin.

— Ils ne sont jamais arrivés en retard à une réunion ? interrogea-t-elle.

— Tu as raison. Quand Alaska a emménagé avec Brick, il était souvent en retard. Et à bien y penser, ils ont *tous* été en retard à un moment ou à un autre.

Il se rapprocha d'elle, passa un bras dans son dos et l'inclina en arrière en baissant la tête.

Ry éclata de rire, avant de se perdre dans son baiser. Seul le bras puissant de Tiny l'empêchait de tomber, et pourtant, elle ne ressentait aucune peur. C'était Tiny. Il ne lui ferait jamais de mal.

Bien trop vite, il la releva et sourit de nouveau.

— Maintenant, il faut *vraiment* que j'y aille.

— D'accord, concéda Ry d'un air rêveur.

— J'aime te voir comme ça. Les lèvres gonflées par mon baiser, le regard hébété, les joues rouges.

— Si tu le dis, marmonna-t-elle.

Le sourire de Tiny s'étira. Il donna une tape sur le bout du nez de la jeune femme.

— On se voit au déjeuner. Si ton père essaie encore d'entrer en communication, n'entre pas dans son jeu. Ferme ton ordinateur et viens me trouver. Peu importe que la réunion soit terminée ou pas. Entendu ?

Ry soupira. Elle ne savait pas ce que son père avait dit la veille, toutefois, elle se l'imaginait très bien. C'était gentil de la part de Tiny de vouloir la protéger, mais elle avait déjà entendu toutes ses menaces par le passé. Il avait sûrement dit des choses similaires.

— Entendu, convint-elle.

— Il y a des pommes dans le frigo, au cas où tu voudrais grignoter avant ce midi. Mais ne mange pas le gâteau en forme de sapin de Noël qui est dans le congélateur. Il est à moi. Je le garde.

Ry leva les yeux au ciel.

— Il est hors de danger.

Il parut vouloir renchérir, mais il tourna les talons et marcha jusqu'à la porte.

— Ferme à clé derrière moi, ordonna-t-il.

Ry se retint de lever à nouveau les yeux au ciel. Or, secrètement, son côté protecteur ne la dérangeait pas, alors elle acquiesça.

— On va s'en sortir, affirma-t-il, comme si le dire allait sceller ce fait.

Puis il partit.

Ry se jeta sur la porte et tourna la clé dans la serrure. Ensuite, elle prit une profonde inspiration et retourna à la table. Elle ouvrit son ordinateur et se mit au travail, sur les traces de son père.

* * *

Tiny écoutait avec frustration Tonka expliquer qu'une femme en ville avait décidé d'annuler sa commande de lait de chèvre au Refuge. Tout le monde savait que c'était à cause d'Harold Lodge. Ce dernier n'avait pas relâché sa croisade pour détruire le Refuge, et la tension commençait à se faire sentir chez tout le monde.

Sur une note plus légère, Pipe leur annonça que Cora et lui avaient reçu ce matin-là un appel des services sociaux concernant l'accueil de quatre enfants qui n'avaient pas de famille prête à les héberger. Tiny l'avait appris par Ryleigh, et il était heureux pour ses amis de voir qu'ils ne perdaient pas de temps, les rendez-vous étaient pris et les formalités administratives remplies.

Mais cela n'atténua pas la menace qui planait sur eux.

— Il ne s'arrêtera pas, alors que va-t-on faire pour l'y *contraindre* ? demanda Brick.

C'était la question à dix mille dollars. Ou peut-être la question à dix millions de dollars.

— Il a enfin envoyé un message à Ryleigh hier soir, les informa Tiny.

— Elle a pu remonter jusqu'à lui ?

— Malheureusement, non, mais le fait d'avoir pris l'argent sur son compte a assurément attiré son attention.

Il avait déjà parlé à ses amis des dix mille dollars que Ryleigh avait transférés à une association caritative pour l'inciter à sortir de sa cachette.

— Et maintenant ? lança Tonka.

— Comment peut-on tirer parti de sa tentative de communication ? renchérit Owl.

— Qu'a-t-il dit ? demanda Stone.

Cette dernière question était sûrement la meilleure.

— Beaucoup de conneries. Il a dit qu'il aurait dû vendre Ryleigh à un trafiquant sexuel quand il en avait l'occasion.

— Putain de merde, jura Pipe.

Dans une autre situation, Tiny aurait probablement ri. Il n'aurait pas forcément dit « Putain de merde » – il n'avait pas pensé à ça, c'est certain, quand il avait lu les mots sur l'écran la veille au soir. Néanmoins, il n'était pas d'humeur à trouver cela amusant.

— Il a aussi dit qu'il était un vrai homme, après que je me suis moqué de lui, et qu'il allait faire quelque chose qu'on allait adorer, que les étincelles allaient jaillir.

— Bordel, tu penses qu'il va devenir concret ? Plutôt que continuer à se cacher derrière son clavier ? s'enquit Spike.

— Aucune idée. Mais je pense qu'on ne peut pas ignorer cette éventualité, répondit Tiny d'un air sombre.

— Je vais contacter la société de sécurité avec laquelle on travaille et leur dire d'être encore plus vigilants. On a déjà une tonne de caméras sur la propriété, si on en ajoute, la surveillance n'en sera que plus difficile, à mon avis, songea Owl.

— Ce n'est pas tout. Il a *dit* que si Ryleigh lui rendait son argent – et je pense qu'il parlait du montant initial, pas des dix mille qu'elle a pris hier soir –, il arrêterait.

— Et on y croit ? demanda Stone.

— Jamais de la vie. Il prend son pied. Ça fait des années qu'il cherche Ry, et maintenant qu'il l'a trouvée, il ne va pas lâcher l'affaire, même si elle lui rend l'argent, répondit Tonka.

Tiny acquiesça.

— Et si on le provoquait ? lâcha Brick.

— À quoi tu penses ? interrogea Pipe.

— Jusqu'à présent, on était sur la défensive. On bouchait les trous au fur et à mesure qu'il les creusait. Hier, Ry a riposté pour la première fois en prenant cet argent, ce à quoi il a répondu. Et si elle allait plus loin, en prenant *tout* son argent ? Le frapper là où ça fait le plus mal ?

— Il pourrait devenir complètement dingue, plus qu'il ne l'est aujourd'hui, observa Stone avec un bref rire dénué d'hilarité.

— S'il pète un plomb, il se peut qu'il fasse une erreur, qu'il crée une brèche à travers laquelle Ry pourrait se faufiler et le trouver. Afin que le FBI l'attrape, suggéra Brick.

— Ou bien il pourrait sortir de sa cachette avec un AK et essayer de faire exploser sa fille, argumenta Tiny.

— Justement. Il pourrait *sortir de sa cachette*, répéta Brick. Regardez-nous. On est des forces spéciales dures à cuire. On a deux SEAL, un garde-côte, un Delta, un SAS et deux Night Stalkers. Si on ne parvient pas à neutraliser un foutu hackeur qui a passé sa vie derrière un ordinateur, à pourrir la vie des gens, je rends mon insigne de SEAL. Il faut qu'on le chauffe assez pour qu'il ait envie d'affronter Ry en personne.

— Non, certainement pas. C'est hors de question, grogna Tiny. On ne se servira *pas* de Ryleigh comme d'un appât pour attirer cet enfoiré.

— Alors, comment peut-on l'attraper, d'après toi ? rétorqua Brick, d'une voix tout aussi dure.

Tiny se pencha en avant, plus que remonté maintenant.

— Est-ce que tu suggérerais la même chose si c'était Alaska qu'il voulait ?

— Ça ne me plairait pas. J'aurais une peur bleue. Mais *oui*, j'aurais proposé la même chose.

— N'importe quoi ! aboya Tiny.

— Si tu as d'autres idées, je t'écoute. Mais ce type ne se bat pas loyalement, Tiny, et on ne peut pas faire tomber un fantôme. Il faut qu'il se montre, et le seul moyen que je connais, c'est de le pousser si loin dans ses retranchements qu'il essaiera de s'en prendre à Ry personnellement.

Tiny et Brick étaient coincés dans une épreuve de force. Jamais Tiny n'avait ressenti autant d'animosité envers un collègue SEAL, un *ami*, qu'à cet instant. Et le pire, c'est que Brick avait raison. Tiny le savait, mais il ne voulait pas que Ryleigh revoie son salaud de père. Il lui avait seulement causé de la peine, et Tiny ne voulait pas qu'il lui en cause un iota de plus.

— Peut-être qu'au lieu de s'emparer de tout son argent d'un coup, elle pourrait en prendre un petit montant à la fois. Laisser sa colère monter. Lorsqu'il sera prêt à exploser, elle pourra lui dire qu'elle lui rendra tout, mais qu'il devra venir le chercher en personne, suggéra Stone.

— Il n'est pas assez bête pour tomber dans le panneau, insista Pipe.

Tiny ne lâchait pas Brick du regard. Son ami lui rendait son regard avec autant d'intensité. Les autres continuaient de discuter.

— Elle pourrait lui promettre de venir sans les flics, puisqu'elle a aussi enfreint la loi et volé son argent, proposa Spike.

— Cette excuse pourrait fonctionner, observa Tonka d'une voix lente. On pourrait organiser la rencontre ici. Elle serait filmée par les caméras, ce qui nous permettrait de couvrir nos propres arrières si on devait prendre des mesures mortelles.

— Pas question ! assena Brick. On a versé notre sang, notre sueur et nos larmes dans cet endroit. Je ne veux en aucun cas que ce psychopathe s'approche du Refuge. Je me fiche qu'on envoie nos femmes et nos enfants ailleurs et qu'on ferme les portes pour qu'il n'y ait pas d'invités. Ça reste une mauvaise idée de l'inviter ici.

— Tiny ? Arrête de fusiller Brick du regard. À quoi penses-tu ? demanda Owl.

Tiny jeta un coup d'œil à son ami.

— Que je déteste cette idée.

— Mais ? insista Owl.

— Mais... ça pourrait marcher. Pas le faire venir ici, mais que Ryleigh rencontre son père en personne. Harold Lodge est d'une arrogance à toute épreuve. Il pense contrôler la situation et sa fille. Si Ryleigh continue à lui voler de l'argent, petit à petit, ça va le rendre fou. Il n'arrivera pas à comprendre comment elle accède à ses comptes, parce qu'elle est bien plus douée que lui.

— Tu penses qu'elle pourra le faire ? Parce qu'à l'heure qu'il est, il a sûrement verrouillé ses comptes, nota Pipe.

— Elle peut le faire, affirma Tiny sans hésiter.

— Est-ce qu'elle *voudra* le faire ? interrogea Spike.

Tiny soupira.

— Hélas, oui. Elle ferait n'importe quoi pour qu'il arrête. J'ai beau lui dire que ce n'est pas de sa faute, elle continue de penser que c'est le cas. Si le fait de se servir d'elle comme appât permet de l'arrêter, elle n'hésitera pas. Mais il n'est pas seulement question d'argent. Certes, il veut récupérer ses millions, mais à ce stade, c'est une question de fierté pour lui. Il ne peut pas laisser sa fille gagner. Et ce n'est pas tout... Je pense qu'il la considère comme sa seule menace légitime. J'ai eu l'impression, en lisant ses messages hier soir, qu'il voulait qu'elle *disparaisse*. Qu'il est assez arrogant pour penser qu'il peut la tuer et régler ainsi les quelques problèmes de sa vie.

— Si on met le piège en place, on sera présent en permanence. Elle ne sera jamais seule avec lui, quoi qu'il arrive, dit Brick.

Tiny jeta un regard noir à son ami.

— Rien n'est jamais aussi facile, soupira-t-il. Et j'ai peur.

Un SEAL ne l'admettrait pas en temps normal, mais la situation n'était pas normale.

— Je sais. Moi aussi, reconnut Brick. Mais si on ne fait rien, le Refuge va sombrer. Peut-être pas demain ni après-demain, mais cet enfoiré finira par trouver un moyen de nous détruire, comme Ry l'a dit : petit à petit. Elle a beau être très douée, les coups portés à notre réputation finiront par entamer la confiance que nos invités ont en nous. Ils viennent ici pour se sentir en sécurité, et si ce genre de conneries continue à arriver, leur confiance s'épuisera et notre entreprise mourra. Je n'ai pas l'intention de laisser ça se produire.

— Le Refuge en est littéralement un pour moi. C'est là que j'ai trouvé l'amour de ma vie, que j'ai guéri et que mes meilleurs amis ont également guéri. Avec les enfants de Tonka et de Spike, une nouvelle génération prend vie, et je ferai tout ce qu'il faut pour la protéger. *Les* protéger. Tout le monde ici. Y compris Ry. Elle est l'une des nôtres maintenant, et je ne laisserai personne lui faire du mal, Tiny.

L'inquiétude de Tiny se dissipa. Brick avait raison. C'était leur maison. Et il ne laisserait personne menacer leur foyer ni la femme qu'il aimait.

Ses pensées pour Ryleigh ne le surprirent même pas. Il l'aimait. Il avait mis des mois à s'en rendre compte, or c'était la vérité.

— Bien. Tu en parles à Ry, pour l'informer ? conclut Brick.

Tiny s'esclaffa. Son accord ne traduisait pas son appréciation du plan.

— Qu'elle va devoir servir d'appât ? Oui, je vais lui dire.

— Encore une fois, il ne la touchera pas. Je te donne ma parole, jura Brick.

Tiny opina du chef. Il savait que Brick était bien intentionné, mais il savait aussi, comme tous les hommes autour de cette table, que même les plans les mieux préparés pouvaient être réduits à néant en quelques secondes.

13

_____

Quatre jours plus tard, le plan pour énerver Harold Lodge fonctionnait bien. *Extrêmement* bien. Ryleigh avait tenu sa promesse de ne pas dialoguer avec son père, et elle avait laissé Tiny se charger de toute la communication avec lui.

Son père n'était pas content.

Tiny grimaçait chaque fois que Ryleigh lui passait son ordinateur portable, néanmoins, il n'hésitait pas à le prendre. Son père était très en colère. Ses messages se résumaient à des jurons et des menaces. Tiny aurait été amusé si la situation n'était pas aussi explosive.

Selon sa dernière menace, Ryleigh allait regretter de s'en être prise à lui. Ils le regretteraient *tous*.

Cela faisait vingt-quatre heures qu'il n'avait pas envoyé de message, et même si Ryleigh avait volé tout sauf six dollars et soixante-six cents sur l'un de ses comptes, il n'avait pas envoyé de nouveau message.

Toutefois, il ne se tournait manifestement pas les pouces. Brick venait de convoquer une réunion d'urgence au pavillon, en présence de tout le monde. Par là, il entendait toutes les femmes, ainsi que tous les employés sur site.

Il s'était passé quelque chose. Quelque chose de grave.

Tandis qu'il marchait vers le pavillon avec Ryleigh, le ventre de Tiny se serra. Il regarda la femme à ses côtés et vit qu'elle fronçait aussi les sourcils. Le stress des derniers jours l'avait clairement affaiblie. Elle n'avait pas beaucoup mangé et ne dormait pas bien. Il le savait, car il l'avait tenue dans ses bras durant les quatre dernières nuits.

Elle avait accepté de dormir dans son lit, et il ne la laisserait plus jamais partir maintenant, pas s'il avait son mot à dire. Tiny avait pensé que partager son lit avec Ryleigh pourrait lui provoquer des cauchemars, mais étonnamment, ce n'était pas le cas. Il avait passé plus de temps à se préoccuper d'*elle* qu'à penser à ce qui s'était passé la dernière fois qu'il s'était endormi à côté d'une femme.

Ryleigh se tournait et se retournait, c'était elle qui faisait des cauchemars... et il était vert à l'idée de ne rien pouvoir y faire. Son enfoiré de père avait beaucoup de comptes à rendre, et Tiny priait pour que tout soit bientôt terminé, que le plan de Brick fonctionne et qu'ils puissent attirer cet homme hors du trou dans lequel il se cachait, afin que tout revienne à la normale.

Ils entrèrent dans le pavillon et se rendirent directement dans la salle de réunion. Presque tout le monde était déjà là. Les femmes étaient toutes assises autour de la table et les hommes faisaient les cent pas ou étaient adossés aux murs. Tout le monde avait l'air tendu et hésitant.

Brick ne perdit pas de temps et passa aux explications.

— Quand Alaska s'est connectée ce matin, toutes les réservations pour le mois prochain avaient été annulées. Des emails ont été envoyés aux invités, pour les informer qu'ils ne seraient pas remboursés, conformément à notre politique d'annulation.

— Quoi ? Mais c'est des conneries !

— Oh mon Dieu.

— Je suis sûr qu'on a reçu une tonne de réclamations.

— Qu'est-ce qu'on va faire ?

Brick leva les mains pour faire taire tout le monde. Le silence était tel qu'on aurait pu entendre une mouche voler.

Tiny sentit la main de Ryleigh se resserrer autour de la sienne. Elle ne s'était pas assise à la table, mais s'accrochait à son ordinateur portable d'une main et le tenait avec force de l'autre.

— Elle a déjà envoyé un email à tout le monde pour leur dire qu'il y avait eu une erreur informatique. Qu'ils seront bien sûr remboursés, et que 35 % supplémentaires seront ajoutés. Plus important encore, on va devoir gérer les retombées. De mauvaises critiques vont arriver et certaines personnes vont perdre confiance en nous, comme je le craignais. On va rebondir, seulement, on va devoir travailler plus dur.

— Est-ce qu'on réitère leurs réservations ? demanda Luna.

— Oui, répondit Brick. On a déjà replacé ceux qui voulaient conserver leur réservation. Mais une fois que nos clients actuels seront partis – et le dernier devrait être parti dans deux jours – la semaine suivante sera entièrement libre. Donc... je pense que c'est le moment idéal pour mettre en œuvre un plan visant à mettre fin à ce harcèlement une bonne fois pour toutes. Sans invités ici, ce sera plus sûr pour tout le monde. Ce qui veut dire que tous ceux qui ne vivent pas ici devront aussi rester à l'écart. Savannah, Carly, Jess, Luna, Robert, Joshua, Jason... vous tous.

Les employés commencèrent à argumenter, affirmant qu'ils pouvaient aider à la mise en œuvre de n'importe quel plan. Brick les arrêta.

— C'est gentil de vouloir nous aider, mais soyez assurés

que si je pouvais renvoyer tout le monde, je le ferais. Mais le salaud qui menace notre gagne-pain sait qui sont nos femmes, comme elles sont importantes pour chacun d'entre nous, et j'ai l'impression qu'il s'en prendrait à elles où qu'elles soient. Elles sont donc plus en sécurité ici que si on les envoyait à Los Alamos ou ailleurs. Je ne pense pas qu'il s'en prendra à l'un d'entre vous, mais vous devez rester vigilants. Soyez prudents et intelligents jusqu'à ce que tout soit terminé.

Il attendit que tout le monde acquiesce.

Les décisions de Brick ne posaient aucun problème à Tiny. Son ami n'avait pas besoin de le consulter, ni lui ni aucun des autres gars, à ce sujet. Il avait toujours eu à cœur de défendre les intérêts du Refuge. Cette situation en allait de même.

— De plus, si on parvient à mener avec succès l'opération « En finir avec ces conneries », et si Harold Lodge est derrière les barreaux, à sa place... j'ai pensé qu'on pourrait profiter de l'occasion, sans invités, seulement avec la famille du Refuge, pour célébrer un mariage le week-end prochain.

Il se tourna vers Alaska et posa un genou devant la chaise sur laquelle elle était assise.

— Je sais que je t'ai déjà demandé de m'épouser et que tu as accepté de faire ça en petit comité, mais je me disais qu'on pourrait peut-être organiser notre mariage ici... et en faire la fête que tu as toujours voulue. Puisqu'on a la salle, on pourrait inviter certains de nos amis. Ma mère, peut-être le frère de Reese et sa femme, plus quelques autres personnes. Faisons la fête... enfin, si c'est ce que tu veux toujours.

— Oui ! Je veux faire la fête ! s'écria Alaska. Et oui ! Invite tout le monde ! Tous nos amis. Je veux que tous les invités aiment quelqu'un dans l'assemblée, pas seulement nous !

C'était bizarre d'être à la fois heureux et en colère. Ryleigh était manifestement du même avis, car après avoir embrassé et félicité Brick et Alaska, elle demanda à Tiny s'ils pouvaient retourner au chalet.

Une fois à l'intérieur, elle s'assit à la table et soupira.

— Il faut que ça s'arrête, murmura-t-elle.

— Je suis d'accord. Que veux-tu que je fasse ?

— Que tu fasses ? s'enquit-elle.

— Oui. Que dois-je dire à ton père pour qu'il accepte de te rencontrer ?

Ryleigh se redressa.

— Ce serait plus facile si je m'en chargeais.

— Non. Je ne veux pas que tu lises son venin.

— J'y suis habituée, répliqua-t-elle d'une petite voix.

— Je m'en fiche. Et c'est terrible que tu y sois habituée. Aucun homme ne devrait parler à *quiconque* comme il t'a parlé. Encore moins à sa propre fille.

— D'accord. Laisse-moi installer l'ordinateur, dit Ryleigh, tirant l'ordinateur vers elle, avant de l'ouvrir.

Or, Tiny n'en avait pas terminé. Il s'assit à côté de la jeune femme, fit pivoter sa chaise vers lui et posa une main sur sa nuque.

Ryleigh releva son regard vers lui, l'air épuisé.

— Merci de me faire confiance pour lui parler et te transmettre ce qu'il dit.

— Je t'en prie.

— Je ne sais pas comment tu as fait.

— Fait quoi ? demanda-t-elle.

— Comment as-tu survécu avec cet enfoiré pendant si longtemps.

Ryleigh ferma les yeux un instant, puis les rouvrit et répondit :

— Il justifiait beaucoup ses actes. Et je n'avais pas d'amis, Tiny. Pas un seul. Personne à qui parler. Personne pour me dire de foutre le camp. Personne pour insister sur sa folie. La plupart du temps, il me laissait tranquille. Je pouvais surfer sur le web, prétendre que ma vie était normale.

— Jusqu'à ce qu'il t'ordonne de voler l'argent de quelqu'un.

— Voilà, acquiesça Ryleigh avec tristesse. Je sais que je suis restée trop longtemps, que quiconque observerait ma situation serait écœuré. Les gens diraient que j'étais une femme adulte, et que je devais prendre un minimum mon pied pour rester aussi longtemps. Mais c'est complètement faux.

— Je sais. Et tout le monde ici le sait aussi. Quelqu'un t'a dit quelque chose ? demanda Tiny, s'irritant à la seule idée que quelqu'un puisse rabaisser Ryleigh de cette façon.

D'autant plus qu'ils ne savaient rien de sa situation.

— Non ! s'exclama-t-elle. C'est juste que... parfois, j'ai l'impression que ce n'est qu'un rêve, que je vais me réveiller et me retrouver dans un appartement miteux, à me cacher de mon père.

— Ça n'arrivera pas. Tu es là, et tu es aimée de tous. Hier encore, Lara est venue me voir et m'a demandé ce qu'elle pouvait faire pour t'aider. Elle se sent mal parce que c'est toi qui subis le plus les manigances de ton père.

— Ce n'est pas grave, dit Ryleigh.

— Si, c'est grave. Et on va l'arrêter. Mais il est clair qu'on doit lui forcer la main. Dis-moi la vérité : tu penses vraiment qu'il est assez pour vouloir te rencontrer en personne ? Ce que je veux dire, c'est qu'on va sûrement devoir élaborer un deuxième plan.

Il n'avait pas terminé que Ryleigh était déjà en train de secouer la tête.

— Il va venir. Il est assez prétentieux pour se penser plus malin que moi. Que nous tous. Je suis persuadée qu'il sait que vous serez présents au moment de la rencontre, sauf qu'il se croit plus malin que tout le monde. Mais... et si on lui faisait croire qu'il a déjà gagné ? Qu'il nous a anéantis ? Qu'il *m'a* anéantie ?

— C'est-à-dire ? interrogea Tiny.

— Et si on lui disait que je lui rendrais son argent s'il accepte de me rencontrer ? Imagine... peut-être que je veux le supplier en personne de nous laisser tranquilles, moi et tous mes amis ?

— Et ? demanda Tiny, pensant qu'elle tenait quelque chose.

— On va lui dire qu'il peut choisir le lieu de rendez-vous. Il va adorer. Encore une fois, parce qu'il se pense plus malin que nous. Il va supposer qu'on appellera les flics, le FBI et qui sais-je, mais il restera persuadé qu'il est capable de gagner – et mon père ne pense qu'à gagner. Je m'inquiète juste pour les innocents qui pourraient être pris dans tout ça.

— Toi aussi, tu es innocente, tu sais, affirma Tiny.

Ryleigh haussa les épaules pour toute réponse.

— Tu l'es, insista-t-il.

— Pas du tout. J'ai volé une grande partie de l'argent que j'ai fini par donner. J'étais assez âgée pour comprendre, et je suis quand même passée à l'acte. Ensuite, j'ai volé l'argent à mon père en sachant qu'il serait furieux, qu'il voudrait le récupérer. Et regarde ce que ça a donné. Tiny ?

— Oui ?

— J'ai peur.

— De ton père ?

— Oui, mais j'ai aussi peur de ce qu'il pourrait vous faire, à toi, au Refuge, à nos amis.

— On ne laissera rien passer, dit-il avec fermeté. Si sept anciens agents des forces spéciales ne sont pas capables de protéger un membre de leur famille, c'est que quelque chose ne va pas.

Tiny reçut un petit rire en retour. Il était tellement fier de cette femme. Elle avait vécu un enfer jusqu'à présent, et il était déterminé à ce que sa vie soit meilleure à partir de maintenant. Il serra sa nuque et vint poser son front contre celui de la jeune femme.

— Tiny ?

Il esquissa un faible sourire en levant la tête afin de pouvoir la regarder dans les yeux.

— Oui ?

— J'ai envie de toi.

Il cilla de surprise, mais Ryleigh ne lui laissa pas le temps de répondre et poursuivit :

— Au début, je ne serai sûrement pas très habile, mais j'apprends vite. L'autre jour, quand je t'ai dit que j'aidais Tonka à la grange... c'était faux. Je suis allée en ville, à la clinique. Je suis désolée de t'avoir menti, mais j'étais gênée de te dire ce que je faisais *vraiment*. Ce qui est idiot, parce que je suis une adulte, mais quand même.

Elle bafouillait et Tiny trouva cela adorable.

— Ils m'ont donné un de ces contraceptifs qu'ils mettent sous la peau. Un implant. Je suis nerveuse à l'idée de faire l'amour, mais je veux essayer. Avec toi. Tu ne me feras pas de mal, et je pense que tu t'assureras que ça se passe bien. Même pour ma première fois. Comme je te l'ai expliqué, je serai sûrement nulle, mais si tu m'apprends ce qu'il faut faire, je m'améliorerai.

— Respire, Ryleigh, lui ordonna Tiny, même si chaque centimètre de sa peau était parcouru d'électricité.

Il était prêt à la prendre par la main et à la traîner jusqu'à son lit sur-le-champ. Toutefois, elle était manifestement nerveuse, et il détestait cela.

— Tu as raison, je ne te ferai pas de mal, et je n'ai aucun doute sur le fait que tu seras aussi géniale au lit que tu l'es pour tout le reste. On peut attendre que toute cette histoire avec ton père soit terminée et...

— Non ! le coupa-t-elle en secouant la tête. Je ne veux pas attendre. On ne sait pas ce qu'il manigance, et il est possible qu'il fasse quelque chose pour tout gâcher. Il m'a déjà trop pris. Je ne veux pas qu'il m'enlève l'occasion de te montrer à quel point tu comptes pour moi aussi.

— Je n'ai pas besoin de faire l'amour avec toi pour savoir que tu tiens à moi, observa Tiny avec douceur.

— Tu... tu n'en as pas envie ? demanda Ryleigh, le ton hésitant.

Les doigts qui étaient toujours enroulés autour de sa nuque se resserrèrent.

— J'en ai envie, lui assura-t-il, la voix brûlante de désir. Il n'y a rien que je veuille plus. Mais tu as attendu longtemps, je ne veux pas que tu te précipites et que tu regrettes par la suite.

— Je ne regretterai *jamais* de t'avoir donné ma virginité, rétorqua-t-elle, avec honnêteté et fermeté.

C'était une leçon d'humilité pour Tiny. Il n'était pas sûr de le mériter. Il savait qu'il ne méritait pas Ryleigh, tout simplement. Il s'était méfié d'elle et avait été carrément méchant. Et pourtant, elle lui avait pardonné.

— Je serais honoré d'être le premier homme avec qui tu feras l'amour, parvint-il à articuler.

Ryleigh sourit, d'un sourire presque aveuglant.

— Quand ? Ce soir ?

Tiny avait envie de rire. C'était typique de Ryleigh de vouloir planifier le moment où elle perdrait sa virginité.

— Peut-être, répondit-il. Voyons comment se déroule cette journée. Je veux m'assurer que l'ambiance est bonne. Et si les paroles de ton père te stressent, elle ne le sera pas.

— Je croyais que les hommes ont toujours envie de s'envoyer en l'air, nota Ryleigh, les sourcils froncés.

— Certains, oui. Mais je n'en fais pas partie. Je veux être certain que c'est le moment idéal pour toi. Tu n'aurais qu'une seule première fois, et je veux que ce soit une expérience positive pour toi.

— D'accord.

— D'accord ? répéta-t-il.

Tiny voulait s'assurer qu'ils étaient sur la même longueur d'onde.

— Oui. Il faut que tu saches que mon père m'a pris beaucoup de choses... une enfance normale, ma mère, mes amis, ma vie... Mais ça, il ne me l'enlèvera pas.

Elle était si forte. Tiny l'admirait tellement.

— Entendu. Que dirais-tu que je t'embrasse pour conclure l'affaire ? proposa-t-il.

Cela faisait cinq minutes qu'il fixait ses lèvres et il luttait pour ne pas se jeter sur elle. En pensant à Ryleigh qui lui offrait sa virginité, qu'il serait le premier homme, le seul homme, à la voir nue, à la pénétrer... il ne tenait plus qu'à un fil.

— Oui. S'il te plaît, acquiesça-t-elle avec un sourire, puis elle se pencha vers lui.

Elle posa une de ses mains sur sa cuisse pour se soutenir, tandis qu'elle levait la tête vers la sienne.

Leurs lèvres se rencontrèrent, et, étrangement, ce baiser parut différent aux yeux de Tiny. C'était comme une promesse de ce qui allait venir.

Il cala son autre main sur le côté de la tête de Ryleigh et il glissa ses doigts dans ses cheveux. Il lui fit légèrement pencher la tête afin de pouvoir explorer sa bouche et lui montrer exactement ce qu'il allait faire de son sexe lorsqu'ils seraient prêts à faire l'amour.

Un profond gémissement émana de la gorge de la jeune femme. Elle enfonça ses doigts dans sa cuisse, faisant douloureusement pression sur son jean. Si elle déplaçait sa main de quelques centimètres sur la gauche, elle sentirait combien il avait envie d'elle.

Tiny releva la tête et adora le regard hébété que Ryleigh lui lança. Ses joues étaient rouges, ses lèvres gonflées par son baiser. Elle était aussi excitée que lui par un simple baiser, et il avait du mal à croire qu'elle était prête à lui faire don de son corps.

— Ça va ? chuchota-t-il, sa main dans les cheveux de Ryleigh.

— Bien. Et toi ?

Il sourit.

— Plus que bien.

Elle lui rendit son sourire.

Ils se dévisagèrent pendant un moment avant que Tiny ne prenne une grande inspiration.

— Finissons-en, OK ?

Ry approuva du chef.

Tiny se força à retirer ses mains, mais après qu'elle eut retourné sa chaise vers la table et rapproché l'ordinateur portable, il posa une main sur sa cuisse. Il avait besoin de la toucher. Il avait besoin de rester près d'elle. Il n'avait jamais ressenti ce genre de besoin auparavant. Pas un besoin sexuel, mais d'être aussi proche que possible d'un autre être humain. Avait-il déjà ressenti cela à l'égard de Sonja ? La femme qu'il pensait aimer et qu'il avait l'intention d'épouser ? Non, certainement pas.

Ryleigh fronça les sourcils en se concentrant sur sa connexion au dark web et sur l'espace de discussion qu'elle et son père utilisaient pour communiquer.

— C'est prêt, annonça-t-elle.

Elle poussa l'ordinateur vers Tiny. Une fois de plus, il était impressionné par la confiance qu'elle lui témoignait.

Espèce de salope !

Les deux mots apparaissaient nettement sur l'écran. Tiny s'était habitué à l'aspect vieillot des messages. Il était soulagé de ne pas avoir à utiliser le langage HTML pour communiquer. La quantité de codes entourant les messages reçus l'avait d'abord choqué, mais maintenant, il n'y prêtait plus attention.

Je veux mon fric

Et je veux que tu nous laisses tranquilles, mes amis et moi, tapa Tiny, se faisant passer pour Ryleigh. *Si je te le rends, tu dois me promettre d'arrêter de nous harceler.*

La demande était ridicule. Le genre que n'importe quel soldat aguerri ne ferait jamais. Mais à cet instant, ce n'était pas ce qu'il était. Il prétendait être une fille épuisée qui voulait que son père la laisse tranquille.

Rends-moi mon fric, tout, et je vous laisserai tranquilles

Tiny avait envie de rire. Comme s'il allait croire ce salaud. Toutefois, c'était la première fois depuis des jours qu'il se contentait de hurler et de les insulter à travers l'écran. Il était temps de mettre leur plan à exécution.

D'accord. Je vais faire le virement, et on sera quittes.

Minute, fillette. Tu m'en dois une. J'ai dit que j'allais rendre l'argent.

Tu me dois des années de service. tu reviens à mes côtés, tu travailles avec moi comme avant, pendant, disons 10 ans, ensuite on sera quittes

C'était un miracle que Tiny ne se soit pas cassé une dent, tellement sa mâchoire était crispée. Ce putain de connard pensait que Ryleigh accepterait de partir avec lui ? De travailler avec lui pendant *dix ans* ? Il était complètement fou. Il prit une profonde inspiration pour se calmer et tapa une réponse. Il fallait que ça joue en leur faveur. De toute évidence, elle n'aurait pas à « supplier » pour le rencontrer. Pas si Harold Lodge voulait vraiment récupérer sa fille.

Pas question.

Si tu veux que j'arrête de m'en prendre à ce motel pathétique que tu aimes tant, tu reviendras.

Cinq ans

7

Cinq ans, ou rien, papa.

OK. Tu acceptes de rester avec moi et de travailler pour moi pendant 5 ans, et je laisserai tes amis chéris tranquilles.

Tiny avait mal au ventre. L'idée que Ryleigh retourne auprès de cet enfoiré lui donnait envie de vomir. Malgré tout, il faisait exactement ce que Ryleigh avait prédit. Il acceptait la rencontre en personne. À présent, il fallait finir de mettre en place le piège.

D'accord. Mais si tu attaques une seule fois le Refuge, notre accord est rompu. Et tu sais que je serai au courant, parce que soyons réalistes... je suis une meilleure hackeuse.

Tu t'es toujours crue plus intelligente que tu l'es. Il y a le festival du chili du Nouveau-Mexique à Los Alamos ce soir. retrouve-moi là-bas, et, si je vois un flic ou quelqu'un qui a l'air d'être du FBI, le marché n'existe plus et je ferai tomber le refuge pour de bon.

Le cœur de Tiny battait à tout rompre. Tout cela se passait beaucoup plus vite que prévu. Le père de Ryleigh ne devait pas être loin s'il voulait la rencontrer ce soir. Il surveillait peut-être Ryleigh et le Refuge depuis des jours... ou plus longtemps.

Marché conclu.

Et laisse ces crétins des forces spéciales derrière toi

Je ne sais pas si je pourrai quitter le Refuge sans qu'ils veuillent savoir où je vais.

Trouve une solution. Ne cherche pas à me piéger, fillette. tu n'aimerais pas les conséquences qui en découleraient.

L'écran se mit à clignoter et leur conversation disparut, comme toutes les autres fois. Aucune trace de leurs messages n'était jamais conservée.

— Alors ? Qu'est-ce qu'il a dit ? demanda Ryleigh avec impatience.

Tiny se tourna vers elle. Il avait des choses à faire, des détails à régler immédiatement, mais il devait d'abord s'assurer que Ryleigh savait combien elle comptait pour lui. Il prit son visage dans ses mains et l'embrassa. Avec passion. Ce ne fut pas aussi long qu'il l'aurait voulu, car l'heure tournait.

— Tiny ? s'enquit-elle, nerveuse, quand il recula.

— Il a accepté la rencontre. Ce soir. En ville, au festival du Chili du Nouveau-Mexique. On a à faire. *Vite.*

La jeune femme écarquilla les yeux et Tiny vit la panique l'assaillir.

— Ce soir ? Bordel, on ne peut pas se préparer aussi vite !

— Si, on peut. Ce n'est pas l'idéal, mais on n'a pas le

choix. Tu avais raison. Il veut son argent, mais il est plus préoccupé par le fait de te remettre sous sa coupe.

— Qu'est-ce qu'il a dit ?

— Que si tu acceptais de retravailler avec lui pendant cinq ans, il arrêterait et nous laisserait tranquilles.

— Sérieux ?

— Oui.

— Je ne travaillerai plus *jamais* avec ou pour lui. Jamais de la vie ! cracha Ryleigh.

— Chut, je sais. Et je pense qu'il va te faire disparaître *pour de bon* si tu pars avec lui. Ça n'arrivera pas. Se retrouver en ville n'est pas l'idéal, car il y aura beaucoup de civils, mais il pense sûrement que tu seras plus docile au sein d'une foule, que tu ne voudras pas provoquer une scène ou blesser quelqu'un. Je suis également certain qu'il pense pouvoir s'éclipser plus facilement avec beaucoup de monde... mais ça signifie également que les gars et moi pouvons nous fondre dans la masse. Je ne suis pas sûr qu'on aura le temps de faire venir le FBI, mais on va contacter les flics de Los Alamos. On installera des caméras. On va le choper, Ryleigh.

Il la vit déglutir, puis acquiescer. Tiny avait toujours ses mains sur son visage, et il dit d'un ton plus doux :

— On peut toujours annuler si tu veux. Je peux lui envoyer un message et lui dire que tu as changé d'avis. On peut trouver une autre solution.

Elle redressa les épaules, même si ses mains tremblaient.

— Et l'inciter à annuler une année de réservations ? Non. Il faut que ça cesse. Je dois le rencontrer, j'ai besoin de le voir tomber. Il *va* tomber, pas vrai ? demanda-t-elle, la voix douce.

— Il va tomber, lui assura Tiny.

— D'accord, si tu es sûr.

— La seule chose dont je suis *absolument* sûr, c'est qu'on va attraper ce salaud. Il ne pourra plus voler d'argent ni détruire la vie des autres.

— Il va être aux aguets, il va chercher des flics, l'avertit Ryleigh.

Tiny était une fois de plus très impressionnée par cette femme. Elle devait être stressée comme jamais, et pourtant, elle était encore capable de penser comme un soldat.

— Je sais. Mais la question est de savoir... s'il surveillera le ciel ?

Tiny vit le moment où elle comprit quel était son plan.

— Non, je ne pense pas. Mais... bordel, Tiny, on n'a pas beaucoup de temps.

— C'est vrai. Appelle Alaska, mets-la au courant. Je vais rejoindre les autres. Ce soir, ce sera terminé, chérie.

— Je l'espère, murmura Ryleigh.

14

Ry était nerveuse. Non, elle était morte de peur. Cela faisait des années qu'elle n'avait pas vu son père, et la voilà. Au milieu d'un festival bondé de Los Alamos, elle attendait son arrivée. Elle n'avait jamais aimé l'idée que son père s'approche du Refuge, et elle avait été soulagée qu'il ait choisi la petite ville voisine. Elle avait toujours l'impression qu'il était encore trop proche du seul endroit où elle se sentait vraiment en sécurité, mais en mettant le pied sur la propriété du Refuge, il l'aurait souillée par sa simple présence.

Lorsqu'elle avait quitté le Refuge avec Tiny, elle avait pris note de tous les détails... au cas où. Elle avait entendu Melba meugler dans l'étable, peu ravie qu'on l'ait rentrée plus tôt dans son box par précaution, juste au cas où le père de Ry déciderait de faire une apparition inattendue après tout. Les chèvres étaient probablement déjà en train de manger leurs enclos. Le vent soufflait doucement à travers les arbres et les oiseaux gazouillaient joyeusement au-dessus de leur tête.

Les choses au Refuge étaient aussi normales que

possible, alors qu'il était fort probable que cette rencontre tourne mal et qu'elle ne revienne jamais. C'était surréaliste.

À présent, entourée de tant de gens, elle était trempée de sueur, à la fois parce qu'elle avait couru dans tous les sens un peu plus tôt, à essayer de tout mettre en place avant d'aller retrouver son père, et à cause de la nervosité.

Les femmes et les enfants étaient terrés dans le chalet d'Alaska, au Refuge, et Robert montait la garde. L'homme âgé s'était porté volontaire, et lorsqu'il avait brandi deux de ses hachoirs dans la cuisine, Ry avait eu envie de pleurer. Tout le monde avait été d'un tel soutien... et c'était elle qui avait fait peser cette menace sur eux en premier lieu.

Mais personne ne le voyait ainsi, ce qui était déconcertant. Si elle n'avait pas été là, il n'y aurait pas eu d'annulation ni aucun autre problème.

Alors... c'était le moment d'y remédier. Et elle devait se concentrer. Seule au milieu de la foule, elle étudiait, acharnée, le visage de chaque homme âgé qu'elle croisait, à la recherche de son père.

Malgré son avertissement – aucun policier ne devait s'en mêler –, Brick s'était arrangé pour faire venir des agents du FBI du bureau d'Albuquerque. C'était un risque, car son père les observait peut-être, mais un risque *nécessaire*. Le FBI voulait mettre la main sur Harold Lodge presque autant que Tiny et le reste de ses amis.

Il y avait aussi des agents de police cachés parmi les touristes et les locaux, et Stone se tenait prêt avec l'hélicoptère, au cas où il aurait besoin de retrouver son père s'il s'enfuyait.

Toutefois, ce qui l'aidait *vraiment* à rester au bout de cette longue rue – où les vendeurs étaient installés et où les gens passaient une soirée joyeuse, profitant d'une belle météo et mangeant tout et n'importe quoi agrémenté de piments –, c'était de savoir que Tiny était aussi présent. Il surveillait, attendait. Si son père tentait quoi que ce soit, elle ne doutait pas que Tiny se jetterait dans la foule pour la protéger. Il ne laisserait pas son père l'entraîner loin d'ici. Il lui avait expliqué ce qu'il fallait faire si son père sortait une arme. Elle ne devait pas le provoquer, *seulement* se jeter au sol.

Tiny avait juré qu'il tuerait Harold avant qu'il n'ait eu le temps de lui faire du mal.

Et Ry le croyait.

Cependant, elle n'arrivait toujours pas à croire qu'elle avait avoué vouloir faire l'amour avec lui. C'était audacieux, ça ne lui ressemblait pas. Mais les dernières nuits passées à dormir près de lui lui donnaient envie d'aller plus loin. Elle voulait connaître ce qu'elle avait manqué. Elle voulait que Tiny soit celui qui lui montre.

Le rendez-vous à la clinique avait été gênant. Personne ne l'avait jamais vue... en bas... de toute sa vie. Elle savait que c'était un passage obligatoire, mais la médecin avait été gentille et amicale, elle avait aidé Ry à se détendre. Elles avaient échangé sur son passé sexuel – du moins, de son absence –, et avaient discuté des avantages et des inconvénients des différents moyens de contraception. Ry avait opté pour l'implant parce qu'il semblait être le plus infaillible. Non pas que tout soit fiable à cent pour cent, mais il y avait beaucoup de choses qui pouvaient mal tourner avec les pilules ou les préservatifs.

Elle se secoua, consciente qu'elle s'était égarée un moment pour atténuer son stress. Elle humecta ses lèvres et se balança sur ses talons, priant pour que son père se montre enfin.

Elle consulta sa montre et vit qu'il se faisait tard. Son père ne leur avait pas donné d'heure précise, ils étaient donc arrivés peu après le coucher du soleil. Ils étaient partis le plus tard possible, à la fois pour se donner du temps pour se préparer, et aussi pour donner à Robert le temps de servir le repas aux invités du Refuge. Il n'était pas rare que les invités se retirent dans leurs chalets après le dîner les soirs où il n'y avait pas de feu de joie, ce qui était une bénédiction ce soir-là, compte tenu des circonstances. Autrement, ils passaient du temps ensemble dans le pavillon. Spike avait été laissé sur place pour surveiller les invités et aider Robert à protéger les femmes, si nécessaire.

La nuit était maintenant tombée, et à chaque cliquetis de l'aiguille des minutes sur sa montre, son niveau de stress augmentait.

Dix nouvelles minutes s'écoulèrent. Ry s'affolait en silence, quand un homme s'approcha lentement. Elle l'aurait reconnu n'importe où. Il avait vieilli, son visage était marqué de rides profondes qui n'existaient pas la dernière fois qu'elle l'avait vu, néanmoins, il arborait toujours cet air supérieur. Un seul regard traduisait le peu d'estime qu'il avait pour elle.

Son cœur se mit à battre à tout rompre. Elle était terrifiée à l'idée de tout gâcher, que son père puisse l'attraper et l'emmener avant que Tiny ou n'importe qui d'autre ne puisse l'arrêter. La dernière chose qu'elle voulait, c'était de se retrouver seule avec lui, mais elle faisait ça pour ses amis. Et pour elle-même. Pour qu'elle puisse arrêter de s'enfuir et de surveiller constamment ses arrières. Elle voulait une vie. Une vraie vie. Et elle pensait pouvoir l'avoir ici. Au Refuge. Avec Tiny.

Son père se rapprochait de plus en plus. Il prit son temps, souriant à tous ceux qu'il croisait, il s'arrêta même un instant pour parler à un vendeur. Il voulait sûrement l'intimider ; or, en réalité, il lui laissait le temps de retrouver son équilibre. Son calme.

Il s'arrêta finalement à quelques mètres d'elle, en regardant avec attention autour de lui. Ry retint son souffle et pria pour que les agents, Tiny et ses amis soient bien cachés. Par chance, son père ne parut pas remarquer quoi que ce soit d'anormal.

— Je suis content de te voir, ma fille. Ça fait longtemps.

Ry déglutit avec difficulté.

— En effet.

— Quoi ? Même pas un câlin ? Pas de retrouvailles joyeuses ? railla son père.

Ry ne répondit pas à la provocation et se contenta de la dévisager. Ce qui sembla l'énerver.

— On aurait pu être indomptables. On aurait pu vivre dans un manoir sur une plage d'Amérique centrale à l'heure qu'il est. Intouchables. Au lieu de ça, tu as décidé que tu étais trop bien pour moi. J'ai un scoop pour toi : tu es aussi mauvaise que moi, ma fille chérie. Si tu penses être au-dessus des lois, tu te trompes. Tu es *pathétique*. Une moins que rien. Regarde-toi... tu es encore plus laide que tu ne l'étais quand tu es partie. Je ne sais pas comment quelqu'un peut vouloir de toi, et encore moins te faire *confiance*. Tu vas te retourner contre eux comme tu t'es retourné contre moi. Tu as jeté de la poudre aux yeux à ces gens, mais je connais la vraie toi. La fille que j'ai élevée. Je t'ai appris ce qui est important dans la vie, et tôt ou tard, tu t'en souviendras et tu feras ce pour quoi tu es née.

— C'est-à-dire ?

Ry n'avait pu s'empêcher de poser la question. Elle n'était pas censée le provoquer, simplement donner aux forces de l'ordre le temps de l'arrêter... mais ses paroles lui avaient donné l'impression d'être à nouveau une petite fille, qui cherchait son approbation à tout prix, qui ne voulait entendre ne serait-ce qu'un mot gentil. Quelque chose qu'elle n'avait jamais connu à l'époque, et qu'elle ne pourrait pas connaître aujourd'hui. Elle le savait avec une certitude absolue... mais la petite fille effrayée qui vivait encore au fond d'elle avait besoin de savoir si elle avait *un jour* été autre chose qu'un fardeau, qu'un moyen de gagner de l'argent.

— Tu es une voleuse. Une bonne à rien, sans éducation. Tout ce que tu sais faire, c'est *prendre*. Tu es la personne la plus égoïste que j'ai rencontrée de ma vie. Tu aurais pu avoir le monde au bout des doigts, mais tu m'as doublé. L'homme qui t'a élevée. Qui t'a nourrie. Qui a mis un toit au-dessus de ta tête. Quand ta mère est partie, j'aurais pu te confier au système. Laisser quelqu'un d'autre s'occuper de toi. Au lieu de ça, je t'ai appris tout ce que je savais. Et qu'as-tu fait en retour ? Tu m'as trahi.

La colère s'embrasait au fond de Ry. *Elle* l'avait trahi ? Quelle plaisanterie ! Pour la première fois de sa vie, elle n'était pas intimidée par cet homme. Elle ne trembla pas face à ses paroles cinglantes.

— J'aurais *préféré* que tu me confies au système. Au moins, j'aurais pu avoir une enfance normale. Je commence à penser que tu as *forcé* maman à partir. Qu'elle ne voulait pas, mais tu l'as poussée. Tu ne l'as sûrement pas autorisée à m'emmener non plus.

Tout ce qu'elle devait savoir, elle le lut sur le visage de son père. Elle ne savait pas ce qui s'était passé avec sa mère, toutefois, l'expression de surprise face à elle dévoilait clairement que sa supposition était exacte.

— Je te déteste, grogna-t-elle. J'aurais aimé que ce soit *toi* qui partes, pas maman.

À sa grande surprise, son père se mit à rire. Puis il plissa les yeux et Ry se prépara à l'attaque.

— Elle était faible ! *Tout comme toi !*

Ry tressaillit. Cela faisait si longtemps qu'on ne lui avait pas crié dessus de la sorte qu'elle avait oublié combien elle détestait cela. Combien cela lui donnait envie de se rouler en boule et de se cacher. Son visage s'enflamma et, d'un coup d'œil rapide, elle vit que quelques personnes à proximité fixaient son père.

— Elle voulait que j'arrête de te former. C'était hors de question, et j'ai été clair là-dessus. Oui, je l'ai mise dehors. Je lui ai dit que si elle revenait, elle le regretterait. Que je m'en prendrais *à toi.*

Le cœur de Ry se brisa. Pas étonnant que sa mère ait fait une crise cardiaque. Elle avait été forcée d'abandonner son enfant, sachant que si elle essayait de la récupérer, sa fille en paierait le prix.

— Tu n'étais rien d'autre qu'un putain de problème. Je te *déteste.* Je t'ai *toujours* détesté ! Tu n'étais bonne qu'à une chose : me faire gagner de l'argent. Mais tu m'appartiens maintenant. Cinq ans, c'est une foutue blague. Tu me dois le double. Le quadruple. Tu resteras avec moi et tu me feras gagner de l'argent jusqu'à ce que je sois prêt à te laisser partir, ou tout ce que tu aimes et valorises disparaîtra. *Pouf !* Envolé ! Et ne *pense* même pas à me duper, Ryleigh. Les conséquences ne te plairont pas.

Il avança d'un pas et Ry recula instinctivement.

Juste à temps aussi, car, alors qu'il tendait la main vers elle, deux membres du SWAT, qui l'avaient encerclé, le plaquèrent au sol. Ils étaient arrivés dans son dos et l'avaient mis à terre en un clin d'œil.

Le cri qui émana de sa bouche lui fit froid dans le dos.

Ce n'était pas de la terreur, seulement de la frustration, de la colère. Et ce son glaça le sang de Ryleigh.

D'autres agents apparurent dans la foule, pour entourer son père et retenir des dizaines de curieux tout en s'assurant qu'Harold ne puisse pas s'échapper. Tiny arriva. Pipe et lui emmenèrent la jeune femme, lui disant qu'elle avait fait du bon travail, qu'elle était formidable.

Ry entendait encore son père crier... la menacer, elle et le Refuge, menacer les agents qui lui passaient les menottes.

Elle avait la tête qui tournait, mais elle était heureuse qu'il soit enfin en garde à vue. Toutefois, elle était morte de peur qu'il se passe quelque chose et qu'il soit relâché. Libéré parce que les charges ne tenaient pas ou parce qu'il avait payé sa caution.

S'il sortait, il la *tuerait* cette fois. Ry n'en doutait pas.

— Doucement, chérie, tout va bien.

La voix de Tiny résonna à ses oreilles comme si elle était dans un long tunnel sombre. Elle se déplaçait machinalement, sans réfléchir où on l'emmenait.

— Elle est en état de choc.

— Je sais. Ramenons-la au Refuge.

— Le FBI va vouloir l'interroger.

— Alors ils viendront la trouver au Refuge, grogna Tiny.

— Compris. Je les envoie à ton chalet, je suppose ?

— Non, elle a besoin de ses amis. Je pensais au pavillon. Tu veux bien appeler Alaska ?

— De suite.

Ry ne voulait pas aller au pavillon. Elle voulait monter dans sa voiture et conduire, aussi loin que possible. Loin de son père, de ses menaces. Cependant, Tiny la poussa à l'arrière de son véhicule et s'installa à côté d'elle, tandis que Pipe les ramenait au Refuge.

Tiny la guida ensuite dans le pavillon, et elle entendit au

loin Spike dire aux deux invités présents que tout allait bien. Qu'*elle* allait bien.

Ry allait tout sauf bien.

On la fit asseoir. Se forçant à se concentrer, elle vit Tiny accroupi devant elle, l'air inquiet, Pipe au téléphone à côté de lui. Elle comprit alors où elle se trouvait. Dans la cuisine.

Curieusement, elle trouva ça drôle. Tiny ne l'avait pas emmenée dans une des salles de réunion ni assise dans l'un des confortables fauteuils en cuir dans l'entrée. Non, il l'avait amenée dans la cuisine.

— Il a tort, tu sais, commença Tiny.

C'était ses premiers mots depuis quelque temps. Ils avaient roulé en silence. Tiny lui avait laissé le temps d'accepter ce qui venait de se passer, et elle lui en était reconnaissante.

Ry le regarda, confuse. Elle avait l'impression que sa tête était bourrée de coton.

— Tu n'es pas faible. Pas le moins du monde. Tu es l'une des femmes les plus fortes que j'ai jamais rencontrées. Et l'une des plus intelligentes. Même sans aucune formation, tu es plus douée que l'un des génies de l'informatique qu'on connaît... et Tex l'a reconnu sans aucun problème. Ton père a essayé de te retenir, et pourtant, tu as réussi à voler. Tu es trop bien pour moi. Pour ce coin perdu du monde, mais je veux tellement que tu restes que j'en ai mal au cœur. On a besoin de toi, Ryleigh. Nous tous.

Avant qu'elle ne puisse répondre, lui dire combien ses mots comptaient pour elle, la pièce commença à se remplir. Tiny fut écarté et Ry se retrouva face à Alaska, qui la mit debout et la serra dans ses bras. Elle passa d'une femme à l'autre et chacune l'enlaça en lui disant qu'elles étaient soulagées qu'elle aille bien.

Puis vinrent les autres... Robert, Luna, Brick, Tonka...

chacun à leur tour, ils la serrèrent dans leurs bras, comme s'ils devaient constater par eux-mêmes qu'elle était indemne.

Leurs actes, plus que leurs paroles, permirent à Ry de comprendre que ces gens l'aimaient vraiment, qu'ils s'inquiétaient pour elle, qu'ils voulaient l'avoir à leurs côtés, et pas seulement pour ses compétences en informatique.

Son père avait tort, Tiny avait raison. Elle n'était pas faible. Non seulement elle avait battu son père, mais elle avait aussi trouvé sa place.

Même si leur présence à tous la mettait en joie, elle avait besoin d'une seule personne à cet instant.

Tiny.

Elle balaya du regard la cuisine très encombrée, jusqu'à ce qu'elle le trouve. Il se tenait près de la porte, à côté de Brick, et l'observait attentivement. Ry savait sans l'ombre d'un doute que si elle donnait le moindre signe qu'elle était mal à l'aise, il serait là, l'escortant vers la sortie dans la seconde qui suivait.

Elle humecta ses lèvres et esquissa un petit sourire, pour essayer de faire comprendre à Tiny, sans un mot, combien elle le remerciait. Combien elle était heureuse qu'il soit là ! Combien elle l'aimait !

Cette pensée n'était pas du tout surprenante. Elle l'aimait depuis toujours. Depuis la première semaine où elle avait commencé à travailler au Refuge, sans aucun doute. C'est pour ça qu'elle n'était pas partie, qu'elle avait trouvé excuse sur excuse pour rester, même si elle savait que cela signifiait que son père pourrait la retrouver. Elle ne pouvait pas quitter Tiny.

Comme si ses pensées l'attiraient, il se dégagea du mur et s'approcha d'elle.

— Ça va ? demanda-t-il, une fois à son niveau.

— Maintenant, oui, répondit Ry avec sincérité.

L'approbation dans son regard et l'étincelle de désir dans son expression donnèrent à Ry l'envie de lui prendre la main, de le traîner hors de la cuisine, de le ramener au chalet et d'insister pour qu'il lui fasse l'amour sur-le-champ. Elle avait gardé sa virginité pour cette raison. Pour l'offrir à quelqu'un qu'elle aimait.

Mais d'abord, elle devait s'occuper de ses obligations : parler aux agents du FBI, rassurer ses amis, aller sur Internet et s'assurer que son père n'avait pas mis en place des pièges qui se déclencheraient, au cas où il ne revenait pas dans sa cachette, de sa virée d'où il devait revenir avec sa fille.

Plus tard, les paris seraient lancés. Ça ne fonctionnerait peut-être pas entre Tiny et elle à long terme, mais elle s'assurerait qu'il sache combien elle était reconnaissante de tout ce qu'il avait fait pour elle. Et la chose la plus précieuse qu'elle avait à lui donner... c'était elle-même.

15

De toute sa vie, Tiny n'avait jamais été aussi fier de quelqu'un que de Ryleigh. La soirée avait été longue et stressante, et pourtant, elle l'avait mieux gérée que certains des SEAL débutants dont il avait eu la charge. Certes, elle avait traversé un moment difficile après que son père avait été arrêté, mais entourée de ses amis, elle avait pu reprendre le contrôle d'elle-même.

Elle avait été formidable avec les agents du FBI. Ils connaissaient déjà la majeure partie de son rôle dans les combines de son père, néanmoins, elle avait patiemment répondu aux mêmes questions, encore et encore, sans hésiter, pendant deux bonnes heures. Puis ils avaient finalement rassuré non seulement Ryleigh, mais aussi tout le monde au Refuge : les piratages et les vols de Harold Lodge étaient terminés.

C'était un énorme soulagement.

Tiny était ravi d'être de retour chez lui, uniquement en compagnie de Ryleigh. Robert les avait renvoyés dans leur chalet avec une boîte remplie de cookies aux pépites de chocolat, et il avait même donné à Ryleigh une boîte de gâteaux en forme de sapin de Noël. Elle l'avait regardée et avait réprimé avec difficulté son hilarité. Plus tard, elle avait donné la boîte à Lara, avec l'approbation de Tiny, car elle savait combien son amie les adorait.

Si Tiny pensait que Ryleigh se détendrait une fois à la maison, il se trompait. Cela faisait une heure et demie qu'elle était assise à la table, ses doigts volant sur le clavier de son ordinateur. Elle vérifiait, une fois, deux fois, trois fois, que son père n'avait pas programmé un siège électronique du Refuge au cas où il aurait compris qu'elle l'avait doublé.

La jeune femme fit chou blanc, à sa grande surprise. Apparemment, il était aussi arrogant qu'ils le pensaient : son père s'était cru capable d'intimider sa fille et de la forcer à faire ce qu'il désirait. Mais Ryleigh était plus forte qu'il ne le pensait.

Lorsque Ryleigh soupira pour la dixième fois, Tiny décida de prendre les devants. Elle avait fait tout ce qu'elle pouvait pour le moment. Demain serait un autre jour, où elle parcourrait le dark web à la recherche du moindre signe des projets abjects de son père.

— Viens, dit-il en la prenant par le coude pour l'inciter à se lever.

— Oh, mais je veux vérifier une dernière chose, répliqua-t-elle.

Tiny ferma l'ordinateur portable.

— Demain, insista-t-il, avant de l'entraîner dans le couloir.

Il la conduisit directement à la salle de bain attenante à leur chambre.

Choquée, la mâchoire de Ryleigh se décrocha.

— Tiny... c'est quoi, ça ?

Il avait rempli la baignoire d'eau chaude et de bain moussant. À vrai dire, c'était du gel douche, parce qu'il n'avait pas de bain moussant sous la main, ce à quoi il comptait remédier dès que possible. Toutefois, il avait supposé que ça ne dérangerait pas Ryleigh, car il avait remarqué qu'elle aimait le sentir le soir lorsqu'ils s'allongeaient sur le canapé.

— C'était une dure soirée, et tu as été géniale. Mais je sais que tu as accumulé toute cette tension dans ton corps. Je me suis dit qu'un bon bain chaud te ferait du bien.

Elle tourna son regard larmoyant vers lui.

— Personne n'a jamais fait ça pour moi avant aujourd'hui.

Tiny s'en attrista, et il se promit de la gâter plus souvent.

— Détends-toi, Ryleigh. Prends tout le temps que tu veux.

Il embrassa son front, puis ses lèvres. Il quitta la salle de bain, laissant la porte légèrement entrouverte au cas où elle l'appellerait.

Il termina ensuite de ranger le chalet. Il essuya les plans de travail de la cuisine, lava le verre de Ryleigh, plia la couverture sur le canapé et rangea encore quelques affaires avant de se rendre dans la deuxième salle de bain pour se brosser les dents. Une fois dans sa chambre, il entendit le bruit de l'eau dans la baignoire et sourit.

Tiny enfila le pantalon en coton qu'il portait pour dormir, puis se glissa sous les couvertures. Il prit un livre, or, il fut incapable de se concentrer, notamment à cause du léger fredonnement de Ryleigh qui flottait depuis la salle de bain.

Il adora ce son heureux, satisfait. Et Dieu sait que cette femme n'avait pas eu beaucoup de raisons d'être heureuse ces derniers temps. Cette histoire avec son père la stressait. Bon sang, ça *le* stressait, et ce n'était même pas son père à lui. Elle avait étonnamment bien supporté la pression en l'affrontant. Tiny n'avait pas été enchanté de laisser Ryleigh toute seule dans la rue.

Il savait que, dans les faits, elle n'était pas seule, il y avait beaucoup de gens qui la surveillaient, et des festivaliers partout... mais elle avait dû affronter Lodge toute seule, ce qu'il avait détesté. Moralement, il savait que son père était une ordure, cependant, l'entendre parler ainsi à sa fille l'avait littéralement ébranlé.

Tu es pathétique. Une moins que rien.

Tout ce que tu sais faire, c'est prendre.

Tu es la personne la plus égoïste que j'ai rencontrée de ma vie.

Je te déteste. Je t'ai toujours détestée.

Tiny secoua la tête. Harold Lodge ne connaissait pas du tout sa fille. Ryleigh n'était pas égoïste. C'était la personne la plus généreuse qu'il ait jamais connue. Elle se moquait de l'argent, totalement. Les dons qu'elle distribuait comme des bonbons étaient fastueux et les œuvres de charité bien pensées. Elle effectuait des recherches pour s'assurer qu'elles étaient dans la légalité, et tout le bien que cet argent faisait ne pouvait être nié.

Certes, l'argent avait été volé au départ, mais elle faisait tout son possible pour se racheter de ce que son père l'avait forcée à faire. Aux yeux de Tiny, elle avait fait bien plus que ça.

Et qu'un père dise à sa fille qu'il la détestait... Tiny n'arrivait même pas à le comprendre. Pas le moins du monde. Il avait mal au cœur pour Ryleigh. Ces mots avaient dû la blesser, et pourtant, elle avait gardé la tête haute et fait le nécessaire pour aider à mettre cet homme derrière les barreaux pour un très long moment.

Un bruit interrompit ses pensées et Tiny tourna la tête. Son souffle se bloqua dans sa gorge en voyant Ryleigh, dans l'embrasure de la porte de la salle de bain.

Ses cheveux étaient mouillés et bouclaient légèrement au niveau de ses tempes. Sa peau était humide et ses joues rouges. Elle n'avait pas enfilé son pyjama, qu'il avait posé sur le meuble avant de faire couler son bain. Elle ne portait qu'une serviette bleue, enroulée autour de son corps, atteignant à peine le haut de ses cuisses. Ses épaules étaient exposées... et Tiny dut puiser dans sa volonté pour ne pas repousser la couverture, s'approcher d'elle et enfouir son nez dans le creux de son cou.

Son sexe durcit dans son pantalon et il se lécha les lèvres.

Ryleigh avait l'air nerveuse et incertaine, ses mains s'assurant que la serviette était bien accrochée autour de sa poitrine.

Il ouvrit la bouche pour dire quelque chose de rassurant, quand elle le choqua en laissant tomber la serviette sur le sol.

Tiny cilla. Voir Ryleigh en serviette l'avait excité, mais la voir entièrement nue lui donna envie de se jeter à ses pieds pour la vénérer.

— Ryleigh ? réussit-il à croasser.

Il était incapable de bouger. S'il bougeait, il se jetterait sur elle et il lui ferait peur. Il resta immobile, grâce à la détermination sans faille qu'il avait peaufinée en tant que SEAL.

— Je ne veux pas attendre. La journée a été pourrie. J'ai eu très peur. Mon père aurait pu faire n'importe quoi. Il est paranoïaque, avide et rien ne l'empêchera de mettre la main sur moi. Il aurait pu me faire du mal aujourd'hui... et ça m'aurait empêché de découvrir ce qu'est le sexe.

Elle bafouillait et Tiny avait envie d'embrasser la lèvre qu'elle mordait maintenant avec consternation. Mais il devait clarifier une chose avant de passer à l'étape suivante.

— J'ai envie de toi, commença-t-il. Tu es belle. Tellement belle. Je dois me contrôler pour ne pas me jeter sur toi et te prendre par terre, là où tu te tiens. Mais je ne veux pas faire l'amour, *juste* faire l'amour. Si tout ce que tu veux, c'est que quelqu'un te dépucelle, que tu fasses enfin l'expérience du sexe, tu peux trouver ça n'importe où. Je suis sûr que tu sais mieux que moi qu'une annonce en ligne suffirait pour que des hommes fassent la queue pour s'en occuper. Je veux plus que ça. Je veux que tu te tiennes là, nue, l'air si sexy que j'ai du mal à l'endurer, surtout parce que tu *me* désires. Parce que tu ne peux pas supporter de passer une nuit de plus sans être aussi proche que possible... de *moi*. Parce que tu as envie de cette connexion émotionnelle qu'on partage, et tu veux qu'elle soit profonde. Si ce n'est pas ce que tu veux, si tu ne veux pas d'une relation à long terme avec moi... même si ça me ferait mal d'en être témoin, tu vas devoir ramasser cette serviette et retourner dans la chambre où tu dormais avant.

Tiny retint son souffle. Il haletait presque, la respiration saccadée, en attendant la décision de la jeune femme. Honnêtement, sa virginité l'effrayait au plus haut point. Il n'était pas de ceux qui rêvent d'être le premier d'une femme. Il y avait beaucoup de responsabilités à assumer. Il pouvait lui faire mal, *vraiment* mal, et c'était la dernière chose qu'il voulait. Il en avait assez fait.

— Si je dois passer une nuit de plus dans tes bras *sans* que tu sois en moi, je vais mourir.

Sans réfléchir, Tiny se mit en marche. Il s'agenouilla devant Ryleigh et la regarda avec admiration. Ses mains s'accrochèrent à sa taille et il remarqua aussitôt que sa peau était si douce. Et chaude. Et elle avait le même parfum que lui. Son érection s'intensifia. Il avait besoin de pénétrer cette femme. Tout de suite.

Non... il devait y aller en douceur, s'assurer que sa première fois serait agréable. Plus qu'agréable – stupéfiante. Tiny ferma les yeux et reposa son front sur le ventre de Ryleigh. Elle enfouit ses mains dans ses cheveux. Le sexe de Tiny tressaillit dans son pantalon.

Il était foutu. Si la simple sensation des doigts de Ryleigh sur lui l'excitait, il était condamné.

— Tiny ? souffla-t-elle.

Il détesta l'incertitude dans sa voix. Il ouvrit les yeux et croisa son regard. Du moins, c'était son but premier, car il fut distrait par ses seins parfaits. Ses mamelons étaient durs, probablement à cause de l'air frais, et les globes charnus étaient magnifiques. Il remonta lentement ses mains le long de ses flancs, se lécha les lèvres en admirant sa poitrine. Il palpa doucement ses seins et fut récompensé par un léger souffle de Ryleigh qui se cambra à son contact.

Elle était incroyablement réceptive. Et soudain, Tiny se retrouva affamé. C'était ce qu'il désirait depuis la première fois qu'il avait vu cette femme. Il la voulait dans son lit, sous lui. Il ne l'avait pas avoué à l'époque, mais cela n'en était pas moins vrai. Si ses mensonges lui faisaient si mal, et s'il l'avait traitée avec une véhémence absolue, c'était en partie parce qu'il avait été attiré par elle dès qu'elle avait mis les pieds sur la propriété. Et il avait ressenti sa supercherie comme une attaque personnelle.

Néanmoins, ça n'avait rien à voir avec lui. Elle avait seulement fait le nécessaire pour empêcher son père de la retrouver.

— Sois sûre de ton choix, dit-il d'une voix grave qui ne lui ressemblait pas du tout. Parce que si tu t'offres à moi, je te garde. Tant que je serai là, je serai à toi.

Elle acquiesça.

— Dis-le, exigea Tiny, qui ignorait d'où venait ce côté dominant.

— J'en ai envie. J'ai envie de toi.

Dieu merci.

Tiny se leva et baissa son pantalon sur ses hanches. Le mouvement n'était pas fluide, et quand Ryleigh posa son regard sur son érection, elle écarquilla les yeux. Il se rendit compte qu'il aurait dû lui dévoiler son corps petit à petit. Elle était vierge, après tout.

C'est alors qu'elle le choqua en refermant sa main sur sa longueur. Il manqua de jouir sur-le-champ.

— C'est à la fois dur et doux, observa-t-elle, émerveillée.

Tiny avait envie de rire, sauf qu'il était incapable de bouger, seulement de rester planté là et la laisser le caresser.

— Est-ce que ça fait mal ? On dirait que ça fait mal, dit-elle.

— Oui et non, répondit Tiny en toute honnêteté. C'est un bon mal.

Elle détacha sa main de son sexe et Tiny eut envie de pleurer. Alors, elle posa ses doigts sur son torse et effleura la cicatrice sur son pectoral gauche, là où Sonja l'avait poignardé.

— C'est si proche de ton cœur, murmura-t-elle.

— Proche, mais pas assez, déclara-t-il.

Ryleigh releva le regard.

— Je l'ai fait, tu sais, avoua-t-elle, comme si elle voulait faire la conversation.

— Fait quoi ?

— Je l'ai trouvée. J'ai pris tout l'argent sur son compte de la prison. J'ai modifié son dossier, pour qu'elle n'ait pas de « bonne conduite » enregistrée. J'ai supprimé ses droits de visite. Et je *continuerai*.

Ryleigh avait pris un ton presque belliqueux.

Tiny nota de lui en parler plus tard. Il lui demanderait d'annuler les changements qu'elle avait apportés au dossier de Sonja. Il ne l'aimait pas, mais il était passé à autre chose. Il ne voulait plus jamais penser à elle. Et même si la colère de Ryleigh lui faisait du bien, il ne voulait pas non plus qu'*elle* passe un iota de son temps à penser à cette femme.

— Je n'ai pas envie de parler d'elle pour l'instant, souligna Tiny.

Il prit la main de Ryleigh et recula vers le lit. Ni l'un ni l'autre ne dit un mot.

— Si tu changes d'avis à un moment donné, ce n'est pas grave.

Il s'était senti obligé de le préciser. C'était un moment important, et il l'accepterait si elle ne voulait plus lui offrir sa virginité après tout.

— Je ne changerai pas d'avis, affirma-t-elle sans aucune hésitation, son ex oubliée. J'ai envie de toi, Tiny. Je veux que ma première fois soit avec toi parce que je sais que tu feras tout pour que ce soit bien. Mémorable. Incroyable.

— Oh, tu ne me mets pas du tout la pression, plaisanta-t-il avec un léger sarcasme.

Ryleigh pouffa. Ce son le fit sourire. Cette femme était adorable, sexy et forte. Il voulait être l'homme qu'elle méritait. Il n'était pas sûr d'y arriver, mais il essaierait.

Il lâcha sa main, monta sur le lit et s'allongea au centre du matelas. Il passa un bras derrière sa tête et l'autre resta le long de son corps. Ryleigh avança comme si elle était en transe, à genoux jusqu'à son côté. Elle s'assit sur ses talons et le regarda fixement.

Tiny aussi l'admirait. Il ne pouvait s'empêcher de penser qu'elle était parfaite. Parfaite pour *lui*. Il mourait d'envie de la toucher, de lui donner du plaisir, toutefois, il se força à rester immobile pendant qu'elle le scrutait.

Elle tendit une main tremblante. Tiny se prépara à son contact, et même ainsi, il sursauta quand ses doigts touchèrent sa peau nue.

Ryleigh retira brusquement sa main. Il la saisit doucement et la ramena sur son torse, la plaqua contre sa peau, l'encourageant à continuer. Il reposa sa propre main le long de son flanc et la laissa parcourir sa poitrine du bout des doigts. Les tétons de Tiny durcirent à leur tour. Elle en frôla un en remontant le long de son buste et sourit.

— Les tiens durcissent aussi, commenta-t-elle.

Ce n'était pas vraiment une question, mais Tiny y répondit quand même.

— Oh, oui.

Ryleigh joua avec ses mamelons, et chaque caresse faisait tressaillir son sexe qui était reposé sur son bas-ventre. Ryleigh ne sembla pas le remarquer, elle était trop concentrée sur son torse. Le souffle de Tiny se bloqua quand elle prit un de ses mamelons dans sa bouche.

Tiny laissa échapper un petit grognement en posant sa main à l'arrière du crâne de Ryleigh. Elle leva les yeux et sourit de nouveau.

— C'est bon ?

— Plus que bon. Extraordinaire, rectifia-t-il.

Pour toute réponse, elle enroula à nouveau ses lèvres autour de son mamelon. Cette fois, elle l'effleura avec sa langue et un autre gémissement émana de la gorge de Tiny. Elle allait le tuer, mais il n'oserait pas lui refuser cela. Il la laisserait explorer son corps aussi longtemps qu'elle le voudrait. Il voulait qu'elle soit à l'aise en sa présence... et quand il lui rendrait la pareille, il ne voulait pas qu'elle soit surprise.

Au même moment, elle pinça son autre mamelon.

— Plus fort, chérie. Tu ne me fais pas mal. Pince plus fort.

Elle s'exécuta et Tiny sentit son sexe suinter.

Ryleigh releva la tête et étudia ses mains qui jouaient avec ses mamelons. C'était presque une torture pour Tiny, la meilleure malgré tout.

— Embrasse-moi, ordonna-t-il.

Elle se pencha en avant et s'appuya sur son torse, avant d'effleurer ses lèvres. En revanche, Tiny était trop excité pour un chaste baiser. Il pressa aussitôt sa langue contre la commissure de ses lèvres, exigeant d'y pénétrer. Elle s'ouvrit volontiers à lui et il prit ce qu'elle lui offrait si librement.

Tiny avait-il déjà été aussi excité par un baiser et quelques caresses sur ses tétons ? La réponse était claire-ment non. Ryleigh l'avait bouleversé, et selon lui, il ne serait plus jamais le même après ça.

Pendant une brève seconde, la terreur l'envahit. Si elle le trahissait, cela le détruirait. Il pensait avoir été irrévocable-ment changé par les actions de Sonja, mais il serait absolu-ment dévasté si Ryleigh se servait de lui pour une raison ou une autre.

Toutefois, dès qu'il s'imagina Ryleigh, tout le contraire de la personne qu'il avait appris à connaître durant les dernières semaines, cette idée s'envola. Il pouvait lui faire confiance. Tiny le sentait au fond de lui. Elle ne le trahirait pas. Elle ne le tromperait pas. Elle n'essaierait jamais de le tuer dans son sommeil.

Il détacha sa bouche de la sienne et trouva qu'il avait du mal à reprendre son souffle. Il n'avait qu'une envie : se retourner, la dévorer et introduire ses doigts en elle pour la préparer, mais il voulait s'assurer qu'elle était tout à fait à l'aise avec son corps avant de prendre le relais.

— Continue, chérie, dit-il.

Ryleigh eut l'air confuse.

— Touche-moi. Partout. Habitue-toi à moi. Observe ce qui va entrer en toi. Te donner du plaisir. Ma queue. Parce que quand tu auras fini d'explorer, ce sera *mon* tour.

Elle rougit, mais ses yeux brillèrent de désir et elle acquiesça. Elle recula de quelques centimètres et reporta son attention sur son torse. Ses doigts parcoururent à nouveau sa peau, et cette fois-ci, ils ne s'arrêtèrent pas à ses mamelons. Son regard descendit jusqu'à ses orteils, puis remonta, s'arrêtant entre ses jambes.

— Elle est grande, dit-elle.

Tiny n'entendit aucune peur dans sa voix, uniquement de l'objectivité.

— Oui, mais tu vas être trempée pour moi. Tu vas me prendre sans aucun problème, Ryleigh, je t'en donne ma parole.

Elle hocha la tête, comme si c'était tout ce dont elle avait besoin pour être rassurée. Elle le toucha de nouveau.

Tiny manqua encore une fois de jouir.

Elle caressa son gland avec son pouce, étalant l'humidité qu'elle lui avait déjà soutirée. Ensuite, elle le stupéfia en léchant son gland.

— Putain ! gronda Tiny, avant d'attraper la base de son sexe.

Ryleigh se redressa et leva les mains, paumes vers l'extérieur.

— Ça t'a fait mal ? demanda-t-elle.

— Non, c'était bon. Trop bon. J'ai failli jouir. Et je peux t'assurer que, pour ta première fois, tu n'as pas envie de recevoir une faciale.

— Vraiment ?

— Oui, vraiment. De toute façon, je ne suis pas fan de cette pratique. J'ai toujours trouvé ça dégradant. Certaines femmes adorent, mais on peut attraper une infection en recevant du sperme dans les yeux. En tout cas, j'ai lu que c'était arrivé à certaines stars du porno.

À sa grande surprise, Ryleigh s'esclaffa.

— En effet, ça n'a pas l'air d'être une bonne idée. Mais en fait, je me demandais si tu étais vraiment sur le point de jouir. Rien qu'en te léchant.

Tiny gémit à nouveau. Cette femme allait causer sa perte.

— Oui, chérie, rien qu'en me léchant. Tu n'as pas idée comme tu es sexy en ce moment. Agenouillée à mes côtés, à me dévorer du regard, tes seins suppliant ma bouche et mes doigts. Je peux même sentir le parfum de ton excitation. Alors oui, le fait que tu touches ma queue avec ta langue m'a presque fait jouir. Et toi ?

Il aimait que ses paroles impies semblent l'exciter encore plus. Elle se tortilla, et sous son regard, sa poitrine rougit d'un rose plus intense.

— Est-ce que ça te contrarie si je te dis que je n'ai pas adoré ?

— Pas du tout. Certains adorent, et d'autres pas. Ça ne fait aucune différence à mes yeux que tu n'aimes pas le goût.

— Et toi ?

— Moi, quoi ? Est-ce que j'aime ton goût ? Je ne sais pas. Pourquoi ne pas te toucher, puis me faire goûter ton doigt ?

Il la provoquait, Tiny le savait, n'empêche qu'il n'arrivait pas à s'arrêter. Il voulait la goûter plus qu'il ne voulait respirer. Il en mourait d'envie. Il voulait la dévorer. Il ne savait pas si Ryleigh serait assez courageuse pour obéir, mais il n'aurait pas dû en douter.

Elle passa la main entre ses jambes, et Tiny dut serrer son sexe plus fort.

— Mets-toi à genoux. Voilà. Comme ça. Mon Dieu, tu es

si belle. Touche-toi. Oh putain, c'est parfait. Introduis doucement ton doigt, chérie. Tu es mouillée ?

Elle retira son doigt, et Tiny le vit briller à la lumière.

— Oh oui, tu es mouillée. S'il te plaît, laisse-moi goûter, donne-moi ce doigt.

Elle se rassit et avança timidement la main. Tiny ne pouvait pas lâcher sa longueur, sinon il aurait immédiatement joui sur son ventre. Il saisit le poignet de Ryleigh avec son autre main et leva la tête avec impatience.

Il porta son index à sa bouche et son parfum fit pratiquement exploser ses papilles. Elle avait un goût divin. Il lécha et aspira son doigt, essayant de rendre ce geste aussi sensuel que possible.

Il dut réussir, car le regard de la jeune femme devint vitreux et sa respiration saccadée.

— Tiny..., supplia-t-elle.

— Pour info, j'*adore* ton goût. Mon Dieu, un vrai nectar. J'en veux plus. Je veux te lécher jusqu'à ce que tu jouisses sur mon visage. Ensuite, je veux recommencer et te faire jouir encore une fois.

Une fois de plus, Tiny ignorait d'où lui venaient ces propos salaces. D'habitude, il n'était pas comme ça. Il était plutôt du genre à ne pas se prendre la tête. Il s'assurait que sa partenaire était satisfaite, mais il ne parlait pas beaucoup. Avec Ryleigh, c'était différent. Parce qu'elle était faite pour lui et qu'il était fait pour elle.

— Tu as fini ? demanda-t-il.

— Fini ?

— D'explorer... pour l'instant. Tu pourras regarder et toucher autant que tu veux plus tard. Je ne tiens qu'à un fil, chérie. J'ai besoin que tu me donnes la permission de bouger. De te faire plaisir.

— Oui. Je t'en supplie. Touche-moi.

Ce fut tout ce que Tiny avait besoin d'entendre. Il l'avait allongée sur le dos avant même qu'ils n'aient eu le temps de reprendre leur souffle. La sensation de son corps sous le sien était ce qu'il avait attendu toute sa vie. Il ne ressentait pas le moindre doute.

— Au cas où j'oublierais de te le dire plus tard, merci.

— Pourquoi ?

— De m'avoir offert ton corps. De m'avoir fait confiance pour passer un bon moment. De m'avoir laissé être ton premier.

— Je t'en prie, dit Ryleigh timidement.

Tiny garda ensuite le silence. Il l'embrassa avant de déplacer ses lèvres vers son oreille. Puis son cou. Il inspira profondément, savourant l'odeur de son savon sur sa peau. Il continua sur sa poitrine et posa enfin sa bouche sur les seins qui le tourmentaient depuis qu'elle avait laissé tomber sa serviette.

Il allait la dévorer, un centimètre à la fois. Quand il aurait fini, elle délirerait de plaisir... et avec un peu de chance, la douleur de sa première fois ne serait pas insupportable.

16

_____

Ryleigh n'arrivait plus à réfléchir, seulement à ressentir. Elle s'était touchée auparavant, mais rien n'avait été aussi agréable que les mains et la bouche de Tiny sur sa peau. Il dévorait ses seins comme s'il était affamé et que son corps était un menu à lui tout seul. Elle sentait l'électricité descendre de sa poitrine à son entrejambe, et elle ne cessait de s'agiter sur le lit.

Elle avait besoin de quelque chose. Elle avait besoin *de plus.*

Comme si Tiny pouvait lire dans ses pensées, il descendit le long de son corps et écarta ses jambes pour faire de la place à ses épaules. Il attrapa un oreiller qu'il plaça sous les fesses de la jeune femme. Elle était entièrement exposée à lui, et cela la rendait un peu nerveuse.

Toutefois, lorsqu'il ouvrit la bouche pour réitérer des paroles viles, son embarras disparut et le désir se fit à nouveau ressentir.

— Regarde-toi, tu es tellement belle, chuchota Tiny, le regard fixé entre ses jambes. Et c'est à moi. *Rien qu'à moi.*

Certaines femmes auraient pu être agacées par l'appropriation et la possessivité qui émanait de sa voix. Or, Ryleigh ne put refouler son excitation.

Il caressa ses poils pubiens et la jeune femme remua sous lui.

Il lui sourit tout en continuant à chatouiller la petite bande de poils.

Ryleigh baissa la tête, puis la releva immédiatement lorsqu'elle sentit le souffle de Tiny contre une peau qui n'avait jamais vu la lumière du jour en présence d'une autre personne. Elle croisa son regard.

— Prends un autre oreiller et place-le sous ta tête, lui ordonna-t-il.

— Pourquoi ? s'enquit Ryleigh, les sourcils froncés.

— Pour que tu puisses observer ce que je fais sans te faire mal au cou. Tu viens de te détendre dans la baignoire, la dernière chose que je souhaite, c'est que tu te froisses un muscle.

Sa propre curiosité évidente aurait pu la mettre mal à l'aise, mais Ryleigh commençait à comprendre que sous la couette, Tiny ne ressentait *aucune* gêne. Elle aurait dû s'en rendre compte lorsqu'il avait léché son doigt, après qu'elle l'eut introduit dans son corps.

Comme elle était *vraiment* curieuse et qu'elle mourait d'envie de l'observer, elle s'exécuta et cala un oreiller sous sa tête. Elle était à présent surélevée et voyait tout ce qu'il faisait entre ses jambes, sans se fatiguer.

— Tu as déjà eu un orgasme ? interrogea-t-il en caressant avec tendresse son clitoris.

C'était agréable, néanmoins, la pression n'était pas assez forte pour la faire jouir.

— Bien sûr.

— Il n'y a pas de « bien sûr » qui tient. Certaines femmes ne sont pas à l'aise avec la masturbation.

Le terme fit rougir Ryleigh.

Tiny esquissa un sourire espiègle.

— Oh, on va tellement s'amuser.

Ensuite, il parut en avoir assez de parler. Il posa son regard entre les jambes de la jeune femme et sortit sa langue afin de lécher ses lèvres. C'était bon.

Il continua, encore et encore. Puis il écarta encore plus ses jambes, sans ménagement, et couvrit son clitoris avec sa bouche. Il releva son regard vers Ryleigh... et il la scruta tout en aspirant le faisceau de nerfs.

Ça, c'était bon. Tellement bon ! Les muscles de l'abdomen de Ryleigh se contractèrent et elle tenta de refermer ses jambes, en vain.

Tiny plaqua ses mains sur l'intérieur de ses cuisses et les maintint écartées.

Soudain, le regarder dans les yeux lui sembla trop intime. Ryleigh ferma les siens.

Il retira sa bouche.

— Non, regarde-moi. Je veux te voir basculer, atteindre l'orgasme pour la première fois grâce à ma bouche.

Elle en était incapable. Cependant, Tiny articula un « S'il te plaît » et Ryleigh se retrouva impuissante.

Elle rouvrit les yeux et verrouilla son regard sur celui de Tiny.

— Merci, souffla-t-il.

Il embrassa son clitoris avant de l'aspirer.

Cette fois, son contact ne fut pas délicat. Il suça avec force, au point de la forcer à décoller ses fesses du lit. Il sourit, sans se détacher de son sexe, concentré sur sa jouissance.

Ryleigh sentit à peine son doigt la pénétrer, mais lorsqu'elle resserra ses parois, elle ressentit une différence... comme si elle était gorgée.

— Tiny ! pantela-t-elle.

Il ne répondit pas. Il ne lâcha pas prise alors qu'elle se dérobait sous lui... sa langue lui faisait l'effet d'un vibromasseur contre son clitoris.

Elle sentit l'orgasme monter, toutefois, il était différent de tout ce qu'elle avait pu ressentir dans le passé. Plus imposant. C'en était presque effrayant, et elle voulait supplier Tiny d'arrêter. Mais dès que cette pensée traversa son esprit, elle l'écarta. Il ne laisserait rien lui arriver. Il la protégerait.

Elle avait pensé la même chose, quelques heures plus tôt, lorsqu'elle attendait son père. Elle avait eu peur aussi, mais le fait de savoir que Tiny était là, à veiller sur elle, lui avait donné le courage de maintenir le cap. Tout comme elle le faisait maintenant.

Ses sentiments s'intensifièrent, la dévorèrent, comme Tiny.

L'orgasme la surprit. Un instant, elle était presque désespérée, celui d'après, elle basculait vers l'extase. Elle n'avait jamais rien ressenti d'aussi bon de toute sa vie. Tous ses muscles étaient crispés et elle trembla tandis que le plaisir la submergeait. Pendant tout ce temps, elle garda son regard fixé sur celui de Tiny. C'était plus intime qu'elle n'aurait jamais pu l'imaginer. L'expérience n'en était que plus époustouflante.

Elle pensait que Tiny s'arrêterait une fois qu'elle aurait joui. Elle le sentit retirer son doigt, ce qui provoqua une nouvelle secousse de plaisir en elle, mais ensuite, il abaissa de nouveau la tête et lécha son sexe. Il ne cessa pas, il continua à la dévorer, comme s'il ne pouvait pas s'arrêter.

— Tiny ! cria-t-elle, à bout de souffle.

Pour toute réponse, il se contenta de grogner tout en continuant à lécher chaque goutte de plaisir qu'il lui avait arrachée. À la surprise de Ryleigh, elle sentit un autre orgasme monter. Le regarder, voir le plaisir qu'il prenait à la goûter, l'excitait au plus haut point. Il n'avait pas menti quand il avait dit qu'il aimait son goût.

Il dut sentir qu'elle était proche de l'orgasme, car il releva finalement la tête et avança sur le matelas. Ses épaules maintenaient toujours les jambes de Ryleigh écartées, et il approcha une de ses mains de son clitoris. Avec son pouce, il le frotta avec vigueur. Il passa son autre main entre ses jambes et introduisit un doigt en elle.

Ryleigh saisit son poignet.

— Tu as mal ? demanda-t-il avec douceur.

— Non, c'est juste que... je... je ne sais pas.

Ryleigh était incapable de décrire ce qui traversait son corps. Elle avait l'impression de vivre une expérience extracorporelle. Comme si c'était le corps de quelqu'un d'autre.

— Ressens, chérie, c'est tout ce que tu as à faire.

C'était là le problème. Elle ressentait trop de choses.

Il reprit ses va-et-vient avec son doigt. Le désir de Ryleigh se fit rapidement plus grand. Elle avait besoin de plus, mais elle ignorait ce dont elle avait besoin et envie.

Contrairement à Tiny. Il ajouta un doigt, et la légère douleur qui la traversa s'estompa presque aussitôt, laissant place au plaisir. Elle était comblée, et ses muscles se resserrèrent sur les doigts de Tiny, ce qui l'incita à caresser son clitoris avec plus de vigueur.

— C'est ça, Ryleigh. Tu t'étires autour de mes doigts comme tu vas t'étirer autour de ma queue. Tu vas me prendre profondément. Tu es trempée et tu as un goût délicieux. Je pourrais passer chaque nuit à te dévorer. Tu es tellement sensible et belle. Et à moi. Tout à moi.

Elle sourit, puis hoqueta lorsqu'il caressa son deuxième orifice avec son auriculaire.

— Ça te plaît ? demanda-t-il. L'anal, ce n'est pas mon truc, mais il y a une tonne de terminaisons nerveuses à ce niveau-là. Ferme les yeux et ressens.

Elle obéit aussitôt, heureuse de ce sursis. Des tourbillons de couleurs dansèrent derrière ses paupières alors qu'elle approchait de son deuxième orgasme de la nuit. Elle était en nage, brûlante, et s'efforçait d'atteindre le sommet une fois de plus.

— Tout va bien, chérie. Je ne te ferai que du bien.

Et il ne mentait pas. Ses doigts jouaient avec son corps comme d'un instrument inestimable. Un faible cri s'échappa de ses lèvres alors qu'elle accueillait un nouvel orgasme. Elle serra le poignet de Tiny aussi fort qu'elle le put, ses doigts toujours en elle. *Mais* ce n'était toujours pas suffisant. Elle se frotta à sa main, hors de contrôle, et le plaisir manqua de la faire tourner de l'œil.

Elle le sentit bouger entre ses jambes, cependant, elle n'avait ni l'énergie ni la capacité mentale à essayer de comprendre ce qu'il faisait.

— Ouvre les yeux. Regarde qui sera en toi. Regarde l'homme qui te fera sienne, tout comme tu le feras tien. Regarde-moi Ryleigh.

Elle obtempéra et avisa Tiny qui se tenait au-dessus d'elle. Ses yeux turquoise semblaient encore plus brillants que d'habitude. Elle sentit quelque chose entre ses jambes et baissa les yeux.

Il était niché entre ses genoux, son sexe reposant sur le sien. Or, quelque chose n'allait pas. Elle ne sentait pas sa chaleur. Et sa longueur était différente. Alors elle comprit...

— Tu as mis un préservatif, observa-t-elle.

— Oui.

— Mais je suis sous contraception, répliqua-t-elle,

confuse. La dame a dit que je pouvais avoir des rapports sans préservatif.

— Je te protège, chérie, précisa-t-il tendrement.

Ryleigh en avait assez d'être protégée. Elle voulait connaître la sexualité sauvage, déchaînée. Elle voulait ressentir Tiny pleinement.

— Non. Retire-le.

— Ryleigh, commença-t-il sur un ton conciliant.

— Non ! répéta-t-elle, avec plus de fermeté. Je veux tout de toi. Je ne veux aucune barrière.

— Je n'ai pas couché avec une femme depuis plus d'un an, mais je ne peux pas le prouver.

— Je te fais confiance, Tiny. Tu en as fait plus pour moi que n'importe qui dans ma vie. Je te fais entièrement confiance.

Puis quelque chose vint à l'esprit de la jeune femme.

— Oh... mais si tu ne *me* fais pas confiance, je comprends. Je veux dire, je...

Elle n'eut pas le temps de finir sa phrase que Tiny poussa un grognement et arracha le préservatif. Il se caressa plusieurs fois, jusqu'à ce qu'une perle humide se forme sur son gland. Il plongea son regard dans le sien et annonça :

— Dernière chance de faire machine arrière. Je l'ai déjà dit, mais je le répète. Une fois que je t'aurai pénétrée, c'est fini. Je suis à toi.

Ryleigh aimait sa façon de penser. Il n'avait pas réaffirmé qu'elle lui appartenait. Honnêtement, c'était un fait pour elle. Il avait préféré la prévenir que, s'ils faisaient l'amour, *il* serait à elle.

Ryleigh attrapa sa longueur et la plaça face à son sexe.

— Je suis prête.

— Regarde-moi. Encore une fois, ne regarde pas ailleurs.

Ça va sûrement être douloureux, mais je te promets que ça ira mieux après.

Ryleigh opina. Elle mentirait si elle disait qu'elle n'était pas nerveuse.

Cependant, Tiny ne fit pas durer l'attente. Il la pénétra lentement, mais sûrement.

Elle sentit un pincement, puis elle haleta tandis qu'il continuait à avancer. C'était douloureux, en effet. *Très* douloureux. Les larmes lui montèrent aux yeux, néanmoins, elle fit ce que Tiny lui avait demandé et garda ses yeux rivés sur lui.

— C'est bon, c'est terminé. J'y suis. Respire, Ryleigh. Je ne bouge pas. Tout va bien.

Elle avait envie de le repousser. Il était grand et large. Gigantesque. Elle avait l'impression d'être déchirée en deux. Un petit gémissement s'échappa de ses lèvres.

— Je sais, je suis désolé. Mon Dieu, je suis vraiment désolé. Attends un peu. Si c'est encore douloureux, je me retirerai et on arrêtera pour l'instant. Mais je te promets que tu n'auras plus aussi mal.

Tandis qu'il parlait, la douleur s'estompait. Elle ne disparut pas, au lieu de cela, elle se transforma en un désir lancinant.

Tiny bougea avec précaution, s'appuyant sur une main au-dessus de la tête de la jeune femme. Alors, il glissa l'autre entre leurs corps. Sans un mot, il caressa délicatement son clitoris. Ryleigh fut soulagée lorsque le plaisir commença à prendre le pas sur la douleur.

— C'est mieux ? interrogea-t-il.

Ryleigh était incapable de parler, seulement de hocher la tête.

— Tant mieux. Cet orgasme ne sera sûrement pas aussi

intense que les deux autres, mais ça va t'aider à te détendre. Voilà, comme ça.

À chaque caresse sur son clitoris, Ryleigh sentait ses muscles intérieurs – auparavant crispés au maximum, comme si cela pouvait l'empêcher d'aller plus loin – se détendre de plus en plus. Et à mesure qu'ils se relâchaient, la longueur de Tiny commençait à devenir appréciable. C'était mieux que ses doigts, plus substantiel.

La respiration de Ryleigh accéléra. Elle était consciente qu'elle enfonçait ses ongles dans les biceps de Tiny, toutefois, elle n'arrivait pas à le lâcher.

— Mon Dieu, tu n'imagines pas combien c'est bon. Tu es si chaude, si serrée. Je n'ai jamais rien ressenti d'aussi agréable que d'être en toi. Je vais me rattraper. La prochaine fois, ça ne te fera pas mal. Je le jure. Tu ne ressentiras que du plaisir. Je te sens palpiter autour de ma queue. C'est comme si tu me caressais de l'intérieur. Jouis pour moi, Ryleigh. Une dernière fois, ensuite, tu pourras te reposer.

Elle rêvait de se reposer. Mais l'orgasme à portée de main lui parut plus important. Elle tenta de pousser ses hanches vers Tiny. C'était bon. *Vraiment* bon. Elle en voulait plus.

Cependant, Tiny refusa de bouger.

— Non, reste comme ça. Je sais que tu as envie de bouger, mais je ne veux pas te faire mal. Tu peux avoir un orgasme dans cette position, je le sais. Vas-y, Ryleigh, jouis pour moi. Jouis sur ma queue. Gorge-moi de ton jus. Je veux le sentir sur moi. Réclame ce qui t'appartient.

Ryleigh n'eut pas besoin d'en entendre plus. L'idée que Tiny lui fasse suffisamment confiance pour lui faire l'amour sans préservatif la fit basculer vers l'extase une fois de plus. Il avait raison, l'orgasme n'était pas aussi intense que les deux dernières fois, mais avec une pénétration aussi profonde, c'était très différent. Elle s'agrippa fermement à son sexe pendant qu'elle jouissait.

Puis, à sa grande surprise, il s'effondra sur ses coudes et gémit dans son oreille. Elle resta déconcertée pendant une seconde. Avait-il joui ? Non, c'était impossible. Il n'avait pas du tout bougé en elle. Les hommes ne doivent-ils pas bouger pour avoir un orgasme ? Elle se sentit bête de ne pas le savoir. Elle se souvenait seulement de ce qu'elle avait vu dans les films et lu dans les livres. Dans tous les cas, le partenaire masculin avait besoin d'une stimulation pour jouir.

Après quelques minutes, Tiny releva la tête et lui adressa un sourire ironique.

— Est-ce que tu as... c'était bien ? interrogea-t-elle.

— Bien ? Je n'ai jamais joui aussi fort de ma vie, répondit Tiny.

Une goutte de sueur roulait le long de sa tempe, et Ryleigh était fascinée par le signe de son effort.

— Mais tu n'as pas... Je croyais que les hommes devaient bouger pour jouir.

— Moi aussi, confirma Tiny en riant.

— Je suis carrément confuse.

— Chérie, j'étais sur la corde raide avant même de te pénétrer. Te sentir jouir autour de ma queue sans préservatif ? Je n'ai *jamais* ressenti ça auparavant. Jamais. J'ai toujours porté un préservatif. J'ai repris un peu le contrôle après avoir vu combien tu souffrais, mais le fait de te sentir palpiter autour de moi... ensuite, tu as serré les muscles au moment où tu as joui, et ça m'a arraché mon orgasme. Je n'ai pas eu *besoin* de bouger, le plaisir que j'ai ressenti en étant simplement en toi était suffisant.

Il esquissa un sourire en coin et caressa du bout du doigt le nez de Ryleigh, qui le regardait, bouche bée.

— C'est trop mignon quand tu rougis, commenta-t-il.

Ryleigh bougea et se rendit compte que Tiny était toujours en elle. Elle crispa ses parois et il gémit.

— *Putain*, c'est bon.

— Quoi ? Ça ? s'enquit-elle en réitérant le mouvement.

— Oui ! Ça, acquiesça-t-il, avant de se retirer.

Ryleigh ne put s'empêcher de gémir.

— Je sais, chérie. Laisse-moi une minute. Ne bouge pas.

Ryleigh observa Tiny bondir hors du lit – super sexy, les fesses à l'air – et se diriger vers la salle de bain. Il revint un instant plus tard avec une serviette humide. Elle voulut lui prendre des mains, mais il secoua la tête et remonta sur le lit.

Avec douceur, il essuya l'entrejambe de la jeune femme. Cette dernière baissa le regard et aperçut une traînée rouge.

— Tu sais, je n'ai jamais vraiment réfléchi à ce que vit une femme lorsqu'elle fait l'amour pour la première fois. Mais maintenant, je comprends pourquoi les hommes d'autrefois accrochaient les draps ensanglantés à leurs fenêtres. J'ai envie de me frapper le torse et de déclarer au monde entier que tu es à moi. Que tu m'as choisi pour ta première fois. C'est un honneur, chérie. Je n'oublierai jamais ce moment.

— Ce n'est qu'un peu de sang, nota Ryleigh.

— Non, c'est la preuve de la confiance que tu m'accordes : tu savais que je ne te ferais pas plus de mal que nécessaire, tu m'as laissé te pénétrer sans préservatif, tu m'as offert quelque chose que tu as gardé pendant trente-et-un ans.

Elle ignorait quoi répondre. Puis elle se souvint de son expression lorsqu'il avait pris conscience de sa douleur. Il avait eu l'air terrifié, toutefois, il n'avait pas paniqué. Il avait immédiatement fait ce qu'il pouvait pour atténuer son malaise en restant absolument immobile. En lui donnant du plaisir pour qu'elle puisse surmonter la douleur. Elle n'aurait pas pu choisir un meilleur homme à qui offrir sa virginité. C'est pour cela qu'elle avait attendu. Pour la lui donner. À Tiny.

Une fois qu'il eut fini de nettoyer leurs orgasmes entre les jambes de la jeune femme, il ramena la serviette dans la salle de bain. Lorsqu'il revint vers le lit, elle remarqua qu'il ne s'était pas nettoyé. Son sexe était flasque, mais elle voyait bien les petites traces de son sang dessus, ainsi que les traces de leurs orgasmes.

Ce n'est que lorsqu'il les eut installés sur le matelas, dans leurs positions habituelles, qu'elle trouva le courage de dire :

— Tu ne vas pas être gêné ? Avec ce... truc qui sèche sur ta peau ?

Tiny s'esclaffa.

— Peut-être, mais je m'en moque. Je te veux sur moi. Je n'aime pas le sang, mais comme c'est la preuve que je t'appartiens, ça ira pour une nuit.

— C'est un peu dégoûtant, murmura Ryleigh.

— Tu veux que je me nettoie ? proposa-t-il.

Il avait relevé la tête et ses muscles étaient tendus comme s'il s'apprêtait à quitter le lit une fois de plus.

— Non ! Enfin, si tu n'en as pas envie. Je veux juste que tu sois bien.

— Ton parfum sur ma peau, mon savon sur ton corps, te serrer dans mes bras... je suis bien.

— D'accord.

— D'accord, convint-il.

Ils restèrent silencieux un moment, avant que Ryleigh ne demande timidement :

— La prochaine fois... tu vas quand même bouger, pas vrai ?

Tiny rit.

— Aucune idée. Je perds tout contrôle quand il est question de toi. Tu penses que ça te plairait ?

— Euh, oui. J'ai aimé la sensation à la fin, mais je pense que si tu bougeais, ce serait encore mieux.

Tiny gémit et s'agita à côté d'elle. L'effet qu'elle avait sur lui, l'excitation qu'elle lui procurait, fit sourire Ryleigh.

— Qu'est-ce que tu veux essayer d'autre ?

— Essayer ?

— Oui, au lit.

— Tout ?

— Tu vas devoir être plus précise. Je sais que ça t'a plu quand j'ai touché ton anus, et comme je l'ai dit, l'anal, ce n'est pas mon truc, mais si tu veux essayer, on peut. Pas tout de suite, par contre. Il va falloir un peu de temps pour t'y préparer.

— Je ne pense pas... mais j'ai aimé que tu me touches à cet endroit.

— Moi aussi.

— Et je veux te faire une fellation. Et peut-être que tu pourrais me prendre par-derrière ? J'ai entendu dire que c'était génial.

— Tu me tues, chérie. On essaiera tout ce que tu veux. Ne sois pas gênée de demander. Entre nous, dans ce lit, rien n'est interdit. D'accord ?

— D'accord, accepta-t-elle avec un sourire.

Pour être honnête, elle était soulagée que sa première fois soit derrière elle. Elle avait l'impression d'avoir une énorme *chose* au-dessus de la tête. Et maintenant qu'elle n'était plus là, elle était... libre.

Son père était derrière les barreaux, le Refuge était hors

de danger et elle était libre d'être qui elle était. Elle pouvait être cette personne avec Tiny. Elle n'avait jamais été aussi heureuse.

17

Près d'une semaine plus tard, le Refuge était en pleine effervescence. Même s'il n'y avait pas d'invités, il y avait encore du monde sur la propriété. Maintenant que Harold Lodge était derrière les barreaux et que la menace qui pesait sur leurs moyens de subsistance avait disparu, tout le monde se lançait dans les préparatifs du mariage d'Alaska et de Brick.

Pour Tiny, le couple était la pierre angulaire de ces lieux. Ceux qui avaient permis au reste des propriétaires de se rendre compte que l'amour était possible. Après que le père de Ryleigh eut annulé un mois entier de réservations, juste pour jouer les salauds, ils avaient reprogrammé la plupart des séjours. Toutefois, ils avaient gardé une semaine libre et pris la décision d'organiser une sacrée fête ce week-end pour le couple.

Tiny et les autres gars avaient également discuté et décidé que, puisqu'il n'y avait pas d'invités, ils voulaient servir de l'alcool à la réception. Pas assez pour que tout le monde soit complètement ivre, mais juste ce qu'il fallait pour que ceux qui le souhaitaient puissent boire un verre de vin ou deux, ou une bière, et bien sûr, porter un toast au bonheur des mariés avec une coupe de champagne.

L'ambiance au Refuge était à l'exaltation. Les membres du personnel étaient heureux de pouvoir se détendre avant de se remettre au travail avec les clients. Et tous les amis de Brick et d'Alaska avaient été encouragés à inviter qui ils voulaient au mariage.

Henley avait demandé à son ancienne voisine, Cheri Singleton, et à sa fille de venir d'Albuquerque. Jasna avait été autorisée à inviter Sharyn, une amie qu'elle s'était faite au camp d'arts plastiques, et sa mère. Reese avait bien sûr invité son frère Jack – également connu sous le nom de Woody – et sa nouvelle femme, Isabella. Maisy avait invité la cuisinière de son ancienne maison, Paige, qui avait été une mère pour elle. La mère de Brick serait présente ; et Tonka avait demandé s'il pouvait inviter son ancien coéquipier, Raiden, et sa femme, Khloe. Ils voyageaient au Nouveau-Mexique depuis la petite ville de Fallport, en Virginie.

Quant à Tiny, il avait invité quelqu'un qu'il n'avait rencontré que deux fois, mais avec qui il avait beaucoup discuté par téléphone et par email : Matthew Steele, connu sous le nom de Wolf, et sa femme, Caroline. Wolf était un vétéran des SEAL, renommé dans le milieu de la marine. Sa femme et lui avaient vécu leur propre enfer, et Tiny avait hâte qu'elle rencontre Ryleigh. D'après ce qu'il savait des deux femmes, elles se ressemblaient. Elles étaient douces, attentionnées, et fortes quand les choses tournaient mal.

La plupart des invités étaient déjà arrivés et prenaient du bon temps. Brick et Alaska méritaient cette grande fête pour leur mariage. Robert se surpassait dans la cuisine, préparant un festin, tandis que Stone et Owl offraient des excursions aériennes à leurs amis et à leurs familles.

Cora et Pipe avaient également eu fort à faire avec leurs

enfants adoptifs. Joyce, Kason, Shannon et Max étaient arrivés deux jours auparavant et cherchaient encore leurs marques au Refuge. Ils semblaient être de gentils gamins, malgré leur incertitude et leur timidité, ce qui, espérons-le, s'estomperait lorsqu'ils comprendraient qu'ils ne seraient pas séparés. Jasna était dans la même classe que Kason, et cela aidait qu'ils se connaissent.

Tiny, de son côté, avait été occupé… avec Ryleigh. Après avoir pris quelques jours pour se remettre de sa première fois, elle était devenue insatiable. Presque désespérée de découvrir tout ce qu'elle avait manqué en matière de sexe, et Tiny était plus qu'heureux de satisfaire sa curiosité. Elle était la partenaire idéale, aussi bien dans la chambre à coucher qu'en dehors.

Elle lui laissait de l'espace pour faire ce qu'il aimait, comme des randonnées avec leurs amis, mais s'assurait qu'il sache combien il lui avait manqué lorsqu'ils se retrouvaient. Elle avait également été très occupée : elle gardait les bébés de Reese et Henley, s'occupait de Jasna après l'école, s'assurait que les chalets étaient prêts pour l'arrivée de tout le monde et, d'une manière générale, mettait la main à la pâte chaque fois que l'on avait besoin d'elle.

Néanmoins, lorsqu'ils rentraient à leur chalet à la fin de la journée, elle accordait toute son attention à Tiny. Ils faisaient l'amour jusque tard dans la nuit, et elle avait été ravie d'apprendre qu'il avait eu raison. Leurs rapports n'étaient plus douloureux depuis cette première fois. Bien sûr, Tiny s'assurait qu'elle était mouillée avant qu'il la pénètre. Ils avaient déjà pratiqué toutes les positions que Tiny connaissait, et d'autres dont il n'avait jamais entendu parler. Mais comme Ryleigh était maître dans l'art de l'informatique, elle avait déniché quelques trucs coquins que Tiny était ravi de mettre à l'essai. Certaines positions avaient fonctionné, d'autres non, mais rire de leurs ébats était un plus, ce que Tiny n'avait jamais expérimenté auparavant.

Il l'aimait. À tel point que c'en était presque effrayant.

Ryleigh essayait de cacher ses inquiétudes persistantes au sujet de son père, en vain. Tiny ne lui reprochait pas les quelques heures qu'elle passait le matin à chercher avec obsession sur le web des signes indiquant qu'Harold avait laissé derrière lui des surprises de dernière minute. Cependant, près d'une semaine après sa mise en détention, elle n'avait toujours rien trouvé. Ce qui était un soulagement pour tout le monde.

Ils venaient de terminer de nouveaux préparatifs pour le mariage et étaient de retour dans leur chalet. Ils préparaient un déjeuner en vitesse. Wolf et Caroline arriveraient d'ici une heure, et Tiny avait hâte de les présenter à Ryleigh. Il lui en avait déjà parlé, mais Tex l'avait contactée lorsqu'il avait appris que le couple viendrait au Refuge, et il en avait dit encore plus à Ryleigh. Tout le monde avait été un peu déçu que Tex ne puisse pas venir, mais ils avaient été compréhensifs. L'une de ses filles avait un récital de danse qu'il ne voulait pas manquer. La famille d'abord, toujours.

— Et s'ils ne m'aiment pas ? s'enquit Ryleigh avec nervosité.

— Ils vont t'adorer, la rassura Tiny.

Elle leva les yeux au ciel.

— Je pense que tu n'es pas objectif.

Tiny s'esclaffa.

— Peut-être, mais je n'ai pas tort. Tout le monde t'adore, chérie.

Le doute qui se lisait sur le visage de la jeune femme lui déplut, tout comme le fait qu'elle détourne le regard.

Il se plaça devant elle, ne lui laissant pas d'autre choix que de le regarder.

— C'est vrai, insista-t-il. Le jour de ton arrivée, Jess et Carly te mangeaient dans la main. Tu as convaincu Alaska lors de ton entretien, et non, n'essaie même pas de me dire que tu as réussi à faire changer Alaska d'avis grâce à tes compétences en informatique. Tu as peut-être décroché cet entretien derrière ton écran, mais tu as obtenu le poste par tes propres moyens. Les gars te respectent et t'aiment tous, et ne crois pas que je n'ai pas remarqué ce lien entre Jasna et toi.

Les yeux de Ryleigh s'embuèrent de larmes, mais Tiny continua.

— Tu sais que j'ai essayé de ne *pas* t'aimer... et j'ai radicalement échoué. Même quand j'essayais de me convaincre que tu étais ici avec de mauvaises intentions, je n'arrivais pas à garder mes distances. Je n'ai pas eu *besoin* que tu emménages ici pour garder un œil sur toi. J'aurais pu le faire d'une douzaine de façons différentes... mais je te *voulais* ici. Sous mon toit. Même quand j'étais en colère contre toi, il y avait quelque chose en toi auquel je ne pouvais pas résister. Je ne voulais pas y résister.

— Une douzaine de façons différentes ? répéta-t-elle en reniflant. Du genre ?

Les lèvres de Tiny tressaillirent.

— Je ne sais pas, mais j'aurais pu trouver quelque chose. Ce que je veux dire... c'est que Caroline et Wolf vont t'adorer. Avec la chance que j'ai, ils vont sûrement essayer de te faire déménager en Californie pour qu'ils puissent te voir plus souvent. Ils t'arrangeront un rendez-vous avec l'un des SEAL avec qui ils travaillent là-bas – ce qui est hors de question, d'ailleurs. J'espère que ça ne te gêne pas, mais ils connaissent l'essentiel de ton histoire, pour quelle raison tu es ici, qui est ton père. Wolf était furieux, tout comme Caroline. Ils vont t'adorer, chérie. Tu dois juste être toi-même.

Elle avait toujours l'air sceptique, alors Tiny prit une décision.

Il posa la cuillère qu'il utilisait pour mélanger la salade de thon et posa ses mains sur les épaules de la jeune femme. Il la poussa en arrière jusqu'à ce qu'elle soit adossée au plan de travail.

— Monte dessus, lui ordonna-t-il.

— Pourquoi ?

— Parce que. J'ai envie de te dévorer, et ensuite de te prendre par-derrière, ici même, dans notre cuisine.

En un clin d'œil, leur conversation sérieuse fut oubliée et l'impatience emplit l'atmosphère.

— J'ai une meilleure idée. Pourquoi est-ce que *tu* ne reculerais pas pour que je te suce ? Chaque fois que j'ai essayé, tu t'es impatienté et tu ne m'as pas laissé finir.

Imaginer sa bouche autour de son sexe intensifia son érection. Ryleigh avait peut-être été vierge une semaine auparavant, mais elle avait clairement rattrapé le temps perdu en un rien de temps.

— Tu es sûre ? demanda-t-il.

Pour toute réponse, elle saisit sa ceinture. Tiny recula comme elle l'avait demandé et l'observa se mettre à genoux devant lui. Elle baissa son pantalon et son boxer en même temps.

La voir tout habillée, agenouillée à ses pieds, rendait son érection douloureuse. Et lorsqu'elle prit sa longueur dans sa main et ouvrit la bouche, il dut se retenir de ne pas la soulever et la prendre ici même. Mais c'était ce qu'elle désirait, et il lui avait déjà refusé plus d'une fois. Non pas parce qu'il n'en avait pas envie, mais parce qu'il ne pensait pas avoir assez de retenue pour la laisser l'explorer très longtemps.

Il pensa qu'être dans une cuisine ensoleillée, en plein milieu de la journée, l'aiderait à garder le contrôle.

Il se trompait.

Voir et sentir la bouche et les doigts de Ryleigh sur son sexe... c'était trop intense. Elle n'était pas douée, ses mouvements étaient négligés, non coordonnés, alors qu'elle cherchait son rythme, toutefois, son enthousiasme à lui seul rendait ce moment érotique.

Pourtant, Tiny pensait pouvoir se maîtriser... jusqu'à ce qu'elle le prenne profondément dans sa bouche et qu'elle gémisse. Les réverbérations vibrèrent le long de sa verge, comme jamais fait auparavant. C'était trop.

Il repoussa Ryleigh et la fit pivoter, avant de la pousser avec une force contenue vers la table.

Il abaissa son legging et sa culotte, plus que reconnaissant de ne pas avoir à se battre avec une ceinture ou une Fermeture éclair, puis il pressa le buste de la jeune femme vers le bas. Il avait fantasmé sur ce moment plus d'une fois : la prendre par-derrière à la table même où elle avait passé tant d'heures à jouer avec son ordinateur. Le sexe de Tiny était humide d'impatience, tandis qu'il s'assurait avec sa main qu'elle pouvait l'accueillir sans douleur. Il ne voulait plus jamais la voir tressaillir comme lorsqu'il l'avait pénétrée la première fois.

— Vas-y ! lui intima Ryleigh.

Sa joue était posée contre la table et elle s'agrippait aux bords des deux mains, tandis qu'il torturait son sexe.

Tiny n'avait pas de mots. Il aligna son sexe à son entrée et la pénétra d'un seul coup.

Ils gémirent tous deux d'extase. Après cela, leurs ébats furent vigoureux et rapides. Ryleigh l'encourageait et se cramponnait à la table pendant qu'il allait et venait comme un fou. Les fesses de la jeune femme rebondissaient à chacun de ses coups de reins, et il n'avait jamais rien connu d'aussi bon.

Des rais colorés explosèrent derrière ses paupières closes tandis qu'il luttait éperdument contre son orgasme. Il voulait, il avait *besoin* qu'elle jouisse en premier. D'une main, il chercha son clitoris. Il sentit son sexe contre ses lèvres humides pendant qu'il la caressait.

Ryleigh venait à sa rencontre à chaque coup de reins, elle ne se contentait pas de rester allongée et de prendre ce qu'il lui donnait.

— Jouis, Ryleigh. *Maintenant.*

Elle ne jouit pas sur-le-champ, ce qui obligea Tiny à retenir son orgasme encore plus longtemps. Mais très vite, il sentit les parois de Ryleigh vibrer autour de sa longueur. Aussitôt, elle l'agrippa avec tant de force qu'il en eut presque mal.

Tiny se planta aussi profondément que possible, ce qui lui parut plus profond que d'habitude dans cette position, et se laissa aller tandis que les muscles de Ryleigh continuaient à trembler autour de lui.

Il vit des étoiles, puis aurait juré que sa vision s'était obscurcie pendant un moment. Lorsqu'il revint à lui, il se rendit compte qu'il était sûrement en train d'écraser Ryleigh, plaqué sur son dos. Il se redressa et s'aperçut que ses bras tremblaient.

— Nom d'un chien, marmonna-t-il. J'en suis tout retourné.

— C'est moi qui dis ça d'habitude, haleta-t-elle.

Tiny se retira et Ryleigh fit volte-face, se jetant presque à son cou. Il l'attrapa et la serra contre lui. Il rit intérieurement de l'image qu'ils devaient donner : pantalons et sous-vêtements sur les chevilles, retenus par leurs chaussures.

— J'ai envie de dire quelque chose, mais je ne veux pas que tu paniques, lança-t-il.

Ryleigh eut un mouvement de recul et leva son regard interrogateur vers Tiny.

— Je t'aime, lâcha-t-il. Tu n'es pas obligée de le dire, mais j'espère que tu me donneras une chance de prouver que mon comportement de salaud est derrière moi, et que je peux être un homme en qui tu as confiance et que tu aimes en retour. Je n'ai jamais pensé que j'éprouverais à nouveau ces sentiments, pas après ce que mon ex a fait. Mais je n'ai jamais eu peur de m'endormir à tes côtés. En fait, je crois que je ne suis plus capable de dormir sans toi. Tu m'as ruiné pour toute autre femme, et je veux passer le reste de ma vie à tes côtés. Je ne te dis pas tout ça pour te mettre la pression. J'avais juste besoin que tu le saches.

Les yeux de Ryleigh étaient écarquillés et ses doigts enfoncés dans ses biceps.

— Ryleigh ? Est-ce que tu paniques ?

— Oui. Non. Peut-être ?

Tiny s'esclaffa.

— Désolé. Ce n'est sûrement pas le meilleur moment, hein ? On va te nettoyer et finir de préparer notre déjeuner. Ensuite, on ira retrouver Wolf et Caroline au pavillon. Ce soir, on mangera tous là-bas, en guise de dîner de répétition et pour que tout le monde puisse être présent.

Tiny bafouillait, et il le savait, néanmoins, il ne voulait pas que Ryleigh se sente gênée par sa confession.

Elle plaqua une main sur sa bouche.

— Je suis au courant pour le dîner, l'interrompit-elle. J'ai aidé à l'organiser, tu te souviens ?

La jeune femme ne lui laissa pas le temps de répondre, et puisqu'elle avait une main sur sa bouche, il ne pouvait pas parler, de toute façon.

— Moi aussi, je t'aime, souffla-t-elle, les joues rouges. Depuis un bon moment.

Tiny saisit la main de Ryleigh et l'arracha de sa bouche.

— Ne le dis pas si tu ne le penses pas. Je ne pourrais pas le supporter si tu le disais pour ensuite retirer ce que tu as dit.

— Ça n'arrivera pas, susurra-t-elle.

— Bordel, j'ai encore envie de toi, répliqua-t-il avec une moue.

Ryleigh éclata de rire.

Tiny *adorait* ce son. Elle n'avait pas eu assez d'occasions de rire, d'être insouciante depuis qu'elle était ici. Il se promit mentalement d'y remédier.

— Tu ne m'as pas laissée finir ma fellation, lui rappela-t-elle, d'un ton faussement agacé.

— Désolé, mais à la seconde où tu me touches, je perds le contrôle.

— Si tu le dis, souffla-t-elle en levant les yeux au ciel.

— Allez, ramène tes magnifiques fesses jusqu'à l'évier, que je puisse nous nettoyer.

Cela la fit rire à nouveau. Elle laissa Tiny s'accrocher à elle tandis qu'ils se dirigeaient tous les deux vers l'évier. Ce fut au tour de Tiny de s'agenouiller à ses pieds pendant qu'il passait une serviette en papier mouillée à l'intérieur de ses cuisses, essuyant le sperme qui s'était échappé. Il n'avait jamais fait cela pour une femme auparavant – il n'en avait pas eu besoin, puisqu'il avait toujours porté des préservatifs – mais il trouvait cela tellement intime et extrêmement érotique, de voir leurs plaisirs combinés sur sa peau.

Il aimait aussi le léger rougissement de ses joues lorsqu'il prenait soin d'elle. C'était une raison de plus pour laquelle il s'était juré de toujours faire en sorte que cette femme sache combien elle lui était précieuse.

Ensuite, ils se rhabillèrent et finirent de préparer le déjeuner. S'asseoir à la table sur laquelle il venait de la baiser était difficile et lui donnait envie de recommencer sur-le-champ, mais il se promit de le faire dès que possible. L'image de Ryleigh penchée sur la table, pendant qu'il la prenait par-derrière, combinée à l'image de Ryleigh penchée sur son ordinateur portable, l'excitait beaucoup trop. C'était une geek... mais c'était *sa* geek super sexy à lui.

— À quoi penses-tu ? l'interrogea-t-elle à la fin du repas.

— Je me demandais, si je t'achetais une paire de lunettes à monture noire de bibliothécaire, les porterais-tu pendant que je te baiserais sur cette table ?

L'amour qu'il lui portait grandit quand, au lieu de le traiter de malade ou de pervers, elle leva les yeux au ciel et gloussa.

— Je dois prendre ça pour un oui ? insista-t-il, soudain désespéré de voir son fantasme se réaliser.

Elle haussa les épaules.

— Oui.

Tiny dut replacer son sexe dans son jean soudain trop serré.

— Tu es vraiment bizarre, dit-elle, lisant dans ses pensées.

Toutefois, comme elle souriait en le disant, Tiny ne s'en offusqua pas. D'ailleurs, il ne pensait pas pouvoir s'offusquer par quoi que ce soit qui sortait de la bouche de la jeune femme.

— Ouaip, acquiesça-t-il, avant de retrouver son sérieux. Tu le pensais ? Tu ne l'as pas dit, parce que je l'ai dit ?

Il ignorait d'où sortait cette incertitude.

— Et toi ? rétorqua-t-elle, mal à l'aise.

C'était inconcevable.

— Oui, je ne l'ai jamais autant pensé de toute ma vie. Je t'aime, Ryleigh. Pour toujours.

— Je t'aime aussi.

Entendre ces mots pour la deuxième fois apaisa quelque chose en Tiny, quelque chose dont il ignorait le besoin d'apaisement.

Ils partagèrent un sourire. Il n'avait qu'une envie : l'emmener dans leur chambre et lui faire l'amour lentement et longuement. Il ne voulait pas d'un coup rapide comme à l'instant sur la table.

Comme si elle pouvait lire dans ses pensées, elle déclara :

— On devrait aller retrouver tes amis.

— En effet, convint-il, en soupirant.

Ils nettoyèrent la cuisine et marchèrent jusqu'au pavillon vingt minutes plus tard. Tiny vit aussitôt Wolf et sa femme et se dirigea vers eux.

Wolf était plus grand que Tiny de quelques centimètres, et plus âgé d'une dizaine d'années. Ses cheveux étaient gris au niveau des tempes, et même s'il était grand et musclé, quiconque le regardait s'imaginait un comptable d'âge moyen ou quelque chose du genre. Cependant, Tiny savait bien que ce n'était pas le cas. Cet homme était peut-être un vétéran de la marine, mais il restait un SEAL jusqu'à la moelle.

Comme s'il avait senti que Tiny le regardait, Wolf se retourna et un sourire se dessina sur son visage. Il se pencha et dit quelque chose à la femme qui se tenait à côté de lui. Celle-ci pivota également dans leur direction. Wolf se dirigea alors vers Tiny à grandes enjambées.

Il tendit une main vers son ami, qui la serra, puis Wolf attira Tiny dans une accolade et lui frappa le dos.

— Ça fait plaisir de te revoir, commença Wolf.

— Idem, le salua Tiny.

Les deux hommes s'étaient immédiatement entendus lors de leur première rencontre.

À côté de son mari, Caroline sourit à Tiny. Wolf passa son bras autour de ses épaules et attira sa femme contre lui. Elle mesurait presque une tête de moins que son mari, mais semblait faite pour lui. Ses cheveux châtain clair étaient détachés et elle ne semblait pas porter de maquillage. Son jean et son chemisier étaient décontractés. Lorsqu'elle leva les yeux vers Wolf, ses yeux s'animèrent et elle sembla rayonner de l'intérieur. C'était une femme profondément aimée et qui était épanouie grâce à cet amour.

— Je te présente ma femme, Ice.

Caroline lui donna une petite tape sur le torse et secoua la tête en signe d'exaspération.

— Caroline. Je m'appelle Caroline. Je suis ravie de te rencontrer, Tiny. Et toi aussi, Ryleigh. C'est Ryleigh, n'est-ce pas ?

— Tout le monde m'appelle Ry, répondit l'intéressée.

— Ry, alors.

— Vous avez eu l'occasion de visiter ? demanda Tiny.

— On vient d'arriver, donc non, répondit Wolf.

— Je serais ravi de vous faire visiter les lieux, proposa Ryleigh.

Malgré sa nervosité à l'idée de rencontrer le couple, Ryleigh semblait tout à fait à l'aise, et Tiny était si fière d'elle. Elle pouvait penser qu'elle n'était pas sociable, ou qu'elle ne se faisait pas facilement des amis, mais ce n'était pas du tout le cas.

— Avec plaisir ! accepta Caroline. Matthew, va voir les gars. Je vais avec Ry. Elle va me faire visiter.

— Bonne idée. Je ramènerai nos affaires au chalet plus tard, indiqua Wolf.

— Je suis certain qu'elles y sont déjà, commenta Tiny.

— Et je vais montrer à Caroline dans quel chalet ils vont loger, ajouta Ryleigh.

— Vous menez votre monde à la baguette, observa Wolf avec un rictus.

— Carrément, reconnut Tiny.

Wolf inclina la tête vers sa femme et lui parla à voix basse. Tiny en profita pour faire un pas de côté avec Ryleigh.

— Ça va ? interrogea-t-il.

— Oui.

— Je t'avais dit que vous deviendriez vite amies, ne put-il s'empêcher de dire.

Ryleigh leva les yeux au ciel.

— Je la connais depuis deux secondes. Ça reste à voir.

— Non. C'est décidé. Vous êtes les meilleures amies. Je ne serais pas surpris qu'elle t'invite à venir visiter Riverton avant la fin de la soirée.

Au lieu de lever les yeux au ciel une nouvelle fois, Ryleigh murmura :

— Cet endroit ne cesse de me surprendre. D'habitude, les gens ne m'aiment pas d'emblée quand ils me rencontrent.

Cela rendait Tiny fou.

— C'est que tu as simplement rencontré les mauvaises personnes.

Elle réfléchit à sa réponse un instant.

— Tu as sûrement raison.

Tiny l'embrassa sur le front et lui serra la main.

— Amuse-toi bien, mais fais attention.

— Promis.

— On se retrouve ici dans une heure ? C'est suffisant ?

— Oui. Le Refuge n'est pas *si* grand que ça, plaisanta-t-elle.

— Entendu.

Tiny serra sa main une dernière fois alors qu'ils revenaient vers Wolf et Caroline.

— Prête ? demanda Ryleigh à cette dernière.

— Absolument. J'ai hâte de visiter les lieux. Je n'arrivais pas à y croire quand Wolf m'a annoncé qu'on allait venir. Je n'ai entendu que du bien. La vache s'appelle vraiment Melba ?

Caroline et Ryleigh partirent vers la cuisine, côte à côte. La vue fit sourire Tiny. Il en oublia presque où il se trouvait pendant une minute... parce qu'il fixait les fesses de sa petite amie, se les rappelant nues pendant qu'il la prenait par derrière moins d'une heure plus tôt.

Wolf se racla la gorge et Tiny se tourna vers lui avec un regard d'excuse.

— Ça fait longtemps que vous êtes ensemble ?

— Ryleigh et moi ? Ensemble, *ensemble*, pas vraiment, avoua Tiny.

Wolf haussa les sourcils.

— Sérieux ? Vous avez une connexion tous les deux, ça saute aux yeux. Je suis surpris que ce soit récent.

— On se connaît depuis plus d'un an, mais j'ai dû sortir la tête de mon cul avant qu'il ne se passe quoi que ce soit.

— Ah, oui, j'ai vu ça plus d'une fois. Enfin, pour ce que ça vaut... vous avez l'air fait l'un pour l'autre. C'est elle la génie de l'informatique qui met Tex dans tous ses états ?

Tiny éclata de rire.

— C'est elle. Ce dont elle est capable... répondit-il, secouant la tête. Cela fait peur. L'autre soir, elle m'a dit qu'à quatorze ans, elle piratait les pare-feu de la CIA, juste pour voir si elle pouvait le faire.

Wolf siffla.

— Tu vois ? Je suis partagé entre l'envie de ne rien savoir et de *tout* savoir, ajouta Tiny.

— Un conseil ? Tu n'as pas envie de savoir, déclara Wolf.

— Tu as sûrement raison.

— J'ai toujours raison, demande à ma femme, plaisanta Wolf.

Tiny ricana.

— Toi aussi, tu veux faire un tour ?

— Bien entendu. La réputation de cet endroit est légendaire. J'ai recommandé à plusieurs marins et connaissances de passer quelques nuits ici. J'ai entendu dire que votre psychologue était extra.

— C'est vrai. Henley fait des miracles. Si tu avais connu Tonka avant qu'il se mette en couple avec elle, et après, tu serais d'accord avec moi.

— Pas besoin, les avis en ligne parlent d'eux-mêmes. Je suis content pour toi. Si seulement tous nos vétérans avaient un lieu comme celui-ci où se réfugier quand ils en ont besoin.

— Je confirme. On travaille sur un programme gratuit pour ceux qui n'ont pas les moyens de se payer un séjour ici. Et on a reçu suffisamment de dons pour le lancer plus tôt que prévu.

— C'est une bonne nouvelle. Je vais continuer à vous recommander.

— C'est gentil. Allez, commençons cette visite. Je suis sûr que Caroline et toi voudrez vous rafraîchir ou vous reposer avant le dîner de ce soir. Attention, les deux prochains jours vont être un peu fous.

— Ça ne pourra pas être plus fou que lorsque ma bande se réunit. Je suis incapable de retenir le nom de tous ces gamins.

Tiny savait que Wolf racontait des craques, cet homme

était rusé comme un renard. Il savait parfaitement comment s'appelait tel ou tel enfant et qui étaient ses parents.

— Il n'y a que deux bébés ici pour l'instant, mais deux autres sont en route, et Cora et Pipe viennent d'accueillir leurs quatre premiers enfants en famille d'accueil. Sans oublier Jasna et les animaux. Les choses vont donc devenir de plus en plus folles ici. On pensait que la présence d'enfants aurait un impact négatif... parce que les pleurs des bébés ou les cris des enfants peuvent être un élément déclencheur de stress pour certains. Mais honnêtement, tout se passe bien, du moins pendant le peu de temps qu'on a eu pour observer avant que Harold Lodge ne commence à perturber nos réservations.

— Je suis désolé pour les ennuis qu'il a causés, mais est-ce que je peux avouer que je ne regrette pas d'être ici aujourd'hui à cause de ça ? s'enquit Wolf.

Tiny gloussa tandis qu'ils se dirigeaient vers les portes d'entrée. Il salua Brick d'un coup de menton, guidant Wolf vers la sortie. Brick imita son geste et pointa sa montre, puis leva quatre doigts. Tiny acquiesça, reconnaissant le rappel de l'heure du dîner. Ce n'était pas nécessaire, toutefois, il comprenait que Brick était un peu stressé, car il voulait que tout soit parfait pour Alaska.

— Seulement si je peux avouer que c'est agréable de pouvoir se détendre un peu, de ne pas avoir à se soucier du bien-être des invités pendant qu'on fait la fête avec nos amis. On a organisé quelques mariages ici, mais comme on ne veut pas perturber les vacances des gens ni donner l'impression qu'on ne leur accorde pas l'attention qu'ils méritent grâce à leurs réservations, c'est sympa de ne pas avoir à s'inquiéter de ce genre de choses cette semaine.

— Je comprends. C'est un équilibre délicat... s'assurer

que vos invités vont bien mentalement, mais aussi vivre votre vie, puisque vous vivez ici.

— On l'a accepté en décidant de vivre sur la propriété, répondit Tiny en haussant les épaules.

— Encore une fois, vous avez tous fait un travail extraordinaire. Le Refuge est l'endroit idéal pour permettre aux personnes souffrant de TSPT de venir se détendre, vivre sans avoir à s'inquiéter du jugement du monde extérieur.

Les éloges de Wolf étaient importants pour Tiny. Ses amis et lui avaient travaillé d'arrache-pied pour faire de cet endroit un lieu sûr pour tous ceux qui en avaient besoin. Entendre d'une tierce personne, d'un autre vétéran, qu'ils avaient réussi, le rendait fier.

Tandis qu'il faisait visiter le Refuge à Wolf, une partie de Tiny pensait toujours à Ryleigh. Il espérait que sa propre visite se passait bien. Il n'avait aucune raison de penser que ce ne serait pas le cas, mais il savait qu'elle était toujours stressée à l'idée de rencontrer une nouvelle personne. Il comptait les minutes avant de la revoir. Elle le calmait, l'aidait à garder les pieds sur terre.

Et il avait hâte de savoir comment les choses s'étaient passées avec Caroline, de la voir sourire, de l'entendre rire.

Il était fou de joie et ne ressentait pas la moindre inquiétude.

18

Ry souriait face au chaos qui l'entourait. La visite du Refuge avec Caroline s'était très bien passée. Elle était drôle et avait les pieds sur terre. Elle avait adoré rencontrer tous les animaux de la grange et s'était même mise à genoux dans la terre pour s'approcher de l'une des chèvres qui étaient nées récemment.

Quand Ry la déposa au chalet, où Wolf et elle logeaient, elle avait l'impression qu'elles étaient amies depuis des années, alors qu'elles s'étaient seulement rencontrées une heure plus tôt.

À présent, ils étaient tous installés dans le pavillon, en train de dîner. Tout le monde riait et parlait fort. À leur table, Tiny était situé sur sa droite, et ils dînaient en compagnie de Henley, Tonka, et de son ami avec qui il avait servi, Raiden, ainsi que sa femme, Khloe.

Raid, comme il avait demandé à être appelé, était gigantesque. Il dominait tout le monde. Il disait mesurer 2,03 m. Khloe était minuscule par rapport à lui, certes, mais sa personnalité la faisait paraître beaucoup plus grande. Raid se démarquait aussi par ses cheveux rouge vif. Cependant, il était très doux, et lorsqu'il avait pris la fille de Tonka dans ses bras, Ry avait eu les larmes aux yeux.

Elle savait ce que ces deux hommes avaient vécu avec leurs chiens soldats. C'était épouvantable et tellement triste. Néanmoins, ils paraissaient tous les deux heureux à présent, ce qui enchantait Ry. Elle se jura silencieusement de rechercher, dès qu'elle le pourrait, toute personne liée à l'enfoiré qui avait blessé les deux hommes et leurs chiens, et de s'assurer que le karma s'occuperait d'eux.

Elle découvrait ce côté sanguinaire chez elle. L'idée que quelqu'un puisse s'en prendre à ceux qu'elle aimait lui était insupportable.

Jasna était assise à une autre table avec son amie Sharyn et la mère de la jeune fille. La mère de Brick était également à cette table, ainsi que Lara et Owl.

Cora et Pipe partageaient une table avec leurs quatre enfants adoptifs, Cheri Singleton et sa fille. Cheri avait été la baby-sitter de Jasna. Elle avait installé Max, quatre ans, sur ses genoux et l'amusait avec des jeux sur un morceau de laine qu'elle avait tissé entre ses doigts.

Wolf et Caroline étaient assis avec Spike, Reese, son frère et la femme de ce dernier.

Stone et Maisy étaient attablés avec Brick, Alaska et Paige. Cette dernière avait élevé Maisy, pour elle, cette femme était ce qui se rapprochait le plus d'une mère.

Dans l'ensemble, l'ambiance était joyeuse. Alaska avait insisté pour que Robert prépare un buffet, afin qu'il puisse manger avec tout le monde et qu'il n'ait pas à faire des allers-retours à la cuisine toute la soirée. Tous les autres employés du Refuge étaient également présents, mais ils rentreraient chez eux après le repas.

Une fois la nuit tombée, un grand feu de camp fut préparé, pour que ceux qui le souhaitaient puissent rester un peu avant d'aller se coucher. Ils se retrouveraient le lendemain pour le brunch, puis pour la cérémonie de mariage d'Alaska et de Brick. Ensuite, ils dévoreraient un autre buffet, suivi d'une soirée dansante. Toutes les tables et les chaises seraient poussées aux quatre coins du pavillon, et Jason s'était porté volontaire pour être leur DJ. Apparemment, il était plus qu'un simple agent d'entretien ; il travaillait comme DJ dans un petit club de Los Alamos le week-end.

— Tu as l'air heureuse, lui souffla Tiny à l'oreille.

Ry réfléchit un instant à ses mots, avant de se tourner vers lui avec un sourire.

— C'est vrai. Je crois que c'est la première fois de ma vie que je ne m'inquiète pas du lendemain. Avant, je stressais en m'imaginant ce que mon père me demanderait de faire, à qui j'allais devoir voler de l'argent. Après mon départ, j'étais constamment en alerte, en mouvement, j'avais toujours peur qu'il me retrouve. Mais aujourd'hui ? Je ne pense à rien d'autre qu'au plaisir que je ressens. Au bonheur que j'éprouve pour Alaska et Brick. Et quand je suis entourée de ces personnes, leur joie déteint sur *moi*.

Tiny sera leurs mains jointes, posées sur sa cuisse.

— J'en suis si content.

— Moi aussi, acquiesça Ry.

La discussion à table se porta sur Khloe et son travail de vétérinaire dans leur petite ville de Virginie. Elle parla de certains de ses clients – ceux à poils, pas leurs propriétaires humains. Puis elle vanta les mérites de son mari, Raid, qui avait créé un club Donjons et Dragons à la bibliothèque qu'il dirigeait, et de la popularité de ce club.

Ry ne l'aurait jamais imaginé jouer à ce jeu, mais la plupart des gens n'auraient jamais deviné qu'elle était capable de pirater la boîte mail du président des États-Unis sans que personne ne s'en aperçoive. Cela démontrait que tout le monde avait des talents et des passions cachés... mais ça ne les rendait pas plus ou moins sympathiques. C'était un *fait*.

Peu à peu, les invités commencèrent à quitter le pavillon après la fin du repas. Le plan prévoyait que ceux qui voulaient assister au feu de camp s'y retrouvent au coucher du soleil. Ry s'était portée volontaire pour s'occuper de la vaisselle, s'assurant qu'Alaska ne s'en approcherait pas. C'était la semaine de son mariage, et tout le monde était déterminé à ce qu'elle travaille le moins possible et profite de chaque seconde de ses vacances imprévues.

Tiny aida, ainsi que Luna, Maisy et Paige. Ry avait essayé de chasser Paige, mais elle lui avait répliqué, à elle ainsi qu'aux autres, sans ambages, qu'elle avait passé sa vie dans une cuisine et que c'était l'un des endroits où elle se sentait le plus à l'aise. Après ça, personne n'eut le cœur à lui demander de partir.

La vaisselle fut nettoyée en un rien de temps, l'entrée du pavillon balayée et les tables et les chaises replacées pour le brunch du lendemain matin. Alors que Ry se dirigeait vers le feu de camp pour aider avant l'arrivée des autres, elle réfléchit une fois de plus à la différence entre sa vie actuelle et celle qu'elle menait à l'époque où elle fuyait son père.

Choisir le Refuge avait été un coup de chance. Non seulement elle avait trouvé un lieu où se cacher – avec l'argent qu'elle avait gagné légalement –, mais elle avait aussi découvert par inadvertance où était sa place. Elle n'avait jamais aimé la nature, toutefois, elle avait appris à apprécier le silence, l'air frais... et à *tolérer* les insectes.

— Pourquoi ce sourire ? lui demanda Tiny.

Ils se dirigeaient, main dans la main, vers le feu de camp.

— La vie, c'est bizarre, non ? répondit-elle avec mystère.

— Carrément, confirma Tiny. Si on m'avait dit, lorsque j'ai mis les pieds sur cette propriété pour la première fois, que des années plus tard, j'y serais encore, j'aurais ri. Il n'y avait rien d'autre que des arbres. Je trouvais cet endroit magnifique, mais aussi un peu isolé. Je ne pensais pas un seul instant que le Refuge fonctionnerait. Bien sûr, je voulais que ça prospère, mais je ne pensais pas que quelqu'un paierait cher pour venir au milieu de nulle part, sans fast-food à proximité, et même sans Internet à l'époque, pour essayer de guérir son âme.

Il marqua une pause et reprit.

— Et je n'aurais *jamais* pensé que nous, célibataires endurcis, serions mariés. Et Tonka et Spike, papas ? Non. J'aurais éclaté de rire au nez de tous ceux qui auraient suggéré cette possibilité.

— Je sais. Je ressens la même chose. Enfin, pas à propos de tes amis, mais à propos de moi. Quand j'ai fui mon père, j'étais morte de peur. J'étais naïve et j'ignorais comment vivre seule. C'était une personne et un père horrible, mais il payait les factures, commandait à manger... il faisait tout. Et j'avais tellement peur. J'avais peur qu'il me retrouve, qu'il me fasse du mal pour avoir volé son argent, mais plus encore, je pense que j'avais peur des *gens* en général.

Ry s'arrêta sur le chemin et se tourna vers Tiny. Elle se cala contre lui et plongea son regard dans le sien.

— Toute ma vie, on m'a dit que j'étais idiote. Pathétique. Que j'étais incapable de faire quoi que ce soit de bien. Je n'avais pas d'amis et je ne savais pas comment m'en faire. J'étais l'enfant bizarre, et je suis devenue une adulte bizarre. Je ne regardais personne dans les yeux, je restais dans mon coin. Mais j'ai fini par me sentir seule. J'aimais être seule pour la première fois de ma vie, je mangeais ce que je voulais, *quand* je le voulais, je lisais les livres que je voulais, toutes ces choses que font les adultes lorsqu'ils vivent seuls. Mais j'ai aussi commencé à ressentir un besoin de compagnie. Je ne voulais pas d'un animal, parce que je bougeais trop et que ce n'était pas juste pour cette pauvre bête. C'est l'une des raisons pour lesquelles je voulais ce travail. Je pouvais échanger quelques minutes avec des gens pendant la journée, puis retourner à mon appartement le soir. Je ne m'attendais pas à ce que les gens m'apprécient. Qu'ils veuillent passer du temps avec moi. Ça a commencé avec Jess et Carly. Puis les autres employés. Y compris Alaska. Et Henley. Et au fur et à mesure, les autres aussi. Et puis, je t'ai rencontré... Tu m'as attiré dès le début. Mais je savais que je n'étais pas une bonne personne, que je ne te méritais pas. Tu étais un héros, un homme important, et tu sais déjà que je n'avais jamais été en compagnie d'hommes auparavant. Je ne savais pas comment être le genre de femme qui pourrait te séduire.

— Moi aussi, je te désirais, avoua Tiny. Quelque chose en toi m'a attiré à la seconde où je t'ai vue. Je voyais bien que tu cachais quelque chose, mais je me suis convaincu que c'était mon imagination. Que je laissais mon passé fausser mes sentiments. Et quand j'ai découvert que mon instinct n'était pas seulement correct, mais que ton secret était plus important que je n'aurais jamais pu l'imaginer, je me suis renfermé sur moi-même. J'en suis désolé, chérie. Vraiment désolé.

Ry secoua la tête.

— Ne sois pas désolé. Je pense qu'on devait traverser ces épreuves pour en arriver là aujourd'hui.

— Non, réfuta Tiny. Je n'avais aucune raison d'être un salaud aussi longtemps. Je t'ai traitée comme une moins que rien, et tu ne le méritais pas.

— Tiny, protesta Ry.

Il l'attira contre lui, leurs corps collés l'un à l'autre.

— Non, tu ne le méritais pas, affirma-t-il. Ton père avait tort. Tu n'es pas idiote, tu n'es pas laide. Tout ce qu'il a dit est *faux*. Il essayait délibérément de te faire sentir inutile, de te garder sous son emprise, de te faire faire ce que *lui* n'était pas capable de faire. Tu brilles, Ryleigh. Le genre de femme que n'importe qui voudrait avoir comme amie. Désintéressée, généreuse, et si gentille que j'ai l'impression d'être un ogre.

Ry s'esclaffa.

— Si tu le dis, Jake Ryan.

Ce fut au tour de Tiny de lever les yeux au ciel.

— Regarde-toi, chérie. Tu n'as pas arrêté. Tu as fait visiter la propriété à Caroline, tu as aidé Robert et Luna à préparer le buffet, tu as nettoyé la cuisine, tu as rangé le pavillon, et maintenant tu es là, à t'assurer que tout est prêt pour le feu de camp. Et je ne parle que d'aujourd'hui. Je suis sûr que demain, tu seras tout aussi occupée à courir partout pour t'assurer que tout le monde est heureux et à l'aise.

— Évidemment. C'est la journée d'Alaska et Brick. Je veux que tout soit parfait pour eux.

— Ça le sera. Même s'il y a une tempête de neige, que les chaises se cassent et que le buffet tourne. Parce qu'ils seront ensemble. Parce que Brick va épouser la femme qu'il aime et qu'Alaska pourra enfin appeler l'homme qu'elle a aimé toute sa vie son « mari ». Tout le reste… ce n'est que du bruit. Ça n'a aucune importance. Sauf le fait d'être entouré de leurs amis. C'est le plus beau cadeau qu'ils puissent recevoir.

Ry aimait sa façon de penser. Elle avait appris à ses dépens que l'argent ne faisait pas le bonheur. Son père en était la preuve. Elle sourit en relevant la tête vers Tiny, puis hocha la tête.

— Je vais t'épouser, annonça-t-il sans détours. Un jour, on ira à la mairie et on se mariera. Une petite cérémonie, sans fioritures. À moins que tu ne veuilles une grande fête, alors je t'offrirai la plus grande fête que le Refuge ait jamais vue.

Le sourire de Ry s'élargit.

— Non, je ne veux pas de fête. Je te veux toi, c'est tout.

— Donc, tu veux bien m'épouser ?

Ry cilla.

— Attends, c'est une demande en mariage ?

Tiny esquissa un sourire en coin.

— Si tu dis oui, alors c'en est une.

— Et si je dis non ?

— Alors, ce n'était pas une demande en mariage. Pas encore.

Ry aimait cet homme. Elle l'aimait tellement.

— Je t'épouserais aujourd'hui si je le pouvais, reconnut-elle. Mais ça ne fait qu'une semaine.

— C'est faux. Je pense qu'on savait tous les deux que ça arriverait, depuis qu'on s'est rencontrés. Ça fait des mois. On a seulement dû régler quelques problèmes avant de sortir la tête de nos culs.

— Des problèmes. Je vois, pouffa-t-elle, avant de se rembrunir. Je ne sais pas comment être une épouse.

— Tu m'aimes ? demanda Tiny.

— Oui.

Il n'y avait aucune hésitation dans sa voix.

— Et je t'aime. Je ne sais pas comment être un mari, mais ensemble, je pense qu'on peut le découvrir. On va faire des erreurs, c'est sûr, mais ça fait partie de la vie. De la vie de couple.

Elle aimait cette philosophie. S'il avait dit que leur vie serait parfaite, elle se serait probablement sentie mal à l'aise. Cependant, le fait de savoir qu'il s'attendait à ce qu'il y ait des obstacles sur leur route apaisait son stress.

— D'accord.

— D'accord pour quoi ? s'enquit Tiny, les sourcils froncés.

— Je veux bien t'épouser.

Tiny s'esclaffa et ses yeux semblèrent scintiller. Elle sentit son érection durcir contre son ventre.

— Peut-être qu'on devrait retourner à notre chalet et célébrer nos épousailles.

Ry éclata de rire.

— Nos épousailles ? Qui dit ça ?

— Aucune idée, avoua Tiny.

— On a dit qu'on aiderait pour le feu de camp, lui rappela-t-elle.

Il poussa un soupir théâtral.

— D'accord. Tu diriges ces projets d'une main de fer.

Ry sourit de nouveau.

— Eh oui.

Tiny perdit son sourire et il posa une main sur la joue de la jeune femme.

— Je t'aime, Ryleigh Lodge. Exactement comme tu es. Pirate informatique de génie, amie généreuse, protectrice de tout le monde ici au Refuge. Je veux passer le reste de mes jours à apprendre tout ce qu'il y a à savoir sur toi et à te regarder t'épanouir.

— Tiny, souffla-t-elle.

Elle essayait de refouler ses larmes de toutes ses forces.

— Ne pleure pas, ordonna-t-il. C'est un moment heureux.

— Désolée, je sais, s'excusa-t-elle avec un sourire hésitant. Je t'aime aussi. Et j'ignore pourquoi tu veux m'épouser, moi qui suis bizarre et qui préfère rester enfermée devant un ordinateur plutôt qu'autre chose, mais je te ferai toujours passer avant tout le reste. Je serai une femme en qui tu pourras avoir confiance, à côté de laquelle tu pourras dormir et qui te protégera de quiconque oserait toucher à un de tes cheveux.

Tiny l'embrassa avec douceur.

Ils restèrent ainsi, enveloppés dans les bras l'un de l'autre pendant plusieurs minutes, jusqu'à ce que Jasna passe devant eux en courant.

— Dépêchez-vous, les escargots ! On va manger des s'mores ! cria-t-elle.

Tiny rit et recula.

— J'imagine que c'est le signal et qu'on doit y aller.

— En effet, convint Ry.

Alors qu'ils se dirigeaient vers le feu de camp, Tiny dit avec nonchalance :

— On pourrait aller acheter nos alliances la semaine prochaine.

— Je n'ai pas besoin d'une alliance.

— Eh bien, je compte t'en offrir une, alors fais-toi à l'idée. Je veux que tous ceux qui voient ton doigt sachent que tu es prise.

Ry voulait faire remarquer que ce n'était pas comme si les hommes frappaient à sa porte pour sortir avec elle, ou même que personne n'avait *jamais* manifesté le moindre intérêt pour elle. *Et* elle ne désirait personne d'autre que lui... or, elle ne pouvait pas nier qu'elle voulait porter son alliance.

— Tu en porteras une aussi ? Je veux dire, quand on se mariera ?

— Bien sûr que oui. Je veux que tout le monde sache que je t'appartiens.

C'était une bonne réponse. Non, c'était une réponse géniale.

Elle serra sa main. Tiny lui jeta un coup d'œil et lui adressa un sourire affectueux.

— Ça va le faire, affirma-t-il. Je m'en assurerai.

Ils atteignirent le cercle de rondins qui entourait le feu.

— Par ici ! les interpela Jasna en leur faisant signe de venir vers elle. On doit d'abord déposer les petits bâtons, puis les grosses bûches. Une fois que le feu aura pris, on pourra ajouter du bois.

Il était évident que l'adolescente avait retenu la leçon sur le feu, grâce à ses colonies de vacances et à tous les feux de camp qu'ils avaient organisés au Refuge.

— Aide-la, je vais ramener les bûches pour que tu ne te fasses pas mal aux mains, dit Tiny à l'attention de Ry.

Ry se hissa sur la pointe des pieds et l'embrassa.

— Merci.

— Pas besoin de me remercier parce que je t'évite de te blesser, répliqua-t-il, avant de lui adresser un baiser passionné.

Il partit ensuite en direction du tas de bois.

Il avait tort. Personne d'autre dans sa vie, y compris son père, n'avait jamais fait quoi que ce soit pour la mettre à l'abri du danger. Harold l'avait même *mise* en danger. Il était difficile de s'habituer à la protection et aux soins de Tiny, mais elle aimait ça. Énormément.

19

Ry se tenait devant Tiny. Ses bras entouraient sa taille et son menton était posé sur son épaule. Ils observaient Brick et Alaska entrer dans le pavillon. Le brunch avait été animé, tout le monde était d'excellente humeur. Robert avait déjà préparé un énorme buffet lorsqu'ils étaient arrivés au pavillon. Le moral était au beau fixe et Ry ne s'était pas sentie aussi détendue depuis des années.

Son père était derrière les barreaux. Tiny lui avait fait l'amour avec délicatesse la nuit précédente. Et non seulement elle assistait au mariage d'une de ses amies avec l'homme dont elle était amoureuse depuis toujours, mais elle était elle-même pratiquement fiancée.

Ce dernier point était difficile à croire. En fait, pour Ry, c'était un miracle.

Les meubles avaient été poussés sur le côté, et Brick et Alaska avaient dérogé à la tradition en entrant ensemble dans le pavillon. Ils marchèrent vers Owl. Comme il avait obtenu l'autorisation de marier Cora et Pipe, Brick lui avait demandé s'il voulait bien faire de même avec Alaska et lui.

Alaska portait une longue robe blanche à manches

courtes. Elle était moulante au niveau du buste et évasée à partir des hanches. Ce n'était pas une robe de mariée, proprement dite, mais c'était tout à fait approprié aux yeux de Ry. Même si ce n'était pas le cas, tout le monde s'en serait moqué. Elle aurait pu porter une robe rose fluo à pois orange, personne n'aurait bronché. C'était son jour, son mariage, et elle pouvait porter ce qu'elle voulait.

Ses cheveux bruns, qui lui tombaient habituellement sur les épaules, étaient relevés en un chignon bas, son maquillage était léger, mais élégant... et elle était radieuse. Ry ne l'avait jamais vue arborer un sourire aussi large.

Brick avait l'air tout aussi heureux. Il portait un jean noir impeccable et une chemise blanche sans cravate. Il paraissait détendu, confiant, et il ne détachait pas son regard d'Alaska.

La mère de Brick avait les larmes aux yeux en observant son fils marcher vers Owl, Alaska à son bras. D'après ce que Ry avait entendu, c'était elle qui avait récupéré, des années auparavant et dans la poubelle, la broderie d'Alaska pour Brick, et qui la lui avait donnée avant qu'il ne parte pour le camp d'entraînement. Un cadeau de fin d'études qu'il avait gardé avec lui pendant près de vingt ans, jusqu'à ce qu'une tragédie les réunisse à nouveau.

Et aujourd'hui, plusieurs années plus tard... les voilà.

— Bienvenue à tous les amis et à la famille qui se sont réunis aujourd'hui pour célébrer l'union de Drake Vandine et d'Alaska Stein, commença Owl avec un sourire. Ce n'est pas le début d'une nouvelle relation, mais la suite de nombreuses années de soutien et d'amour qu'ils se sont donnés l'un à l'autre. Alaska et Brick ont passé des décennies à apprendre à se connaître en tant qu'amis, et en se tenant devant nous aujourd'hui, ils nous montrent que la boucle est bouclée. De tous les propriétaires du Refuge,

Brick a vraiment été notre leader. Notre roc. C'est lui qui avait une grande vision pour ce lieu. Il nous a encouragés à aller de l'avant lorsqu'on voulait abandonner. Il a toujours eu la plus grande confiance en notre réussite. Honnêtement, c'était un peu agaçant.

Tout le monde rit. Ry tourna la tête vers Tiny.

— C'est vrai ? chuchota-t-elle.

— Oui, confirma-t-il. Il était toujours positif. Parfois, on voulait le jeter du haut de Table Rock.

Ry gloussa, puis reporta son attention sur la cérémonie.

— Mais vous savez quoi ? Il avait raison, continua Owl. Le Refuge est devenu bien plus qu'aucun d'entre nous n'aurait pu l'imaginer. Plus qu'une entreprise. Plus qu'une aventure qui rapporte de l'argent. C'est devenu notre maison. Notre propre refuge dans un monde qui nous paraissait parfois accablant et trop dur. C'était un endroit où on pouvait guérir nos propres blessures tout en faisant de même pour ceux qui nous faisaient suffisamment confiance pour venir jusqu'à notre petit coin du Nouveau-Mexique, afin de découvrir ce que le Refuge pouvait faire pour eux. Mais honnêtement, ce n'est qu'à l'arrivée d'Alaska qu'on a pris conscience qu'il manquait quelque chose ici. On l'a construit, on l'a mis en marche, on a embauché les meilleures personnes possibles pour le faire tourner comme une machine bien huilée... mais il manquait le cœur. L'amour. Et Alaska l'a décuplé à son arrivée. Non seulement elle s'est frayé un chemin dans le cœur de Brick – ce qui n'a pas été compliqué, car cet homme était fait pour elle depuis qu'elle lui avait sauvé la vie dans cet hôpital en Allemagne –, mais elle s'est aussi incrustée dans tous nos cœurs endurcis. Alaska, Brick. Vous êtes tous les deux la pierre angulaire du Refuge. Vous avez généreusement permis à certains d'entre nous de célébrer leur mariage ici, tout en repoussant le vôtre. Vous avez célébré nos succès et souffert avec nous lors de nos épreuves. Je ne peux imaginer un début plus parfait pour votre mariage que celui-ci : vous tenir devant notre famille et nos amis, entourés de tout ce que nous avons construit. Je ne doute pas que votre mariage sera à l'image des arbres qui nous entourent... inébranlable et fort. À affronter le vent, sans jamais se briser.

Les yeux de Ry s'embuèrent de larmes. Elle ignorait qu'Owl avait un tel talent pour les discours. Ce qu'il avait dit était parfait. Absolument parfait. Alaska le pensait visiblement aussi, car elle renifla et se tourna vers Brick.

— J'ai besoin d'un mouchoir. J'ai de la morve qui va couler sur ma robe.

Ils éclatèrent tous de rire, notamment parce que toutes les femmes présentes pleuraient aussi. Alaska se maîtrisa et hocha la tête vers Owl.

Il sourit et reprit.

— Brick et Alaska vont se marier en célébrant l'amour qui les unit, mais ils veulent aussi saluer l'amour qui nous entoure aujourd'hui. Grâce aux couples, aux frères et sœurs, aux vieux amis et aux nouveaux. Ils ont décidé d'échanger leurs propres vœux... alors mesdames, accrochez-vous à vos mouchoirs, parce que j'ai le sentiment qu'on va tous avoir les larmes aux yeux quand ils auront terminé.

Une fois de plus, tout le monde s'esclaffa.

Brick se tourna vers Alaska et lui prit les mains.

— Salut, Al, commença-t-il avec un petit sourire.

Elle s'illumina face à lui.

— Pour être honnête, j'avais prévu dans ma tête ce long discours sur l'importance que tu représentes pour moi, comme quoi je suis l'homme le plus chanceux du monde, mais maintenant que je me tiens ici devant toi, je me rends compte que ce n'est pas vrai. En voyant tous nos amis et notre famille réunis, je sais qu'ils pensent *tous qu'ils sont aussi les personnes les plus chanceuses du monde. Et c'est incroyable.* On a tous trouvé des partenaires qui voient au-delà de nos défauts, des parties de nous-mêmes qu'on déteste. On mérite tous d'être aimés ainsi, et d'aimer quelqu'un de cette même façon. Et avec toi, je peux être exactement qui je suis. Je n'ai pas besoin de faire semblant d'aimer les brocolis, ou d'aimer porter des cravates, juste parce que c'est bon pour moi ou parce que la société pense que je devrais en porter. Grâce à toi, je suis libre d'être l'homme que j'ai toujours été, mais la meilleure version de moi-même. Avec toi, je ne suis pas le SEAL décoré, je ne suis pas le gars vers qui tout le monde se tourne pour trouver des réponses, je ne suis pas celui qui résout les problèmes ni l'éboueur, je suis simplement Drake. L'homme que tu aimes. Celui que tu as toujours aimé. Je ne sais pas si je me sentirais un jour *digne* de ton amour, mais jamais je ne te ferai ressentir la même chose. Je promets de toujours t'aimer. De te chérir. De répondre quand tu auras besoin de moi, que ce soit pour un verre d'eau parce que tu as soif, ou parce que tu es enfermée dans un train à grande vitesse dans un pays à des milliers de kilomètres de là. Je t'appartiens, Al. Tu me possèdes depuis que je suis gamin. Pendant les longues années où nous étions séparés, chaque matin, je regardais le cadeau que tu m'avais offert à nos dix-huit ans, et ça m'aidait à garder les pieds sur terre. Lorsque mon monde basculait, j'avais seulement besoin de regarder cette broderie, de me rappeler les efforts que tu y avais consacrés, pour *moi*, et je retrouvais ma raison d'être. C'est ce que je ressens tous les matins, quand je me réveille et que je te vois allongée à côté de moi. Tu es ma raison d'être, Alaska, dans la maladie comme dans la santé, dans les bons moments comme dans les mauvais, dans la richesse comme dans la pauvreté, je me donne à toi. Aujourd'hui et chaque jour qui suivra pour le reste de notre vie.

La salle était silencieuse, à tel point qu'on aurait pu entendre une mouche voler... jusqu'à ce que la mère de Brick se mette à sangloter. Plusieurs reniflements s'ensuivirent.

Cependant, Alaska ne pleurait pas. Elle souriait à son futur mari avec tant d'amour dans son regard que Ry se mit vraiment à croire aux âmes sœurs pour la première fois de sa vie.

— Waouh, souffla-t-elle. J'aurais clairement dû commencer.

Ses paroles brisèrent l'émotion qui pesait dans la pièce, et tout le monde rit.

— Fonce, ma belle !

Ry ne savait pas qui l'avait encouragée, mais elle rit de plus belle.

Alaska prit une profonde inspiration avant de parler.

— Drake, je t'aime. Je t'ai toujours aimé. Depuis ce premier trajet en bus où tu t'es assis à côté de moi et où tu m'as demandé si je voulais jouer à la guerre avec toi. Eh oui, je me souviens de cette conversation, comme je me souviens de toutes les autres. Tu t'es lié d'amitié avec moi quand j'avais le plus besoin d'un ami. Je t'appartenais avant même de savoir ce que ça signifiait. Et quand j'ai eu besoin de toi, tu t'es présenté. Sans poser de questions. Sans hésitation. Je ne pense pas que tu comprennes vraiment ce que ça représente pour moi. Combien c'était inhabituel. Et tu as continué à être là pour moi. Tout ce dont j'avais besoin, tu me l'as donné. Mais la seule chose que je voulais *vraiment*, c'était toi. Je pensais que ça n'arriverait jamais. Je me serais contentée d'une amitié à vie. Mais pour une raison que j'ignore, tu as décidé que tu m'aimais autant que je t'aimais.

J'ai eu l'impression d'être à nouveau cette petite fille dans le bus. J'étais étourdie, excitée et effrayée à mort. Terrifiée à l'idée de faire quelque chose qui gâcherait tout. Que tu ne veuilles plus de moi. Mais... j'ai compris quelque chose depuis que je suis ici. Nous ne sommes pas parfaits. Aucun d'entre nous ne l'est. Et tu sais quoi ? J'en suis heureuse. Parce qu'être parfait serait épuisant. Tu me laisses être grognon, manger le dernier Pop-Tart, être égoïste et faire la grasse matinée alors que tu es aussi fatigué que moi. Tu t'occupes des clients les plus difficiles pour que je n'aie pas à le faire, et tu ne bronches pas quand je porte mes pantalons les plus laids et mes énormes tee-shirts à la maison, parce que tu sais que je suis à l'aise dedans. Tu ne me juges pas, tu ne veux pas que je sois différente de celle que je suis. Et je ressens la même chose pour toi. Je ne veux pas que tu changes parce que tu penses que c'est ce que je veux. Tu es Drake Vandine, ex-SEAL Brick, propriétaire du Refuge. Et je t'aime tellement que ça fait mal parfois. Je divague et j'ai oublié ce que je voulais dire de plus, alors je vais ajouter une dernière chose et me taire pour qu'on puisse continuer cette fête... avec nos amis. Tu sais quoi ? Je n'ai jamais vraiment *eu* d'amis. Jamais. Sauf toi. Je m'étais convaincue que j'étais une paria.

Alaska regarda l'assemblée tout en continuant.

— Mais vous m'avez tous acceptée. Vous m'avez accueillie. J'ai eu l'impression de trouver ma place pour la première fois de ma vie. Vous êtes venus me voir quand vous aviez besoin d'aide, quand vous aviez des questions ou quand vous vouliez simplement parler. Vous ne saurez jamais l'importance que ça avait, que ça *a* pour moi.

Tout le monde pleurait à présent, et Ry ne faisait pas exception. C'était comme si Alaska avait lu dans les pensées de Ry et extirpé tout ce que la jeune femme ressentait. Elle avait été cette personne, celle qui n'avait pas d'amis, qui n'avait jamais pensé qu'elle s'intégrerait où quoi que ce soit. Et aujourd'hui, elle était entourée d'hommes et de femmes qu'elle avait l'impression de connaître depuis toujours. Ry protégerait volontiers chacune des personnes présentes dans cette pièce. Peu importe ce qu'il faudrait faire, peu importe le nombre de lois qu'elle devrait enfreindre. Elle les protégerait de quiconque ou de quoi que ce soit qui tenterait de les abattre.

Pour elle, ils étaient sa famille.

— Bon, maintenant on pleure tous. Désolée, s'excusa Alaska en reniflant, puis elle leva les yeux vers Brick. Je te prends, Drake, comme mari. Je t'aimerai si on gagne des millions à la loterie – et il faudrait qu'on y joue pour ça –, ou s'il ne nous reste qu'un dollar en poche. Je t'aimerai quand tu seras malade et que tu te plaindras d'être en train de mourir, et quand on sera en pleine santé. Pendant les bons moments, comme maintenant, et quand ça partira en sucette, je me tiendrai à tes côtés et je t'aimerai. Tu resteras le seul et l'unique à mes yeux. Pour toujours. Tu es l'amour de ma vie. Et pour ce qui est de savoir si tu me mérites, ou si je te mérite... je pense qu'on se mérite l'un l'autre. On a traversé l'enfer, et chacun est la récompense de l'autre.

Ry fut surprise en avisant une larme rouler sur la joue de Brick. Elle savait que les hommes pleuraient, mais rien ne lui fit plus chaud au cœur que de voir Brick ému par les vœux d'Alaska.

Cette dernière tapota le mouchoir qu'elle tenait dans sa main sur le visage de Brick, tout en souriant.

— Maintenant qu'Alaska nous a *tous* fait pleurer, lança Owl avec un grand sourire, finissons-en pour faire la fête. Devant ces témoins, vous vous êtes engagés à vous unir par le mariage. Vous avez scellé cet engagement par vos vœux et les alliances que vous portez à vos doigts. Par le pouvoir qui m'est conféré par l'État du Nouveau-Mexique, je vous déclare mari et femme. Vous pouvez embrasser la mariée, mais n'oubliez pas que vous êtes en présence de mineurs et que nous sommes tous prêts à danser et à boire une bière ou deux.

Une fois de plus, tout le monde éclata de rire, ce qui détendit l'atmosphère. Ry sourit en observant Brick prendre la tête d'Alaska entre ses mains et lui relever le menton. Puis il l'embrassa. C'était un baiser doux, beau. Jusqu'à ce qu'il enroule un bras autour de sa taille, l'autre derrière sa tête, la fasse basculer en arrière et l'embrasse avec passion. Ce n'était vraiment *pas* un baiser chaste et innocent. C'était une revendication. Rien que ce baiser fit frissonner Ry. Elle ne pouvait qu'imaginer ce que ressentait Alaska.

— Tu en as envie ? demanda Tiny à son oreille.

Son souffle chaud effleura sa peau, la faisant frissonner de plaisir.

— Envie de quoi ? Que Brick m'embrasse ? Non.

— Petite maligne. Non. Comme si j'allais le laisser s'approcher de ta bouche. Tu as envie d'une cérémonie comme celle-là ? Avec les amis et la famille ? Une fête ? Parce que je te l'offrirai. Je te donnerai tout ce que tu désires. Tu n'as qu'un mot à dire.

Ry pivota dans l'étreinte de Tiny et secoua la tête.

— Non. Je n'ai jamais rêvé d'un grand mariage. Franchement, je n'ai jamais pensé que je me marierais un jour. Je veux ce que tu as dit, une petite cérémonie civile. J'ai déjà tout ce dont j'ai toujours rêvé. Toi, tout le monde ici au Refuge. Je n'ai pas besoin ou envie de quelque chose de grand comme ça.

— Tu trouves ça grand ? s'enquit Tiny avec un sourire en coin.

— Oui, insista Ry.

— Tu es adorable. D'accord. Pas de grand mariage. Mais je veux une lune de miel. Je veux t'emmener quelque part. Où il fait chaud, froid, je m'en fiche. Un endroit où tu as toujours voulu aller.

— Hawaï, répondit Ry sans hésiter. Je veux aller à Hawaï, manger des malassadas, escalader Diamond Head, visiter le North Shore, manger des granizados... qui ne s'appellent pas granizados là-bas, mais j'ai oublié leur nom. Je veux acheter une poupée hawaïenne et la mettre sur le tableau de bord de notre voiture, aller à un luau et dormir dans une chambre avec un balcon qui donne sur l'océan. Je veux faire l'amour avec la brise de l'océan qui entre par la porte-fenêtre et me délecter de savoir que j'ai le mari le plus beau, le plus courageux et qui ressemble le plus à Jake Ryan au monde.

Les pupilles de Tiny se dilatèrent quand elle parla de faire l'amour, mais il rit à ses dernières remarques.

— Je t'aime, déclara-t-il.

— Et je t'aime aussi.

En réalité, elle n'avait pas besoin d'aller à Hawaï, ni même de quitter leur chalet. En présence de Tiny, elle était heureuse.

— Chaque jour qui passe, tu es de plus en plus belle, murmura-t-il avant de baisser la tête.

Il l'embrassa délicatement, caressa sa langue avec la sienne. Ry sentit néanmoins la passion dans son contact. Ses mains qui la tenaient, sa respiration saccadée lorsqu'il retira ses lèvres, son regard sur elle, comme si elle était littéralement la seule femme au monde.

— On ira à Hawaï. Je connais quelques SEAL là-bas. Ils nous feront visiter les meilleurs spots sur les îles, ils nous donneront les adresses des meilleures malassadas. On assistera à des compétitions de surf sur le North Shore et on fera l'amour tous les soirs, toute la nuit. J'ai hâte de te voir en bikini.

Ry s'esclaffa.

— Dans tes rêves, Tiny. Désolée, mais *non*.

— Pourquoi pas ?

Ry leva les yeux au ciel. Il la trouvait peut-être irrésistible, cependant, elle n'était pas à l'aise en bikini.

— Du champagne pour porter un toast !

Ry avisa Luna à côté d'eux, un plateau rempli de flûtes. Elles étaient en plastique, car le Refuge n'avait pas besoin de vraies flûtes. Toutefois, cela ne sembla pas gêner les invités, qui attendaient tous avec impatience de pouvoir porter un toast aux nouveaux mariés.

Ry en prit une et huma la boisson, avant de froncer le nez.

Tiny rit.

— Tu n'as jamais bu de champagne ?

— Non. Je pense que ce n'est pas pour moi.

— C'est un goût qui se développe. Mais si tu n'as pas envie d'en boire, pas de souci. Tout le mode s'en moque. Encore plus Alaska et Brick.

Ry le savait. C'était une raison de plus d'aimer ces lieux.

— À Brick et Alaska ! commença Stone, brandissant sa flûte en plastique.

— À la broderie !

— Aux mamans qui se mêlent de tout !

— À l'amitié !

— Aux bébés !

Tout le monde portait des toasts, et chacun buvait une gorgée de champagne entre chaque. Cependant, après sa première gorgée, Ry fit semblant de boire. Le champagne n'était *décidément* pas fait pour elle. Le goût était amer et ses yeux pleuraient.

Finalement, Brick leva une main et mit fin à la multitude de toasts.

— Je ne sais pas pour vous, mais je suis prêt à manger. Je sais que Robert et Luna nous ont préparé un superbe buffet, et même si j'adore qu'on porte un toast en mon honneur, comme si j'étais le roi du monde, j'ai mal aux pieds.

Ils rirent tous de plus belle.

— Quand même, on peut porter un dernier toast, ajouta-t-il. Aux amis !

L'acclamation qui s'éleva dans la salle était presque assourdissante, pourtant, Ry se retrouva à crier son accord en même temps que tous les autres.

Des invités entourèrent aussitôt Brick et Alaska pour les féliciter. Ry se retint, observant la scène, le sourire aux lèvres.

— Tu es heureuse, remarqua Tiny.

— Non, contra Ry en secouant la tête.

— Non ?

— Non. Je suis aux anges. Je prends conscience de la chance que j'ai d'être ici. De faire partie de cet événement.

— Pareil pour moi.

Tiny enroula un bras autour de sa taille et l'attira une nouvelle fois contre lui.

Ry se reposa contre son torse et tourna son regard vers les gens qu'elle aimait le plus au monde, qui étaient devenus chers à son cœur, célébrer l'union de Brick et Alaska. Elle ressentait encore le besoin de se pincer de temps en temps pour s'assurer qu'elle ne rêvait pas, qu'elle n'était pas encore dans un appartement miteux à essayer de se cacher de son père.

— Allez, Ry ! Viens essayer le punch de Robert. C'est délicieux ! s'exclama Jasna.

Cette dernière attrapa Ry par la main et essaya de l'entraîner vers la table contre le mur, recouverte d'énormes saladiers remplis de liquide rouge.

— Vas-y, l'incita Tiny. Amuse-toi. Je te rejoins plus tard.

Ry lui sourit par-dessus son épaule et se laissa entraîner par l'adolescente vers le punch. Il y avait de grands panneaux devant chacun des saladiers, pour que les invités sachent lesquels contenaient de l'alcool et lesquels n'en contenaient pas. Entre les enfants et les femmes enceintes, Robert ne voulait pas que quelqu'un s'enivre accidentellement.

Jasna versa une louche de punch sans alcool dans un verre et le lui tendit. Ry en but prudemment une gorgée. Elle sourit alors que la saveur du punch lui faisait vibrer les papilles.

— C'est bon ! se ravit-elle.

— Ouaip, acquiesça Jasna avec joie. Peut-être que ça plairait à Elizabeth.

Ry s'esclaffa.

— Je pense qu'elle est un peu trop jeune pour boire du punch, mais elle ne va pas tarder à te suivre partout.

— Je sais, je plaisantais ! Et j'ai hâte qu'elle marche, affirma Jasna. Je l'aime tellement.

C'est alors qu'elle avisa l'un des nouveaux enfants de Cora à l'autre bout de la salle.

— Oh ! Kason doit goûter ça !

Ry se retrouva toute seule devant la table de punch, que pour un instant toutefois.

— Ça a l'air bon, lança Isabella.

Ry sourit à la belle-sœur de Reese.

— C'est délicieux. Mais je vais essayer la version avec alcool.

Elles se versèrent toutes les deux un peu de punch alcoolisé dans un gobelet et burent.

— Waouh, il y a de l'alcool là-dedans ? s'étonna Isabella, avant de reprendre une gorgée.

Ry aussi était étonnée. Le goût était presque identique à celui de la version sans alcool que Jasna lui avait servie. Elle se demanda si Robert ne jouait pas un tour à tout le monde, en leur faisant croire qu'ils buvaient de l'alcool alors que ce n'était pas le cas. Mais après avoir bu un verre entier et en avoir ressenti les effets, elle conclut qu'il ne trompait personne... il était tout simplement doué pour faire du punch.

Ry se promenait dans la salle et discutait avec tout le monde. Pour une fois dans sa vie, elle ne se sentait pas comme une intruse ou trop timide pour engager la conversation avec des gens qu'elle ne connaissait peut-être pas très bien. Comme Paige, l'ancienne cuisinière de Maisy. Elle était gentille et manifestement très attachée à cette dernière. Elle n'arrêtait pas de dire combien elle avait hâte que le bébé arrive... ce qui ne saurait tarder, car Maisy était presque au terme.

Elle discuta aussi un long moment avec Khloe, qui l'avait intimidée, mais après quelques minutes, Ry se rendit compte que la femme de Raid ne se sentait pas à sa place et que c'était sûrement pour ça qu'elle avait l'air un peu distante.

Partout où elle regardait, Ry voyait des gens qui s'amusaient. Lorsque la musique démarra, les enfants furent les premiers sur la piste de danse improvisée. Les amuse-gueules étaient une idée de génie, car tout le monde pouvait manger et boire à sa guise tout en dansant et en discutant.

Brick et Alaska restèrent ensemble, se tenant la main, pendant qu'ils faisaient le tour de la salle.

La journée était parfaite. Tout ce que Ry aurait pu souhaiter pour ses amis. Une journée inoubliable, d'autant plus qu'ils n'avaient pas à se soucier des clients ou des voisins qui auraient pu se plaindre du bruit à cause de la fête.

Ry croisa le regard de Tiny, à l'autre bout de la pièce. Il était avec Wolf et Owl. Dès que leurs yeux se rencontrèrent, il articula au loin :

— Ça va ?

La chaleur l'envahit. C'était agréable de voir qu'il se préoccupait d'elle. Elle acquiesça et lui adressa un sourire.

Son regard était toujours posé sur lui quand un énorme *BOUM* retentit à l'extérieur.

Le pavillon fut secoué. L'une des immenses fenêtres de l'entrée explosa.

Jason coupa la musique sur-le-champ et tout le monde se figea. L'un des bébés se mit à pleurer, ce qui sortit tous les invités de cette étrange transe collective.

Tiny écarquilla les yeux et Ry le vit traverser la pièce pour venir à sa rencontre.

Il n'était pas encore au niveau de la jeune femme qu'une nouvelle explosion retentit. Celle-ci était encore plus forte et puissante que la précédente.

Au lieu de se baisser, comme tous les hommes criaient à tout le monde de le faire, Ry s'élança vers le petit Max, quatre ans. Il se tenait au milieu de la piste de danse, en train de pleurer, alors que tout le monde se précipitait autour de lui. La première idée qui lui vint à l'esprit était de protéger les enfants...

La seconde idée fut que, d'une manière ou d'une autre,

son père était à l'origine de ces événements. Et c'était à elle de l'arrêter.

20

La première explosion avait figé Tiny, néanmoins, il s'était ressaisi et était à mi-chemin de Ryleigh quand la seconde avait retenti. Il devait s'assurer qu'elle était hors de danger ! Il ne savait pas ce qui se passait, seulement que c'était grave. De telles explosions, à l'extérieur du pavillon, n'étaient pas accidentelles. Une, peut-être. Mais deux ?

C'était certain, il se passait quelque chose de grave, et il devait rejoindre Ryleigh.

Au lieu de se baisser, comme il l'avait espéré, elle s'était jetée sur la piste de danse. Pour attraper le plus jeune des enfants adoptifs de Cora et Pipe. Max était là, immobile, en train de pleurer. Ryleigh le prit dans ses bras au moment où Tiny arrivait à leur niveau. Il n'hésita pas une seconde et les souleva dans ses bras pour les éloigner des fenêtres.

Les scénarios se bousculaient dans sa tête : snipers, lance-roquettes, fuites de gaz. Il n'avait aucune idée de la menace, seulement qu'il y *avait* une menace.

Il s'agenouilla contre un mur et se plaça entre les fenêtres les plus proches et ses deux protégés. Il sentit, plus qu'il n'entendit, la sonnerie du téléphone de Ryleigh. Il était dans sa poche arrière, et les fesses de celle-ci étaient pressées contre la jambe de Tiny.

Elle releva la tête et croisa le regard de ce dernier. Ses deux bras autour de Max, elle en retira un pour glisser sa main dans sa poche.

Tout se passa comme au ralenti pour Tiny. Il voulait lui dire de ne pas répondre. Qu'ils étaient au milieu d'une situation inconnue, et qu'en plus, tous leurs amis étaient déjà là. Personne ne devrait être en train de l'appeler. Pas en ce moment même. La coïncidence était trop grande, et Tiny savait au plus profond de lui-même que la personne à l'autre bout du fil n'appelait pas pour passer le bonjour.

Le chaos régnait autour d'eux. Les bébés hurlaient, ses amis essayaient de calmer les invités, et presque tous les adultes essayaient de savoir si quelqu'un était blessé, ou ce qui s'était passé. Mais Ryleigh accaparait toute l'attention de Tiny.

Max se tortilla sous la prise de la jeune femme. Il avait vu sa sœur et voulait aller la retrouver. Ryleigh le lâcha, mais ne le quitta pas des yeux alors qu'il traversait la pièce en courant vers sa sœur aînée, Joyce, qui s'était regroupée avec ses autres frères et sœurs, ainsi que Cora et Pipe.

Le téléphone dans la main de Ryleigh ne cessait de vibrer. La personne à l'autre bout du fil insistait. Il ou elle voulait lui parler, et sa détermination hérissait les poils sur les bras de Tiny.

— Appel inconnu, chuchota Ryleigh, tournant le téléphone pour montrer l'écran à Tiny.

Il voulait le lui prendre et le jeter à l'autre bout de la pièce, cependant, il fallait résoudre ce problème. Et si cette personne était responsable d'une certaine façon, ils devaient le savoir.

— Et si c'était lui ? Mon père ? Et si c'était lui qui avait fait ça ? murmura Ryleigh.

— Il est en prison. Ça ne peut pas être lui, la rassura Tiny.

Toutefois, il ne croyait pas vraiment à ce qu'il disait. Selon lui, il n'y avait qu'une seule personne qui voulait du mal au Refuge.

Harold Lodge.

Ryleigh secoua la tête. Ses yeux ne contenaient plus l'excitation et le bonheur qui s'y trouvaient quelques minutes plus tôt à peine. Cette expression que Tiny avait tant aimé voir. De nouveau, elle avait l'air de cette femme paranoïaque et méfiante qu'il avait surveillée après qu'elle ait admis avoir menti à tout le monde pour obtenir le poste au Refuge.

Tiny posa sa main sur la nuque de la jeune femme, pour lui montrer qu'elle n'était pas seule, qu'il *resterait* à ses côtés, même après avoir décroché son téléphone. Ryleigh et lui n'avaient peut-être pas échangé de vœux ce jour-là, mais tout ce que Brick avait dit, il l'avait ressenti. Et à ses yeux, Ryleigh ressentait la même chose.

Ryleigh prit une profonde inspiration... et répondit au téléphone. Elle activa le haut-parleur. Tiny et elle se penchèrent sur l'appareil afin d'entendre l'interlocuteur par-dessus les voix de leurs amis.

— Allô ?

— Bonjour, ma fille chérie.

Ryleigh écarquilla les yeux, ses pupilles se dilatèrent de peur. Tiny resserra sa prise sur sa nuque, faisant de son mieux pour la rassurer.

— Quoi... comment... où es-tu ? interrogea-t-elle.

— C'est sans importance. On dirait que c'est la folie là-bas, répondit Harold Lodge avec un petit rire.

— Qu'est-ce que tu as fait ? cracha sa fille.

— Pas grand-chose. J'ai juste fait sauter deux chalets. Je me suis assuré qu'il n'y avait personne dedans avant. Je n'ai pas le droit à quelques bons points ?

Le regard horrifié de Ryleigh croisa celui de Tiny.

— Tu as fait sauter deux chalets ? répéta-t-elle.

— C'est ça, confirma son père, totalement insensible. Le C-4 est un produit étonnant. Tu peux faire exploser des bâtiments, sans boule de feu. Vraiment, fillette, tu devrais me remercier. La forêt pourrait être en train de brûler autour de toi. Au lieu de ça, vous avez du bois en quantité pour vos feux de camp que vous adorez tant.

Ryleigh tremblait si violemment dans ses bras que Tiny avait du mal à la contenir. Heureusement qu'ils étaient déjà au sol, sinon, les genoux de la jeune femme auraient déjà lâché.

— Pourquoi ? Pourquoi ne peux-tu pas me laisser tranquille ? l'implora-t-elle, une agonie audible dans la voix.

— Parce que tu as quelque chose que je veux, cingla Harold. Tu m'as *encore* doublé, et tu sais pertinemment ce que j'en pense. Personne ne me dupe, et je ne compte plus les fois où tu m'as entubé. Je veux mon putain d'argent, Ryleigh.

— Ce n'est pas ton argent. Ça n'a *jamais* été ton argent, rétorqua Ryleigh.

— Je l'ai volé. Il est *à moi*.

— Tu n'as rien volé. Tu m'as forcé, *moi*, à le voler. Alors, il est encore moins à toi !

Tiny fut content de voir que les joues de Ryleigh reprenaient un peu de couleur, et qu'elle semblait se remettre du choc provoqué par son père. Néanmoins, il n'était pas certain qu'il soit judicieux de contrarier cet homme pour le moment.

— C'est mon argent ! hurla son père.

Les vociférations de l'homme provoquèrent la surprise et la curiosité des invités les plus proches.

— Si tu crois que je vais te donner quoi que ce soit, alors que tu blesses mes amis, tu es fou, assena Ryleigh.

— Je me doutais que tu ne me le rendrais pas comme ça, sachant que tu as déjà eu cette chance et que tu as échoué, déclara Harold Lodge, presque sur le ton de la conversation. C'est pourquoi on va jouer.

Tiny était dans l'incompréhension, en revanche, il était évident que Ryleigh avait compris. Tous les muscles du corps de la jeune femme se tendirent.

— Non, refusa-t-elle avec fermeté.

— Si, répliqua son père. Je te donne vingt minutes pour aller vérifier mon travail, pour voir que je suis sérieux, que je ne me laisserai plus avoir par tes tours de passe-passe. Vous ne pouvez vous cacher nulle part. Vous n'avez aucune idée du prochain bâtiment qui va exploser. Ce sera peut-être le pavillon, dans lequel toi et tes soi-disant amis êtes terrés. Peut-être la grange, avec tous ces adorables animaux. Peut-être un véhicule. Ou peut-être un autre chalet. Mais lequel ? Vous n'êtes à l'abri *nulle part*. *Personne* n'est à l'abri. Soit tu joues à mon jeu, soit tout ce que tu aimes disparaîtra.

— Comment es-tu sorti de prison ? demanda Ryleigh, l'air calme.

Harold s'esclaffa.

— Ce n'était pas compliqué. Il m'a suffi de voler un téléphone portable à l'un des surveillants et c'était bon. J'ai modifié mon dossier pour indiquer que j'allais être libéré immédiatement. Ça m'a pris une demi-heure.

Irrité, Tiny pinça les lèvres. Quelqu'un allait certainement être renvoyé à cause de cela, pour avoir permis à un prisonnier connu pour être un *pirate informatique* de renommée mondiale d'accéder à un appareil électronique. Et sa prétendue sortie de prison le faisait enrager.

Une autre idée lui vint alors à l'esprit. Harold Lodge était un homme libre. Il était quelque part, et il savait qu'ils étaient tous « terrés » dans le pavillon. Avait-il piraté leurs caméras de surveillance et les observait-il en ce moment même ? Cet homme n'était pas assez stupide pour mettre un pied sur leur propriété... mais énervé comme il l'était contre sa fille, il pouvait faire n'importe quoi.

— Je te donnerai ce que je peux de l'argent. Je n'ai pas tout, proposa Ryleigh à son père, essayant manifestement de faire tout ce qui était en son pouvoir pour protéger tout le monde au Refuge.

— Trop tard. Le jeu est lancé. En effet, tu vas me rendre mon argent, mais j'ai envie de m'amuser. Tu connais aussi mon jeu préféré. Vingt minutes, fillette. On se retrouve en ligne.

Ryleigh fixait Tiny, les larmes aux yeux.

Sans un mot, il se leva et aida Ryleigh à faire de même. Il voulait la réconforter, la prendre dans ses bras et lui dire que tout irait bien. Il avait aussi un million de questions à lui poser, mais il n'avait pas le temps pour ça. Ryleigh avait apparemment besoin de son ordinateur portable. Et il devait évaluer les dégâts, voir si ce qu'avait dit Harold Lodge à propos de l'explosion des chalets était correct, puis se réunir avec ses amis pour élaborer un plan.

Comme l'avait dit Harold, il pouvait y avoir d'autres bombes n'importe où. Et il n'hésiterait pas à torturer Ryleigh en tuant ses nouveaux amis juste parce qu'il était en mesure de le faire.

Tiny accompagna Ryleigh jusqu'à la fenêtre cassée et cilla face à la destruction qui s'offrait à lui. Deux chalets avaient été réduits en miettes, comme l'avait affirmé Harold.

C'étaient les chalets réservés aux invités les plus proches du pavillon. Wolf et Caroline séjournaient dans l'un d'eux, et la mère de Brick dans l'autre. S'ils avaient été à l'intérieur...

Tiny inspira profondément. Ils n'étaient pas dedans, ils étaient en sécurité... pour l'instant.

De petites flammes étaient visibles entre les arbres, mais comme Harold l'avait dit, la forêt elle-même n'était pas en feu. Le C-4 avait fait ce pour quoi il avait été conçu, c'est-à-dire faire exploser des éléments, et non pas provoquer une énorme boule de feu.

Pourtant... Harold Lodge avait mis sa menace à exécution. Tiny ne pouvait s'empêcher de se rappeler les derniers mots de cet enfoiré lors de leur première discussion en ligne, et ils avaient beaucoup plus de sens maintenant. *Les étincelles vont jaillir, ça va être génial.*

— C'est quoi ce bordel ? interrogea Spike en rejoignant Tiny et Ryleigh.

Il tenait son bébé dans ses bras, qui paraissait si petit contre lui.

— C'est ma faute, répondit Ryleigh d'une voix faible.

— Non, ce n'est pas ta faute. C'est la faute de ton connard de père, rectifia Tiny, avant de raconter ce qu'Harold Lodge avait dit, ce qu'il avait menacé de faire.

— Réunion. *Tout de suite*, lança Spike.

Il retourna ensuite vers les autres propriétaires du Refuge, qui étaient aux côtés de leurs femmes. Leurs familles et amis étaient rassemblés non loin de là, la plupart avaient l'air effrayés et confus, à l'exception de Wolf et Raid. La joyeuse et insouciante réception de mariage s'était transformée en cauchemar.

Tiny emboîta le pas de Spike vers ses amis, sa main dans celle de Ry. Il était hors de question qu'il la laisse.

— Rapport de situation, aboya Brick.

Tiny répéta une nouvelle fois les menaces de Harold Lodge.

— De quel jeu parle-t-il ? demanda Pipe à l'attention de Ryleigh.

— C'est un jeu auquel il m'obligeait à jouer avec lui avant que je ne m'enfuie. On s'affrontait par ordinateur, pour voir qui était le plus malin et qui piraterait le plus vite, dans le but d'empêcher qu'un réseau électrique entier ne soit détruit dans une ville quelconque.

Ils la dévisageaient tous avec stupeur.

— Quoi ? C'est possible de faire ça ? s'enquit Henley.

Ryleigh acquiesça.

— Malheureusement, oui. Mon père a toujours voulu jouer le rôle du « méchant », bien entendu. Il essayait de déjouer mes stratégies, pour faire tomber le réseau, et je devais m'affairer pour l'en empêcher. J'étais meilleure que lui, j'aurais donc pu l'arrêter, mais il détestait perdre et passait sa colère sur moi en volant plus d'argent que d'habitude aux habitants de ces villes qui en avaient le plus besoin. Il volait l'argent des programmes gouvernementaux qui aidaient les sans-abri, les pauvres, les enfants, etc. Alors, j'ai appris à le laisser gagner, à laisser le réseau électrique s'effondrer. Il pouvait se réjouir de m'avoir battue, ensuite il se saoulait pour fêter ça, et je rétablissais le réseau dès qu'il s'endormait.

— Donc, c'est ce qu'il veut faire là ? Rejouer à ce jeu insensé avec toi ? Pourquoi ? Quelle est la finalité ? questionna Stone.

— Et quelle ville vise-t-il ? Ou veut-il perturber l'alimentation électrique du Refuge ? renchérit Tonka.

— Je ne sais pas. Ce n'est pas logique, répondit Ryleigh en secouant faiblement la tête.

— Je suis d'accord. Pourquoi menacer de faire sauter le Refuge, uniquement pour la forcer à jouer ? s'enquit Brick.

— Est-ce qu'il a *besoin* d'une raison ? Il est taré, souligna Owl.

— Ce qui compte pour l'instant, c'est de mettre tout le monde en sécurité, trancha Pipe. Si Ry commet une erreur, ce salaud pourrait décider de la punir en faisant exploser un autre chalet. On ignore ce qu'il va faire après ça.

— On pourrait tous se rendre à Los Alamos, suggéra Alaska.

Spike secoua la tête.

— Tiny a dit que Lodge avait évoqué les véhicules. Si ça se trouve, il a installé une bombe dans l'un d'entre eux. À la seconde où on essaierait de faire sortir tout le monde, il pourrait les faire exploser.

Les visages de toutes les femmes pâlirent.

— Alors, qu'est-ce qu'on fait ? demanda Cora, le regard tourné vers ses enfants adoptifs.

Ces derniers étaient parmi les invités, blottis autour de leur sœur Joyce, qui les serrait aussi fort que si elle était leur mère.

Tiny croisa le regard de Brick, puis observa ses autres amis. Des années auparavant, ils avaient fait le serment de ne jamais révéler leur secret à qui que ce soit. Mais, face à la menace actuelle, cette promesse semblait inutile.

Brick se racla la gorge.

— Les bunkers, dit-il.

Tous les propriétaires du Refuge approuvèrent du chef.

Ryleigh serra la main de Tiny. Il lui rendit son geste, sans la regarder.

— Les bunkers ? Quels bunkers ? s'étonna Maisy.

— Lorsqu'on a fait construire cet endroit, on a fait installer sept bunkers. Dans les bois. Sous terre. Un pour chacun d'entre nous. Par précaution. Quand on est arrivés ici, on était tous paranoïaques et chacun de nous devait encore faire face à l'enfer qu'il avait traversé. J'ai caché Alaska dans l'un d'eux lorsque je chassais un homme qui voulait la kidnapper, et c'est là que Ry a caché Jasna lorsqu'elle a disparu, jusqu'à ce qu'on puisse la retrouver, expliqua Brick au groupe.

— Bordel, souffla Reese.

— Tu étais au courant ? demanda Cora, regardant Ry.

Celle-ci acquiesça, sans donner plus de détails.

— Ry a trouvé facilement les preuves de l'existence des bunkers, peut-être que son père, devina Tonka.

— Peut-être. Mais je jure que j'ai effacé tout ce que j'ai trouvé à leur sujet sur le web, se défendit Ryleigh.

— On doit prendre le risque, ajouta Brick. C'est notre meilleure option. Les bunkers ne sont pas énormes, mais ils devraient être assez grands pour accueillir tout le monde. On peut répartir équitablement les hommes et les femmes, mettre tout le monde à l'abri le temps de fouiller tous les bâtiments et de s'assurer qu'il n'y a pas d'autres bombes. Pendant que Ry est à son affaire, bien entendu.

Ryleigh se raidit.

— Non, vous devez *tous* vous rendre dans les bunkers. On ne sait pas ce que mon père a en tête. Il pourrait faire exploser une des bombes juste au moment où vous entrez dans un chalet pour le fouiller. *Personne* n'est à l'abri. Vous devez aller dans les bunkers avec vos femmes et vos amis.

La voix de la jeune femme était ferme et inflexible.

— Je ne sais pas s'il y aura du Wi-Fi dans les bunkers, songea Tonka. Parfois, ça ne marche pas, même dans la grange.

— Ce n'est pas grave, je serai là, déclara Ryleigh.

Tout le monde se mit à protester bruyamment.

Elle leva une main.

— On n'a pas le temps pour ça, siffla-t-elle en consultant sa montre. Mon père m'a donné vingt minutes pour me connecter. Il ne reste que douze minutes. Vous devez emmener tout le monde dans ces bunkers. Je dois récupérer mon ordinateur portable dans le chalet. Allez-y. Ça a commencé avec moi, et je vais y mettre un terme. J'ai mis chacun d'entre vous en danger. Ça n'arrivera plus. *S'il vous plaît*. Mettez tout le monde à l'abri.

Les amis de Tiny étaient mécontents. Ils étaient habitués à prendre le contrôle de toute situation dangereuse, à agir, pas à se cacher. Mais Ryleigh avait raison. Aucun d'entre eux n'avait ses compétences. Ils ne pouvaient pas se faire passer pour elle, aller sur Internet et affronter son père.

Leurs vies étaient, au sens propre comme au figuré, entre ses mains expérimentées.

— Elle a raison, intervint Tiny. Emmenez les autres en lieu dû. Je reste avec Ryleigh.

— Non, Tiny, hors de question.

Il ignora ses protestations. Si elle pensait qu'il allait la laisser seule face à Harold, elle n'avait pas compris l'homme qu'il était. Il n'était peut-être pas assez intelligent pour affronter Harold Lodge sur un ordinateur, mais il pouvait très bien assurer les arrières de Ryleigh pendant qu'elle se battait pour leur vie à tous.

Alors que les autres commençaient à planifier qui irait dans quel bunker, Tiny tira Ryleigh sur le côté.

— Je vais courir jusqu'à notre chalet et prendre ton ordinateur portable. Reste ici. Ne va *nulle part*, tu m'entends ?

— Tiny, je t'en supplie ! Va dans un bunker.

— Certainement pas.

— Je n'y survivrai pas si tu es blessé à cause de moi, insista-t-elle.

— Et *je* n'y survivrai pas si je me cache dans un foutu bunker pendant que tu es là à combattre ton père. J'assure tes arrières, chérie. Pour le meilleur et pour le pire, dans la maladie et la santé. Je ne t'abandonnerai jamais.

La jeune femme renifla, puis, heureusement, opina du chef.

— N'oublie pas le chargeur, je ne sais pas combien de temps ça va prendre.

Tiny déposa un baiser rapide et passionné sur sa bouche. Il voulait déclamer plus, mais l'heure tournait. Il le sentait au plus profond de lui. C'était un risque de quitter le pavillon, son père aurait pu l'envisager. Il aurait pu le faire exploser à la seconde où il serait entré dans le chalet.

Toutefois, Tiny ne pensait pas qu'il passerait à l'acte. Non, Harold Lodge rêvait de cet affrontement. Il était assez arrogant pour penser qu'il pouvait gagner.

De son côté, Tiny miserait tout sur Ryleigh. Tant bien que mal, elle vaincrait, elle n'avait pas le choix. Sinon, tout ce qu'il avait toujours voulu, tout ce pour quoi ses amis et lui avaient travaillé, serait détruit sous leurs yeux.

Tiny n'avait jamais couru aussi vite de sa vie que lorsqu'il quitta le pavillon. Il était en état d'alerte, mais rien ne semblait anormal... à l'exception des lattes de bois, des briques et autres débris éparpillés après l'explosion des deux chalets, bien sûr. Il s'empara de l'ordinateur portable et du chargeur sur la table de la cuisine et fut de retour au pavillon en moins de trois minutes.

Ryleigh lui prit l'ordinateur des mains et le posa sur le comptoir de la réception. Ses doigts se mirent aussitôt à parcourir le clavier, presque frénétiquement, pour installer tout ce dont elle avait besoin pour jouer au « jeu » de son père.

Pendant son absence, Brick et les autres avaient évidemment expliqué à tout le monde ce qui se passait. Qu'ils allaient les évacuer vers les bunkers situés sur la propriété. Il y aurait un peu de marche, rien de toutefois trop pénible ou d'insupportable.

Les invités semblaient quelque peu effrayés, mais personne ne paniquait. Ils étaient prêts à partir, répartis en groupe.

Dans le bunker 109, Brick, Alaska, leur chien Mutt, la mère de Brick, Robert et Luna. Dans le bunker 110, Tonka, Henley, Jasna, la petite Elizabeth, Cheri Singleton et sa fille. Dans le bunker 111, Spike, Reese, bébé Dylan, Woody et Isabella. Et dans le bunker 112, Pipe, Cora, leurs quatre enfants adoptifs, Jess et Carly.

Au nord-est du pavillon, le bunker 101 abriterait Owl, Lara, Sharyn Vogt et sa mère, ainsi que le jardinier de la propriété, Hudson. Stone, Maisy, Paige, Jason et Savannah iraient se réfugier dans le bunker 102. Enfin, Raiden, Khloe, les chiens de Tonka –, Beauty et Wally –, Wolf et Caroline se rendraient dans le bunker 103 ; celui où Ry avait mis Jasna en sécurité après l'avoir sauvée.

Les animaux de l'étable ne bougeraient pas, et tout le monde priait pour qu'ils s'en sortent, mais avec un délai aussi court pour se mettre à l'abri, ils n'avaient pas le temps d'ouvrir tous les box, afin de leur permettre de s'échapper si un explosif avait été placé dans le bâtiment ou à proximité.

Même si Tiny était inquiet et stressé, il fut reconnaissant envers chacune des femmes qui dirent à Ryleigh qu'elles l'aimaient et qu'elles croyaient en elle alors qu'elles se hâtaient vers les portes. Il vit les épaules de la jeune femme se détendre un peu. Le fait de savoir que personne ne lui reprochait cette situation chaotique, même si elle se le reprochait à elle-même, faisait des merveilles pour la santé mentale de Ryleigh.

Le pavillon se vida rapidement, à l'exception de Ryleigh et de lui-même. Il était étrange de voir la nourriture dans les assiettes. Les verres de punch à moitié pleins. Il était évident qu'une fête avait été interrompue, et s'il n'était pas au courant de ce qui s'était passé, Tiny se serait demandé ce qui avait bien pu faire fuir tout le monde.

La mise en sécurité de ses amis dans les bunkers permit à Tiny d'accorder toute son attention à Ryleigh. Elle était penchée sur son ordinateur à la réception, les sourcils froncés.

Et elle pleurait.

Des larmes tombaient de ses yeux sur le bureau, qu'elle essuyait avec son bras.

— Ryleigh ? s'enquit Tiny, inquiet, en s'approchant.

— Je n'arrive pas à croire que tu sois resté, murmura-t-elle, sans s'arrêter de taper. Tu aurais dû partir avec eux.

— Je te l'ai déjà dit, je n'irai nulle part.

— J'ai vu un film, il y a longtemps. Vers la fin, Sandra Bullock est en danger. Elle est menottée à une barre dans un métro en marche. Le héros ne parvient pas à la libérer et ils vont bientôt s'écraser. Mais au lieu de partir, de s'enfuir, il reste avec elle. Sandra Bullock n'en revient pas qu'il ait choisi de rester avec elle au lieu de sauter du wagon.

Ryleigh leva alors les yeux vers Tiny, ses doigts s'immobilisant sur le clavier.

— Tu es resté. Personne ne m'a *jamais* choisie avant.

Tiny ne put s'empêcher de la toucher. Il se pressa contre son flanc et abaissa son front sur sa tempe.

— Si je devais choisir entre une vie sans toi et une mort certaine, je choisirais la mort. À chaque fois.

Il releva la tête, plongea son regard dans le sien et affirma :

— Mais ce n'est pas moi qui choisis la mort. Il est hors

de question qu'on ait vécu tout ça et qu'on se soit trouvés pour mourir maintenant. Tu vas le battre, Ryleigh. Je n'en doute absolument pas.

Elle soupira, puis elle prit une profonde inspiration avant de reporter son attention sur l'écran devant elle.

— Je peux le battre à ce jeu stupide. Il voulait toujours être le méchant quand on jouait. Et je le laissais gagner. À chaque fois. Parce que sinon, il était encore plus horrible. Mais ce n'était pas difficile de deviner ses futures actions. Il est prévisible... ou du moins, il l'était. Aujourd'hui ? Je ne sais pas. Je suis sûre que je peux le battre à travers un ordinateur, mais c'est ce qu'il a *en tête* qui me fait peur.

— Comme quoi ? interrogea Tiny, lui laissant un peu d'espace tout en restant à côté d'elle.

Ryleigh ne leva pas les yeux de l'écran.

— Ce n'est pas lui qui a posé ces bombes, Tiny. Il n'est tout simplement pas aussi intelligent. Je veux dire, évidemment, qu'il pourrait effectuer des recherches sur les procédés de fabrication, mais tout ce qui est manuel, ce n'est pas son truc. Il n'aime pas se salir les mains... au sens propre comme au sens figuré. Alors, *qui* les a installées ? Qui a-t-il engagé pour le faire à sa place et comment cette personne a-t-elle pénétré sur la propriété sans être vue ? Et est-elle toujours présente ?

Tiny pinça les lèvres. Elle avait raison.

— J'ai encore trois minutes, précisa-t-elle en vérifiant sa montre, avant que son jeu débile ne démarre. Je regarde les vidéos de surveillance. Celles autour des chalets qui ont explosé en premier. Je veux voir si je trouve quelqu'un en train de rôder.

Tiny retint son souffle pendant qu'elle scrutait les images. Il ne savait pas ce qu'elle cherchait, néanmoins, il lui faisait confiance. Il n'avait pas besoin d'être celui qui les étudiait, Ryleigh allait trouver ce qu'elle cherchait.

Ce fut rapide.

— Espèce d'enfoiré !

Se penchant pour voir ce qui l'inquiétait autant, Tiny vit qu'un message s'était affiché sur l'écran de l'ordinateur. Il ignorait de qui il provenait, il supposait que c'était son père qui se jouait d'elle. Il y avait seulement écrit : Caméra 3 ; 16/10 ; 2 h 26.

Sans hésiter, Ryleigh ouvrit la caméra trois de la propriété et remonta jusqu'à l'heure et la date indiquées dans le message.

— Putain de merde ! Regarde, Tiny ! Tu vois ?

Il ne voyait que des arbres. Les images provenaient d'une des caméras orientées vers la forêt. L'un des chalets qui n'existaient plus était situé dans le coin droit de l'écran.

— Qu'est-ce que je dois regarder ? demanda-t-il lorsqu'il ne vit rien d'extraordinaire.

Personne ne rôdait dans les bois. Pas d'oiseaux ni d'autres animaux. Rien.

— Là, *ça* ? Tu vois ? Cette branche qui tombe ? Ça ne devrait pas être possible, elle est déjà tombée deux minutes plus tôt. Il a mis ce passage en boucle. Et comme on ne voit que des arbres, on n'a rien remarqué. Merde, merde, *merde* !

Elle continua à cliquer, et l'enregistrement actuel apparut à l'écran. Le chalet avait disparu, il ne restait plus que les fondations et quelques débris en feu au milieu.

Ryleigh passa à une autre caméra, et ils regardèrent tous deux Spike aider Reese à descendre dans le bunker III. La jeune femme ouvrit toutes les caméras des bunkers – *bien entendu*, elle savait lesquelles étaient placées de façon à ce qu'ils puissent voir les entrées – et ils virent tous leurs amis y pénétrer, les portes se refermant derrière eux. Une fois tout le monde à l'intérieur, il ne restait plus qu'un joli paysage forestier, rien qui puisse faire tiquer.

— Je dois vérifier les autres caméras, voir si je peux trouver les séquences manquantes, la personne qui a placé les bombes après avoir trafiqué la vidéo pour qu'elle tourne en boucle, marmonna Ryleigh.

C'est alors qu'un chronomètre numérique s'afficha sur son écran, au-dessus des caméras, commençant par le chiffre le vingt. Le décompte fut lancé.

— Respire, chérie. Je crois en toi. Tu vas y arriver, déclara Tiny, qui se sentait impuissant.

Il détestait cette situation. Il regrettait presque que ce ne fût pas une mission où il aurait pu utiliser des balles et des couteaux pour protéger ses coéquipiers. Parce que Ryleigh était sa coéquipière. Son tout. Mais il ne pouvait rien faire d'autre que de se tenir près d'elle et de lui faire savoir qu'il la soutenait.

— Vas-y, papa, grommela-t-elle.

Le chiffre zéro s'afficha, suivi de plusieurs lignes de code.

— Putain ! Quel salaud ! Il vise Albuquerque, annonça Ryleigh en tapant avec vigueur un code que Tiny ne comprenait pas.

Ses doigts martelaient les touches tandis qu'elle marmonnait entre ses dents.

— Oh non, tu rêves, maugréa-t-elle en abattant son doigt sur la touche « Entrée ». Cette brèche est fermée, trouve un autre moyen d'entrer, crétin.

Dans une autre situation, Tiny aurait souri de sa férocité. Mais pas maintenant. Chaque fois qu'elle jurait, il retenait son souffle. Il priait pour qu'elle parvienne à prendre le dessus sur son père.

— Merde, c'est quoi ça ?

Il vit qu'un autre message était apparu sur l'écran : une autre date et une autre heure.

— Ce n'est pas mon père, souffla Ryleigh en secouant la tête.

À la grande surprise de Tiny, les lignes de code indiscernables disparurent lorsqu'elle rouvrit les caméras.

— Qu'est-ce que tu fais ? demanda-t-il à voix basse.

— Quelqu'un me donne des informations, et ce n'est pas mon père. Il n'y a aucune chance qu'il m'ait dit exactement quel enregistrement regarder pour comprendre que les caméras tournaient en boucle. Qui que ce soit, il veut que je voie ce qu'il y a à cette heure et à cette date. Pendant que mon père essaie de passer par la dernière faille que j'ai bouchée, j'ai une minute ou deux pour regarder cette vidéo, expliqua Ryleigh.

Tiny était de nouveau en admiration. Elle était multitâche. *Multitâche*, bordel. Elle était incroyable. Non, effrayante, mais quand même incroyable.

Elle passa des caméras au jeu, et inversement, plusieurs fois de suite, puis elle jura.

— Je viens de t'envoyer une vidéo, dit-elle en revenant au code qui défilait. Dis-moi si tu reconnais les gars.

Le téléphone de Tiny vibra dans sa poche. Il cliqua sur le lien qu'elle lui avait envoyé, plissa les yeux et agrandit la vidéo. Deux hommes en tenue de camouflage marchaient dans les bois. Il avait beau essayer, il n'avait aucune idée de l'identité de ces personnes. Il ne les reconnaissait absolument pas.

— Ils s'appellent Archer et Arthur Anderson. Et oui, ce sont leurs vrais noms. Apparemment, ils ont été renvoyés de l'armée. Déshonorés. Mon père les a trouvés en piratant des fichiers gouvernementaux. Il a sûrement cherché les gars les plus cons qu'il pouvait trouver. Il leur a offert de l'argent, puis les a tués.

Tiny l'observait, bouche bée, certes, mais il était complètement choqué par ce qu'elle venait de dire. Il savait qu'elle était douée, mais *ça* ? Découvrir tout ça alors qu'elle s'adonnait à un bras de fer intellectuel avec son père ? C'était démentiel.

— Est-ce que tu le *supposes*, ou tu l'affirmes ? lui demanda-t-il.

— Je l'affirme, grommela-t-elle. Je suis dans son système. Il se tracasse plus de gagner ce jeu stupide que de protéger les portes dérobées de son disque dur. Je vois qu'il a transféré dix mille dollars sur le compte bancaire d'Archer. Ensuite il a effectué une recherche sur leurs noms trois jours plus tard et il a piraté les comptes-rendus du coroner. Leur mort a été déclarée comme un meurtre-suicide, et le jour de leur mort, ces dix mille dollars ont été retirés du compte.

Tiny n'en croyait pas ses oreilles.

— Et il les a tués lui-même ?

— Probablement pas. Je ne sais pas depuis combien de temps il est sorti de prison, mais il ne se salirait pas les mains comme ça. Il a sûrement engagé quelqu'un sur le dark web. Ou même quelqu'un qui était derrière les barreaux avec lui. Il l'a peut-être fait libérer plus tôt en guise de paiement. Il n'aime pas laisser quoi que ce soit en suspens. Comme moi. Mais ce qui est bien, c'est qu'au moins on n'a pas à s'inquiéter de voir ces deux-là rôder sur la propriété du Refuge pour poser d'autres bombes.

Tiny ne put s'empêcher de poser une main sur Ryleigh, il avait besoin de la toucher, de la rassurer, qu'il ne laisserait personne lui faire du mal. Jamais.

Regardant autour de lui, à l'affût de la moindre menace

envers la femme qu'il aimait et qu'il protégerait de sa vie s'il le fallait, Tiny sentit la chair de poule lui monter aux bras. Ryleigh et lui étaient installés à la réception et il sentit soudain qu'ils étaient particulièrement vulnérables. Une légère odeur d'explosif flottait dans l'air, provenant de la fenêtre brisée. Il entendait le vent dans les arbres à l'extérieur, sinon tout était silencieux comme la mort. Le cliquetis des doigts de Ryleigh sur le clavier était le seul autre son.

Ryleigh s'était appuyée contre sa main, ça ne lui avait pas échappé. Même si elle était concentrée sur l'écran devant elle, elle se laissait réconforter par sa présence.

Plusieurs minutes s'écoulèrent pendant que Ryleigh continuait à affronter son père en ligne. Puis elle hoqueta.

— Oh, non. Non, non, non, non !

— Qu'est-ce qu'il y a ? Qu'est-ce qui ne va pas ?

Sa respiration s'est accélérée jusqu'à ce qu'elle soit presque en hyperventilation.

— Il sait ! Il sait pour les bunkers ! Je jure que j'en ai supprimé toute mention partout où j'ai pu en trouver, mais j'ai manifestement raté quelque chose. Et maintenant, il me nargue. Il me dit qu'on a fait exactement ce qu'il voulait. Qu'il était *persuadé* qu'on enverrait tout le monde dans les bunkers s'il nous disait qu'il avait posé des bombes autour du Refuge.

— Et ? Qu'est-ce qu'il a fait ? Parle-moi, Ryleigh.

— Il dit qu'à la seconde où les portes des bunkers se sont refermées, les bombes qu'il a placées sur chacune d'entre elles ont été activées.

Le sang de Tiny se glaça.

— S'ils en ouvrent une, elles exploseront toutes. Chacune d'entre elles. Elles sont toutes connectées. À distance. Je ne sais pas comment. Et il a le détonateur.

Les mains de Ryleigh tremblaient et Tiny voyait bien qu'elle avait du mal à taper.

— Est-ce qu'il bluffe ? demanda Tiny, espérant contre tout espoir qu'elle répondrait par l'affirmative.

— Je ne sais pas ! Je ne crois pas. Il me dit que si je lui envoie les dix millions de dollars, il les désactivera et ne tuera personne. Mais Tiny, il n'en fera rien. Pourquoi ferait-il ça ? Il a tué les gars qu'il avait engagés pour poser les bombes. Il n'hésitera pas à tuer tous ceux que j'aime. Il a *toujours* voulu gagner. Il veut que je sache que je suis incapable d'aimer. C'est un *psychopathe*. Et il veut que je souffre.

Soudain, les mains de la jeune femme quittèrent le clavier pour retomber le long de son corps. Ryleigh s'affaissa en avant, son front reposant contre le comptoir, abattue.

— À quoi bon ? dit-elle, la voix brisée. Il va gagner. Il gagne *toujours* !

— Arrête, grogna Tiny.

Il la prit par les épaules et la leva. Puis il l'embrassa ; un baiser dur, écrasant.

— Il ne va pas gagner. Personne ne va mourir. Tu vas trouver où il se cache, et *cette fois*, il sera enfermé pour de bon. Compris ?

Il n'était pas sûr de ce qu'il disait, d'y croire lui-même. Cependant, il ne pouvait pas laisser Ryleigh abandonner. Pas maintenant. Elle était littéralement le seul espoir de tous de sortir vivant de ce chaos.

Ryleigh cilla, puis hocha la tête et pivota vers son ordinateur.

Tiny laissa échapper un soupir de soulagement. Il ne savait pas lequel de ses mots avait donné des ailes à Ryleigh, mais il était heureux que ça ait marché.

Elle s'arrêta de nouveau de taper.

— Tiny... j'ai sécurisé le Wi-Fi du Refuge. J'ai changé le

mot de passe toutes les semaines. Il est crypté au maximum, et tu sais aussi bien que moi qu'un mot de passe à seize caractères, c'est chiant. Les clients les détestent, et beaucoup ne prennent même pas la peine d'essayer de se connecter parce que c'est pénible. Je ne l'ai pas changé cette semaine, parce qu'on n'avait pas de clients...

Ryleigh baissa d'une octave et continua.

— Il est *là*, Tiny. J'en suis persuadée. Il utilise le Wi-Fi du Refuge pour jouer à ce jeu idiot. Pour me narguer. Il veut me voir souffrir en personne. Il veut voir ma tête quand il gagnera. Il veut que je sache qu'il a pris le dessus sur moi.

Le cœur de Tiny s'emballa.

— Il est ici ? Sur la propriété ?

— Oui. J'en mettrais ma main au feu.

C'était sa chance. Sa chance de se débarrasser de la menace qui pesait sur le Refuge et ses amis. Au moment où il ouvrait la bouche pour dire à Ryleigh qu'il partait à sa recherche, la porte d'entrée du pavillon s'ouvrit.

Tiny fit volte-face, s'assurant que son corps se trouvait entre la personne qui entrait et Ryleigh. Il n'était pas armé, or, il avait passé sa vie à s'entraîner pour ce moment. Il ferait le nécessaire pour attraper Harold Lodge, au prix de sa vie s'il le fallait.

21

———

Ry avait l'impression que son cœur allait sortir de sa poitrine. Elle était terrifiée. Et énervée. C'était une association bizarre. Jamais elle n'aurait imaginé son père accomplir ce qu'il était en train de faire. Si tel avait été le cas, elle aurait quitté le Refuge, peu importe les conséquences. Sauf qu'il était trop tard.

Elle était coincée dans une joute d'esprit avec un homme qui ne l'avait jamais aimée, qui ne l'avait jamais considérée autrement que comme un moyen de parvenir à ses fins. Même ce jeu était un piège. Il se fichait qu'Albuquerque perde tout son réseau électrique ou non. Il voulait seulement de l'argent. Comme toujours avec Harold Lodge, tout se résumait à l'argent.

Il était là. Elle le savait au plus profond d'elle-même. Il voulait la voir perdre, pleurer, le supplier, lui promettre de faire ce qu'il voulait. Il était assez arrogant pour désirer la voir payer pour ses prétendus péchés contre lui en personne. Ce serait sa chute. Elle l'espérait.

La porte du pavillon s'ouvrit et elle tressaillit. Cependant, elle remarqua que Tiny pivota aussitôt pour se mettre entre elle et la nouvelle menace qui venait d'entrer dans le bâtiment. Cet acte était à la fois adorable et détestable.

Ce ne fut toutefois pas son père qui entra ni un vétéran commando envoyé pour les tuer.

C'était Wolf, l'ami de Tiny.

— On se calme, ce n'est que moi, dit-il, les mains en l'air, montrant qu'il n'était pas armé.

Ry avait envie de rire. Même s'il était à la retraite depuis longtemps, quiconque le croiserait le considérerait comme une menace. Certes, plus tôt dans la journée, lorsqu'il était détendu et heureux, il avait l'air plutôt doux. Mais dorénavant ? Il dégageait une sorte de mise en garde qu'elle n'avait vue chez Tiny et les autres propriétaires du Refuge que lorsque l'un des leurs avait été menacé. Cette même menace qui avait empli la pièce après l'explosion des chalets.

L'intensité avait presque étranglé Ry. Néanmoins, elle l'accueillait à présent, l'embrassait même.

Son père pensait qu'elle était sans défense. Une cible facile. Il ne respectait pas Tiny ni personne qui vivait ou venait au Refuge. Il pensait que tous ceux qui étaient incapables de faire face à « un peu d'adversité » – son expression pour définir le syndrome de stress post-traumatique – étaient des mauviettes. Dixit un homme qui avait passé sa vie à se cacher derrière un ordinateur, dans sa maison.

Harold Lodge était un être humain pathétique. Et Ry croyait au karma. Parfois, il prenait son temps avant de faire payer les gens pour leurs mauvaises actions, pourtant, ils finissaient par avoir ce qu'ils méritaient. Et elle priait avec ferveur pour que son père soit confronté aujourd'hui au karma en personne.

En revanche, elle ne pouvait pas s'arrêter de travailler en attendant le moment voulu. Elle devait continuer à suivre ses jeux d'esprit malsains. Continuer à lire ses railleries qui apparaissaient à l'écran entre les lignes de code. Son père profitait du système de sécurité du réseau électrique, et elle colmatait les brèches aussi vite qu'il les ouvrait. Il finirait par ne plus avoir rien à percer, et elle gagnerait.

Et ensuite, quoi ? Ry se doutait qu'il avait prévu autre chose.

Comme il l'avait dit, il avait toutes les cartes en main. Tant qu'il avait un détonateur pour les bunkers, tant qu'il contrôlait qui vivait et qui mourait en une explosion, il avait le dessus. Ils le savaient tous les deux.

— Mais enfin, Wolf, qu'est-ce que tu fais ici ? s'enquit Tiny.

— Si tu crois que je vais rester le cul dans un bunker pendant que tu t'amuses, tu n'es pas le SEAL que je croyais.

Ry avait envie de lever les yeux au ciel. Sérieux ? Wolf pensait que c'était *amusant* ? Elle secoua la tête. Bien sûr qu'il ne le pensait pas. Ce n'était qu'une façon de parler. En fait, elle était contente qu'il soit là. Pas pour elle, mais pour Tiny. Il ne laisserait pas l'homme qu'elle aimait prendre des risques insensés. Il couvrirait ses arrières, tandis que Tiny couvrait ceux de Ry. Après tout, il avait été un SEAL lui aussi. Ils pouvaient travailler ensemble.

— Comment ça se présente ? demanda Wolf.

— Mal, reconnut Tiny.

Sa vérité renforça le respect que Ry éprouvait à son égard. Il expliqua en vitesse ce qui se passait. Ry ne cessait de jeter des coups d'œil furtifs à Wolf, et elle ne fut pas surprise de le voir froncer les sourcils et paraître extrêmement inquiet. Sa femme se trouvait dans l'un des bunkers. Il avait le droit d'être inquiet.

— J'ai un ami, un ancien de mon équipe, commença Wolf. C'est un expert en matière d'artillerie. Je peux retourner devant un des bunkers et l'appeler pour qu'il m'explique comment désamorcer les bombes.

Ry n'était pas certaine que cela fonctionnerait. Toutefois, elle n'était pas sûre non plus du contraire. *La jeune femme était partagée. Elle voulait faire sortir tout le monde de ces foutus bunkers, à la seconde même, mais pas si cela se traduisait par l'explosion de toutes les bombes – et son instinct lui affirmait que Harold ne bluffait pas.*

— Si tu veux faire quelque chose, intervint-elle, prends Tiny avec toi et allez chercher mon enfoiré de père. Il est ici, quelque part. Il observe. Il attend le bon moment pour nous mettre tous en pièces. Trouvez-le et tuez-le avant qu'il n'ait l'occasion de nous faire la même chose.

Elle n'arrivait pas à croire qu'elle venait de demander cela, qu'elle avait encouragé quelqu'un à tuer une autre personne. Mais c'en était trop. Son père était un homme mauvais. Il fallait l'arrêter. Même si elle acceptait et trouvait dix millions de dollars à lui donner, il ne disparaîtrait pas. Il reviendrait. Il en voudrait plus. Il la ferait chanter, menacerait ses amis, ferait le nécessaire pour arriver à ses fins. Il fallait l'arrêter, de manière *définitive*, c'était le seul moyen.

Elle irait sûrement en enfer pour avoir souhaité la mort de son père, mais à ce stade, Ry s'en moquait. Tant que Tiny était hors de danger. Idem pour le Refuge. Elle accepterait n'importe quelle punition si les gens qu'elle aimait étaient protégés.

— Ce ne sera pas nécessaire, ma fille chérie. Je suis là.

Ry se figea et ses mains quittèrent le clavier.

Son père sortit de la cuisine avec un sourire satisfait.

La jeune femme était bouche bée. Il était bête à ce point pour se montrer volontairement ? *Ici* ? Avec Tiny et Wolf aux côtés de Ry ?

Il avait un pied dans la tombe, seulement il ne le savait pas...

Soudain, Wolf bougea...

Il tourna les talons et courut droit vers la porte d'entrée.

Ry l'observa, stupéfaite. Il était littéralement en train de s'enfuir ! Il n'était donc pas un grand méchant SEAL, dommage.

Son père éclata d'un rire fou alors que la porte se refermait derrière Wolf.

— Il ne pourra pas sauver sa précieuse femme. C'est moi qui contrôle la situation.

Tiny s'extirpa de derrière la réception.

— Non, oublie, chuchota Ry.

Il ne l'écouta pas et se posta face à Harold, qui n'était pas armé. Ry ne faisait toutefois pas du tout confiance à son père.

— Alors c'est toi l'homme qui a enfin fait de ma fille une vraie femme ?

C'était une question impolie et grossière, ce qui ne surprit pas Ry.

— Tu as le choix, Ryleigh, déclara son père, d'un ton presque détaché.

Ry sentait ses mains trembler, mais elle se força à regarder l'homme qu'elle avait revu pour la première fois depuis des années la semaine précédente. L'homme qui avait fait de son mieux pour qu'elle soit exactement comme lui. Amorale. Maléfique. Autocentrée.

— Veux-tu connaître ce choix ? demanda son père, qui s'amusait, de toute évidence.

Il pensait manifestement avoir le dessus ; or, Ry pariait sur Tiny. Elle ignorait ce qu'il pouvait entreprendre, mais il n'y avait aucune chance qu'il reste longtemps sans rien faire.

— Je t'écoute, répondit-elle enfin.

Elle savait que si elle ne répondait pas, son père se mettrait à hurler.

— Tu peux te sauver, toi, ou sauver tes amis, jubila-t-il. Ces détonateurs, que je tiens dans mes mains, sont reliés à distance à deux séries de bombes différentes que j'ai placées dans cet endroit maudit. Quand l'une d'entre elles explose, la suivante est déclenchée, et ainsi de suite. Tu peux te sauver, toi et ton jouet sexuel, et je détruirai tous les bunkers en appuyant sur un bouton. Ou tu peux choisir les gens qui se trouvent dans ces bunkers de pacotille – je ne comprends pas pourquoi quelqu'un pense qu'ils sont sans danger – et je ferai sauter ce pavillon avec toi dedans. Et ce nouveau hangar luxueux. Et la grange avec ces adorables... beurk !... animaux.

Ry cilla, puis ne put s'empêcher d'éclater de rire.

Et une fois partie, elle était incapable de s'arrêter.

Elle avait sûrement l'air d'une folle, mais elle s'en contrefichait. Son père était en plein délire, ridicule et *stupide*.

— Qu'est-ce qui te fait rire ? Arrête ! Je suis sérieux, arrête *tout de suite* ! s'égosilla son père.

— Ryleigh, souffla Tiny.

Elle ne se risqua pas à regarder l'homme qu'elle aimait plus que tout au monde. Sinon, elle s'effondrerait au sol. Elle ne tenait déjà plus qu'à un fil. Ry n'arrivait pas à croire que son père, un homme qu'elle avait admiré jadis – bien des années auparavant, avant qu'elle ne se rende compte que c'était une ordure – menaçait de la faire exploser, elle, mais aussi des dizaines d'innocents. Il était tellement pire que ce qu'elle avait imaginé, qu'elle n'arrivait même pas à le comprendre.

— Je te donnerais tout l'argent du monde si je le

pouvais, dit-elle à son père lorsqu'elle retrouva enfin l'usage de la parole.

Elle ne reconnut pas sa propre voix. Elle ne lui avait jamais répondu de cette façon. Mais elle n'avait plus envie de se recroqueviller face à lui, de faire tout ce qu'il exigeait simplement parce qu'elle avait peur.

— Mais je ne peux pas. Je me suis débarrassée de chaque centime.

— Quoi ? s'enquit Harold ? Non, c'est impossible. Je sais que tu l'as caché. Comme je te l'ai appris. Transfère-le-moi, immédiatement !

— Je l'ai donné. À des associations caritatives dans tout le pays et dans le monde entier. Petit à petit. Je l'ai rendu à ceux à qui tu l'avais volé. Des associations de vétérans, des associations de sans-abri, des orphelins, des animaux... À tout le monde. Tout l'argent que tu as volé à des personnes innocentes et qui travaillent dur, à des entreprises naissantes dont les comptes n'étaient pas sécurisés, et même l'argent que tu étais si fier de prendre à notre gouvernement... tout a été redistribué. Rendu à ceux qui le méritent. Et tu sais quoi ? C'était *génial*, tellement mieux que de le voler.

— Tu mens. Salope, tu *mens* ! hurla Harold.

— J'en ai même donné une grande partie au Refuge. Les bâtiments que tu menaces de faire sauter ont été construits avec cet argent. Le hangar ? Construit avec des dons. Les chalets que tu as fait sauter ? Elles seront reconstruites avec l'argent que j'ai donné.

— Non ! Non, non, non ! scanda son père, le visage bientôt cramoisi. C'est *mon* argent ! Je l'ai volé loyalement !

— C'est faux ! hurla Ry à son tour, se sentant de plus en plus confiante. Tu n'as rien volé ! Tu *m'as* forcée à voler. J'étais une enfant ! Tout ce que je voulais, c'était ton amour, et j'ai fait tout ce que tu m'as demandé dans l'espoir que tu me *souries*, que tu me dises « bon travail », que tu m'aimes ! Mais au lieu de ça, tu m'as rabaissée, tu m'as dit que j'étais une moins que rien, que je n'étais pas assez rapide, pas assez sournoise, pas assez *douée*. Alors j'ai travaillé plus dur. J'ai appris tout ce que je pouvais, pour qu'un jour, peut-être, tu m'aimes. Mais rien n'a jamais été suffisant. Ce qui est risible, c'est que si tu m'avais montré ne serait-ce qu'un peu d'affection ? Je serais probablement devenue comme toi. Je serais encore à tes côtés aujourd'hui pour voler de l'argent. Mais parce que tu as été si froid, si insensible, tu es *responsable* de tout ce que j'ai fait. De mon départ avec cet argent.

C'était comme si son père et elle étaient les deux seules personnes au monde. Ils se toisaient. Ry n'était pas intimidée, comme avant en présence de son père. Elle ne sourcilla pas, garda le menton haut et déclara ce qu'elle avait toujours voulu dire à son père, sans toutefois n'avoir jamais eu le courage d'exprimer.

— Je ne t'ai *jamais* aimée, aboya son père. Je n'ai jamais voulu d'enfants. Ta mère était encore plus inutile que toi. Elle m'a donné deux gamins ingrats et, pour couronner le tout, je ne pouvais jamais me vider les couilles. Je l'ai supportée jusqu'à ce que tu sois assez grande pour te gérer, et ensuite, elle a dégagé.

— J'avais *cinq ans* ! s'écria Ry. Je ne pouvais pas me gérer ! J'avais besoin de ma mère. De mon *père* !

— Tu fais comme si tu étais une bien meilleure personne que moi, ricana Harold. Mais comme tu viens de le souligner, c'est *toi* qui as volé cet argent. C'est *toi* qui as piraté les caisses des organisations caritatives que tu prétends soutenir aujourd'hui. Et tu as adoré ça ! Je t'ai observée, ma fille chérie, tu as pris ton pied en prenant ce qui ne t'appartenait pas. C'est pourquoi je voulais que tu reviennes travailler à mes côtés. Tu es douée parce que tu aimes le pouvoir qui en découle ! Je suis peut-être recherché par le FBI, mais tu es aussi mauvaise que moi. *Pire* ! Tu as baratiné tout le monde. Tout le monde ici pense que tu es si douce et gentille. Sauf que tu es une vipère dans une fosse de chatons câlins. Ils n'ont aucune idée du danger que tu représentes. Mais un jour, ils s'en rendront compte, et ce sera terminé. Tout va s'écrouler. Tous ces gens que tu protèges, ils te tourneront le dos en un clin d'œil. Tu es *bête*. Tu as *toujours* été bête. Et à cause de toi, tout ça va disparaître. *POUF !* Disparu en appuyant sur le bouton de ces détonateurs !

En d'autres circonstances, ses mots auraient anéanti Ry. Elle les aurait pris à cœur. Les aurait intériorisés. Elle aurait cru ce qu'il disait. Or, elle gardait la tête haute. Il avait tort. Sur elle, sur ses amis. Et sur ce qui allait se passer.

En effet, ce qu'elle savait, et que son père ignorait, c'est que Wolf ne s'était pas enfui du pavillon par peur... il n'était pas retourné aux bunkers pour tenter de sauver sa femme.

Il avait contourné le pavillon et était en train de sortir furtivement de la cuisine, alors même que son père fulminait et s'acharnait à essayer de la rabaisser et de la démoraliser.

— Tu crois que je ne vais pas passer à l'acte ? s'époumona son père. Je vais le faire ! Je vais faire exploser cet endroit ! Il va pleuvoir des morceaux de corps ! Et ce sera de ta faute. Seulement de *ta* faute ! Je te donne une dernière chance de me rendre mon argent. Dix secondes, Ryleigh. Pose tes doigts sur ce clavier et rends-moi mon argent. Sinon... *BOUM !*

Ry ne savait pas comment il pensait *la* faire exploser, sans se faire exploser lui-même, mais ça n'avait aucune importance. Il n'aurait pas l'occasion d'appuyer sur les boutons des détonateurs. Elle n'en doutait pas.

Au moment où elle y pensait, Wolf passa à l'action.

Il se jeta sur son père et enroula un bras musclé autour du cou de ce dernier.

C'était presque comique de voir ses yeux s'écarquiller et la rapidité avec laquelle il lâcha les détonateurs pour attraper le bras de Wolf et essayer de le dégager de son cou afin de pouvoir respirer.

Ry grimaça lorsque les appareils en plastique rebondirent sur le parquet du pavillon. Elle retint son souffle, prête à entendre le bruit effroyable de bombes explosant dans la forêt. Mais rien ne se produisit, ce qui lui permit de respirer à nouveau.

Tiny bondit et s'empara des détonateurs tandis que Wolf retenait le père de Ry. Cependant, Harold Lodge n'avait pas prévu de rester là sans se battre. Alors que Ry observait la scène depuis son poste derrière la réception, Harold sortit un couteau de nulle part.

— Wolf ! Couteau ! cria-t-elle.

Malheureusement, c'était trop tard. Son père parvint à planter la lame dans la cuisse de Wolf. Le sol à leurs pieds devint glissant, sûrement à cause du sang qui s'écoulait de sa blessure à la jambe.

Wolf ne lâcha pas son père pour autant. Au contraire, il resserra sa prise autour de son cou, et le visage de Harold vira presque au violet.

Tiny s'empressa de poser les détonateurs sur la table, avant de rejoindre la mêlée.

Ry avait peur à présent. Elle avait le cœur serré en regardant son père se battre pour sa vie. Ce n'était pas un guerrier chevronné, contrairement aux deux anciens SEAL avec lesquels il

*était aux prises, néanmoins, il était prêt à tout... et il tenait
toujours fermement le couteau.*

Le combat était étonnamment silencieux, seuls les grognements de son père qui se débattait pour se libérer étaient audibles. Les hommes glissaient sur le sang, luttant pour garder leur équilibre. Ry vit la lame du couteau briller, puis les trois hommes s'écroulèrent avec *force*.

Elle sortit en courant de derrière la réception, prête à... quoi ? Aider ? Elle ne pouvait rien faire d'autre que de s'interposer. Mais l'envie de faire *quelque chose* était irrésistible.

Puis Tiny se redressa sur ses genoux, et Wolf l'imita.

Son père resta au sol, immobile.

Tiny se leva ensuite et tendit une main à Wolf, qui l'accepta et se leva à son tour.

En regardant de nouveau son père, Ry vit le couteau qu'il avait utilisé pour poignarder Wolf, planté dans son cou. Le sang commençait à former une flaque autour de son corps inerte.

Elle aurait dû être choquée, horrifiée. Au lieu de cela, elle était hébétée.

— Assieds-toi, ordonna Tiny à Wolf.

Ce dernier secoua la tête.

— Ça va. Il n'a pas touché d'artère. Ça fait un mal de chien, mais j'ai connu pire. On doit trouver comment désamorcer les bombes des bunkers.

Ry cilla. Comment avait-elle pu oublier ? Ce n'était pas parce que son père était mort qu'ils étaient tranquilles. Il était possible que, comme il l'avait menacé, il ait placé des bombes partout sur la propriété du Refuge, et s'ils ne trouvaient pas comment les désamorcer, il pouvait encore gagner. Ce qui était inacceptable.

Ry se rua sur son ordinateur sur le comptoir de la réception.

— Ryleigh ? lança Tiny.

— Apportez-moi les détonateurs, ordonna-t-elle, la voix tremblante. Il a dit qu'elles étaient reliées. Que si l'une d'elles explosait, elles exploseraient toutes. On doit donc déterminer laquelle a été placée en premier. Peut-être que si on désamorce celle-là, les autres seront aussi désamorcées.

— Respire, Ryleigh, lui intima Tiny.

Elle sursauta, car elle n'avait pas remarqué qu'il s'était approché d'elle. Il posa une main sur sa hanche et son contact la ramena à la réalité. Prenant une profonde inspiration, elle se força à se détendre. Les bombes n'avaient pas encore explosé, elle avait encore une chance de sauver tout le monde.

Elle avait en horreur l'idée que ses amis meurent à cause de son père... les enfants, la mère de Brick. Les chiens. Tous pouvaient disparaître en un clin d'œil si elle ne se concentrait pas et ne faisait pas ce qu'elle faisait le mieux.

Son père n'avait pas tort. Elle *avait* enfreint la loi, volé de l'argent. Or, elle avait travaillé comme une forcenée au cours des dix dernières années pour se repentir, pour rendre ce qu'elle avait pris. Elle ne savait pas si un tribunal prendrait en considération le fait qu'elle n'avait pas voulu prendre cet argent, qu'elle essayait seulement de gagner l'amour d'un homme qui n'était pas capable de s'intéresser à quelqu'un d'autre que lui, mais plutôt mourir que de laisser des dizaines d'innocents payer pour ses péchés.

Elle consulte à nouveau la vidéosurveillance. C'était une tâche impossible. Faire défiler des heures de vidéos et essayer de trouver les hommes que son père avait engagés pour poser les explosifs. Elle ne savait même pas quelle caméra regarder. Lequel des bunkers était le premier, sans parler du jour où ils avaient été piégés.

— À quel bunker penses-tu, Ryleigh ? l'interrogea Tiny calmement.

La respiration de la jeune femme devint saccadée. Elle n'y arriverait pas.

— Je ne sais pas, répondit-elle, d'une voix pathétique et abattue. Je ne sais pas !

Elle leva le regard vers Tiny.

— Si, tu sais. Tu peux le faire. J'ai confiance en toi, Ryleigh.

Sa confiance était tout pour elle. C'était un homme qui avait été brisé par la trahison d'une femme. Il avait passé des années de sa vie à tenir tout le monde à distance. Il ne supportait même pas de s'endormir à côté de quelqu'un de peur qu'on essaie de le tuer pendant qu'il se reposait. Et pourtant, il l'avait accueillie dans son chalet. Il avait dormi comme un bébé avec elle dans ses bras. Non seulement il lui faisait confiance, mais il l'aimait.

Elle.

Elle avait trouvé ce qu'elle avait passé sa vie à désirer. L'amour. Et ce n'était pas seulement l'amour de Tiny. C'était l'amour de tout le monde. Brick, Alaska, Tonka, Henley, Spike, Reese, Pipe, Cora, Owl, Lara, Stone et Maisy. Et tous ceux qui travaillaient au Refuge. Elle n'allait pas les laisser tomber. Hors de question.

Elle ferma les yeux et prit une profonde inspiration. Puis une autre. Ses mains tremblaient toujours, toutefois, elle se sentait beaucoup plus maître de sa personne. Elle pensa aux bunkers, à la première fois dont elle en avait entendu parler. Et à la première fois qu'elle s'en était servi...

— Le bunker 103, dit-elle, plus pour elle-même qu'aux deux hommes dans la pièce. Je pense qu'il savait que j'y avais emmené Jasna. S'il a trouvé les archives des vidéos, il l'a choisi à dessein. C'est le seul bunker avec lequel j'ai un lien.

— Caroline est dans le 103, précisa Wolf, d'une voix étranglée.

La détermination monta en Ry.

— Tu peux la désamorcer à distance ? demanda Tiny, l'un des détonateurs en main. En te servant de ça ?

Ry le lui prit et tourna le petit appareil dans ses mains. Elle avait peur de le démonter, même si c'était ce qu'elle avait prévu à l'origine. Afin de voir s'il y avait une puce à l'intérieur qu'elle pourrait brancher sur son ordinateur et déprogrammer. Cependant, l'idée de faire le moindre faux pas lui donnait envie de vomir. Ce n'était pas un jeu vidéo. C'était la vraie vie. Et des êtres humains en chair et en os allaient mourir si elle se trompait.

Elle secoua la tête à contrecœur.

— OK, donc on va à la source, intervint Wolf, avec l'air d'un SEAL qui prend les choses en main.

— Au bunker, acquiesça Tiny.

— J'appellerai Dude en chemin. Il saura comment la désamorcer et s'assurer que la connexion avec les autres est rompue. Ton père n'aurait jamais pu trouver plus doué que Dude.

— Je devrais vérifier les caméras... pour voir si c'est vraiment la première bombe qu'il a placée, protesta Ry.

— Pas le temps, répliqua Tiny en secouant la tête. Tu restes ici.

Elle renâcla.

— Certainement pas. Pour commencer, tu ne vas pas me laisser ici avec un cadavre. Avec la chance que j'ai, mon père va ressusciter et m'attaquer par-derrière, ou bien son âme maléfique me possédera et tu auras une petite amie dont la tête se mettra à tourner à n'importe quelle heure. Je viens avec vous.

Les lèvres de Tiny ne bougèrent pas d'un iota.

— Je veux que tu restes en sécurité.

— Et je ne veux pas que mes amis explosent ! s'écria-t-elle, presque hystérique. Je t'en supplie, Tiny. Ne me laisse pas ici. C'est à tes côtés que je suis le plus en sécurité. Nulle part ailleurs.

Il la dévisagea une seconde, puis opina du chef.

Le soulagement étourdit Ry, néanmoins, elle n'hésita pas un instant lorsque Tiny se tourna vers la porte. Pendant qu'ils parlaient, Wolf avait fabriqué un bandage de fortune avec quelques serviettes en tissu posées sur les tables. Il boitait vers la porte, son téléphone à l'oreille, Tiny et Ry sur ses talons.

Il fallait que ça marche. Il le *fallait*. L'ami de Wolf devait trouver une solution. Sinon, Ry ne pourrait jamais se le pardonner. Quoi qu'en dise Tiny ou n'importe qui d'autre, c'était elle qui avait apporté cette menace au Refuge. C'était *son* père, *son* passé qui les avait amenés à ces événements. Elle devait être là... soit quand tout serait littéralement réduit en miettes, soit pour voir des années de fuite et de peur prendre fin.

Dans tous les cas, les prochaines minutes changeraient sa vie une fois pour toutes.

22

Tiny trottinait à travers les arbres et n'osait pas lâcher la main de Ryleigh. Wolf, devant eux, se mouvait comme s'il ne venait pas d'être poignardé à la cuisse. Mais il supposait que l'adrénaline et la peur pour sa femme étaient des motivations puissantes. S'ils s'en sortaient, si le coéquipier de Wolf parvenait à désamorcer les bombes, il s'assurerait que Wolf reçoive des soins médicaux aussi tôt que possible.

Pour le moment, toutefois, le temps pressait. Un seul faux pas et la petite égratignure sur la cuisse de Wolf serait le cadet de leurs soucis.

Tiny avait été surpris lorsque Wolf s'était précipité hors du pavillon, néanmoins, il n'avait pas pensé une seconde qu'il allait les laisser derrière lui. Il savait de quoi l'ancien SEAL était capable. Son histoire avec Caroline était légendaire. Sans parler de toutes les autres missions auxquelles Wolf et son équipe avaient participé. Elles n'étaient peut-être pas connues du public, mais les SEAL parlaient entre eux. Parfois, le réseau de ragots d'un SEAL à l'autre était embarrassant, mais il était détaillé.

Wolf n'était pas du genre à fuir une confrontation,

cependant, il était assez intelligent pour savoir quand la furtivité était plus utile.

Même si Wolf et Tiny avaient essayé de le maîtriser, le père de Ryleigh ne s'était pas laissé faire facilement. Ce couteau était aussi sacrément aiguisé, et après que Lodge eut tenté d'atteindre la gorge de Wolf pendant qu'ils se battaient, Tiny l'avait arraché à son ami – et avait été frappé d'une clarté soudaine.

Ryleigh avait raison. Harold Lodge ne cesserait jamais d'essayer de faire du mal à sa fille et à tous ceux qu'elle aimait. Il ne pouvait pas être enfermé dans une prison normale. Un téléphone portable passé sous le manteau, et l'homme serait de nouveau en liberté. Il l'avait prouvé. Alors Tiny avait fait ce qu'il avait à faire. Il n'aimait pas tuer, mais dans ce cas-ci, c'était sacrément bon.

Plus jamais Harold n'importunerait sa fille. Plus jamais son père ne ferait sentir à Ryleigh qu'elle devait disparaître pour protéger Tiny ou quelqu'un d'autre. Elle pourrait vivre sa vie libre comme l'air, débarrassée du monstre qui l'avait élevée.

Tiny détestait la présence de Ryleigh à cet instant, tandis qu'ils se dirigeaient vers les bunkers piégés. Mais si son père avait dit la vérité – et il ne savait pas si c'était le cas –, elle n'était probablement pas plus en sécurité dans le pavillon ou n'importe où ailleurs au Refuge qu'avec lui. Et... il ne pouvait pas nier qu'il se sentait plus solide avec elle à ses côtés.

Elle avait été remarquable. Il avait toujours su qu'elle était douée dans son domaine. Il l'avait déjà vue à l'œuvre. Cependant, la voir sauver à elle seule la ville d'Albuquerque, qui ne se doutait de rien, d'une panne d'électricité majeure, c'était vraiment impressionnant. Tex avait eu raison, quelques mois auparavant, d'admettre que Ryleigh était une meilleure hackeuse que lui. Elle était unique en son genre.

Ils s'approchent du bunker 103, celui qui se trouvait à l'est du pavillon principal.

— Où est-elle ? Elle ne peut pas être près de l'ouverture, on l'aurait repéré, supposa Tiny.

— En effet, les gars auraient remarqué que quelque chose n'allait pas et ne seraient pas entrés dans les bunkers s'ils avaient pensé qu'il y avait un quelconque danger. Personnellement, je n'ai rien vu quand j'ai aidé Raid à faire entrer les chiens dans ce bunker, déclara Wolf.

Tiny parcourut du regard le sol où le bunker était enterré, puis il désigna une parcelle de terre retournée près de l'arrière du bunker.

— Là.

Ils s'avancèrent doucement et Wolf s'agenouilla maladroitement à un demi-mètre du sol retourné. Il tendit son téléphone à Tiny.

— Tu me tiens ça ? Mets le haut-parleur pour que je puisse entendre Dude.

Hochant la tête, Tiny prit le téléphone. Il sentit les doigts de Ryleigh se glisser dans la ceinture de son pantalon. Sa présence le faisait presque vibrer de nervosité. Si cette bombe explosait, ils mourraient tous. Sur-le-champ. Il activa le haut-parleur du téléphone.

— Dude ? lança Wolf.

— Dis-moi ce que tu vois, exigea l'autre homme au bout du fil.

Il allait droit au but, ce que TIny apprécia.

— On peut faire un FaceTime ? demanda Tiny. Je pense que ce serait plus simple.

— On ne capte pas assez ici, intervint Ryleigh dans son dos.

Tiny jura. Il avait oublié. La première chose qu'il ferait quand ils seraient sortis de là, c'était de demander l'installation d'antennes-relais supplémentaires dans cette zone de leur forêt. Même si le Refuge devait mettre la main au porte-monnaie, même s'il devait soudoyer un employé de l'opérateur téléphonique, il s'assurerait que ce soit fait.

— Ne t'inquiète pas, Dude peut me guider. Il n'a pas besoin de voir la bombe pour savoir ce qu'il faut faire, répondit Wolf, l'air tout à fait calme.

— Wolf, parle, insista Dude, irrité.

— De la terre. La bombe a été enterrée. J'ai peur de pousser la terre, je ne veux pas la déclencher.

— D'après ce que tu me dis, je ne pense pas que ça puisse arriver. Si cette ordure avait un détonateur, ça ne va pas exploser en enlevant la terre. Vas-y doucement, c'est tout.

— Bien reçu.

Tiny observa, détestant ce sentiment d'impuissance qui l'envahissait alors que Wolf découvrait lentement la bombe.

— À quoi ça ressemble ? interrogea Dude.

Wolf lui décrivit ce qu'il voyait, de quelle couleur étaient les fils, comment ils étaient reliés.

— Ça me paraît assez rudimentaire, commenta Dude.

— Mon père a dit qu'elles étaient toutes connectées. Que si une explosait, elles explosaient toutes, les interrompit Ryleigh.

— Je ne pense pas que ce soit vrai, réfuta Dude. Ce que Wolf a décrit semble relever de l'amateurisme. Et si ton père a trouvé des soldats qui ont été déshonorés, ça ne me surprendrait pas. À mon avis, ils ont mal suivi les tutos pour fabriquer une bombe, donc ils ne maîtrisent pas les techniques les plus avancées.

Tiny sentit Ryleigh s'appuyer contre lui et lui murmurer à l'oreille :

— C'était une blague ?

Ses lèvres tressaillirent, mais c'était plus à cause du stress que de l'humour.

— Je pense que oui, répondit-il en hochant la tête.

— Wolf ? Tu as dit qu'il y avait des fils jaunes, violets et rouges, c'est ça ?

— Oui.

— C'est donc logique qu'ils n'aient même pas été capables d'utiliser les fils de la bonne couleur. Et il y a un boîtier électronique attaché sur le dessus ? La lumière clignote, hein ?

— Hmm, hmm.

— Bien. Tout ce que tu as à faire, c'est de retirer le fil violet du bas de la boîte.

Tiny se raidit. Ça lui paraissait *bien trop* facile.

Pourtant, Wolf n'hésita pas une seconde. Dès que Dude eut fini de parler, il tira sur le fil violet. Celui-ci sortit de l'appareil électronique d'une simple traction.

Tiny retint son souffle, se préparant à une explosion.

— Wolf ? C'est bon ?

— Oui, et la lumière ne clignote plus.

— Parfait. C'est terminé.

— C'est tout ? *Sérieux* ? s'enquit Ryleigh.

— Oui. Le C-4 est un explosif très stable. C'est pourquoi il est si populaire dans l'armée. On peut le mettre dans nos sacs à dos sans craindre qu'il explose simplement parce qu'il est secoué dans tous les sens.

Wolf se leva péniblement et se dirigea vers la porte cachée du bunker.

— Et les autres bombes, alors ? Peut-on les désamorcer aussi facilement ? interrogea Tiny.

D'un côté, il était soulagé que les bombes ne soient pas toutes reliées entre elles. Et apparemment, la bombe ne pouvait pas être déclenchée par quelqu'un qui ouvrirait ou fermerait les portes du bunker, sinon elles auraient toutes explosé lorsque leurs amis et leur famille y seraient entrés. Mais d'un autre côté, il pourrait très bien y avoir encore six bombes actives prêtes à exploser.

— Je ne sais pas. Il faut qu'on me les décrive avant que je puisse répondre avec certitude.

Tiny regarda Wolf, qui serrait à présent sa femme dans ses bras.

— Wolf, je peux t'emprunter ton téléphone ? Je veux vérifier les autres bombes.

Wolf acquiesça d'un geste de la main.

— Reste ici, demanda Tiny à Ryleigh.

Elle leva les yeux au ciel, ce qui l'amusa et l'agaça.

— Dans tes rêves. Viens, il faut qu'on se dépêche.

L'instant d'après, Tiny courait vers le bunker 102, Ryleigh à ses côtés. Lorsqu'ils arrivèrent, ils regardèrent prudemment autour d'eux et trouvèrent une autre zone de terre légèrement retournée. Tiny déterra soigneusement la bombe et, à son grand soulagement, elle était identique à la première. Pour plus de sûreté, il la décrivit à Dude et, une fois de plus, il lui recommanda de retirer simplement le fil violet du boîtier électronique fixé au sommet du C-4.

Ryleigh ouvrit la porte du bunker. Tiny expliqua brièvement à Stone tout ce qui s'était passé, puis lui demanda de retourner au pavillon et de trouver quelque chose pour couvrir le corps d'Harold, afin de s'assurer qu'aucune des femmes ni aucun des enfants ne le voient. Il lui demanda également d'empêcher tout le monde d'entrer dans le pavillon afin de préserver la scène. Il fallait appeler les flics. Mais d'abord, ils avaient d'autres bombes à désamorcer.

Ryleigh et lui trottinèrent à nouveau à travers les arbres, en direction du bunker 101. Au total, ils répétèrent cinq fois le processus de désamorçage des bombes posées par les complices d'Harold.

Lorsqu'ils ouvrirent le dernier bunker, le 109, avec Alaska et Brick à l'intérieur, Tiny était épuisé. Il avait la même impression que lorsqu'il était revenu d'une mission particulièrement éprouvante de deux semaines en Iran. Ils avaient dû se faufiler dans le pays par les montagnes, puis repartir de la même façon après avoir tué leur cible. Il se sentait aussi tendu et tremblant qu'à l'époque.

— Merci, dit-il à Dude. Tu n'as pas idée de l'importance de ton aide, pour mes amis et moi.

— Je vous conseille de vérifier tous les autres bâtiments de votre propriété. Voyez si vous pouvez faire venir un chien renifleur de bombes. Attends, je crois que j'ai un contact, je vais voir s'il peut se rendre sur place dès que possible. Vous ne voulez pas risquer de penser que tout va bien, mais qu'une bombe cachée explose.

— Je suis d'accord. Même si cet enfoiré a menti en disant qu'elles étaient connectées. Il a sûrement menti sur le reste des bombes. Mais je ne veux pas prendre ce risque.

— Dis à Wolf de m'appeler plus tard, quand il aura un moment. Je veux m'assurer que Caroline et lui vont bien. Ma Cheyenne voudra aussi parler à Ice.

— Entendu. Si ta famille et toi voulez prendre des vacances, le Refuge vous sera ouvert. Sans frais.

— Merci. Vous avez des chalets isolés des autres ? Je pense que ma femme et moi aurons besoin d'un peu d'intimité.

Tiny s'esclaffa.

— Oui. On s'en assurera.

Il tourna son regard vers Ryleigh, qui enlaçait Alaska et

lui assurait que tout allait bien. Luna se joignit à leur étreinte en pleurant.

— Tiny ?

— Oui ?

Il se souvenait à peine qu'il était encore en ligne avec Dude.

— Elle s'est bien débrouillée. Ta petite amie. Elle est restée à tes côtés. Je ne pense pas qu'on puisse demander plus à une partenaire.

— Sauf lui demander de rester là où elle était en sécurité, grommela-t-il.

— Elle est en sécurité avec *toi*. Elle le sait, et elle a été assez intelligente pour rester là où elle devait être pour se sentir protégée.

Dude n'avait pas tort. Et le plus drôle, c'est que Tiny se sentait tout aussi protégé par Ryleigh. Non pas parce qu'il était un homme, un SEAL, mais parce qu'il savait que si les choses tournaient mal, elle était assez intelligente pour l'aider à trouver la marche à suivre. Ils formaient une équipe, et c'était extraordinaire.

— C'est vrai.

— Bon, je vais te laisser. N'oublie pas de dire à Wolf de m'appeler.

— Promis. Encore merci, Dude. Sérieux, je ne sais pas ce qu'on aurait fait sans toi.

— Ta petite amie aurait cherché comment désamorcer une bombe et se serait débrouillée, ricana Dude. À plus.

Tiny raccrocha et rangea le téléphone de Wolf dans sa poche. Dude n'avait pas tout à fait tort. Ryleigh aurait certainement effectué des recherches sur comment désamorcer une bombe, ou elle aurait trouvé quelqu'un sur le dark web qui aurait su le faire. Tout ce dont le Refuge avait besoin, tous les experts dont ils avaient besoin, il ne doutait pas que Ryleigh était capable de les trouver.

Autrefois, le pouvoir qu'elle possédait l'aurait effrayé. Dorénavant ? Après avoir vécu ce qu'ils avaient vécu ? Il l'embrassait. Sa Ryleigh était incroyable. Un trésor. Il ne pouvait pas plus avoir peur de ce qu'elle pouvait faire que des compétences de ses amis des forces spéciales. Ils étaient tous effrayants dans leur genre. Et pourtant, leurs femmes ne les craignaient pas. Elles ne s'attendaient pas à ce qu'ils se mettent soudain à utiliser les compétences qu'ils avaient acquises dans l'armée pour nuire à autrui. Pourquoi penserait-il que Ryleigh agirait différemment ?

Une main se posa sur son épaule. Tiny fit volte-face et se retrouva nez à nez avec Brick. Son ami le serra de toutes ses forces dans ses bras.

— Merci, souffla Brick d'une voix rauque.

Tiny recula et hocha la tête. La journée avait été riche en émotions. Les deux hommes étaient conscients qu'ils auraient pu tout perdre. Le Refuge, l'amour de leur vie, leurs amis et leur famille. Il s'en était fallu de peu, mais Harold Lodge n'était plus une menace. Il n'y avait plus qu'à espérer que tout le monde puisse maintenant se détendre et vivre heureux jusqu'à la fin des temps.

Tiny sourit en pensant à cette idée. Mais enfin, qu'est-ce qu'il racontait ? Il ne faisait aucun doute qu'il y aurait encore beaucoup de hauts et de bas pendant qu'ils élèveraient leurs familles et continueraient à aider la communauté des victimes de TPST. Toutefois, ensemble, ils pouvaient tout affronter. Ils l'avaient prouvé à maintes reprises.

— Allez. On doit retourner s'assurer que le pavillon est hors de danger, puis traiter avec les autorités, annonça Brick.

Tiny pinça les lèvres et approuva du chef. Ils allaient être interrogés, afin de savoir pourquoi un homme mort gisait au sol avec un couteau dans la gorge.

Il sentit le bras de Ryleigh s'enrouler autour de sa taille, et son anxiété se calma.

— Les caméras tournaient. Tout a été filmé. Même si j'aimerais que les choses que mon père a dites ne soient plus jamais répétées, je ferai face à toutes les conséquences pour m'assurer que Wolf et toi n'ayez pas d'ennuis pour l'avoir tué.

Tiny pressa un baiser sur le sommet de sa tête.

— Il n'y aura pas de conséquences.

— Mais...

— Pas. De. Conséquences, insista Tiny. On a des contacts, chérie. Et tu es trop douée pour laisser des traces derrière toi. Tu n'as rien à craindre. En plus, qui croira les divagations d'un homme dément ? Un homme qui était recherché par le FBI et qui s'est évadé de prison ?

— Et qui a posé neuf bombes – à notre connaissance – et fait exploser deux bâtiments ? renchérit Brick.

— Tu es l'une des nôtres, ajouta Alaska en se blottissant contre son nouveau mari. Et on protège les nôtres.

— Carrément, acquiesça Brick.

Ryleigh sourit et se lova contre Tiny. Il était encore épuisé et n'avait pas hâte d'avoir affaire aux autorités de retour au pavillon, cependant, rien ne lui faisait autant de bien que d'avoir sa partenaire à ses côtés.

Mutt aboya une fois, comme pour leur dire d'arrêter de parler et de se mettre en marche. Brick s'esclaffa et tapota la tête de son chien.

— Désolé, on y va, lui dit-il.

Puis il prit la main d'Alaska d'un côté, celle de sa mère de l'autre, et commença à se diriger vers le pavillon.

Luna et Robert les suivaient. Avant même que Tiny ne puisse leur emboîter le pas, Tiny la retint.

Elle se tourna afin d'être face à lui et verrouilla son regard sur le sien.

— Tiny ?

— Je t'aime.

— Moi aussi, répondit-elle avec un sourire.

— Je suis également fier de toi. Et émerveillé. Ce que tu es capable de faire... c'est extraordinaire. Tu es bien trop intelligente pour quelqu'un comme moi. Pour être ici, au milieu de nulle part. Mais je ne t'abandonne pas. Tu peux faire ce que tu veux, travailler pour qui tu veux, je sais que notre gouvernement adorerait t'avoir dans ses rangs, ou tu pourrais travailler comme consultante en sécurité pour apprendre aux entreprises comment éviter d'être piratées. Je n'en sais rien. Mais je ne te laisserai pas partir. Je suis à toi, chérie. Pour aujourd'hui et pour toujours.

Le sourire de la jeune femme s'étira.

— Et le Refuge ? Je peux travailler ici ?

— Comme je l'ai dit, tu peux travailler où tu veux, tant que tu m'autorises à rester à tes côtés. Parce que je vais te dire une chose, l'endroit où je me sens le plus en sécurité, c'est ici. Tout ce dont tu as besoin, c'est d'un téléphone portable et tu peux faire n'importe quoi. Descendre des terroristes, sauver les océans et la planète, rendre le monde meilleur.

— Tiny, chuchota-t-elle, manifestement bouleversée.

— Non, ne pleure pas. Je ne fais qu'énoncer des faits. On doit s'assurer que le pavillon est en sécurité, faire des dépositions aux inspecteurs, tu dois télécharger les images de vidéosurveillance pour leur donner afin qu'ils puissent voir que ton père était une menace et que nous nous sommes défendus.

Il l'embrassa alors. Et ce ne fut pas un bref baiser. Il déversa tout l'amour qu'il éprouvait pour Ryleigh dans cette étreinte. Il lui dévoila sans mots son amour, sa confiance et sa fierté, pour tout ce qu'elle pouvait faire.

Lorsqu'ils se séparèrent, ils respiraient tous les deux avec difficulté.

— C'est déjà l'heure d'aller au lit ? demanda Ryleigh. La seule chose que je déteste plus que les insectes et le grand air, c'est l'exercice. Et j'ai l'impression qu'on a dû courir sur des kilomètres et des kilomètres.

Tiny rit, puis regarda son poignet.

— En fait, ce n'est même pas encore l'heure du dîner.

Ryleigh cilla.

— Sérieux ? J'ai l'impression que des heures se sont écoulées.

— Je sais. Mais ça ne fait pas si longtemps que ça. Si on se dépêche d'en finir avec les formalités, peut-être qu'on pourra même finir la réception.

Ryleigh sourit.

— J'adore cette idée. Et je sais que ça plairait aussi à Alaska. Ce serait justement ce qu'il faut pour mettre cette journée pourrie derrière nous.

— Amen, conclut Tiny.

Il prit la main de la jeune femme dans la sienne et ils suivirent les autres, à travers les arbres. Il y avait beaucoup à faire. Les chalets devaient être reconstruits, les brèches dans leur système de sécurité devaient être colmatées, le C-4 devait être enlevé... mais d'abord, ils avaient besoin de voir leurs amis. Voir par eux-mêmes que tout le monde était sain et sauf.

Leur avenir s'ouvrirait alors devant eux. Les possibilités étaient infinies et Tiny était impatient de vivre chaque instant avec cette femme à ses côtés.

23

_____

Quand Ry et Tiny retournèrent au pavillon, tout le monde était sur les dents. La police et les pompiers étaient déjà sur place. L'explosion des chalets avait été entendue – et ressentie – jusqu'à Los Alamos et les gens avaient immédiatement appelé les secours.

Deux heures plus tard, le corps de son père avait été emmené, les preuves de sa mort nettoyées, et tous les bâtiments avaient été fouillés à la recherche d'explosifs supplémentaires – sans toutefois en trouver d'autres. Les démineurs de la police de Los Alamos s'efforçaient d'enlever le C-4 et les bombes dans chacun des bunkers.

— Je suis désolée que vos bunkers ne soient plus secrets, s'excusa Ry lorsqu'ils eurent un moment à eux au milieu du chaos.

— Ce n'est pas grave, la rassura Tiny. Ils ont rempli leur fonction. Avant, on en avait besoin pour notre propre tranquillité d'esprit, mais le temps a passé et on a tous trouvé notre âme sœur, alors je pense qu'on peut s'en débarrasser.

— Tant mieux, déclara Ry, serrant la main qu'elle tenait toujours.

— Et je pense même qu'après cette journée, on va sûrement les déterrer. Peut-être les vendre. Imaginer ce qui aurait pu arriver à tout le monde si Wolf n'avait pas été là pour appeler son ami...

Tiny frémit.

Ry l'enlaça avec force. Il lui rendit l'étreinte tout aussi férocement. Puis il se dégagea.

— Comment vas-tu ? C'était assez intense.

— Ça va.

— Ryleigh, ne me ferme pas la porte, l'implora Tiny.

Tourné vers elle, il avait les sourcils froncés et ses mains plaquées dans le bas du dos de la jeune femme.

Elle haussa les épaules.

— Mon père faisait tout le temps ça. Il me disait que j'étais pressée par le temps... ce qui était peut-être le cas, parce que je n'ai pas toujours été aussi douée qu'aujourd'hui pour le piratage, alors si quelqu'un m'avait surprise en train de fouiller dans ses fichiers, ça aurait pu mal se passer.

— Je ne parlais pas du réseau électrique, même si c'était vraiment horrible. Mais aussi... tu n'aurais pas dû voir ton père comme ça.

— Comment ? Fou ? Avide d'argent ? Complètement malade ? répliqua Ry, un peu plus durement qu'elle ne l'aurait voulu.

Elle prit une grande inspiration et ajouta :

— Je suis désolée. Tiny, tous les sentiments que j'avais pour mon père étaient morts depuis longtemps. Ce n'était pas quelqu'un de bien. Non, c'est un euphémisme. C'était un monstre. Il n'avait aucune empathie pour qui que ce soit d'autre que lui. Il se fichait de ce que les autres pensaient ou ressentaient. Ce qui s'est passé aujourd'hui devait se produire. Tu sais aussi bien que moi que s'il avait été de nouveau placé en détention, ça n'aurait été qu'une question de temps avant qu'il ne soit libéré. Le problème, c'est que le monde tourne autour des ordinateurs. Mon père n'était peut-être pas aussi doué que moi pour manipuler le code, mais il était tout de même très compétent. Ce qui s'est passé aujourd'hui, sa mort, c'est ce qu'il y a de mieux pour tout le monde.

— Pourtant... ça reste ton père.

Ry secoua fermement la tête.

— Non. Il ne l'était plus depuis bien longtemps. Maintenant... est-ce qu'on peut parler d'autre chose ?

— D'accord. Mais Henley est là si tu as besoin de parler, et moi aussi, bien sûr.

— Merci, mais franchement, Tiny, ça va. Je te le promets.

— OK.

Le téléphone de Ry sonna à cet instant. Surprise, car presque toutes les personnes auxquelles elle tenait ou qu'elle connaissait étaient ici, elle le sortit de sa poche et avisa l'écran. Numéro masqué. Elle s'apprêtait à l'ignorer... mais quelque chose la poussa à répondre.

— Allô ?

— Ne raccroche pas. C'est Bryce.

Ry cilla de surprise, puis la panique l'envahit.

Elle n'avait pas eu de nouvelles de son frère depuis... *des années*. Elle savait que son père échangeait avec lui à de rares occasions, et la dernière chose dont elle avait besoin ou qu'elle voulait, c'était de se débarrasser d'une menace pour découvrir que le soulagement qu'elle avait ressenti à la mort de son père était prématuré.

— Ryleigh ? C'est comme ça que tu te fais appeler, maintenant, pas vrai ? l'interrogea son frère.

Voyant manifestement sa détresse, Tiny la prit par le bras et l'entraîna sur le côté, hors de portée de voix des autres, avant de lui prendre son téléphone des mains. Il activa le haut-parleur et demanda d'une voix basse et cinglante :

— Qui est-ce ?

— Qui est-ce ? répliqua Bryce.

— Le petit ami de Ryleigh. Quelqu'un qui fera tout pour la protéger. Maintenant, dites-moi qui vous êtes ?

— Bryce. Son frère.

Ry prit une grande inspiration et fit un signe de tête à Tiny. Elle espérait qu'il se souvenait de ce qu'elle lui avait dit au sujet de son frère : que Bryce était plus âgé qu'elle et qu'il avait été absent durant la majeure partie de sa vie. Il avait quitté la maison avant même le départ de sa mère et il ne s'entendait pas vraiment avec son père. Ry le connaissait à peine... cependant, elle n'avait pas pu prendre le risque qu'il ne dise pas à leur père où elle se cachait si elle l'avait contacté pendant sa fuite. D'après tout ce que son père lui avait craché au visage, c'était un génie de l'informatique... il n'était donc pas difficile de comprendre comment il l'avait trouvée. Néanmoins, elle ignorait pourquoi il la contactait maintenant.

— Qu'est-ce que vous voulez ? gronda Tiny.

— Ryleigh ? Tu es toujours là ?

— Je suis là, confirma-t-elle.

— Quand on aura terminé cette discussion, je ne te contacterai plus, et j'apprécierais que tu fasses de même. On est libres maintenant.

— On ? s'enquit Ry, intriguée.

— Papa était déséquilibré depuis longtemps, mais il l'était encore plus ces derniers temps. Il te dénigrait, ainsi que l'endroit où tu te cachais. Je l'ai ignoré, comme je l'avais fait pendant des années, jusqu'à ce qu'il décide de me faire chanter pour que je l'aide à te ramener au bercail, si je puis dire. Il pensait qu'avec mon... *expérience* des bases de données de l'armée, j'avais des contacts. Il n'a pas trouvé Archer et Arthur Anderson. C'est moi qui les ai trouvés. C'étaient de vrais crétins. Des « survivalistes », ou une connerie du genre, qui disaient s'y connaître en explosifs. Anti-gouvernement et tout le toutime. Je les ai recommandés à notre père parce que je savais qu'ils feraient le minimum pour être payés, et qu'ils se planteraient même à ce niveau-là.

Ry n'arrivait pas à y croire.

— Tu es sérieux ?

— Très sérieux. Et j'avais raison. Ils n'ont placé que la moitié des bombes pour lesquelles ils ont été payés. Et ces bombes sur les bunkers ont été faciles à désamorcer, pas vrai ?

— Oui, répondit Ry à voix basse.

— Bien, alors tout s'est passé comme prévu.

— C'est toi qui as envoyé ces messages, n'est-ce pas ? Tu me disais quelles parties des vidéos regarder ?

— Oui. Il t'aurait fallu trop de temps pour trouver ce que tu voulais savoir, alors je t'ai indiqué exactement ce que tu devais voir. Je savais que ton petit ami SEAL et ses amis pouvaient s'occuper des bombes, et j'espérais qu'ils s'occuperaient aussi de papa. On est tous les deux libres. Il a été une épine dans mon pied pendant des années. Il m'a fait chanter, il m'a menacé, il a fait de ma vie un enfer. Et maintenant, c'est fini. Pour nous deux.

Ry avait des sentiments mitigés face à ces paroles. Elle n'avait jamais vraiment connu Bryce, et elle ignorait que leur père avait utilisé des menaces pour le contrôler, comme il l'avait fait avec elle. Comme il n'avait jamais essayé de la contacter, qu'il l'avait laissée souffrir seule pendant des décennies, elle s'était dit que Bryce était probablement du même acabit que leur père. Qu'il était tout aussi mauvais.

Entendre dire le contraire, qu'il avait fait ce qu'il pouvait pour l'aider, pour les débarrasser tous les deux du nuage noir qui planait au-dessus de leurs têtes, était une énorme surprise.

— Prends soin de toi, Ryleigh. Je te souhaite une vie heureuse. Je sais que ce sera mon cas.

Le silence se fit sur la ligne.

— Bryce ?

Il ne répondit pas. Il avait raccroché.

Ry leva la tête vers Tiny, sans savoir quoi dire.

— Putain ! s'exclama Tiny en attirant Ry dans ses bras.

Elle se blottit contre lui, soulagée de voir qu'il semblait aussi surpris qu'elle par toute cette conversation.

Elle finit par rompre l'étreinte.

— Est-ce qu'on doit informer la police de ce qu'on vient d'apprendre ? s'enquit-elle.

Tiny soupira.

— Sûrement. Mais je pense qu'on devrait laisser tomber. On n'a aucune preuve que ce qu'il a dit est vrai. Et tu as envie qu'ils traquent ton frère pour en savoir plus ?

— Non, répondit Ry sans hésiter.

Bryce n'avait jamais fait partie de sa vie, ce n'était qu'une personne de plus dans l'ombre qui pouvait ou non lui vouloir du mal. S'il disait la vérité, il lui avait rendu un énorme service. Et elle n'allait pas lui rendre la pareille en l'entraînant dans les méfaits ou les ennuis judiciaires de leur père.

— Bien. J'ai donc l'impression que je dois te reposer la question. Et je vais assurément te la poser pendant un bon bout de temps, juste pour en être sûr. Est-ce que ça va ?

En observant l'homme qu'elle aimait, Ry prit conscience qu'elle allait plus que bien. Un poids énorme avait été enlevé de ses épaules. Son père était mort, son frère n'attendait pas dans l'ombre pour reprendre le flambeau. Elle pouvait vraiment vivre maintenant. Aller de l'avant... avec Tiny.

— Ça va, lui assura-t-elle.

Ry regarda autour d'elle et vit, à son grand soulagement, que personne ne paniquait. Tout le monde parlait tranquillement. Personne n'avait l'air d'être parti non plus. Ils étaient encore tous réunis, se soutenant les uns les autres.

— Ils ont l'air de bien gérer ce qui s'est passé, dit-elle.

— Les gars sont furieux que je ne leur aie pas dit ce qui se passait et que je ne les aie pas appelés en renfort, déclara Tiny en haussant les épaules.

Ry fronça les sourcils.

— Ce n'était pas comme si on avait le temps de les appeler pour leur dire ce qui se passait. De plus, on pensait qu'en quittant les bunkers, ils auraient déclenché les bombes.

— C'est ce que je leur ai dit, mais ils ne sont pas contents quand même.

— Ils s'en remettront, rétorqua Ry d'un ton un peu hargneux.

Tiny s'esclaffa.

— Mais oui. Ils ont seulement besoin de temps. Oh, oh, attention.

Ry se retourna et vit ce que Tiny avait désigné d'un coup de menton. Toutes les femmes arrivaient vers elle. Tiny la relâcha.

— Je vais voir Wolf, mais je reste à l'affût. Si tu as besoin de moi, dis-le et je te sortirai d'ici.

— Merci, mais ça va aller, le rassura Ry.

Elle adorait qu'il la laisse respirer *et* qu'il veille sur elle.

Il l'embrassa rapidement avant de se diriger vers Wolf et sa femme, en train de discuter avec Woody et Isabelle.

Ry se prépara à l'assaut de ses amies, car il était plus qu'évident qu'elles avaient quelque chose en tête. Cependant, Alaska ne lui laissa pas le temps de dire quoi que ce soit. Elle attrapa Ry et la serra si fort que celle-ci en eut presque mal.

— On est ravies que tu ailles bien, commença Alaska en reculant.

— Ça va, confirma Ry.

— Pas question que tu partes, lança Reese.

— Quoi ? s'étonna Ry.

— Au cas où tu te sentirais coupable, ou salie par les actes de ton père... on ne veut pas que tu partes, expliqua Reese un peu plus calmement.

— Oh, souffla Ry, surprise.

— On te connaît. Tu as sûrement l'impression qu'on ne te fera plus confiance à cause de ce que Harold a fait. Ou qu'on est rancunières, mais ce n'est pas du tout le cas, affirma Henley avec gentillesse.

— On a besoin de toi, intervint Cora.

— Oui, qui d'autre réparera le Wi-Fi quand ça tombera en panne ? s'enquit Maisy.

— Ou se débarrassera des virus sur nos ordinateurs ? ajouta Reese.

— Ou me donnera les gâteaux en forme de sapin de Noël que Robert te glisse en douce parce que tu es sa préférée ? renchérit Lara avec un sourire.

Ry se sentait tellement privilégiée d'avoir ces femmes comme amies. L'émotion la submergea soudain.

— Vous auriez toutes pu mourir. Vos enfants, vos maris, vos amis et vos familles...

Elle fut incapable de continuer.

Alaska la serra à nouveau dans ses bras. Ry sentit Henley l'étreindre par-derrière, puis les autres femmes se joignirent au groupe. Ry était au milieu de toutes ses amies, et elle ne s'était jamais sentie aussi heureuse, aussi aimée.

— Mais on est encore là, déclara Alaska. En plus, on ne savait même pas qu'on était en danger, alors si tu penses que notre passage dans les bunkers nous a traumatisés, tu te trompes. C'est toi qui as vécu cette expérience horrible, pas nous. Et tu nous as sauvés.

Ry secoua la tête.

— Non, ce n'est pas moi, c'est Dude, l'ami de Wolf.

Alaska pinça les lèvres avec obstination.

— Non, c'est *toi* qui nous as sauvés. Je n'ai pas tous les détails, mais je suis certaine que tes supers compétences en informatique et toi avez trouvé exactement les informations dont les gars avaient besoin pour faire le nécessaire. Nous, les femmes, nous sommes plus fortes que ce que la société nous accorde. Nous parvenons à former de minuscules êtres humains dans notre corps et à les faire sortir par notre vagin. Nous les nourrissons, nous les élevons, nous gérons nos maris, nous travaillons et nous entretenons des amitiés. Nous sommes *géniales*. Et toi... Ry, tu as surmonté tellement de choses. Et tu es si *intelligente*. Je suis sûre que tu pourrais aller n'importe où, travailler pour n'importe qui, mais nous voulons que tu restes. Avec nous. Ici. S'il te plaît, dis-nous que tu ne partiras pas.

— Partir ? répéta Ry, bouleversée. Pourquoi voudrais-je quitter la seule famille que j'ai jamais connue ? Les seuls amis que j'ai jamais eus ? De plus, il y a un travail monstre ici, avec la reconstruction des chalets, les bunkers à déterrer, et bien plus encore.

Elles s'écrièrent toutes de joie, puis s'étreignirent une dernière fois en un énorme câlin groupé.

— Vous pensez qu'on peut relancer la fête ? demanda Henley en souriant. Je ne sais pas pour vous, mais je pense qu'on a besoin de relâcher un peu la tension qui règne encore. Pourquoi pas en dansant ?

— Oui ! s'exclamèrent-elles à l'unisson.

Les femmes s'éloignèrent, mais Alaska resta avec Ry.

— Je suis désolée que mon père ait gâché ton mariage, se lamenta Ry.

Alaska secoua la tête.

— Ça l'a rendu un peu plus mémorable, peut-être, mais le gâcher ? Rien n'aurait pu gâcher le jour où Drake a enfin fait de moi sa femme, officiellement. J'ai l'impression d'avoir attendu ce jour toute ma vie, et rien ni *personne*, ne peut le gâcher, la rassura Alaska, une main sur le bras de Ry. Sérieusement, merci de nous avoir sauvé la vie.

Ry se sentit rougir.

— Comme je l'ai déjà dit, ce n'est pas moi.

— Tu peux continuer à penser ça si tu veux, mais tout le monde ici sait que ce n'est pas le cas. Tu es une partie vitale du Refuge, Ry. Ne pense jamais le contraire. Et ce n'est pas grâce à tes incroyables compétences en informatique. C'est parce que tu es *toi*. Ta gentillesse, ta présence quand quelqu'un a besoin de toi. Ton côté terre-à-terre et pragmatique. Le Refuge a besoin de toi autant que tu as besoin de lui.

— Merci, murmura Ry.

— Je t'en prie.

La musique commença, un peu plus douce qu'avant les événements, mais Alaska s'illumina.

— Allez, viens ! C'est l'*electric slide**, on doit la danser !

— Tu plaisantes ? L'*electric slide* ? répéta Ry, en riant.

— Oui. C'est obligatoire, et c'est mon mariage, donc tu dois faire ce que je veux.

— Tu vas me faire le coup de la *Mariée-zilla* ? s'amusa Ry.

---

* Danse country.

— Oui ! répondit Alaska.

Son amie la tira vers les autres femmes alignées au milieu de la pièce.

Ry se laissa guider vers la piste de danse improvisée, croisant le regard de Tiny sur son passage. Il arqua un sourcil, il voulait clairement s'assurer qu'elle allait bien. Ry lui sourit, et elle vit ses muscles se détendre en comprenant que ça allait.

Ils célébraient le mariage d'Alaska et de Brick, certes. Toutefois, Ry avait l'impression que c'était aussi sa propre fête. L'aboutissement d'années de chagrin et de terreur. Sa récompense pour ne plus avoir à fuir et à se cacher. Son père ne la menacerait plus jamais ni les gens qu'elle aimait. Et même si elle ne pouvait pas effacer tout ce qu'elle avait vécu, Ry était déterminée à ne pas laisser son passé gouverner sa vie. Elle était responsable de son avenir, et d'après l'instant présent, entourée d'amis et de tant d'amour, elle allait avoir une vie extraordinaire. Ici. Au Refuge. Un endroit où les personnes brisées venaient pour guérir. Pour être elles-mêmes. Pour ne pas être jugées.

Le Refuge était un miracle. Il avait apporté à Ry tout ce qu'elle avait toujours voulu. Elle ignorait ce que l'avenir lui réservait, mais elle ne doutait pas que ce serait chaotique, désordonné et rempli d'amour pour quiconque mettrait le pied sur la propriété.

ÉPILOGUE

Tiny grimaça en entendant les cris provenant de la grande aire de jeux située derrière les chalets des propriétaires. L'un des nouveaux enfants adoptifs de Cora et Pipe était poursuivi par Rebecca, le troisième enfant de Maisy et Stone... qui, à cinq ans à peine, pensait commander tout le monde.

— Pourquoi la princesse crie-t-elle à présent ? demanda Stone en rejoignant Tiny.

Le petit sourire paternel, empli de fierté, qui se dessinait sur le visage de son ami, fit rire Tiny.

— C'est une sacrée terreur, affirma ce dernier.

— En effet, reconnut Stone, sans aucune hésitation.

— Vous avez vu Patrick ? interrogea Spike.

— Il est à l'intérieur, avec Josiah et Samantha, répondit Pipe derrière eux.

Jetant un coup d'œil par-dessus son épaule, Tiny sourit lorsqu'il vit Pipe tenir *sa* fille. Il se retourna aussitôt et tendit les bras vers elle.

— Merci, dit-il.

Pipe sourit et tendit le bébé fraîchement changé et endormi à son père.

Tiny admira Miracle. Elle était parfaite. Il avait fallu presque neuf ans à Ryleigh pour tomber enceinte. Et beaucoup de larmes et de déceptions. Elle avait fait trois fausses couches et les médecins ne pensaient pas que la petite Miracle arriverait à terme. Et pourtant, elle était là.

Elizabeth, Dylan, Matthew et Max sortirent en courant du bâtiment derrière eux, dans la cour, ajoutant au chaos. Brick, Tonka et Owl rejoignirent Tiny, Stone, Spike et Pipe sous le porche. Ils veillaient tous sur leurs enfants pendant que les femmes faisaient une de leurs pauses hebdomadaires « réservées aux femmes ».

Les dix dernières années avaient été riches de bons et de mauvais moments. Le Refuge avait subi de nombreux changements, que Tiny n'aurait jamais pu imaginer lorsque ses amis et lui avaient créé cet endroit.

Ils s'étaient rapidement rendu compte que le Refuge ne pouvait pas rester un lieu de retraite sans enfants. Pas avec le nombre de bébés qui naissaient. Ils avaient donc mis à jour le site web, précisé qu'il y avait des bébés et des enfants qui vivaient sur les lieux, et si ces derniers étaient un élément déclencheur de stress pour certains, ils incitaient les clients à trouver un autre lieu de retraite.

Ils avaient cependant construit de nouveaux chalets pour les propriétaires, à bonne distance du pavillon principal, à la fois pour préserver leur propre intimité et pour s'assurer que les invités passaient un séjour aussi relaxant que possible. Les nouveaux chalets étaient beaucoup plus grands et disposés en cercle autour d'une aire de jeux et d'un mini-pavillon, où ils pouvaient tous se rassembler et passer du temps ensemble.

Exactement là où Tiny et ses amis se trouvaient actuellement. Sous le porche, à surveiller leurs enfants en train de jouer.

Tonka et Henley n'avaient eu qu'un seul enfant de leur union, Elizabeth. Jasna vivait à présent à Albuquerque, où elle terminait ses études. Reese et Spike avaient eu les trois enfants qu'ils avaient toujours voulus : Dylan, dix ans, Patrick, qui était arrivé trois ans plus tard, et la petite Joyce, qui venait d'avoir quatre ans.

Lara et Owl avaient aussi eu une fille, Samantha Jean. Elle avait neuf ans et demi, mais se comportait déjà comme une vraie adolescente. Ils avaient désiré d'autres enfants, toutefois, Lara avait failli mourir pendant son accouchement, et Owl avait refusé de risquer la santé de l'amour de sa vie avec une autre grossesse.

Cora et Pipe avaient adopté les premiers enfants placés dans leur famille. Joyce avait vingt-sept ans et vivait à Los Alamos avec son mari et ses deux enfants ; Kason avait vingt-trois ans et avait déménagé à Los Angeles pour poursuivre une carrière d'acteur. Il venait d'obtenir un rôle important dans une série policière. Shannon avait dix-huit ans et prévoyait de rester au Refuge, de travailler à temps partiel tout en allant à l'université. Et Max avait quatorze ans et était la star du basket-ball de son école.

Le couple avait accueilli près de deux douzaines d'enfants au cours des dix dernières années, faisant une énorme différence dans la vie de chacun d'entre eux. Deux enfants vivaient actuellement avec eux au Refuge, un garçon de dix ans et une fille de seize ans.

Maisy et Stone avaient eu quatre enfants : Matthew, Josiah, Rebecca et Luke. Chacun né avec deux ans d'écart, l'aîné ayant neuf ans. Ils en avaient donc plein les bras depuis près d'une décennie et avaient décidé qu'ils n'auraient plus d'enfants.

Alaska et Brick n'avaient pas eu d'enfants. Ils y avaient pensé, mais comme Alaska avait déjà quarante ans au moment de leur mariage, ils avaient décidé d'un commun accord qu'ils se contenteraient de gérer le Refuge et d'aider à s'occuper des bébés et des enfants de leurs amis.

Avec tous ces enfants, le Refuge était un lieu plein de vie. Il se passait toujours quelque chose. Des randonnées, des feux de joie, des chasses au trésor. Et Tiny et ses amis se délectaient de ce chaos. Bien sûr, il arrivait à Tiny de regretter la sérénité qu'offrait le Refuge. Mais cela valait la peine quand il se couchait le soir à côté de Ryleigh, avec leur petite Miracle blottie entre eux.

— Qui aurait cru qu'on aurait fini ici ? s'enquit Brick.

— Pas moi, répondit Tonka en haussant les épaules.

— Moi non plus, convint Spike.

— C'est drôle, intervint Owl. Il n'y a pas si longtemps, on était en train de décider de ce qu'on voulait pour le Refuge, et on était tous d'accord pour que ce soit un lieu de retraite réservé aux adultes.

Tiny s'esclaffa. Il venait de penser la même chose.

— Et on voulait que ce soit simple, avec seulement quelques chalets et peu d'employés.

Tout le monde éclata de rire. Ils s'étaient assurément agrandis, en ajoutant des chalets et en embauchant plus de personnel à temps plein. Ils avaient maintenant vingt employés à temps complet. Des femmes de ménage aux employés administratifs, en passant par les cuisiniers et les soigneurs d'animaux. La grange avait été agrandie et remplie d'animaux, que les clients venaient constamment voir, un hélicoptère occupait Owl et Stone. Entre les visites aériennes, l'aide à la recherche de personnes disparues et les incendies de forêt, ils étaient constamment sollicités dans leur région de l'État.

Ils organisaient des semaines réservées aux scouts, au cours desquelles ils leur offraient le séjour dans les chalets pour qu'ils organisent des jamborees et se familiarisent avec la notion de sécurité en plein air. Le Refuge était devenu un lieu de guérison pour les personnes souffrant de TPST, mais aussi un lieu d'apprentissage des techniques de survie pour toutes sortes de groupes.

Les changements avaient été importants, mais aux yeux de Tiny, ils faisaient du Refuge un lieu diversifié. Et rien de tout cela n'aurait été possible sans Ryleigh.

Il était le seul à savoir *exactement* combien elle avait donné au Refuge.

Elle avait passé huit heures en salle d'interrogatoire avec le FBI, peu de temps après l'assassinat de son père. Huit heures qui avaient manqué de briser Tiny. Il aurait voulu la protéger de leurs questions, entrer dans la pièce et l'emmener loin de là. S'ils avaient pensé une seule seconde l'inculper pour les crimes de son père, ou lui faire purger une peine pour avoir joué un rôle dans les vols, il aurait été prêt à fuir le pays avec elle. Il n'aurait jamais pu la laisser passer un jour derrière les barreaux pour quelque chose que son père l'avait forcée à faire.

Mais en fin de compte, le FBI n'avait pas voulu l'incarcérer, seulement l'embaucher. Ils n'étaient pas stupides. Ils avaient tout de suite compris qu'avoir quelqu'un avec ses compétences dans leurs rangs serait un énorme avantage.

L'argent qu'elle n'avait pas pu donner au moment de la mort de son père – environ huit millions – continuait à fructifier grâce aux intérêts et à des investissements judicieux, et Tiny était bien conscient que sa femme continuait à verser une somme régulière au Refuge, ainsi qu'à d'autres organisations caritatives qu'elle aimait soutenir. Cependant, il n'en avait jamais rien dit. Il la laissait simplement faire ce qu'elle devait faire pour exorciser les démons de son passé.

Elle travaillait toujours pour le FBI. Elle suivait numériquement les cybercriminels, traquait les fugitifs en utilisant leurs activités en ligne et sur leurs téléphones portables contre eux. Tiny était certain qu'elle faisait beaucoup de choses qui n'étaient pas tout à fait légales, des choses qui lui provoqueraient une syncope s'il en savait plus... mais d'un autre côté, n'avait-il pas fait la même chose lorsqu'il était SEAL ? Des missions top secrètes dont il ne parlerait jamais ?

Tiny faisait confiance à sa femme, sans réserve. Il lui faisait confiance pour savoir quand dire non à quelque chose que ses supérieurs voulaient qu'elle fasse, parce qu'elle avait dit non de nombreuses fois. Elle avait des valeurs morales bien tranchées. Elle n'avait aucun problème à contourner la loi pour trouver des pédophiles et des meurtriers, néanmoins, elle refusait d'espionner pour son pays. Tiny l'aimait encore plus pour son intégrité.

Ils s'étaient mariés lors d'une petite cérémonie privée, comme ils l'avaient prévu. C'était un jour que Tiny n'oublierait jamais. Ils s'étaient juré de s'aimer et de se chérir pour le reste de leur vie, tous les deux, avec un témoin et l'officiant.

Dix ans plus tard, il était là, avec sa fille dans les bras, ses meilleurs amis vivant à deux pas de chez lui. On dit qu'il faut un village pour élever un enfant, ses amis et lui avaient créé leur propre village ici, au Refuge.

— On a de la chance, lança Pipe. On a tout ce qu'on a toujours voulu. Nos âmes sœurs, nos enfants, nos meilleurs amis, et un lieu sûr pour les élever.

Tiny acquiesça. Ils devenaient fleur bleue avec l'âge, mais il s'en moquait.

Rebecca tomba, atterrissant avec force sur ses mains et ses genoux. Elle se mit à pleurer sur-le-champ. Luke, qui ne savait pas trop pourquoi sa sœur pleurait, se joignit à elle. Joyce avait l'air inquiète et elle attira son grand frère Dylan vers Rebecca, accroupie par terre.

Stone s'avança vers eux, prêt à réconforter sa fille, mais Brick lui saisit le bras.

— Ils gèrent, rassura-t-il son ami.

Il parlait des enfants, qui se rassemblèrent tous autour de la petite fille, plus effrayée que blessée, pour la calmer. Elizabeth la releva, Patrick essuya la terre sur ses genoux, tandis que Max faisait de même pour ses mains. Les plus jeunes lui tapotèrent simplement le dos et les bras, en lui affirmant que tout allait bien. Deux minutes plus tard, ils étaient de nouveau tous en train de courir, les blessures oubliées.

Leurs enfants avaient créé leur propre tribu, ils étaient eux aussi meilleurs amis. Une fois de plus, le cœur de Tiny enfla dans sa poitrine. C'était leur avenir. L'avenir du Refuge. Cette deuxième génération ne saurait jamais ce que signifie être un paria. Ils ne seraient jamais victimes de brimades parce qu'ils avaient une tribu de « frères et sœurs » qui les soutiendraient.

Il observa sa fille et sourit. C'était la plus jeune, le bébé. Elle serait probablement gâtée, toutefois, il n'y voyait pas d'inconvénient. Chaque petite fille devrait se sentir comme une princesse. Il soupira en pensant à l'enfance de sa femme, aux maltraitances subies des mains de la personne qui était censée l'aimer le plus, et il se promit que Miracle saurait toujours qu'elle était aimée. Surtout par son père.

Ryleigh aurait pu laisser son père la briser. Tout comme toutes les autres femmes ici présentes auraient pu se laisser détruire par leurs expériences. Sauf qu'elles avaient toutes été déterminées à être heureuses, à mettre leur passé derrière elles et à vivre la meilleure vie possible. Ça n'avait pas toujours été facile. Ils avaient dû faire face aux émotions négatives et aux traumatismes qui surgissaient de temps à autre. Mais grâce au système de soutien qu'ils avaient créé ici, tout le monde s'épanouissait.

Tiny ne savait pas ce qui l'attendait au cours de la prochaine décennie ni après ça. Pour Miracle, sa femme ou le reste de ses amis. Mais ce qu'il savait sans aucun doute, c'est que ce qu'ils avaient construit ici, dans leur coin du Nouveau-Mexique, durerait pendant des générations. Les enfants qu'ils élevaient, les personnes qu'ils aidaient, les amitiés qu'ils avaient nouées au cours des dix dernières années, tout cela continuerait à prospérer.

— À votre avis, elles parlent de quoi là-bas ? interrogea Owl, faisant référence à leurs femmes.

Elles étaient installées dans le mini-pavillon et avaient installé sur la porte un panneau sur lequel on pouvait lire : « Ne pas déranger, sauf si le sang ou les tripes fusent. »

— De cuisine, de sommeil, de sexe, devina Spike en haussant les épaules.

Tous les hommes rirent. Il n'avait sûrement pas tort.

Tiny embrassa le front de Miracle et elle s'agita, probablement agacée. Sa fille adorait dormir et n'aimait pas être interrompue.

— Je vais aller mettre quelques paniers avec Max, annonça Pipe. Il va me battre, mais je m'en moque. Un jour, il sera une star de la NBA et je me vanterai de lui avoir appris tout ce qu'il connaît.

— Je vais aller voir si Sam, Dylan et Elizabeth veulent jouer à cache-cache avec moi. Quelqu'un veut venir avec nous ? proposa Owl.

— Moi.

— Moi aussi.

Spike et Stone se joignirent à Owl et se dirigèrent vers la cour.

— Je vais rassembler les plus jeunes, leur proposer de jouer à chat, dit Brick.

— Je vais m'occuper des animaux. Je vais demander aux enfants qui restent s'ils veulent m'aider, conclut Tonka.

Et c'est ainsi que Tiny se retrouva seul sous le porche avec Miracle. Il était assis sur l'une des douze chaises à bascule qu'ils avaient installées et sourit en observant ses amis et leurs enfants courir dans l'air frais de la montagne.

La porte du pavillon grinça et il tourna son regard, souriant face à Ryleigh.

— Ça va ? demanda-t-il.

— Oui. C'était à mon tour d'aller chercher quelques collations à la cuisine, et je me suis dit que j'allais passer vous voir en même temps.

Sa femme était toujours l'une des personnes les plus gentilles qu'il ait jamais rencontrées. Il était plus probable qu'elle se soit portée volontaire pour aller chercher de quoi grignoter, et même si les autres femmes et elle n'avaient aucun problème à laisser leurs maris s'occuper des enfants, Tiny savait qu'elle était encore un peu traumatisée par ses trois fausses couches et les difficultés qu'elle avait eues à concevoir un enfant. Elle n'aimait pas laisser Miracle hors de sa vue trop longtemps.

— Elle va bien, chuchota-t-il en tendant une main à sa femme.

Ryleigh s'empressa de le rejoindre. Elle se pencha et caressa le visage de Miracle avec un doigt, puis pivota et embrassa Tiny. Le sexe de Tiny durcit en un clin d'œil. Même après dix ans, sa femme l'excitait toujours autant.

Elle n'essayait même pas de le séduire, elle montrait simplement à son mari combien elle l'aimait.

— Tu as besoin de quelque chose ? demanda-t-elle.

— Non.

— Tu es sûr ? Un verre d'eau ? Un truc à manger ?

— Quoi ? J'ai trois ans ? la taquina-t-il.

Ryleigh leva les yeux au ciel.

— Je crois me souvenir que la dernière fois que tu as eu un gros rhume, tu t'es comporté comme si tu étais en train de mourir. Tu voulais que je t'apporte des glaçons et que je m'installe à côté de toi, en tenant une compresse sur ton front... comme si tu étais un bambin.

Tiny s'esclaffa. Elle avait raison.

— Je n'ai pas soif, ni faim. Tout va bien.

Ryleigh sourit. Il ne se lassait pas de ses sourires.

— Tiny ?

— Oui, chérie ?

— Je suis tellement heureuse. Peu importe les péchés que j'ai commis dans mon passé, je me suis plus que rachetée. Je voulais juste que tu saches que je ne voudrais être nulle part ailleurs dans le monde qu'ici avec toi. Et notre fille. Et nos amis et toute cette folie.

Tiny s'était inquiété de temps à autre qu'il l'empêche d'avancer. Il était plus qu'évident qu'elle pourrait travailler avec les plus grands esprits du monde, à faire avancer la technologie, à faire des choses incroyables avec les ordinateurs. Au lieu de cela, elle était ici, au Refuge, à mener une vie que certains scientifiques et ingénieurs pourraient qualifier de « gaspillage de talent ». L'entendre dire qu'elle était heureuse, satisfaite, signifiait donc beaucoup pour lui.

— Je t'aime, déclara-t-il d'une voix tremblante d'émotion.

— Je t'aime aussi. Et quand notre Miracle ira au lit ce soir, je te montrerai à quel point.

Ses paroles n'arrangèrent pas la situation entre ses jambes. Son érection durcit en pensant à la façon dont sa femme allait lui montrer son amour.

— J'ai hâte, dit-il aussi calmement que possible.

— J'espère bien. Parce que je vais bouleverser ton monde.

— Merde, tu as parlé de sexe avec les filles, devina-t-il.

Ryleigh esquissa un sourire mystérieux, puis l'embrassa à nouveau.

— Peut-être, susurra-t-elle, avant de retourner à l'intérieur.

Tiny ricana et Miracle s'agita dans ses bras. Elle n'avait pas apprécié qu'on perturbe à nouveau sa sieste.

— Désolé, ma belle. Je ne voulais pas te réveiller. Rendors-toi, mais je dis juste que tu dois laisser à maman et papa deux bonnes heures ce soir sans nous interrompre. D'accord ?

Sa fille ne répondit pas, et il ne s'y attendait pas non plus.

Il se cala dans son fauteuil et se balança lentement en observant ses amis et leurs enfants courir dans la cour.

C'était un homme chanceux, sans aucun doute. Ses amis et lui avaient construit au Nouveau-Mexique une vie que leurs familles méritaient. Une vie remplie d'amour, d'amitié et de la certitude que, où qu'ils aillent, le Refuge serait toujours un lieu sûr qu'ils pourraient appeler leur maison.

* * *

Merci d'avoir lu la série *Le Refuge*. J'ai toujours pensé que ce serait une histoire idéale pour toute personne ayant subi un traumatisme quelconque dans sa vie et qui aurait besoin d'un lieu « sûr » où se réfugier pendant un certain temps.

J'ai également adoré faire revenir certains de mes personnages « originaux » de ma série *Forces très spéciales*. Si vous voulez en savoir plus sur Caroline, Wolf et Dude, leurs histoires sont *Un Protecteur Pour Caroline* et *Un Protecteur Pour Cheyenne*.

J'ai également commencé une *nouvelle* série avec des Navy SEAL appelée *Forces très spéciales : Alliance*. Le premier tome s'intitule *Un protecteur pour Remi* et vous y verrez Caroline, Wolf et la bande.

Je vous remercie pour le soutien que vous m'avez apporté au fil des ans. Je ne pourrais pas faire ce que j'aime sans vous.

DU MÊME AUTEUR

Sauvetage à Eagle Point

Un sauveteur pour Lilly

Un sauveteur pour Elsie

Un sauveteur pour Bristol

Un sauveteur pour Caryn

Un sauveteur pour Finley

Un sauveteur pour Heather

Un sauveteur pour Khloe

Silverstone

Pour la confiance de Skylar

Pour la confiance de Taylor

Pour la confiance de Molly

Pour la confiance de Cassidy

Delta Force Deux

Un refuge pour Gillian

Un refuge pour Kinley

Un refuge pour Aspen

Un refuge pour Jayme

Un refuge pour Riley

Un refuge pour Devyn

Un refuge pour Ember

Un refuge pour Sierra

Hawaï : Soldats d'élite

Un paradis pour Élodie

Un paradis pour Lexie

Un paradis pour Kenna

Un Protecteur Pour Julie

Un Protecteur Pour Melody

Un Protecteur pour l'avenir

Un Protecteur Pour Les Enfants de Alabama

Un Protecteur Pour Kiera

Un Protecteur Pour Dakota

Forces Très Spéciales : L'Héritage

Un Sanctuaire pour Caite

Un Sanctuaire pour Brenae

Un Sanctuaire pour Sidney

Un Sanctuaire pour Piper

Un Sanctuaire pour Zoey

Un Sanctuaire pour Avery

Un Sanctuaire pour Kalee

Un Sanctuaire pour Jane

Delta Force Heroes Series

Un héros pour Rayne

Un héros pour Emily

Un héros pour Harley

Un mari pour Emily

Un héros pour Kassie

Un héros pour Bryn

Un héros pour Casey

Un héros pour Wendy

Un héros pour Mary

Un héros pour Macie

À PROPOS DE L'AUTEUR

Susan Stoker est une auteure de best-sellers aux classements du New York Times, de USA Today et du Wall Street Journal. Elle a notamment écrit les séries Badge of Honor: Texas Heroes, SEAL of Protection et Delta Force Heroes. Mariée à un sous-officier de l'armée américaine à la retraite, Susan a vécu dans tous les États-Unis, du Missouri jusqu'en Californie en passant par le Colorado, et elle habite actuellement sous le vaste ciel du Tennessee. Fervente adepte des fins heureuses, Susan aime écrire des romans où les sentiments laissent place au grand amour.

http://www.StokerAces.com

facebook.com/authorsusanstoker

x.com/Susan_Stoker

instagram.com/authorsusanstoker

goodreads.com/SusanStoker